엔드게임
살인사건

ENDGAME

엔드게임 살인사건

ENDGAME

다니엘 콜 장편소설 | 유혜인 옮김

BOOK PLAZA

독자 여러분께

"저는 책 한 권을 끝낼 때마다 〈심슨 가족〉 에피소드처럼 기존 설정을 뒤엎고 처음부터 다시 시작하고 싶지는 않아요."

제가 〈봉제인형 살인사건〉 홍보 중에 떨리는 첫 인터뷰를 했을 때부터 누누이 해온 말이죠. 하지만 세 번째 책으로 그동안의 모든 역사와 개연성을 짜 맞춰 완성한 지금처럼 이 말이 잘 어울리는 순간이 있을까 합니다. 제가 한 권짜리 소설을 썼더라면 이렇게 깊이 있는 캐릭터와 흥미진진한 인물 간의 관계를 만들어내지 못했을 거예요. 새로 유입된 독자들도 〈꼭두각시 살인사건〉과 〈엔드게임〉을 즐길 수 있도록 제 나름대로 최선을 다했지만, 이 시리즈를 처음부터 지켜본 독자들만큼 이 책들을 소중히 여기는 분들은 없다고 저는 감히 자신합니다.

저는 약간의 덕후 기질이 있어 좋아하는 영화와 TV 프로그램에서 '이스터 에그'나 다른 작품을 암시하는 장면을 발견할 때 희열을 느낍니다. 진정한 팬들만이 알아차리는 것들이잖아요. 비록 가상 세계지만 조금 더 현실에 가까운 느낌을 주죠. 그래서 저는 이 책에도 그런 요소를 곳곳에 심어두었습니다.

이것이 〈봉제인형 살인사건〉의 끝은 아닙니다. 전혀요. 저는 원래부터 첫 3부작을 특정한 시기에 활동하는 특정한 팀에 관한 이야기로 쓰려고 했습니다. 세 개의 이야기는 서로 겹칩니다. 촘촘하게 엮여 있어요. 셋이 모여 하나의 시리즈를 완성합니다. 하지만 현실이 우리를 그렇게 놔두던가요? 우리가 묶어야 할 앙증맞은 리본을 다시 풀어버리곤 하는 것이 인생이죠. 저는 이미 네 번째 책의 뼈대를 잡아놓았습니다. 이 시리즈가 새롭게 나아갈 방향이 무척이나 기대됩니다. 결국은 하나의 커다란 이야기니까요.

독자 여러분께는 늘 감사드립니다. 감사한 만큼 SNS에서 자주 소통하지 못해 더 죄송하고요. SNS는 도무지 취향이 아니라서요. 하지만 여러분이 없었다면 저는 글을 계속 쓰지 못했을 겁니다. 여러분께 이 책을 바칩니다. 제가 즐겁게 쓴 만큼 여러분도 즐겁게 읽어주셨으면 좋겠습니다.

자, 그럼 이제 독자 여러분, 〈봉제인형 살인사건〉 시리즈의 세 번째 이야기 〈엔드게임〉을 소개합니다…

End Game

"나를 영웅이라고 착각하지 마….
당신을 살리기 위해서라면 이 땅의 생명을 다 없앨 수도 있어."

❖ 일러두기

1. 본문에서 글자체가 다른 부분은 원서에서 볼드체나 이탤릭체 또는 대문자로 표시된
   부분입니다.

2. 경찰 수사관의 직급은 '순경, 경사, 경감, 총경'의 순서로 높아진다. 참고로, '경관'은
   '경찰관'의 줄임말일 뿐 계급명이 아니다. 순경, 경사, 경감, 총경이 모두 경관이다.

프롤로그

2016년 1월 4일 월요일
오전 11시 13분

"한때는요…. 이제는 아닙니다."

차가 덜컹거리며 목적지로 향하는 사이, 먼지 낀 차창 밖으로 눈 덮인 교외가 스쳐 지나갔고 연한 햇살이 가죽 시트를 따스하게 데웠다.

"하지만 그 사람 맞잖아요?" 기사는 쉽게 포기하지 않았다. "윌리엄 폭스 맞죠?"

"누군가는 맞겠죠." 울프는 진심으로 후회하며 한숨을 쉬었다. 백미러로 울프를 주시하던 검은 눈동자는 이따금 휙휙 움직이며 눈앞의 도로를 살폈다. "여기 왼쪽에 세워주세요."

울프의 말에 검은색 택시가 멈춰 섰다. 남의 집 앞 도로에 정차하는 동안 엔진이 털털거렸다.

의미 없는 짓이겠지만 울프는 기사에게 팁을 챙겨주고 고요한 거리로 나왔다. 문을 채 닫기도 전에 택시가 차가운 흙탕물을 뿌리며 출발했고 기우뚱거리는 뒤태가 모퉁이를 돌아 사라졌다. 오지랖 넓은 밀고자에게 괜히 웃돈을 얹어준 셈이었지만 울프는 후회하지 않기로 했다. 겨우 1.34파운드의 뇌물로 택시 기사가 입을 다물어주기를 바란 사람이 바보지. 울프는 한때 레다니엘 매스, 즉 봉제인형 살인사건의 범인이 입었던 검은 롱코트의 소매로 바지를 닦았다. 이 코트는 지난간 인생을 추억하는 기념품이라고 할까, 지켜주지 못한 사람들을 잊지 않도록 일깨워주는 트로피였다.

바지에 생긴 흙탕물 얼룩을 문지르면서 주위를 둘러보니 아직도 그를 지켜보는 사람이 있었다. 그동안 10킬로그램이 넘게 빠지고 수염을 수북하게 길렀지만, 눈썰미가 좋은 사람은 위압적인 체구와 새파란 눈동자만 봐도 울프를 알아보았다. 길 건너에서 유모차를 밀던 여자가 담요에 파묻혀 있을 아기를 어르며 울프를 빤히 쳐다보았다. 여자가 휴대폰을 꺼내 귀에 댔다.

울프는 여자에게 어색한 미소를 지어 보이고 돌아서서 뒤에 있는 집 대문으로 들어갔다. 커다란 자동차 한 대가 자갈길에 청승맞게 서 있었다. 쌓인 눈 위로 삐져나온 엠블럼을 보니 메르세데스 벤츠였지만 이 집에서는 처음 보는 차였다. 익숙한 집 건물 자체도 마지막으로 왔을 때보다 세 배는 커져 있었다. 늘 현관문을 열어두는 집이라 울프는 노크도 하지 않고 신발에서 눈을 털어낸 후 안으로 들어갔다. 하늘에 구름 한 점 없는 날씨였지만 현관 입구에 깔린 분위기는 애달프고 우중충했다.

"매기?" 울프가 외쳤다. 그저 이 집에 돌아왔을 뿐인데, 집 안의 공기를 한껏 들이마셨을 뿐인데 울컥해 목소리가 갈라졌다. 오래된 책, 꽃, 커피 등등의 냄새를 맡으니 지금보다 단순하고 행복했던 시절의 기억이 절로 떠올랐다. 울프에게는 그 어디보다 집처럼 편안한 공간이었다. 런던에 온 후로 이 집만큼은 변함없이 그를 반겨주는 곳은 없었다. "매기?!"

위층에서 삐걱거리는 소리가 정적을 깼다.

울프가 계단을 오르기 시작하자 가벼운 몸이 위층 복도를 서둘러 지나오는 소리가 들렸다.

"매기?!"

문이 열렸다. "월이야…? 월!"

울프가 계단을 다 오르기도 전에 매기가 몸을 날리며 그의 목을 덥석 끌어안는 바람에 그대로 같이 아래층 현관으로 구를 뻔했다. 월은 핀레이가 울프를 부르던 애칭이었다.

"세상에! 정말이네!"

얼마나 꽉 안았는지 울프는 숨이 턱 막혔다. 울프도 매기를 힘껏 안아주는 것 말고는 방도가 없었다. 매기가 울프의 가슴에 머리를 기대고 왈칵 울음을 터뜨렸다.

"네가 꼭 와줄 줄 알았어." 매기는 떨리는 목소리로 흐느끼며 말했다. "그이가 떠났다는 게 아직도 믿기지 않아, 월. 이제 나 혼자 어떡하라고?"

울프는 매기와 마주 보고 대화하기 위해 그녀의 양쪽 어깨를 잡고 밀어냈다.

50대 중반의 나이에도 청순한 자태는 여전했지만 화장이 번지고 볼품없는 상복을 입고 있으니 실제 나이에 가까워 보였다. 구불거리는 검은 머리카락을 평소에는 요즘 유행하는 빈티지 스타일로 올려 묶고 다녔지만 오늘은 그저 길게 늘어뜨렸다.

"시간이 얼마 없어요. 핀레이는 어디…, 어디에 있었어요?" 불편하지만 답을 들어야 할 질문이 너무나도 많았다. 울프는 그중 첫 번째 질문을 어렵게 뱉었다.

매기가 떨리는 손으로 한쪽을 가리켰다. 카펫이 깔리지 않은 쪽의 문틀에 금이 가 있었다. 울프는 고개를 끄덕이고 매기의 이마에 가볍게 입을 맞춘 후 확장 공사로 만든 방에 들어섰다. 매기는 따라 들어가지 않고 텅 빈 방의 문가에 남아 서성였다.

울프는 핀레이의 마지막 프로젝트를 자랑스럽게 바라보았다. 손주들 일이라면 허투루 하는 법이 없던 핀레이는 이 방의 공사도 완벽하게 마무리했다. 이곳은 손주들이 할아버지 할머니를 보러 왔을 때 묵을 방이었다. 이제 은퇴도 했겠다 손주들을 더 자주 보고 싶었던 핀레이의 뜻이 담겨 있었다.

방 중앙에는 나무 의자가 뒤집혀 있고, 검붉은 얼룩이 마룻바닥 틈으로 스며들어 있었다.

울프는 이곳에 들어와도 평정심을 잃지 않을 자신이 있었다. 여느 범죄 현장처럼 감정에 좌우되지 않고 사무적으로 상황을 판단할 수 있다고 생각했는데…. 당연한 얘기지만 착각이었다.

"그이는 널 많이 아꼈어, 윌." 매기가 문가에 서서 울프에게 말했다.

울프는 눈물을 참을 수 없었다. 그러다 집 밖에서 저벅저벅 자갈 밟는 소리를 듣고 눈을 문질렀다.

"빨리 가 봐." 정중한 노크 소리가 들렸지만 매기는 응답하지 않고 울프를 재촉했다. "윌?" 현관문이 열리고 방문자가 집 안으로 들어왔다. 그를 막아 세우려고 계단을 서둘러 내려가던 매기가 표정을 누그러뜨렸다. 계단을 오르는 사람이 야비하게 생긴 금발 남자였기 때문이다. "제이크!" 매기가 안도감에 한숨을 쉬었다. "난 또…, 아니야."

울프는 매기와 그 남자가 오랜 친구처럼 포옹하는 모습을 보고도 믿을 수 없었다.

"이것저것 좀 사 왔어요." 남자가 말하며 매기에게 장바구니를 건넸다. "울프와 얘기하게 잠깐 비켜주실래요?" 남자는 그저 사적인 방문이었다는 연기를 그만두고 매기에게 부탁했다.

"괜찮아요, 매기." 울프가 말했다.

매기는 불편한 기색이었지만 장바구니를 들고 아래층으로 내려갔다.

"손더스." 한때 후배 수사관이었던 남자가 방으로 들어오자 울프가 맞아주었다.

"울프. 오랜만이네요."

"그러게. 혼자만의 시간이 조금 필요했거든." 울프가 농담으로 받아쳤다.

길가에 자동차가 멈춰 서는 소리가 들렸다.

"매기랑 원래 아는 사이인지 몰랐어." 울프가 말했다.

"그런 거 아니에요." 손더스가 어깨를 으쓱했다. 말투는 호의적이었지만 안전거리 내로 다가오려 하지는 않았다. "이번에…, 일 터지면서 알았죠." 손더스가 무거운 한숨을 내쉬었다. "저기, 핀레이 일은 유감이에요. 진심으로요."

울프는 고맙다고 고개를 끄덕이고 피로 얼룩진 현장 바닥을 다시 내려다보았다.

"그런데 여기서 뭐 하는 거예요?" 손더스가 단도직입적으로 물었다.

"내 눈으로 봐야 했어."

"뭘요?"

울프는 매기가 듣지 못하게 목소리를 낮췄다. "범죄 현장."

"범죄?" 손더스는 피곤한 듯 얼굴을 문질렀다. "저기요, 내 눈으로 직접 봤어요. 발견됐을 때 밀실에…, 혼자 있었다고요. …총 옆에 쓰러진 채로요."

"핀레이는 자살할 사람이 아니야."

손더스는 딱하다는 표정으로 울프를 보았다. "사람이라면 누구나 의외의 면이 있죠."

"그나저나, 왜 이렇게 빨리 왔어?"

"마침 이 집에 오던 길이었어요. …신고 들어왔을 때."

함께 일할 당시에는 입만 나불댄다고 손더스를 좋아하지 않은 울프였지만 오늘은 후배 수사관의 새로운 면모를 본 듯했다. "매기를 챙겨줘서 고마워."

"별일 아니에요."

"그래서…, 밖에 몇 명이야?" 시간을 벌려는 것처럼 울프가 물었다. 방 안의 분위기가 순식간에 바뀌었다.

손더스는 망설였다. "앞에 둘, 뒤에 둘. 한 명은 매기와 앉아 있고 계획대로라면 저 벽과 1미터 거리에 한 명 더 있을 거예요." 손더스가 울프에게 그렇게 말하더니, 갑자기 열려 있는 문으로 몸을 틀고 암호를 외쳤다. 그러자 계단 끝에서 대답 대신 반자동 소총이 장전되는 소리가 들렸다.

손더스는 미안하다는 듯 웃으며 주머니에서 수갑을 꺼냈다. "선배가 도망 안 칠 거라고 쟤들한테 약속했거든요. 괜히 사람 바보 만들지 말아주세요."

울프는 고개를 끄덕이고 천천히 무릎을 꿇었다. 그런 다음 팔을 들어 머리 뒤로 깍지를 끼고 눈 덮인 창문을 내다보았다. 그의 멘토였던 핀레이가 죽기 전에 마지막으로 보았을 풍경이었다.

"죄송합니다." 손더스가 앞으로 나와 울프의 손목에 수갑을 채우며 외쳤다. "용의자를 체포했다!"

"뭘?!" 주방에서 매기가 외치는 순간 무장 경찰들이 울프가 있는 곳으로 들이닥쳤다.

그들이 무거운 부츠로 계단을 쿵쿵 밟으며 올라왔고, 매기가
그 뒤를 쫓는 소리가 들렸다.

"부탁이 있어요." 울프가 매기에게 고개를 돌리고 말했다. 망가
진 문틀 사이로 마지막 팀까지 다 들어온 경찰들은 울프를 붙잡
고 미란다 원칙을 고지했다. "백스터에게는 내가 돌아왔다고 아
직 말하지 말아 주세요."

"하지만, 윌…." 매기가 간절하게 울프를 불렀다. 하지만 남편의
시신이 발견된 방으로는 한 발짝도 들일 수가 없었다.

"괜찮아요, 매기. 걱정하지 말아요." 울프가 매기를 안심시켰다.
"이제는 도망치지 않을 거니까."

1

2016년 1월 4일 월요일
오전 11시 46분

토머스 올콕은 차를 끓이다가 볼륨을 낮춘 텔레비전 화면에 시선을 빼앗겼다.

"에이씨!" 토머스가 작게 내뱉었다. 펄펄 끓는 물이 조리대로 쏟아져 손이 데었기 때문이다. "염병할 빌어먹을 젠장할!" 너무 아파서 말도 제대로 나오지 않았다. 토머스는 얼굴을 찡그리면서도 텔레비전 화면을 보며 다친 손을 털었다.

스카이 뉴스 채널은 2주 전 런던에 닥친 참사 현장 위를 선회하는 헬리콥터를 보여주었다. 헬리콥터가 태양을 가리자 검은 그림자가 아래의 돌무더기를 스르르 덮쳤다. 신선한 시체 주변에 모여든 독수리 떼처럼 헬리콥터가 두 대 이상씩 화면에 잡혔다. 연말연시에 시민들에게 엄청난 절망과 혼란을 안겼던 도심 상공의 비행 금지령이 이제야 해제된 모양이다. 전 세계는 마침내 참사의 전경을 확인할 수 있었다.

국가 재난은 가까스로 모면했지만 대가가 없지는 않았다.

폭탄이 러드게이트 힐 꼭대기의 지하 화장실 안에서만 터지며 주변 건물에 있던 시민들은 규정에 따라 대피했지만 안전 점검을 하는 구조물 기술자들은 현장에 남았다. 그러다 눈 밝은 관광객 하나가 세인트폴 대성당 서쪽 벽에서 새로운 균열을 발견해 대성당 측은 긴급 보수 공사를 의뢰했다. 하지만 비계를 세우기도 전에 북쪽 탑이 아래쪽 콘크리트로 무너져 내렸다. 무게를 이기지 못하고 꺾이는 다리처럼 기둥이 하나씩 무너지자 당연한 순서로 사흘 후에는 거대한 포르티코마저 내려앉았다. 런던을 상징하는 기념물이 부상을 입고 서서히 죽어가고 있었다.

정말 비현실적인 모습이었다. 직소 퍼즐에서 한 조각이 사라져 버렸다.

현장 주위를 에워싼 화려한 색의 정체는 시민들이 울타리에 높이 쌓아 올린 화환과 꽃다발이었다. 피카딜리 서커스 역에서 탈출하지 못한 사람들에게, 꼭두각시에게 미끼로 희생된 케리 콜먼 순경에게, 타임스 스퀘어에서 목숨을 잃은 모든 사람에게 바치는 선물이었다. 감동적이었지만 영하의 날씨에 꽃의 생명은 오래 가지 못했다.

토머스는 차를 한 모금 마셨다.

노란 자막 위로 정신 사납게 불빛이 깜박거렸다. 다른 방에서 시들고 있는 크리스마스트리가 '나 아직 여기 있어요'라며 존재감을 표현하고 있었다. 포장을 뜯지 않은 선물들 위로 솔잎이 수북하게 쌓였다. 토머스는 멍하니 에코를 쓰다듬으며 벌써 몇 번째인지 모를 이기적인 생각을 했다. 사망자나 부상자 명단에 아는 사람이 없어 얼마나 다행이란 말인가. 여자친구가 무사히 돌아와 기쁠 따름이었다. 안 그래도 끔찍한 한 달을 보냈던 백스터는 국가 안보를 위협하는 사고를 경험하고 소중한 친구를 갑자기 잃었다. 부끄럽지만 토머스는 남몰래 이런 생각도 했다. 이 정도면 한계에 도달하지 않았을까? 다 포기하고 떠날 마음이 들지 않을까? 아직 남아 있는 것을 소중히 여기고 자신에게 주어진 운명에 만족할 수는 없을까?

식탁에서 백스터의 휴대폰이 요란하게 울렸다.

토머스는 몸을 날려 전화를 받고 짜증스럽게 속삭였다.

"에밀리 백스터 전화입니다. …아니요. 아직 자고 있어요. 제가 대신…, 수요일이요…. 오전 9시…, 그렇게 전하죠…. 네. 알겠습니다."

토머스는 또 전화가 올 경우를 대비해 오븐 장갑에 백스터의 휴대폰을 놓아두었다.

"누구야?" 문가에서 백스터의 목소리가 들려 토머스가 깜짝 놀랐다.

백스터는 타탄 무늬 잠옷 바지에 토머스의 헐렁한 스웨터를 입고 있었다. 나이 서른다섯에 런던 경찰청 경감이 된 백스터가 평소와 달리 편하게 입고 있는 모습은 반가운 변화였다. 토머스는 백스터의 얼굴을 보자 속이 다시 메스꺼워졌다. 수사관이라는 직업은 토머스가 사랑하는 여자에게 정말 몹쓸 짓을 해놓았다. 윗입술에는 봉합 자국이 있었다. 다친 어깨를 지지하기 위해 억지로 착용한 팔걸이 밖으로는 부목을 댄 손가락 두 개가 삐져나왔다. 헝클어진 밤색 머리카락에 가려 잘 보이지는 않았지만 얼굴을 뒤덮은 상처와 딱지도 좀처럼 떨어지지 않았다.

토머스는 억지로 미소를 지어 보였다. "아침 먹을래?"

"아니."

"오믈렛만이라도 먹어봐."

"아니야. 누구 전화였어?" 백스터는 남자친구의 눈을 똑바로 응시하며 다시 물었다. 토머스는 그 정도의 갈등 상황도 견디지 못했다.

"자기 사무실." 토머스는 자괴감에 한숨을 쉬었다.

백스터는 토머스가 더 자세히 말해주기를 기다렸다.

"마이크 앳킨스였어. 수요일 아침에 FBI 감사관과 자기를 만나러 올 거라고."

"아." 백스터는 멍하니 대답하고 조리대를 뛰어넘어 온 에코의 머리를 쓰다듬어주었다. 에코가 백스터의 몸에 침을 묻혔다.

토머스는 이렇게 약하고 기가 꺾인 여자친구를 차마 보고 있기 힘들었다. 다가가 백스터를 껴안았지만 그녀는 힘없이 서 있을 뿐이었다. 토머스가 안아주고 있다는 사실을 인식이나 하는지 모르겠다.

"오늘 매기한테 전화 왔어?" 백스터가 물었다.

토머스가 포옹을 풀었다. "아직."

"가봐야겠다. …조금 있다가."

"내가 태워다줄게." 토머스가 제안했다. "나는 그냥 차에 있으면 돼. 카페에 가 있어도 되고…"

"괜찮아." 백스터가 고집을 부렸다.

무뚝뚝한 반응을 보니 토머스는 오히려 기분이 좋아졌다. 비록 겉은 파괴되었어도 깊은 곳에 특유의 신랄한 말투가 남아 있다는 뜻이니까.

백스터는 아직 그대로였다. 시간이 필요할 뿐이었다.

"알았어." 토머스가 따스하게 웃으며 고개를 끄덕였다.

"그럼 나는 이만…" 깊은 생각에 빠져 있던 백스터가 정신을 차리고 위층을 손으로 가리켰다. "난 괜찮아." 중얼거리며 복도로 나가는 그녀의 뒤를 에코가 졸졸 따라갔다. "난 괜찮아."

울프는 큰소리로 코를 골았다.

혼자 경찰서 조사실에 세 시간째 갇혀 그중 두 시간 반을 잠으로 보내고 있었다. 이런 단잠은 몇 주 만에 처음이었다. 바깥 복도에서 문 닫히는 소리가 들려 퍼뜩 잠에서 깼다. 울프는 썩 유쾌하지 않은 주변 환경을 잠시 어리둥절하게 둘러보았다. 그러다 등 뒤에서 수갑이 철제 의자에 부딪히는 소리를 듣고서야 파란만장했던 오늘 아침의 일이 떠올랐다. 배려 없이 문을 쾅 닫고 다니는 사람도 거슬렸지만 지금은 볼일이 더 급했다. 또 감각이 사라진 왼쪽 엉덩이를 깨우기 위해 좁은 공간 안에서라도 움직이고 싶었다.

다리까지 번지는 쥐를 풀려는데 또각또각 복도를 걷는 하이힐 소리가 커졌다. 이내 문이 열리고 잘생긴 50대 남자가 조사실에 들어왔다. 고급 맞춤 정장이 조사실의 쥐색 벽지와 지독히도 안 어울렸다.

"허." 울프가 멋진 옷을 빼입은 낯선 사람에게 말했다. "발소리를 듣고 여자인 줄 알았는데…."

은발의 신사는 당혹스러운 표정을 지었다. 반질반질한 이마에 깊은 주름이 파였다.

"그런데 아니네요." 울프가 해명을 덧붙였다.

남자가 얼굴에 얼핏 미소를 띠우며 말했다. "무단이탈을 한 사이 수사 능력이 떨어지지 않았을까 했는데 쓸데없는 걱정이었군."

남자가 의자를 가져와 앉았다.

"말이 나왔으니 하는 말인데요." 갑자기 떠오르는 생각이 있어 울프가 말했다. "구차하게 들리겠지만 그…, 매스 사건이 터지기 전에 제가 쓰지 않은 연차가 15일 남아있었거든요. 어떻게 방법이…."

남자의 황당한 미소를 본 울프가 말을 흐렸다. 주황빛 피부와 대조적으로 치아가 새하얗게 빛났다.

"네, 그 문제는 다음에 정리하는 게 낫겠네요." 울프가 고개를 끄덕이고 볼에 바람을 넣었다. 조사실 안에 어색한 침묵이 내려앉았다.

"내가 누군지 모르는 거지, 울프?"

"으으음…."

"크리스천 벨라미 청장님이시다." 기분 나쁘게 익숙한 목소리가 문가에서 들리더니, 지나 바니타 총경이 조사실로 들어왔다.

바니타치고는 고상한 투피스 차림이었다. 검은 재킷과 어울리지 않는 색의 옷을 받쳐 입었지만 재킷의 면적이 넓어 안은 잘 보이지 않았다. 낮 시간대 텔레비전을 너무 봐서일까? 아니면 마침 그 생각을 하고 있었기 때문일까? 아무튼 누가 만약 오늘 바니타가 입은 옷을 분류하라면 울프는 '텔레토비 장례식 복장'이라고 대답했을 것이다.

바니타가 계속 말을 하고 있었다.

"죄송해요. 뭐라고요?" 첫마디 이후로 하나도 듣지 못한 울프가 물었다. 더 중요한 문제로 머리가 복잡했다. 이를테면 헤로인 과용으로 죽은 뚜비 같은.

"우리가 자네를 잡는 건 시간문제일 뿐이라고 했어." 바니타가 다시 말해주었다.

"실제로는 안 잡은 거 기억하죠?" 울프가 물었다. "자수한 기억이 생생한데 말입니다."

바니타는 어깨를 으쓱했다. 이미 머릿속으로는 울프의 체포를 알릴 보도자료를 구상하고 있었다. "그게 그거지. 내가 하는 건…"

"파렴치한 선전?" 울프가 다음 말을 추측했다.

"이봐, 울프. 우리는 자네의 적이 아니라네." 두 사람이 언쟁을 다시 시작하기 전에 크리스천이 끼어들었다. 하지만 테이블을 사이에 두고 두 사람이 벌이는 눈싸움을 보고는 발언을 수정했다. "나는 적이 아니야."

울프가 코웃음을 쳤다.

"그거 아나? 우린 전에 만난 적이 있어." 크리스천이 말을 이었다. "아주 오래전이기는 하지만. 그리고…." 기품을 타고난 듯한 남자의 차분했던 태도가 처음으로 흔들렸다. "이번 주에 우리 둘 다 소중한 친구를 잃었지. 자네만 슬픈 게 아니야."

울프는 설마 하는 눈으로 남자를 쳐다보았다.

"아무튼…." 바니타가 말했다. "윌리엄 올리버 레이튼 폭스."

듣기 괴로운 풀네임에 울프가 움찔했다.

"이제 체포되었으니…."

"자수했다고요!" 울프가 따졌다.

"…적지 않은 수의 범죄를 저지른 대가로 아주 오랫동안 징역을 살게 될 거야."

울프는 크리스천의 표정 변화를 알아차렸다. 그는 상관 앞에서 지휘권을 남용하는 바니타가 못마땅하다는 듯 얼굴을 찌푸리고 있었다. 바니타가 말을 계속했다.

"증거 인멸, 위증, 출석 거부, 상해…."

"기껏해야 가중 폭행이에요." 울프가 주장했다.

"죄명이 끝도 없어." 발언을 끝낸 바니타가 흡족해서 팔짱을 꼈다. "수년 동안 온갖 사고를 치고도 어떻게 요리조리 잘 피해 다니더니 이제야말로 꼬리를 잡힌 모양이지? 할 말이 더 있나?"

"네."

바니타는 다음 말을 기다렸다.

"코 좀 긁어주실래요?" 울프가 물었다.

"뭐라고?"

"제 코요." 울프가 상냥하게 다시 부탁했다. 등 뒤에서 수갑이 짤랑거렸다. "부탁이에요."

바니타는 크리스천과 눈빛을 주고받더니 웃음을 터뜨렸다. "내 말 듣기는 했어, 폭스?"

울프의 눈에 눈물이 맺혔다.

"자네는 감옥에서 아주 오랫동안 썩게 될 거야."

"빨리요, 제발." 울프는 어깨로 코를 문지르려 했지만 뜻대로 되지 않았다.

바니타가 자리에서 일어났다. "난 이럴 시간 없어."

바니타가 문 앞까지 갔을 때 울프가 다시 입을 열었다.

"레오 앙투안 드부아."

이미 조사실에서 한 발 나갔던 바니타가 얼어붙었다. 그리고 천천히 뒤를 돌았다.

"그자가 뭐?"

"코부터 긁어줘요." 울프는 포기하지 않았다.

"됐어! 드부아가 뭐 어쨌다는 거야?"

"잠깐만." 크리스천이 끼어들었다. "내가 몰라서 그러는데…, 누구 얘기지?"

"레오 드부아라고 있어요." 바니타가 경찰과 여러 기관이 망신만 당한 작전을 떠올리며 짜증스럽게 말했다. 몇 년 동안 그 생각을 안 하고 살아서 얼마나 행복했던가. "큰 사건이었죠. 살인, 인신매매, 마약 밀수까지 다 얽혀 있었으니까요. 폭스도 수사에 참여했었고요. 그래서인지 최악으로 끝났습니다."

바니타가 울프에게 고개를 돌리자 울프는 큰 소리로 하품을 했다.

"드부아가 뭐?" 바니타가 물었다.

"전부 다 알아요. 현재 소재, 전 조직원의 이름과 사진, 계좌 번호, 매춘부를 꽉꽉 채워서 우리 해안으로 오고 있는 배 이름까지…. 제가 그 조직에 한동안 잠입해 있었거든요."

바니타가 자기도 모르게 조사실로 한 걸음 들어왔다.

"아! 차량 등록 번호도 있다." 울프가 계속했다. "돈세탁에…. 아마 다른 사람 넷플릭스 계정도 해킹했을 거예요."

바니타가 고개를 저었다. "체포된 자의 마지막 발악이군."

"자수라니까요." 울프가 지적했다.

크리스천은 갑자기 달라진 바니타 총경의 태도를 알아차리고 가만히 있었다.

"내가 사람을 잘못 봐도 한참 잘못 봤나 봐, 폭스." 바니타가 연극을 하듯 말했다. "나는 의심이 많은 사람이라 자네가 연쇄 살인범에게 살인 청부를 의뢰하고 처벌을 모면하기 위해 도주했다고 생각했었거든. 그런데 그동안 악명 높은 범죄 조직의 우두머리를 처단하기 위해 혼자 범죄조직에 잠입해 있었다고?" 바니타는 자기가 한 농담에 웃음을 터뜨렸다. "웃기고 있네! 대체 누가 그런 말을 믿…."

"이렇게 말하면 믿어주실 겁니다." 울프가 말을 잘랐다. "저는 법정을 나온 순간부터 제 인생을 되찾기 위한 대비책을 마련하기 시작했습니다. 지금 이 순간을 준비하고 있었다는 거죠. 총경님이 거부할 수 없을 제안 말입니다."

"아니, 거부할 수 있어." 바니타가 날카롭게 말했다. 이 사무실에 자신보다 직급이 높은 사람이 있다는 사실은 잊은 듯했다. "그래, 그리고 드부아가 자네를 몰라봤다고? 자기를 감방에 집어넣으려고 몇 달이나 쫓아다녔던 사람을? 일말의 의심도 하지 않았다는 거야?"

"당연히 처음엔 많이 의심했죠." 울프가 말했다. "그런데 총경님 덕에 지명수배를 당해서 전국적으로 신문에 얼굴이 쫙 깔리니까 경찰을 배신했다고 거짓말을 해도 믿어주더라고요…. 이제 코좀 긁어주세요."

바니타가 거절하려 했다.

"그냥 긁어주면 안 되나?" 크리스천이 이야기를 계속 듣고 싶은 마음에 성을 냈다.

바니타는 분한 표정으로 주머니에서 고급 펜을 꺼내 대충 울프가 있는 방향으로 내밀었다. 불쾌하다는 기색을 숨길 노력도 하지 않았다.

"조금만 오른쪽으로." 울프가 지시했다. "조금 더요. 아, 좋다. 거기요. 직업 잘못 선택하신 거 아니에요?" 그러고는 덧붙였다. "참, 직업을 잘못 선택했다는 말은 총경님 긁는 솜씨랑은 무관한 얘기에요."

울프는 의자에 등을 기대고 의기양양한 미소를 지었다. 바니타는 다른 사람이 줍든 말든 아끼던 펜을 테이블에 떨어뜨렸다.

"좋아, 폭스. 원하는 게 뭐야?" 바니타가 이를 악물고 물었다.

"감옥에 안 가는 거요."

바니타가 큰소리로 웃었다.

"자네가 무슨 짓을 했는지 모든 사람이 알아. 전부는 아니지만, 아는 사람은 다 안다고. 현실적으로 자네가 바랄 수 있는 건 경찰에 우호적인 수감동 정도야."

"지금 여론을 걱정하는 거군요? 그래서 저를 끈질기게 추적해서 찾으라고 지시하셨겠죠." 울프가 싱긋 웃었다. "문제는 '끈질긴 추적'이 '느긋한 탐색'이었다는 거지만요."

바니타가 바짝 긴장했다.

"한 달 갈게요. 완화경비시설로." 울프가 제안했다.

"일 년." 바니타가 결정할 권한도 없으면서 받아쳤다. 하지만 크리스천은 이의를 제기하지 않고 테니스 경기를 보러 온 관중처럼 테이블 위에서 협상안이 왔다 갔다 하는 모습을 구경했다.

"두 달은 어때요." 울프가 대안을 제시했다.

"육 개월!"

"석 달로 하죠. …그런데 조건이 있어요."

바니타가 멈칫했다. "말해봐."

"제가 돌아왔다는 소식은 백스터에게는 직접 전할게요."

바니타로서는 성질 더러운 백스터 경감과 대면할 필요가 없다니 더할 나위 없이 기쁜 소식이었다. 바니타는 보답으로 울프의 형량에서 일주일을 빼줘야겠다 생각했다. 하지만 겉으로는 마지못해 고개를 끄덕이는 연기를 했다.

"그리고…." 울프가 말을 이었다. "이 얘기를 하려면 지금이 적당한 것 같네요. 제가 드부아 조직에 잠입해 있을 때 같이 껴서 라이벌 포주를 집단 구타했는데 그 사람 목숨이 간당간당해져서 중환자실에 들어간 적이 있어요."

"맙소사, 폭스!" 바니타가 고개를 절레절레 저었다.

"그래도 지금은 다 나았어요!" 울프가 얼른 덧붙였다.

"알았어. 그 문제는 어떻게든 무마해보지."

"그런데 그 후에 우리가 다시 가서 총으로 쐈어요."

"더 있어?!" 인내심이 바닥을 친 바니타가 내뱉었다.

"네. 형 집행을 연기해주세요." 울프가 진지하게 말했다.

"놀랍지도 않네!" 바니타가 빈정거렸다. "그냥 궁금해서 물어보는데, 얼마나 연기해 달라는 거야?"

"최대한 오래요."

"목적은?"

"마지막 사건을 해결할 겁니다." 건방과 장난기가 싹 빠진 목소리로 울프가 말했다.

"괜한 사람 시간 빼앗지 마, 폭스." 바니타가 다시 일어나려고 했다.

"잠깐." 한참 침묵을 지키던 크리스천이 끼어들었다.

바니타는 상관을 쏘아보면서도 순순히 자리에 앉았다.

"마지막 사건이라는 게 무슨 사건을 말하는 건가, 윌?" 크리스천이 울프에게 물었다.

울프가 경찰청장을 돌아보고 말했다.

"핀레이 쇼 경사의 살인 사건입니다."

말도 안 되는 요청에 두 사람은 당황해 잠시 말을 잇지 못했다. 바니타가 대꾸를 하려는 순간, 크리스천이 헛기침을 하고 손을 들었다.

"윌, 그건 자살이었어. 알잖아…. 안타깝지만 자네가 참여할 수사 같은 건 존재하지 않아."

"친구였다고 했죠?" 울프가 크리스천에게 물었다.

"제일 친했지." 크리스천이 자랑스럽게 말했다.

"그럼 이 질문에 대답해보세요." 울프가 크리스천의 눈을 똑바로 보며 말했다. "핀레이가 매기를 두고 떠났을 시나리오를 상상이나 할 수 있으십니까?"

바니타는 자신이 낄 대화가 아님을 깨닫고 입을 꾹 다물었다. 사실 핀레이가 기혼자라는 사실도 몰랐다.

크리스천이 한숨을 푹 쉬고 고개를 저었다. "아니. 전혀. 하지만 증거가…, 너무 확실해."

"핀레이의 친구라면서요. 제가 이 사건이 의심의 여지가 없는 타살이란 걸 입증하겠다는데 문제 삼을 이유가 있을까요? 정말 자살이면 시키는 대로 다 하겠습니다." 울프가 약속했다.

크리스천은 난감한 표정이었다.

"설마 이 얘기를 진지하게 고려하시는 건 아니죠?" 바니타가 크리스천에게 물었다.

"조용히 좀 해봐!" 크리스천이 역정을 내고 다시 울프를 돌아보며 말했다. "매기를 더 힘들게 할 작정인가?"

"매기도 이해할 겁니다. …제가 한다고 하면요."

크리스천은 여전히 망설였다.

"부탁드립니다. 손해 보실 것 없잖아요?" 울프가 처음으로 간절한 마음으로 드러내 보이며 물었다. "저는 진짜로 자살인지 확인하고, 청장님은 드부아를 잡고."

울프는 청장이 머릿속으로 선택지를 이리저리 따지는 모습을 지켜보았다.

"좋아. 그렇게 하게."

바니타가 벌떡 일어나 좁은 조사실을 박차고 나갔다. 단둘이 남은 울프와 크리스천은 대화를 이었다.

"내가 사건 파일과 함께 우리가…, 오늘 합의한 내용도 문서로 만들어서 서명한 다음에 보내주겠네." 크리스천이 눈을 반짝이며 미소를 지었다. 다정하게 울프의 등을 두드려주는 손길이 핀레이와 똑같았다. "좋아, 그럼 우리 어디서부터 시작할까?"

"우리요?"

"이걸 자네 혼자 하게 둘 거라 생각했어? 다른 사람도 아니고 핀 문제야!"

울프가 미소를 지었다. 핀레이의 친구가 마음에 들기 시작했다.

"자, 어디서부터 시작하지?" 크리스천이 다시 물었다.

"처음부터요."

2

1979년 11월 5일 월요일
본파이어 나이트
오후 5시 29분

크리스천은 눈을 떴지만 물결 모양 지붕에 매달려 있는 밝은 불빛 때문에 아무것도 보이지 않았다. 불빛을 피해 몸을 틀자 바닥이 꿀렁거렸다. 욱신대는 턱을 만지려다가 무거운 복싱 글러브를 낀 손으로 턱을 또 때리고 말았다. 조각났던 기억이 조금씩 돌아왔다. 파트너와 스파링을 하다가…, 처참하게 깨지고 있어서 에라 모르겠다 하고 어퍼컷을 날렸는데…, 그게 빗나갔고…. 날아오는 레프트훅을 맞은 후…, 기억을 잃었다.

위에서 핀레이의 못생긴 얼굴이 나타났다. 스물네 살의 스코틀랜드 청년은 골격이 나무 몸통처럼 다부졌고 삭발을 한 두상도 나무 몸통처럼 비대칭이고 울룩불룩했다. 한쪽으로 납작하게 눌린 코는 체육관을 다녀갈 때마다 방향이 바뀌곤 했다.

"일어나라. 빌빌대기는." 핀레이가 거친 글래스고 사투리로 비웃었다. 크리스천은 신음을 흘리며 링 중앙에 일어나 앉았다.

"가르쳐준다며. 이건 그냥 폭행이야!"

핀레이는 어깨를 으쓱했다.

피부 아래에서 움찔거리는 핀레이의 잔근육을 보니, 크리스천은 전날 밤 데이트 상대가 묘하게 떠올랐다. 간밤에 사귀게 된 신참 순경의 방에서 몰래 빠져나왔을 때 그녀는 잠든 채로 이불 속에서 뒤척이고 있었다.

"가르쳐주고 있잖아." 핀레이가 웃으며 말했다. "다음부터는 피해."

"넌 개새끼야. 알아?"

핀레이는 낄낄 웃으며 크리스천을 일으켜 세웠다.

"내 얼굴 어때?" 크리스천이 걱정스럽게 물었다. 야간 근무를 마치고 어제 그 미인 순경에게 또 데이트 신청을 할 계획이었기 때문이다.

"잘생겼네." 핀레이가 히죽거렸다. "이제 나랑 좀 비슷해졌어."

"씨! 차라리 날 죽이지 그래." 그 발언으로 크리스천은 복부를 마지막으로 한 대 더 맞아야 했다.

크리스천은 세 살 연상의 파트너 핀레이와 절친한 사이가 되었지만 핀레이와 극과 극으로 달랐다. 크리스천은 잘생기고 여자들에게 인기 많은 청년이었다. 모래알 같은 엷은 갈색 머리는 텔레비전에 나오는 인기 가수처럼 어깨까지 길렀다. 내킬 때만 머리를 쓰는 경향이 있었지만 지능 자체는 아주 높았다. 하지만 게을렀고 범죄자보다 여자 뒤꽁무니를 쫓는 데 관심이 많았다. 그렇다고 두 친구 사이에 공통점이 없지는 않았다. 둘 다 군인 아버지 밑에서 자랐고 문제를 자석처럼 끌어당기는 사고뭉치였으며 신임 반장을 똑같이 싫어했다.

"가자. 한 시간 있으면 근무 시간이야." 핀레이가 치아로 글러브 끈을 풀며 웅얼거렸다. "반장이 오늘 밤에는 우리를 위해 어떤 헛짓거리를 모아뒀는지 가서 보자고."

"이게 헛짓처럼 보일지도 몰라." 밀리건 반장은 창밖의 도시에 깔린 스모그처럼 흐릿한 담배 연기 너머로 말했다. 담배 끝에 굽은 형태로 아슬아슬하게 달려 있던 담뱃재 기둥이 마침내 꺾여 바지에 떨어졌다.

"헛짓으로 보인다면…, 헛짓이라서 그런 게 아닐까요." 크리스천이 의견을 냈다.

밀리건은 회색 얼룩을 남기며 담뱃재를 닦아내다가 핀레이를 돌아보았다. "이 친구 뭐라는 거야?"

핀레이는 어깨만 으쓱했다.

밀리건이 크리스천을 돌아보았다. "사투리 때문에 네 말을 못 알아듣겠어. 너 어디 출신이랬지?"

"에식스입니다!" 크리스천이 대답했다.

밀리건은 믿을 수 없다는 듯 크리스천을 쳐다보더니 말을 이었다. "오늘 밤 니들이 조선소를 감시한다. 이상."

"프렌치랑 윅이 하면 안 됩니까?" 핀레이가 불평했다.

"안 돼." 밀리건이 대답했다. 그는 부하들과의 대화에 점점 흥미를 잃고 있었다. "프렌치와 윅은 트럭 가게로 보냈다."

"실제로 거래가 이루어지는 곳 말이죠." 크리스천이 툴툴댔다.

밀리건은 못 들은 척하는 건지, 정말 알아듣지 못한 건지 반응이 없었다.

"이건 시간 낭비입니다." 핀레이가 말했다.

"어차피 네 놈들은 할 일도 없는데 밤새 주차장에서 잠만 자도 돈을 준다는 거 아니야. 손해 보는 장사 아니잖아! 나가 봐."

"하지만…."

"나가라고 했다."

오후 7시 28분, 핀레이는 조선소 옆문 앞에 차를 세웠다. 철문에 바짝 붙여 주차하고 보니 조명등을 밝힌 창고가 훤히 보였다. 형형색색의 화물 컨테이너가 거대한 레고처럼 쌓여 있었고, 오늘 밤에는 사용하지 않을 지게차 한 대가 쓸쓸히 자리했다. 그 모습이 비친 클라이드강의 수면에 잔물결이 일었다.

비가 오기 시작하며 빗방울이 앞 유리를 때렸다. 여러 가지 색깔이 흐릿하게 섞이고 캔버스에 흐르는 페인트처럼 일그러졌다. 크리스천과 핀레이는 가볍게 내리던 비가 폭우로 변하는 모습을 지켜보며 햄버거를 먹고 따뜻한 맥주를 땄다. 햄버거와 맥주는 잠복근무의 전통이었다. 경찰 표식이 없는 포드 코티나도 마찬가지였다. 11년 동안 혹사를 당해 고물이 된 차는 글래스고 범죄조직의 눈에 경광등을 밝힌 순찰차나 마찬가지였지만 높으신 분들의 생각에 어떻게 감히 토를 달겠는가?

"왜 그럴까?" 음식을 우물거리며 크리스천이 말을 꺼냈다. "왜 우리 둘만 거지 같은 일을 하는 거지?"

"이것도 정치라서 그래." 핀레이가 지혜롭게 말했다. "이 일을 하다 보면 누구에게 알랑거려야 하는지 알아야 할 때가 있거든. 너도 차차 알게 될 거다."

대시보드 시계의 조잡한 시곗바늘이 밤 9시를 가리킨 순간, 저멀리에서는 불꽃놀이가 시작되어 화려한 불꽃이 하늘을 밝혔다.

불꽃이 펑 터지고 탁탁 튀는 소리가 열린 창문으로 다 들렸다.

그때 갑자기 차 지붕에서 들리는 쿵쾅거리는 소리에 두 사람은 소스라치게 놀랐다. 무거운 발이 차를 밟고 지나가자 머리 위의 얇은 금속판이 휘어졌다. 그러더니 키가 큰 남자 하나가 자동차 저붕에서 보닛으로 내려와, 보닛을 쿵쿵 밟고 앞으로 나아가 차에서 뛰어내렸다. 남자는 앞으로 나아가 철문을 기어오르기 시작했다.

핀레이와 크리스천은 입을 다물지 못하고 그 모습을 보기만 했다. 꽁지머리를 한 침입자는 울타리를 넘어 곡예사처럼 반대쪽에 착지했다. 그러더니 배낭에서 볼트 절단기를 꺼내 사슬을 자르고 커다란 철문을 질질 끌어서 열기 시작했다.

갑자기 비가 불빛에 반짝거렸다. 뒤편에서 한 쌍의 헤드라이트가 눈앞의 현장을 비추고 있었다. 이러다 눈에 띄겠다는 생각에 핀레이와 크리스천은 좌석 아래로 몸을 숙였다. 다섯 개의 검은 형체가 조수석 바로 옆을 지났고 검은 밴이 그 뒤를 따랐다. 밴이 사람 걸음걸이속도로 조선소를 향해 가는 동안 엔진 소리는 빗소리에 묻혀 들리지 않았다.

핀레이는 무전기를 더듬어 찾았다.

앞 유리 너머로 뿔뿔이 흩어진 일당이 제일 큰 창고로 다가가는 모습이 보였다. 핀레이는 투박한 무전기를 입가에 댔다.

"크리스털?" 핀레이는 본인이 제일 좋아하는 본부 요원의 이름을 속삭여 불렀다. 본부에 남아 누구를 어디에 배치할지 정하는 요원이었다. 크리스천은 저녁 내내 무전 채널에서 그 목소리를 들었던 기억이 났다. "크리스털!"

그때, 젖은 아스팔트 위를 달리는 타이어 소리가 빗소리를 뚫고 들려왔다. 밴 한 대가 점점 속도를 높이며 창고로 달려가고 있었다. 그 속도라면 거대한 회전문을 뚫고 들어가기 충분했다. 밴을 타지 않은 조직원들은 자동 소총의 연사 소리를 따라 건물 입구로 뛰어 들어갔다. 마약범죄소굴로 들어가 마약을 탈취하려는 놈들이 틀림없었다.

무전기에서 잡음과 함께 딸깍 소리가 났다. "핀레이야?"

"어. 지금 고반Govan 조선소에 와 있는데 당장 지원이 필요해."

건물 안에서 폭발음이 들렸다. 마이크를 통해 소리가 들어갔는지 배치 요원의 친근한 말투가 갑자기 사무적으로 변했다. "그쪽으로 지원을 보냈다. 이상 끝."

핀레이가 무전기를 내려놓은 순간, 두 번째 폭발음이 들리고 꽁지머리를 한 남자가 일 층 창문 밖으로 튕겨 나왔다. 땅에 쓰러져 뒤틀린 몸이 조명등 불빛에 보였다.

"우와!" 크리스천이 크게 웃었다. 벌써 머릿속으로는 동료들에게 자랑할 무용담을 만들어내고 있었다.

바로 그때, 믿기 힘든 일이 벌어졌다. 몸이 뒤틀린 남자가 팔을 쭉 뻗더니 비틀거리며 일어난 것이다. 그는 물웅덩이에 빠진 총을 집어 들고 절뚝이며 건물 안으로 들어갔다.

"대단한 열정이네." 크리스천이 햄버거를 입 안으로 욱여넣으며 말했다.

핀레이는 짜증스럽게 고개를 돌렸다. "지금 먹을 게 넘어가?"

크리스천이 뭐가 어떠냐는 듯 어깨를 으쓱했다. "그럼 우리도 들어갈까?"

"좋지." 핀레이가 창문을 내리고 차 지붕에 경광등을 붙였다.

저 멀리서 불꽃놀이가 계속되며 도시 위로 불꽃이 쏟아져 내렸다. 핀레이가 시동을 걸자 스테이터스 쿠오의 '로킨 올 오버 더 월드Rockin' All over the World'가 울려 퍼졌다. 사이렌을 켠 차가 창고를 향해 빠르게 달려갔다. 구체적인 계획은 없었다. 경찰차 한 대가 나타나면 곧 경찰이 더 많이 들이닥치리라 지레짐작하기를 바랄 뿐이었다.

"꽁지머리가 돌아왔어!" 크리스천이 경고했다. 비틀거리며 창고에서 나온 남자는 포드 코티나를 향해 총을 쐈다.

"빨리 밟아!" 크리스천이 외쳤다. 날아오는 총알 세례에 차는 여기저기 구멍이 뚫렸다.

"밟고 있어!" 핀레이도 악을 쓰며 운전대를 꺾었다. 차가 이리저리 움직이는 바람에 의도치 않게 총잡이를 들이받았다.

소름 끼치는 충돌음이 들렸고 축 늘어진 몸이 강쪽으로 굴러갔다. 빙그르르 회전하던 차가 멈춰 서며 망가지지 않은 헤드라이트 불빛이 한 곳을 비추었다. 사고 지점에서 6미터 떨어진 곳에 피투성이 시체가 쓰러져 있었다. 크리스천과 핀레이는 숨을 헐떡이며 불안한 눈빛을 교환했다. 혹시 감당할 수 없는 일을 저질러버린 것이 아닐까….

그때 찌그러진 보닛에 튀기는 빗방울 사이로, 꺽다리 남자가 또한 번 부활하는 모습이 보였다.

"뭐야?!" 크리스천은 경악했다.

긴 머리 남자는 팔을 부들부들 떨며 손과 무릎으로 땅을 짚고 일어났다.

핀레이가 위협적으로 시동을 걸었다.

"다시 쳐버려!" 크리스천이 외쳤다.

딱 봐도 팔이 징그럽게 부러졌는데 남자는 흠뻑 젖은 몸을 힘들게 일으켜 세웠다. 그러고는 비틀거리며 서서 금이 간 자동차 앞유리를 빤히 보았다. 불안하게 자신을 주시하는 두 경찰의 얼굴을 본 남자는 망설이지도 않고 뒤를 돌아 어두운 강물에 뛰어들었다.

"허." 핀레이가 강에서 눈을 떼지 못하고 고개를 끄덕였다. "얼마를 받고 저러는지 모르겠지만 저 정도면 더 줘야겠다."

크리스천과 핀레이는 차에서 내려 창고로 달려갔다.

망가진 문 앞에서 살핀 내부는 섬뜩하리만치 고요했다. 적재 구역에 널린 잔해더미 사이에서 검은색 밴이 보였다. 뒷바퀴는 땅에서 30센티미터 떨어져 아직도 무의미하게 돌아가고 있었다. 뒤쪽 벽의 철제 계단 끝에는 단단해 보이는 문이 있었다.

"아무도 없는 것 같아." 크리스천이 속삭였다.

크리스천은 긴 머리를 하나로 묶고 밴으로 달려갔다. 빈 운전석을 힐끗 보니 일부러 끼워 넣은 막대기가 액셀러레이터를 누르고 있었다. 크리스천이 이리 오라고 핀레이에게 손짓했다.

"위로?" 핀레이가 제안했다.

"위로." 크리스천이 고개를 끄덕였다.

계단을 올라가자 잠수함에나 있을 법한 타원형의 금속문이 나왔다. 유리에 난 총알구멍 하나로 차가운 바람이 쉭쉭 새어 나왔다.

"에어록(압력 차이를 이용해 두 개의 문이 동시에 열리지 않게 만든 구조 – 옮긴이 주)이야." 핀레이가 얼굴을 찌푸리며 바람이 나오는 곳을 가리켰다.

끙끙대며 문을 열고 병원 복도 같은 곳에 들어서자 또 건물 어디선가 굉음이 들렸다. 맞은편에는 시체 두 구가 벽에 기대 쓰러져 있었다. 하나는 기습 공격을 한 일당 중 한 명이었지만 다른 하나는 전신 방호복 차림이었다.

"내 뒤에 서 있어." 핀레이가 속삭이며 첫 번째 시체의 무기를 빼앗았다. 그러고는 훈련받은 대로 열려 있는 문 안쪽을 철저히 확인했다. 공업용 저울, 지폐 계수기, 운반 수레 말고는 아무것도 보이지 않았다.

압축된 공기가 새어 나오며 실내에 바람이 불었다. 앞에서 날아오는 바람을 맞으며 계속 걸어가는데 아래에서 깊은 폭발음이 들렸다.

두 사람은 그 자리에 얼어붙었다.

"소리가 불길해." 크리스천이 속삭였다.

핀레이가 고개를 끄덕였다. "빨리 끝내자."

복도 끝으로 달려가니 두 번째 에어록 문이 길을 가로막고 있었다. 핀레이는 긴 손잡이를 잡고 안간힘을 써서 문을 열었다. 압력 차이로 바람이 쏟아지는 문 사이를 크리스천이 휘청이며 지나갔다. 육중한 문을 간신히 붙잡고 있던 핀레이까지 틈을 비집고 들어와 손을 놓자 문이 쾅 소리를 내며 닫혔다.

"내 걱정은 마. 알아서 들어왔어." 핀레이가 빈정거렸지만 반응은 없었다. 크리스천은 사람 키만큼 쌓인 미색 가루 봉지와 그 옆에 놓인 현금다발을 홀린 듯 바라보고 있었다. 핀레이가 다가가 크리스천에게 총을 건넸다. 핀레이는 봉지 하나에 작은 구멍을 뚫어 손가락을 핥고서 바닥에 퉤 뱉었다. "헤로인이야."

"얼마나 많이 있는 거야?" 크리스천이 물었다. 지금껏 거리에서 압수해본 헤로인은 많아야 1킬로그램이었다.

"글쎄…, 몇천 킬로그램은 되지 않을까."

발밑이 다시 우르르 울렸다. 붉은 불빛이 벽에 일렁이자 핀레이는 자세히 살펴보기 위해 문으로 다가갔다. 문틈으로 뜨거운 바람이 불어 닥치고 있었다. 작은 창문을 통해 내다보니 창고 위층으로 이어지는 금속 통로가 보였다. 망가진 문이 활짝 열렸다. 핀레이는 문을 지나 미친 듯이 날뛰는 불길을 향해 조심조심 다가갔다.

문밖으로 나오자마자 불길의 열기 때문에 눈을 가려야 했다. 한때 최첨단 마약 제조 공장이었던 건물은 사라지고 없었다. 수많은 드럼통과 깡통이 차례로 폭발하며 아래층 바닥에 널브러진 시체들을 화장했다. 공장에서 일하던 직원, 공장을 기습한 조직, 평상복 차림을 한 경비원까지 전부 다 활활 타고 있었다.

신발 밑창이 녹아내리자 핀레이는 얼른 다시 뛰어 들어와 망가진 문을 힘껏 닫았다.

"무슨 일 있어?" 크리스천이 걱정스러운 표정으로 물었다.

"불났어."

"크게?"

"아주 크게."

"돌겠네."

"우리가 총격전을 놓쳤나 봐. 다 죽었어."

두 사람은 출세를 도와줄 물건으로 고개를 돌렸다.

"어느 게 더 중요할까?" 조금 더 경력이 많은 핀레이에게 크리스천이 물었다. "약이야, 돈이야?"

핀레이는 이러지도 저러지도 못하고 갈등했다. 뒤쪽의 벽이 보글보글 끓기 시작했다.

"약이야, 돈이야? 핀?"

"약. 약이야."

크리스천은 반박하고 싶은 표정이었지만 유리 깨지는 소리에 당장 움직여야 했다. "저쪽에 수레가 있었어."

핀레이는 고개를 끄덕이고 에어록 문으로 달려갔다. 크리스천은 겨우 통과할 수 있을 만큼만 문을 열었지만, 붙잡고 있으려니 뜨거운 바람에 눈을 뜰 수 없었다. 잠시 후, 크리스천이 운반 수레에 시체 하나를 싣고 돌아왔다. 수레 밑으로 처진 손이 바닥에 질질 끌렸다.

"마약 딜러였잖아!" 크리스천이 탐탁잖은 핀레이의 표정을 보고 항변했다. "죽어서는 도어스톱으로 쓸 거야."

크리스천은 시체를 문 사이에 대충 떨어뜨렸다. 핀레이가 같이 마약을 싣는다고 문을 놓아버리자 와지끈 뼈 부러지는 소리가 났다. 크리스천은 순간 속이 울렁거렸지만 무시하기로 했다. 90초 후, 마지막 봉지까지 수레에 실렸다. 창고가 용광로로 변해가며 두 사람의 얼굴에서 땀이 뻘뻘 쏟아졌다.

"어서 가! 어서!" 핀레이가 외쳤다. 크리스천은 무너지는 건물 속에서 불길에 쫓기면서도 주황색으로 빛나는 돈다발 더미를 아쉬운 눈으로 한 번 더 돌아보았다.

가장 먼저 출동한 지원 병력이 불바다로 달려가는 사이, 크리스천과 핀레이는 검은 가래를 토해냈다. 불길이 닿지 않는 곳으로 마약 봉지를 옮기느라 진이 다 빠진 두 사람은 아스팔트 바닥에 앉아 불 난 창고 위로 터지는 불꽃을 보고 있었다. 핀레이는 파트너의 손이 떨리는 것을 보았지만 아무 말도 하지 않았다. 차가운 비를 맞고 있으니 화상 입은 왼쪽 팔이 고통스럽게 욱신거렸다.

그때 자동차 문이 닫히는 소리가 들렸다.

"가자." 핀레이가 크리스천에게 말하며 일어났다.

두 사람이 기록적인 마약 단속의 성과물을 사이에 두고 엄지를 들어 올리며 입이 찢어지게 웃는 사이, 뒤에서는 창고 지붕이 무너져 내렸다. 이번 사건을 상징하게 된 그 장면은 며칠이나 전국의 일간지를 장식했다. 강도전담반, 더 나아가 경찰 전체가 홍보 효과를 톡톡히 누렸다. 그 사진은 우리 사이에 아직도 영웅들이 걸어 다니고 있다는 증거였다.

3

2016년 1월 6일 수요일
오전 9시 53분

"사람이 죽었습니다, 백스터 경감님!"

"죽은 사람이 한둘인가…, 이런 큰 사건이 터졌는데…." 차분하게 대답하던 백스터가 갑자기 날을 세웠다. "그런데 어째 당신네들은 죽어 마땅한 인간 하나를 위한답시고 모두의 시간을 낭비할 작정인 것 같네요."

FBI 조사는 예상했던 대로 흘러갔다. 백스터의 마지막 사건이 휩쓸고 지나간 자리에는 전례 없는 혼란만 남았고 문제를 해결하는 것은 다른 사람들의 몫으로 남았다. 용의자는 처형당했고, 용의자를 죽인 CIA 요원이 사라졌다. 범죄 현장은 폭설에 덮였고, 런던 중심지 일부가 무너져 내렸다.

"루쉬 요원의 현재 행방에 대해 알고 계십니까?"

"내가 알기로 루쉬 요원은 죽었어요." 백스터가 태연하게 대답했다.

뜨거운 히터 바람이 뿜어져 나오는 조사실에서 FBI 요원의 질문은 계속되었다.

"루쉬 요원의 자택에 수색팀을 투입하신 적이 있죠?"

"네."

"그럼 루쉬 요원을 신뢰했던 건 아니군요?"

"그래요."

"동료애 같은 감정도 없고요?"

찰나의 순간이지만 분명 백스터는 망설였다.

"전혀요."

옆방에서 조사가 끝나자마자 울프는 일어나 문으로 걸어갔다.

"어딜 가요?" 손더스가 물었다.

"가서 봐야겠어."

"'체포 중'이 무슨 뜻인지 모르는 겁니까?"

"우리 합의했잖아요." 울프가 바니타를 돌아보며 말했다.

"마음대로 해." 바니타가 나가보라고 손짓했다. "설마 지금보다 상황이 더 나빠지겠어."

"놀랐지!"

울프가 억지로 웃음을 지었다. 하지만 침묵이 길어지자 입가가 쑤셔왔다. 암내를 풍기던 감사관이 나갔는데도 퀴퀴한 냄새는 아직 사라지지 않았다. 백스터는 맞은편에 앉은 울프를 빤히 보기만 했다. 입을 열지 않았고 겉으로는 침착해 보였지만 커다란 검은 눈에서는 무수한 감정이 서로 자기를 먼저 꺼내어 달라고 다투고 있었다. 마치 슬롯머신이 멈추기를 기다리는 기분이었다.

울프는 의자에서 불편하게 자세를 바꾸며 구불구불한 머리카락을 눈에서 쓸어 넘기고 무릎에 놓아둔 파일을 집어 들었다. 파일을 철제 테이블에 내려놓자 수갑이 테이블에 부딪혀 짤랑거렸다.

"'한 대 맞는다'에 5파운드요." 손더스가 특수 유리 뒤의 안전한 자리에서 관람하며 바니타에게 내기를 걸었다.

바니타가 눈을 감고 힌디어로 뭐라 중얼거렸다. 현재 그녀는 그녀 인생에서 가장 큰 골칫거리 세 명에게 포위된 상태였다.

"조용히 해."

울프는 테이블 위로 손을 뻗어 옆방에서 엿듣지 못하도록 마이크 전원을 껐다. 그러고는 목소리를 낮춰 속삭이듯 말했다. "내가, 음…. 지금 당장은 내가 별로 안 보고 싶다는 거 알아. 그런데 너 보니까 말로 표현할 수 없게 정말 좋다." 울프가 특수 거울 쪽을 못마땅하게 쳐다보았다. 몇 분만이라도 단둘이 얘기하고 싶은데. "걱정 많이 했어… 최근에 있었던 일들로. 내가…, 내가 어떻게든 도울 방법이 있었을까…."

울프가 더듬거리며 말하는 동안, 백스터는 안면 근육 하나 움직이지 않았다.

울프는 헛기침을 하고 말을 이었다. "핀레이 집에 갔었어. 매기 만나고 왔어."

백스터의 표정이 흔들렸다.

"매기한테 뭐라고 하지는 마. 너한텐 아무 말도 하지 말라고 했거든. 아무튼, 내가 바니타 총경하고…, 거래를 했어. 마지막으로 사건 하나 해결할 수 있게 도와준대. 핀레이를…, 그렇게 만든 놈을 찾게 해준댔어."

백스터의 호흡이 빨라졌다. 촉촉하게 젖은 눈이 깜박거렸다.

"사람들이 뭐라고 하는지 알아." 울프가 신중하게 말을 이었다. "파일을 검토하니까 그런 말이 왜 나왔는지 알겠더라. 외부에서 보면 완벽하게 맞아떨어져. 하지만 아니라는 거 너도 잘 알잖아." 울프의 목소리가 갈라졌다. "핀레이가 매기를 두고 떠났을 리 없어. 너를 두고…, 우리를 두고 떠났을 리 없어."

눈물이 백스터의 뺨을 타고 흘러내렸다.

울프는 백스터 쪽으로 파일을 밀었다. 인쇄물 겉면에는 손글씨로 이렇게 적혀 있었다.

백스터 파일

"파일만이라도 봐줘." 울프가 다정하게 말했다.

"못 해요." 침묵을 지키던 백스터가 속삭였다.

울프가 파일을 넘겨 메모가 적힌 페이지를 찾는데 백스터가 자리에서 일어났다.

"하지만 여기 쓰여 있는 걸 보면…."

"못 한다니까!" 백스터는 벌컥 화를 내고 조사실을 뛰쳐나갔다.

울프는 힘없이 얼굴을 문지르고 파일을 덮었다. 의자에서 일어나 뒤에 있는 기밀 서류 수거함에 파일을 툭 던진 울프는 테이블로 돌아가 마이크를 켜고 커다란 특수 유리를 향해 말했다. "혹시 못 봤을까 봐요. 안 한대요."

백스터는 지하철역에서 나와 테스코 익스프레스부터 들렀다.

윔블던 하이 스트리트를 천천히 걷는데, 아직 녹지 않은 눈이 길 군데군데 보였다. 눈은 얼어붙은 가로등 아래 쌓여 있거나 점점 작아지는 그림자 안에서 조금씩 녹아내리고 있었다. 아파트 입구에 도착한 백스터는 습관적으로 토머스의 집 열쇠를 찾았다. 현재 백스터가 어디를 자신의 집이라고 생각하는지 알 수 있는 습관이었다. 백스터는 무거운 장바구니 두 개를 양손을 들고 계단을 오르다 꼭대기에서 멈춰 섰다. 그녀의 집 현관문이 활짝 열려 있었다. 백스터는 장바구니를 내려놓고 조심스럽게 다가갔다. 숏컷을 한 여자가 동물병원 간호사복 위에 재킷을 걸치고 지퍼를 채우며 백스터의 집에서 걸어 나왔다.

"홀리!" 백스터가 안도의 한숨을 쉬었다.

"에밀리!" 여자가 반갑게 인사를 했다. 하지만 친구 백스터의 쌀쌀맞은 성격을 잘 알기에 껴안으려 하지는 않았다. "네가 오는지 몰랐어."

"그러게. 나도 몰랐어."

"출근 전에 시간이 좀 남았더라고. 그래서 잠깐 들렀다가 나오는 길이야…."

"커피 마실래?" 마침 커피를 잔뜩 쟁여 온 백스터가 물었다.

"그러고 싶은데 지각이야. 다음에 해도 되지?"

"그럼."

떠나는 친구에게 길을 비켜준 백스터는 장바구니를 들고 집에 들어갔다. 주인을 반기는 에코가 빠르게 코너를 돌다 책장을 들이받는 모습이 눈에 선했지만, 에코는 지금 백스터의 나머지 물건들과 같이 토머스의 집에 있었다.

집에 돌아온 기분은 묘했다.

현관에서 병원 냄새가 났다. 병균의 악취를 감추려는 탈취제 냄새였다. 주방 조리대 위에는 붕대와 반창고와 반쯤 남은 약병이 어지럽게 놓여 있었다. 백스터가 장바구니를 냉장고로 가져가 정리하기 시작할 때, 침실에서 쿵 하는 소리가 들렸다.

백스터는 야채 쿠스쿠스 메들리라는 애매한 이름의 냉동식품을 손에 든 채 그대로 얼어붙고 말았다.

침실 문이 천천히 열렸다.

백스터는 몸을 일으켜 세우고 불안한 눈으로 복도를 바라보았다.

순식간이었다. 헐벗은 남자가 굶주린 눈빛으로 비틀거리며 백스터에게 다가온 것은.

남자의 가슴에는 섬뜩한 상처가 깊이 새겨져 있었다. 아물지 못한 상처는 딱지투성이였고 색도 누렇게 변했다. 남자가 허겁지겁 백스터에게 팔을 내밀자 두꺼운 붕대가 팽팽하게 늘어났다.

"가관이네요." 백스터가 말하며 조리대 너머로 초콜릿 비스킷 봉지를 던졌다.

"바람 좀 통하게 해주려고요." 루쉬가 설명하며 황급히 과자 봉투를 뜯었다. "고마워요!" 그가 예의를 잊은 어린아이처럼 뒤늦게 감사 인사를 덧붙였다.

"자는 줄 알았어요." 백스터가 천천히 움직이는 루쉬를 보며 말했다. 그는 걸음을 내디딜 때마다 갈비뼈를 움켜쥐고 얼굴을 일그러뜨렸다.

"또 야채 쿠스쿠스 메들리야!" 백스터의 손에 든 냉동식품을 보고 루쉬가 불평했다.

"징징거리지 좀 마요! 몸에 좋은 거니까." 백스터가 씩 웃었다.

장 봐온 것들을 냉동실에 넣는다고 쭈그려 앉은 몇 초 동안은 루쉬를 의식해 억지웃음을 지을 필요 없었다. 루쉬의 상태는 전보다 심각해 보였다. 창백한 피부가 땀범벅이었다. 움직일 때도 상처가 심해지지 않도록 매번 철저히 계획하고 집중해야 하는 것 같았다. 무거운 눈꺼풀을 보니 어젯밤에도 통증으로 제대로 못잔 듯했다. 희끗희끗한 머리카락도 어제보다 힘이 없었고 흰머리는 그새 더 늘어났다.

백스터는 다시 얼굴에 미소를 띠고 일어났다. "홀리는 뭐래요?"

눈보라가 몰아치던 그날 밤, 백스터는 루쉬가 기절하지 못하게 악을 써서 깨우고 그를 억지로 일으켜 세워 범행 현장을 떠나게 했다. 루쉬는 자신이 죽인 남자와 20미터도 떨어지지 않은 거리에 쓰러졌다. 세인트 제임스 파크의 호수 위로 가지를 드리운 수양버들이 보호막이 되어주었다. 공원에 구급대원들이 잔뜩 출동했지만 앞이 보이지 않는 눈보라 속에서 루쉬를 발견한 사람은 한 명도 없었다.

백스터는 몇 시간이 지난 후에야 루쉬에게 무사히 돌아올 수 있었다. 겁은 먹었지만 말을 잘 듣는 토머스를 달고 함께 루쉬를 부축해 차에 태웠다. 백스터가 뒷좌석에서 루쉬를 간호하는 동안, 토머스는 레인지로버의 운전대를 잡고 도심을 벗어나 백스터의 윔블던 아파트로 차를 몰았다.

아무에게도 도움을 청할 수 없는 상황이었다. 결국 백스터는 결혼 축하 파티에 빠진 일로 1년 넘게 연락이 끊긴 친구에게 전화를 거는 위험을 감수했다. 홀리는 정보가 거의 없는 상황에서도 망설이지도 않고 백스터의 집으로 와주었다. 런던 동물병원 간호사인 홀리는 밤새 루쉬의 곁을 지키며 그를 안정시키고 넓은 부위에 퍼져 있는 섬뜩한 상처를 소독했다.

"네?" 루쉬는 먹느라 바빠 듣지 못했다.

"홀리요. 뭐래요?" 백스터가 다시 물었다.

"항생제가 안 듣고 있어서 이대로 계속 안 좋아지면 보름 안에 죽을 거래요." 초콜릿을 먹은 덕에 루쉬의 목소리가 명랑해졌다. "FBI는 뭐래요?"

"당신을 잡으려고 혈안이 되어 있어요."

루쉬는 씹는 동작을 멈추고 음식물을 삼켰다.

"몇 주도 못 기다리나?" 루쉬가 말했다.

백스터는 웃어 보이려 했지만 입이 뜻대로 움직이지 않았다.

"나를 쉽게 포기하지 않을 거예요." 루쉬가 진지하게 말했다.

"알아요."

"있잖아요, 백스터, 내가…."

"쓸데없는 말 하지 말아요." 백스터가 말을 잘랐다.

"내가 여기 있는 걸 들키면…."

"안 들켜요."

"만약에 들키면…."

"안 들킨다니까! 이 얘기 또 하기만 해요!" 백스터가 사납게 쏘아댔다. "침대로 가요. 재수 없게 군 벌로 저녁은 야채 쿠스쿠스 메들리 먹을 줄 알아요!"

백스터는 발을 질질 끌며 침실로 가는 루쉬를 따스한 눈으로 지켜보았다. 냉장고를 열고 잠시 망설이던 백스터가 고개를 저었다. 오늘 저녁으로는 치킨 티카 마살라를 데워주자.

토머스의 집에 먼저 와 있던 백스터는 현관문이 쾅 닫히는 소리를 들었다.

깜짝 선물로 토머스에게 저녁을 만들어주겠다는 야심 찬 계획을 세웠지만, 오늘도 그럴 수 없었다.

"나 왔어!" 반갑게 인사를 하며 들어오던 토머스가 거실 구석에 떨어진 크리스마스트리 가시를 보고 얼굴을 찌푸렸다.

"FBI 미팅은 어떻게 됐어?" 토머스가 물었다.

"끔찍했어."

"아⋯. 루쉬는 오늘 어땠어?"

"끔찍했어."

"아⋯. 그 외에 오늘 하루는?" 토머스는 희망을 버리지 않았다.

백스터의 머리가 산란해졌다. 오늘 그녀는 수갑을 찬 울프를 보았다. 화장실에 숨어서 울었다. 친구를 갉아먹고 있는 염증의 악취를 맡았다. 오후에는 매기의 집에 들러 그녀를 위로했다. 또⋯.

"끔찍했어." 백스터가 대답했다. 또 눈물이 나올 것 같았다.

토머스가 가방을 바닥에 내려놓고 달려와 백스터를 안아주었다.

백스터가 토머스의 가슴에 힘없이 머리를 기댔고 전자레인지가 삑삑거렸다.

"오늘 저녁은 피시 앤 칩스로 할까?" 토머스가 다정하게 물었다.

"좋지."

토머스는 백스터를 한 번 더 꼭 끌어안고 현관문으로 향했다.

"와인 따라놓고 있어. 15분 안에 올게." 토머스가 말했다.

백스터는 웃으며 토머스를 따라 거실로 나갔다. 솔잎이 크리스마스 선물 상자 위로 툭툭 떨어졌다. 토머스가 현관 입구에서 멈춰 섰다.

"오늘 힘들었다는 거 알아. 그래도 이제 끝났으니까 됐어. 끝난 거 맞지?"

백스터가 고개를 끄덕였다. "맞아, 끝났어."

토머스가 환히 웃어 보였다.

현관문이 닫힌 후 백스터는 주방으로 돌아와 와인을 한 잔 따르고 식탁에 앉아 가방에서 구겨진 파일을 꺼냈다. 그리고 조사실 휴지통에서 건져온 파일을 읽기 시작했다.

아직은 끝나지 않았다.

4

2016년 1월 7일 목요일
오전 8시 8분

울프는 이쪽을 보며 쑥덕대면서 자꾸 힐끔거리는 사람들을 무시한 채 시몬스 경감이 쓰던 사무실 앞에서 대기하고 있었다. 문에 붙은 백스터의 이름을 아무리 들여다보고 있어도 실감이 나지 않았다. 예전에 울프와 핀레이가 쳤을 법한 장난으로 보였다.

윗사람들은 무슨 생각이었을까?

백스터는 무슨 생각이었을까?

"좋은 아침, 윌리엄!" 청소부 재닛이 울프에게 인사를 건넸다. "밖에 춥죠."

울프는 살짝 놀라 그렇다고 고개를 끄덕였다. 재닛은 울프가 지난 1년 반 동안 도주 생활을 했다는 사실을 전혀 모르는 눈치였다. 울프는 잠깐이지만 평범한 일상으로 돌아온 즐거움을 맛보았다. 아무 일 없었던 것처럼 상관의 사무실 앞에 앉아 잡담을 나누는 기분이라니. 재닛이 옆에서 쓰레기통을 비우는 동안 울프는 열심히 수갑을 가렸다.

"게리는 대학 잘 다니고 있어요?" 울프가 물었다.

"아, 걔 게이 됐어요!" 재닛이 유쾌하게 대답했다.

"그렇군요!" 울프도 활짝 웃었다. "전공이 뭐랬죠?" 이 순간을 조금이라도 오래 붙들고 싶어 울프가 물었다. 하지만 재닛이 대답할 틈도 없이 사무실 문이 열리고 울프를 부르는 소리가 들렸다.

크리스천은 오늘도 말쑥한 정장 차림으로 책상 앞에 앉아 있었다. 그는 옆자리로 와서 앉는 울프를 향해 윙크했다.

"자네가 준 정보는 확실했어." 백스터의 책상을 차지한 바니타가 말했다. "현재 드부아와 조직원들을 체포하는 작전을 진행 중이고, 배는 프랑스 해안 경비대가 벌써 잡았어. …우리 거래는 유효해."

"그럼 이제 이 친구 수갑을 풀어줄까?" 크리스천이 제안했다.

바니타는 실제로 고통을 느끼는 표정을 지으며 열쇠를 건넸다. 직접 수갑을 풀어준 크리스천은 웃음을 들키지 않으려 기침하는 연기를 해야 했다. 울프가 자신을 묶고 있던 수갑이 풀리자, 그것으로 바니타의 보라색 핸드백을 책상다리에 묶어놓았기 때문이었다.

"서류를 준비 중이야." 바니타가 아무것도 안 한 척 해맑게 고개를 드는 울프에게 말했다. "내일이면 완성되어 서명할 수 있을 거야. 매일 오전, 오후에 내게 연락해야 할 거고. 또 이번 합의가 무기한 계속될 수는 없지. 닷새를 줄 테니 그 안에 구체적인 성과를 내놓도록 해."

울프가 따지려 했다.

"내 입으로 이런 말 하고 싶지 않지만." 바니타가 말을 이었다. "자네는 유능한 수사관이야, 폭스. 그런 자네가 닷새 안에 아무것도 발견하지 못한다면 발견할 게 없다는 뜻이지."

울프는 도와달라고 크리스천을 보았다. 크리스천은 그보다 현명하고 경험이 많아 핀레이 역할을 대신할 수 있는 사람이었다. 크리스천이 고개를 끄덕였다.

"닷새로 해요." 울프가 마지못해 동의했다.

새하얀 하늘을 보니 조만간 다시 눈이 내릴 모양이라 백스터는 우스꽝스러운 방울 모자와 장갑 세트를 썼다.

허술한 창고 문을 두드리자 손수 만든 문패가 못에서 떨어져 젖은 잔디 위로 떨어졌다.

얼마 후 안에서 요란한 소리가 들리더니 에드먼즈가 당황한 표정으로 얼굴을 빼꼼 내밀었다. 자기 집 뒷마당에 누가 찾아오리라고는 예상하지 못한 표정이었다.

"백스터!" 에드먼즈가 웃으며 백스터를 껴안았다.

"티아가 열어줬어." 백스터가 설명하며 알렉스 에드먼즈 탐정 사무실에 들어섰다.

에드먼즈는 급하게 일어나다 걷어찬 의자를 세워 백스터에게 내주었다. "커피 같은 거 권하고 싶은데 지난주에 호스가 얼었어요." 에드먼즈가 양해를 구했다. "집 안으로 갈까요?"

"아냐, 됐어." 백스터는 괜찮다고 사양했다. "그건 그렇고, 사실 나 공적인 문제로 여기 온 거야."

"응? 지금 쉬고 있지 않아요?"

"맞아. 몇 주." 백스터는 굳이 더 설명하지 않았다. 창고 안을 둘러보니 유난히 화가 난 족제비 사진 여러 장이 벽에 꽂혀 있었다. 그 밑에는 맨해튼 지도와 전소된 차량의 범죄 현장 사진이 있었다. 차에 그대로 갇혔던 두 개의 흐릿한 형체가 보였다. 백스터는 속이 안 좋아져 고개를 돌렸다.

"공적인 문제라고 했어요?" 에드먼즈가 먼저 말을 꺼냈다. "나 체포하려고 온 거예요?"

"아니." 백스터가 구겨진 파일을 건네며 말했다.

"사실은 사건을 의뢰하려고 왔어."

울프와 크리스천, 손더스는 복도에 신발을 벗어두고 의무적으로 매기의 장밋빛 립스틱 도장을 뺨에 받았다.

울프는 손더스의 참여를 반대했지만 손더스가 최초 수사에 참여했던 수사관이었기 때문에 싫어도 당분간 같이 일할 수밖에 없었다. 하지만 머스웰 힐로 오는 길에 새로 알게 된 사실이 하나 있었다. 핀레이가 사망한 날 밤, 손더스는 백스터가 도착하기 전까지 매기의 곁을 떠나지 않았다고 한다. 그 사실을 알고 나니 서서히 변하고 있는 손더스의 이미지가 한층 더 좋아졌다.

매기가 딱딱한 대화에 곁들일 음료를 준비하는 동안, 울프는 코트를 벗어 식탁 의자에 걸쳐두었다. 크리스천과 손더스가 위층으로 올라가자 울프는 뒤로 빠져 매기에게 말을 걸었다.

"필요한 거 있으면 큰 소리로 부르세요. 오늘은 저기 올라가지 않는 게 좋겠어요."

매기가 고개를 끄덕였다. 울프는 매기의 손을 더 꼭 잡았다. 매기를 위해서라기보다 울프 자신을 위해서였다.

울프는 동료들을 따라 위층으로 올라가 망가진 문가로 향했다. 그런데 그곳에는 그들이 잘 아는 두 사람이 먼저 와서 기다리고 있었다.

"시발, 놀라라. 이게 누구예요?" 손더스가 먼저 와 있던 두 사람을 향해 말했다.

"욕은 금지야!" 아래층에서 매기가 외쳤다. "난 에밀리가 시킨대로 한 것뿐이야. 에밀리가 자기가 온 걸 말하지 말랬거든!"

울프는 백스터의 입가에 스치는 미소를 놓치지 않았다.

"올 줄 알았어." 울프의 말에 백스터는 반응하지 않았다.

"에드먼즈." 울프가 차갑게 말했다.

"울프." 에드먼즈는 더 쌀쌀맞게 대답했다.

"에드먼즈, 이분은 크리스천 벨라미 청장님. 핀레이의 오랜 친구야." 백스터가 소개했다. "청장님, 이쪽은 사립 탐정 알렉스 에드먼즈입니다." 에드먼즈를 소개하는 목소리에 뿌듯함이 배어 있었다.

두 남자가 악수했다.

"나는 손더스라고 해." 손더스가 에드먼즈에게 손을 내밀며 말했다.

"알아." 에드먼즈가 당혹스러워하며 말했다. "우린 구면이잖아!"

손더스는 모르겠다는 표정이었다.

"나랑 같이 일했잖아. 6개월쯤…. 봉제인형 살인사건 때?" 에드먼즈가 기억이 떠오르도록 말했다.

손더스는 여전히 모르는 표정이었다.

그냥 악수하는 것이 속 편하겠다고 판단한 에드먼즈가 손더스와 악수를 했다.

"좋아, 손더스." 울프가 뒤로 물러나며 손더스에게 자리를 내주었다. "시작해."

손더스는 수첩을 꺼내고 잠시 머뭇거리다 망가진 문으로 걸어가 문을 닫았다.

"1월 1일, 오전 12시 35분, 저와 블레이크 수사관은 자살이 의심된다는 랜들 순경의 지원 요청을 받았습니다. 저희가 오전 12시 56분에 도착해 보니…." 손더스가 목을 가다듬었다. "방 중앙에 엎드린 자세를 한 60세 남성의 시신이 있었습니다. 왼쪽 관자

놀이에 총상이 하나 있었고, 옆에 9mm 권총이 놓여 있었습니
다."

그 보고를 듣고 선뜻 먼저 나서는 사람은 없었다. 다들 각자 생
각에 잠겨 마룻바닥에 생긴 짙은 얼룩을 심각하게 보고 있었다.

손더스가 페이지를 넘겼다. "일단 사신을 찍고 난 후 총은 증거
봉투에 넣었습니다. 과학수사대는 피해자 지문만 존재한다고 했
어요. 핀레이가 왼손잡이인 것과도 일치했고요. 탄환의 각도를 포
렌식해 본 결과, 그 총에서 발사된 총알이라는 게 확인되었습니
다. 랜들 순경은 현장에 도착해 현관문을 강제로 열었어요. 위층
문이 닫혀 있어서 그 문도 강제로 개방하면서 현재 문 주위에 있
는 손상이 생겨난 겁니다." 손더스가 페이지를 또 넘겼다. "시신은
밀실에 홀로 있는 상태로 발견되었고, 하나뿐인 창문은 안에서
닫혀 있었어요. …결론은 자살입니다."

울프는 창가로 걸어가 창문을 살폈다. 아직 비닐도 벗기지 않은
잠금장치는 지금까지 열린 적이 단 한 번도 없었다.

"유서도 없고?" 울프가 물었다.

"발견된 건 없어요." 손더스가 대답했다. "자살 사례 열 건 중
일곱 건이 그런 것처럼요."

"이때 매기는 어디 갔었죠?" 아직 파일을 다 읽지 못한 에드먼
즈가 물었다.

"친구 만나러." 손더스가 말했다. "햄프세드 파티에 참석했어."

"핀레이는 새해를 싫어했거든." 울프와 백스터가 동시에 말했다.

울프는 웃었지만 백스터는 웃지 않았다.

"그래서, 누가 신고했어요?" 에드먼즈가 물었다.

"핀레이가. 복도에 있는 유선 전화로." 손더스가 다시 수첩에 적

힌 내용을 참고했다. "오전 12시 7분. 무언 신고 프로토콜에 따라 한 개 조를 보냈대."

"아무 말도 안 했다고?"

"응." 손더스가 대답했다. "하지만 그 시점에 정신 상태가 어땠을지는 아무도 모르지." 그러면서 대답을 바라는 듯 크리스천을 바라보았다.

"나랑 있을 때까지는 멀쩡했어." 크리스천이 서글픈 미소를 지으며 설명했다. "그 일이 있기 전에 여기 같이 있었네. 새로 딴 위스키를 꽤 많이 마셨지."

백스터는 범죄 현장 사진을 떠올렸다. 싸구려 위스키병이 바닥에 뒤집혀 있었다. 백스터가 핀레이에게 은퇴 기념으로 준 술이었다.

"무슨 이야기를 하셨어요?" 에드먼즈가 크리스천에게 물었다. "실례가 안 된다면 여쭤보고 싶습니다."

"자네들은 연말에 옛 친구를 만나면 어떤 이야기를 하나? 우리는 과거의 모험을 회상했네. 누가 어떤 싸움에서 이겼는지, 우리에게 상처를 준 여자들이 누구였는지." 크리스천이 미소를 지었다. "자정이 막 지나서 핀레이 전화가 온 걸 못 받았어. 죽을 때까지 후회할 일이지. 그러다 몇 분 후에 이걸 받은 거야…."

크리스천이 휴대폰을 들어 보였다.

매기를 부탁해

"이걸 보자마자 놀라서 택시를 잡아타고 최대한 빠르게 이곳으로 돌아왔네. 경찰이 출동해서 문을 강제로 연 지 몇 분 후에 도착했을 거야."크리스천이 말했다. 그는 쓰러진 핀레이가 아직도 보이는 듯 바닥을 응시했다.

"핀레이가 청장님께 휴대폰으로 전화를 걸었다고 했죠?"에드먼즈가 어리둥절한 표정으로 말을 꺼냈다. "그 휴대폰으로 문자도 보냈고요? 그런데 갑자기 아래층까지 내려가서 유선 전화기로 999에 신고를 했다…? 왜 그랬을까요?"

"매기에게 그런 모습으로 발견되고 싶지 않았던 것 같아. 경찰이 매기보다 먼저 와주기를 바랐던 거지."대답하는 크리스천의 목소리가 갈라졌다.

"그렇게 본다면 유선 전화가 위치 추적당하기도 더 쉬울 테고."손더스가 덧붙였다. "핀레이라면 그걸 알았을 거야."

"문 닫고 말 좀 걸어봐."울프가 문틀에서 떼어낸 석고 접착제 덩어리를 보며 말했다.

"이 방은 손주들을 위해 새로 만든 거라 잠금장치가 없었어요."

"하지만 아까…."

"제가 뭐라고 했는지 알아요."손더스가 끼어들었다. "접착제예요. 핀레이는 바닥과 문틀에 석고 접착제를 발라 문을 막았어요. 그래서 들어오기 힘들었던 거고요. 울프, 마음은 이해하지만 아무 의미 없는 일이에요. 핀레이는 완전한 밀실에서 무기를 들고 발견되었어요. 자살 맞아요."

"내가 자살이라고 하기 전까지는 자살이 아니야."울프가 아래층에 있는 매기를 의식하며 손더스에게 가시 돋친 말을 내뱉었다.

손더스는 눈썹을 치켜세우고 다른 사람들을 보았다.

"지금 당신이 하는 말 안 들려요, 울프?"백스터가 울프에게 물었다. "꼭 미친 사람 같아요."

모욕적이긴 해도 최소한 이제는 울프에게 말을 걸고 있었다.

"핀레이는 자살했어요. 나도 무능한 놈 아니라고요, 울프." 자기 편이 더 많다는 데 자신감이 붙은 손더스가 말했다.

단신인 손더스보다 머리 하나는 더 큰 울프가 정면으로 맞섰다.

"윌!" 크리스천이 말했다. 핀레이가 울프를 달랠 때 쓰던 말투와 똑같았다.

잠시 긴장이 감돌았지만 울프는 물러나 뒤를 돌았다.

"여기 있기 싫으면 손더스 너는 나가."

손더스가 홧김에 울프의 등을 밀치고 문 쪽으로 걸어갔다. "나라고 신경 안 쓰는 줄 알아요?" 손더스가 외쳤다. "나도 내 생각이 틀렸으면 좋겠다고요!"

울프가 험악한 얼굴로 손더스를 돌아보았다.

"핀레이는 우리 아버지와 같이 일하던 사이였어요. 몰랐죠?" 손더스가 말했다. "우리 엄마랑 헤어지기로 한 아버지가 떠나려고 차에 시동을 걸고 차고에 앉아 있을 때 나를 찾아와서 그 사실을 알려준 사람이 누구였는지 알아요? 밤새 내 옆에서 내 잘못이 아니라고 말해준 사람이 누구였는데. 나도 신경 쓴다고!"

울프가 미안하다는 듯 고개를 끄덕였다.

"너무 뻔한 질문이지만 물어볼 게 있어요." 백스터가 불쑥 끼어들었다. "총은 누구 거였어요?"

손더스가 바닥에서 수첩을 주워 들었다. "모르겠어요. 베레타 92. 시리얼 번호는 긁어서 지웠어요. 아까도 말했지만 현장에는 핀레이 지문밖에 없어요. SO15(영국의 대테러사령부 – 옮긴이 주)에 있는 친구와 얘기해보니까 최소 삼십 년은 됐을 거래요. 발사 횟수는 셀 수 없고, 탄창에 총알 세 개가 아직 남아 있었고…. 핀레이가 어디서 구했다고 해도 이상할 것 없어요."

"그런 총을 핀레이는 어떤 이유에서인지 지금껏 보관해 왔다는 거군." 에드먼스가 큰소리로 생각을 말했다.

"다들 조심해줄 거라 믿어서 얘기하는데." 크리스천이 입을 열었다. "나나 핀레이 나이가 되다 보면 자연스럽게 기념품 몇 개를 챙기게 돼. 우리 때는 지금처럼 기록도 철저히 하지 않았어."

방 안이 다시 고요해졌다. 눈앞에 나타나기 시작한 막다른 길에서 빠져나갈 방법을 저마다 고민하고 있었다.

"자. 마지막 부분 빨리 해치워도 돼요?" 손더스가 토할 것 같은 표정으로 말했다. "부검 결과 가벼운 질병이 몇 가지 나왔어요. 다 걱정할 정도는 아니었습니다. 그냥 늙어서 생기는 것들이에요. 멍이나 혹도 다른 부상 때문이 아니고 본인이 어디 부딪쳐서 생긴 거래요." 손더스가 계속 읽었다. "사인은 두부에 한 발 맞은 총상이며, 총알은 두개골에서 회수했습니다." 손더스가 발표를 어색하게 마무리하고 울프에게 물었다. "그래서, 이제 어떡해요?"

잠깐이지만 다시 정적이 흐르는 사이, 매기가 주방에서 바쁘게 움직이는 소리가 들렸다. 차를 한 잔씩 더 돌릴 준비를 하는 것이 분명했다.

"우리가 자살이라고 결론을 내주기 전까지는 시신을 유가족에게 내주지 않을 거예요." 백스터가 말했다. "질질 끌수록 매기만 더 힘들어져요."

"얼마가 걸리든 상관없어." 울프가 말했다.

백스터는 콧방귀를 뀌고 고개를 저었다.

"총." 울프가 다른 생각에 빠져 중얼거렸다. "결국 답은 총에 있어. 핀레이가 지금껏 보관한 이유가 있었을 거야. 우리는 그 이유가 뭔지 알아내야 해."

"계획은 있어요?" 손더스가 물었다.

"손더스, 너는 부검에서 나온 총알을 증거물 보관소에서 꺼내와. 과학수사대 애들한테 할 수 있는 모든 테스트를 하라고 해. 그쪽에서 어떤 정보를 주든 간에 도움이 될 거야." 울프가 지시했다. "백스터는 매기에게 집중하고. 매기가 너한테라면 이야기할 테니까. 사소하더라도 핀레이가 평소와 다른 점이 있었으면 의미가 있을 거야. 일상적인 것들 있잖아. 무슨 생각을 하고 있었는지, 최근 다시 떠오른 옛날 사건들은 없었는지…. 제일 중요한 건 핀레이가 그동안 장전된 총을 숨긴 장소를 알아내는 거고."

백스터가 짧게 고개를 끄덕였다.

"내가 핀레이의 과거 사건들 파일을 보고는 있는데 도와줄 사람이 필요해." 울프가 에드먼즈에게 말했다. 에드먼즈가 백스터의 눈치를 살폈지만 백스터는 울프의 논리적인 업무 배정에 토를 달지 않았다.

"청장님께는 계속 소식 전하겠습니다. 공식 보고서에 생략된 것 같은 부분이 있으면 빠진 내용에 관해 여쭤보기도 하고요. 괜찮으시겠어요?"

크리스천이 고개를 끄덕였다. "뭐든 돕겠네."

"핀레이의 과거를 살펴보면 살인 무기에 관한 이야기가 분명히 있을 거예요." 울프가 말했다. "그게 뭔지 찾아보자고요."

5.

1979년 11월 7일 수요일
오후 5시 49분

"핀레이! 왼쪽이야." 크리스천이 다급히 속삭였다. "다른 왼쪽!"

두 사람은 페인트가 벗겨진 19호 현관문으로 소리 죽여 다가갔다. 나무를 후벼 판 자리에 새것처럼 반짝이는 자물쇠가 달려 있었다. 건물 전체가 일주일 치 쓰레기와 소변 악취로 찌든 상태였다. 복도 끝의 깨진 창문에 비친 불빛도 이 건물 안으로는 들어오기를 주저하는 듯했다.

핀레이가 화상 입은 팔을 벽에 댔다가 큰소리로 욕을 했다.

크리스천이 짜증스럽게 핀레이를 처다봤다.

"그거 빨리 치료받아." 문을 사이에 두고 크리스천이 속삭였다. "어디 봐."

"지금?!" 핀레이가 인상을 쓰며 속삭였다. "너 그러는 이유가 뭐야?"

"뭘?"

"사람만 보면 의사처럼 진찰하려는 거."

"사람 누구?"

"전부 다!"

"하긴…, 내가 좀 그렇지." 크리스천이 인정하는 말에 둘은 킬킬 웃었다.

"그럼 우리… 하는 거지?" 핀레이가 물었다.

조선소에서 불에 탄 창고가 무너지던 그 시각, 인근에서 차량 탈취 사건이 벌어졌다. 그런데 부상당한 상태였다는 가해자의 생김새 묘사가 꽁지머리 용의자와 일치했다. 도난당한 차량은 골발스 매시슨 테라스에서 발견되었고, 내부에 혈흔과 지문이 너무 많아 분석에만 몇 주가 걸릴 예정이었다.

하지만 핀레이와 크리스천은 도난 차량이 글래스고에서 치안이 제일 안 좋은 동네 근처에 있었다면 그 사실도 실마리가 된다고 보았다.

거기서부터 조사를 시작해 비공식적인 경로로 정보를 모으자 남자의 위치를 찾기란 어렵지 않았다. 컴벌랜드 스트리트에 있는 브렌달 타워는 거대한 불법 점유 건물이나 마찬가지였다. 주로 마약 중독자들이 빈둥거리고 매춘부들이 활동하는 곳이었다.

크리스천은 건드리고 싶지도 않게 생긴 문을 발로 뻥 찼다. "경찰이다!"

하지만 문은 꿈쩍도 하지 않았고, 안에서도 아무런 소리가 들리지 않았다.

"…망할!" 크리스천이 우는 소리를 내며 벽에 기대 주저앉았다.

"혹시 아직 못 들은 건 아닐까?" 핀레이가 농담하며 경찰봉을 들고 앞으로 나왔다. 경찰봉으로 문을 두드리려다 왠지 문고리를 돌려보고 싶다는 생각이 들었다. 문고리가 저항 없이 돌아가고 문이 활짝 열렸다.

"됐어! 아무 말도 하지 마!" 크리스천이 성질을 부리며 절뚝절뚝 따라 들어왔다.

원래도 지저분한 방이었지만 바닥에 널브러진 시체 때문에 냄새가 더 고약했다. 시체는 그때 본 꽁지머리를 완전히 드러내며 엎어진 자세였고 등에는 무시무시해 보이는 사냥용 칼이 꽂혀 있었다.

"끔찍하군." 핀레이가 마음에 없는 말을 하며 비좁은 원룸을 둘러보았다.

몸싸움의 흔적이 보였다. 가구가 부서지고 발밑에는 깨진 유리가 굴러다녔다. 가스레인지 위에서 새까맣게 탄 프라이팬 주위로 파리가 날아다녔다.

크리스천은 조금 실망한 표정이었다. "뭐야, 불사신은 아니었네?"

"그러게. 다음은 내가 할까, 그럼?" 핀레이가 툴툴거리며 시체를 더듬었다. 뒷주머니에서 지갑이 나왔다. "루벤 드 위스." 핀레이가 외국인 운전면허증을 펼치며 말했다. 크리스천이 서있는 창가로 걸어가니 창밖으로 담배를 피우는 식당 종업원들과 쓰레기통이 보였다. "네덜란드인이었나 봐…."

크리스천이 관심 없다는 소리를 냈다.

"꼴까닥하기 전까지 말이지." 핀레이가 덧붙이며 친구를 보았다. 크리스천은 고개를 저었지만 웃지 않으려고 용을 쓰고 있었다.

"좋아." 크리스천이 살벌한 풍경 감상도 지겨워졌다는 말투로 말했다. "가서 보고나 하자고…." 그러다 멈췄다. "저기…, 몸을 더듬는 동안 혹시 맥박 확인해봤어?"

무슨 말인가 싶어 뒤를 돌아보았다.

시체가 없었다. 바닥에 질질 끌린 핏자국은 문밖으로 사라졌다.

핀레이가 공포에 질려 크리스천을 돌아보며 변명했다. "등에 이

만한 칼이 꽂혀 있었다고!" 두 사람은 핏자국을 따라 복도에 있는 계단으로 뛰어나갔다.

"이렇게 하자." 상황을 즐기는 듯한 크리스천이 헉헉거리며 계단을 뛰어 내려가는 동안 말했다. "다음에는 심장에 나무 말뚝을 꽂는 거야!"

아래에서 육중한 문이 쾅 닫히는 소리가 났다.

핀레이와 크리스천도 10초 후 어둠 속에서 눈부신 회색빛 밤거리로 나왔다. 무작정 건물에서 나와 보니 골목길이었다. 부활한 용의자는 스무 걸음 앞에서 사냥용 칼을 등에 꽂은 채로 비틀거리며 중심가를 향해 걸어가고 있었다.

"어이, 루벤?!" 크리스천이 뒤에 대고 외쳤다. "너처럼 불쌍하게 도망치는 놈은 내가 처음 본다!"

네덜란드인은 없는 힘까지 다 쥐어짜 그들에게 중지를 들어 보였다.

"무례하네." 핀레이가 너털웃음을 쳤다.

고통스럽게 발을 내딛는 용의자의 걸음이 점점 느려지고 있었기에 느긋하게 뒤를 따라가도 충분했다. 네덜란드인이 휘청거리며 번화가로 나가자 놀란 사람들의 비명이 한꺼번에 터져 나왔다. 핀레이와 크리스천은 여유롭게 골목길에서 나와 행인들을 진정시켰다.

"물러나세요!"

"지나가겠습니다."

"앰뷸런스 불러주실 분?"

그러다 기어서 도망치기 시작한 남자를 보고 안쓰러워 고개를 저었다. 부러진 팔은 땅을 짚지도 못하고 질질 끌렸다. 그러는 동안 중앙 도로에서는 평소처럼 차들이 빠르게 지나가고 있었다. 핀레이의 4분 늦는 디지털 손목시계가 삑삑거리며 6시 4분을 알릴 때, 네덜란드인이 풀썩 쓰러졌다.

"네가 해." 핀레이가 용의자를 가리키며 크리스천에게 말했다.

하지만 크리스천이 앞으로 나가려는 순간, 남자는 힘겹게 무릎을 딛고 일어나더니, 몸 뒤에 있는 무언가를 찾는 듯한 모습을 취했다. 이윽고 몸에 깊이 박힌 칼자루를 손에 쥐었다.

"나라면 그거 안 건드린다!" 크리스천이 충고했다. 또 의사처럼 조언한다고 핀레이가 비웃었지만 크리스천은 친구의 반응을 무시했다.

남자가 고통스럽게 비명을 질렀다. 조금씩, 조금씩 칼을 뽑고 있었다.

"워! 워! 워!" 크리스천이 그렇게 외치며 막으러 달려갔지만 너무 늦었다.

남자가 얼굴에 머리카락을 날리며 칼을 휘두르고 있었다. 옆구리를 깊게 찔린 크리스천이 인도로 쓰러져 상처를 움켜쥐었다.

"가만히 있어, 크리스천!" 핀레이가 지시했다. 네덜란드 남자는 비틀거리며 다시 일어났다. 입가에서는 계속 피가 흐르고 있었다.

핀레이는 경찰봉을 들었다.

"가까이 오지 마!" 주위에 모여든 사람들에게 남자가 경고했다. 그는 쉴 새 없이 차가 다니는 뒤편의 대로를 힐끗 보았다. 7번 버스가 버스 정류장에 들어서기 전에 길을 건널 수 있겠다고 판단했지만…

…시트로엥 2CV가 버스를 추월할 줄은 미처 몰랐다.

텅 소리가 나고 끼이익 하는 타이어 마찰음이 들렸다. 남자의 축 늘어진 몸이 바퀴에 걸려 납작하게 눌렸다.

핀레이는 몇 초간 사고 회로가 정지되었다. 머리보다 몸이 먼저 튀어 나가 차량 운행을 막고 넋이 나간 시트로엥 운전자를 길가로 안내했다. 핀레이는 크리스천 옆에 쪼그리고 앉았다. "괜찮아?"

"응, 이 정도쯤이야." 크리스천이 창백한 얼굴로 미소를 지었다.

핀레이는 친구의 등을 툭툭 두드려주고 차로 돌아왔다. 차체 아래에 손을 뻗은 후 이상한 각도로 꺾인 팔 하나에 수갑을 채워 범퍼에 묶어두었다.

"무슨 짓이야?" 저쪽에서 크리스천이 외쳤다. "머리가 반대로 돌아갔어. 살았을 리 없잖아!"

핀레이는 담뱃불을 붙이며 인도 가장자리에 앉았다. 멀리서 사이렌이 다가오는 소리를 들으며 죽은 죄수에게 시선을 고정했다.

"혹시 모르잖아. 또 일어날지…."

핀레이는 의사가 크리스천의 상처를 봉합하는 모습을 보며 부르르 몸을 떨었다. 갈고리 모양의 바늘이 피부를 찌르고 텐트 형태로 들어 올리는 광경은 매혹적이었지만 한편으로는 속이 조금 울렁거렸다.

"두 사람에게 파란만장한 일주일이었네요?" 의사가 말했다. 텁수룩한 수염이 입을 덮고 있어 웅얼거리는 소리로 들렸다. "다 됐습니다." 의사는 실 끝을 자르고 자신의 작품을 감상했다. "예쁘네요."

크리스천은 상처를 내려다보며 뚱한 표정으로 말했다. "수고하셨습니다, 선생님." 상처가 예쁘다니….

"이제 이 친구를 볼까?" 의사가 말하며 핀레이 쪽으로 몸을 틀었다. 핀레이가 직접 두른 붕대를 벗기자 이틀 된 화상에 더러운 붕대가 달라붙어 잘 떨어지지 않았다. 의사가 인상을 썼다. "다음에 또 3도 화상을 입을 일 있으면 병원에 들르는 것도 고려해 봐요."

"알겠습니다." 핀레이가 고개를 끄덕였다.

의사가 장갑을 벗고 재빨리 메모를 적었다.

"소독하게 간호사 보낼게요." 의사가 크리스천의 커다란 봉합 부위를 가리키며 말했다. "저것도 좀 살펴보고요." 그러면서 핀레이에게 혀를 끌끌 차고 나갔다.

크리스천은 어마어마한 상처를 내려다보았다. "흉터 살벌하게 남겠다." 크리스천이 환하게 웃었다.

"네 시시한 인생에서 제일 화려했던 일주일이지?" 핀레이가 그렇게 말하는데 커튼이 열리더니 미모의 젊은 간호사가 쟁반을 들고 들어왔다. 하얀 간호사 모자 아래로 검은 머리카락이 구불구불 흘러내렸다.

핀레이는 그 자리에 얼어붙었다. 구운 밤 같은 갈색 머리, 장밋빛 입술, 반짝거리는 푸른 눈까지. 가을을 의인화하면 이 여자가 아닐까 하는 생각이 들었다. 크리스천도 마음에 든다는 눈빛을 보냈지만 핀레이는 알아차리지 못했다. 그녀에게서 눈을 뗄 수가 없었다.

"자, 둘 중 어느 분이 핀레이죠?" 간호사가 물었다.

여왕 같은 말투였다.

"빨리요. 어려운 질문 아니잖아요. 핀레이? 누가 할래요?"

"네. 제…, 제가 핀레이입니다." 핀레이가 투박한 글래스고 사투리를 안 쓰려고 노력하며 말했다.

크리스천이 그를 이상하게 쳐다보았다.

쟁반에서 필요한 물건을 챙긴 간호사가 달콤한 미소를 지었다. 그러더니 핀레이의 머리를 한 대 쥐어박았다.

"아야!" 핀레이가 외쳤다.

"의사 선생님 명령이에요." 간호사는 미안해하지도 않고 말했다. "앞으로는 다쳤으면 숨기지 마세요. 우리 일만 늘어난다고요."

"어우씨!" 핀레이가 얼굴을 구겼다. 어떻게 때렸길래 이렇게 아프지?

"못된 말 금지!" 그녀가 덧붙였다. "이건 간호사 명령이에요."

그녀가 침대 옆에 앉자 딸기와 초콜릿 냄새가 났다. 티 나게 쿵쿵대던 핀레이는 들킬까 봐 감기에 걸린 척 기침 연기를 했다.

"우리 몰라요?" 크리스천이 핀레이의 팔을 소독하는 간호사에게 물었다.

"알아야 해요?"

"그건 아니지만요. 그래도 스코틀랜드 역사상 최대 규모의 마약 단속이었으니까요…. 대단한 일은 아니지만요."

간호사가 호기심 어린 눈으로 핀레이를 올려다보았다.

핀레이는 점심으로 치즈 양파 파이를 먹은 것을 후회하며 숨을 참았다.

"조선소 화재." 간호사가 〈헤럴드〉 1면 기사를 기억해냈다. "뭐라더라…, 사람들이 5년 동안 소비할 분량의 헤로인을 15분 만에 압수했다고 봤어요.

"기사는 사실과 달라요." 크리스천이 겸손하게 말했다.

"그래요?"

"네…, 실은 10분밖에 안 걸렸거든요!" 크리스천이 미소를 짓자 간호사가 웃음을 터뜨렸다.

그녀가 웃으며 핀레이를 올려다보았다. 살면서 이렇게 아름다운 여자를 본 적이 없었다. 간호사는 핀레이의 팔을 들고 방금 처치한 부위에 붕대를 둘러주었다. "친구분이 참 대단하네요. 그렇죠?"

"그렇죠." 핀레이가 무뚝뚝하게 대답했다. 핀레이와는 '대단하다'의 의미를 다르게 알고 있다는 생각이 들었다.

"좋아요, 핀레이." 간호사가 말했다. "다 됐어요."

다음은 크리스천 차례였다. 크리스천이 고분고분 침대에 눕자 간호사가 쓴웃음을 지었다.

"자, 마음대로 하세요." 크리스천이 신나서 말했다.

그때 핀레이가 불쑥 끼어들었다. "아무튼 만나서 반가웠어요."

간호사는 핀레이를 돌아보고 조금 놀란 표정을 지었다. 핀레이가 정중하게 악수를 청했기 때문이었다. 크리스천이 가만히 못 있고 툴툴댔지만, 간호사는 장갑을 벗고 핀레이의 거친 손을 잡았다.

"오히려 제가 영광이죠!" 그녀가 장난스레 눈을 반짝이며 말했다. "전 매기라고 해요."

6

울프가 코를 먹는 것인지 기침을 하는 것인지 모를 소리를 냈다.

에드먼즈는 사건 파일 너머로 울프를 힐끔 보고 다시 일에 집중했다. 하지만 공식 보고서에서 희한한 꽁지 머리 모양을 한 루벤 드 위스가 한참 만에 겨우 죽은 부분을 읽으며 울프가 또 낄낄거리기 시작했다. 에드먼즈는 짜증스럽게 울프를 노려보았다. 그 표정의 원조인 백스터도 자랑스러워할 만큼 매서운 눈빛을 완벽하게 소화했다.

"미안." 울프가 말했다. "핀레이한테 옛날 옛적부터 들은 얘기인데도 웃음이 나네."

에드먼즈는 한심하다는 표정을 짓고 누렇게 변한 보고서를 다시 집어 들었다. 울프는 시원하게 기지개를 켰다. 앓는 소리와 하품 소리가 고요한 회의실에 울려 퍼졌다. 수사본부 회의실 내부를 둘러보니 사진을 붙여 만든 기괴한 봉제인형 두 개는 오래전에 사라졌지만 그 외에는 달라진 구석이 별로 없어 보였다. 울프가 에드먼즈를 유리벽에 밀쳤을 때 생긴 균열도 그대로 남아 있었다.

"그때 회의실에서 밀쳤던 일 내가 사과 안 했지?" 울프가 물었다.

에드먼즈는 인내심의 한계를 느끼고 파일을 테이블에 던졌다. "네, 안 했어요." 그는 쓴웃음을 지으며 답했다.

"뭐야? 나한테 하고 싶은 말이 있으면 해 봐." 울프가 의자를 돌려 에드먼즈를 똑바로 바라보았다. "무슨 생각인지 솔직하게 얘기해보라고!"

에드먼즈는 잠시 말을 고르는 듯했다.

"내가 나쁜 놈이라고 생각해? 뭐…, 나쁜 놈이랑 일하는 게 싫은 거야?" 울프가 나름대로 자기가 짐작한 바를 토해냈다. "그래. 맞아, 나는 '의도치 않게' 정신 이상자 연쇄 살인범에게 청부 살인을 의뢰했어." 울프가 인정하며 두 손을 들었다. "그건 내 잘못이야. 하지만 내가 나를 보호하려고 네 수사를 고의로 방해했다는 건가? 아니면 연쇄 살인범이 항복했는데도 죽을 만큼 때려서 경찰 자격이 없다는 건가? 그래, 그랬지. 하지만…." 울프는 횡설수설하면서도 스스로 어리둥절한 표정이었다. "내가 지금 무슨 얘기를 하는 거지?"

에드먼즈는 고개를 절레절레 젓고 파일을 다시 집어 들었다.

"이런 말로 위로가 될지 모르겠지만 말이야." 울프의 말은 끝나지 않았다. "이게 다 끝나면 바니타는 나를 체포할 거야. 네 생각대로 난 악당이니까 죗값을 치를 거라고."

"그게 아니에요." 에드먼즈가 작은 소리로 말했다.

"뭐라고?"

"그게 다가 아니라고요!" 에드먼즈가 폭발했다. "아니, 물론 당신은 악당이죠. 나는 당신이 남은 인생을 감옥에서 썩어야 마땅한 악마라고 생각하니까. …하지만 그게 다가 아니라고요."

울프는 깜짝 놀랐다. 어쩜 백스터와 말투가 저렇게 비슷할 수 있지?

에드먼즈는 눈을 감고 숨을 깊이 내쉬었다.

"봉제인형은 내 사건이었어요." 에드먼즈가 조금 부끄러운 듯 말했다. "기록소를 샅샅이 뒤져 매스의 이전 피해자들 자료를 찾은 건 나예요. 파우스트 살인이 존재한다는 걸 증명한 사람도 나였죠. 당신의 본 모습을 본 사람도 나뿐이었고…. 다 내가 했단 말입니다."

울프는 에드먼즈가 이야기를 계속하는 동안 묵묵히 듣기만 했다.

"당신한테는 대표 사건이 따로 있잖아요. 그것도 똑같이 엉망진창이었지만 어쨌거나 윌리엄 폭스 당신은 방화 살인범을 추적해 체포했어요. 당신, 매스, 봉제인형 수사로 이번에는 내가 영광을 차지할 차례였는데…, 당신이 그걸 빼앗은 거예요."

에드먼즈는 속이 후련해졌다. 그가 느끼는 분노에 이기심이 보기보다 많이 섞여 있다는 사실을 입 밖으로 표현한 것은 이번이 처음이었다.

울프는 에드먼즈의 고백을 듣고도 놀라지 않고 고개를 끄덕였다. "너는 우리보다 훨씬 똑똑한 사람이야."

"잘난 척하지 말아요."

"넌 거기서 벗어났으니까." 울프는 굴하지 않았다. "우리가 하는 경찰 일은…." 울프가 볼에 바람을 넣었다. "누구에게도 이롭지 않아. 마약이지. 당장 죽을 수 있다는 걸 알면서도 끊지 못해. 순간의 황홀함에 사로잡혀서 일 외의 것들이 죄다 갈기갈기 찢어지고 있다는 걸 모르는 거야. 깨달았을 때는 이미 늦었고."

두 사람 다 한동안 말을 잇지 못했다. 울프의 말에 담긴 진리는 다시 핀레이 생각으로 이어졌다. 살인이든 자살이든 핀레이가 수사관이 아니었다면 그렇게 갑자기 죽지는 않았을 것이라는 확신이 들었다.

"나도 너무 늦기 전에 그만둘 용기가 있었으면 좋았을걸." 울프가 진지하게 말했다. "결국 이렇게 됐네."

다시 핀레이를 생각하자 울프의 얼굴이 어두워졌다. 몇 분 전만 해도 배를 잡고 웃었던 사건 파일도 이제는 웃기지 않았다.

에드먼즈는 그런 울프를 가만히 지켜보았다. 지난 1년 반 동안 울프를 추적하고 어디에 숨어 있든 끌어내서 법정에 세우는 상상을 했다. 그의 행동에 대한 책임을 묻고 싶었다. 늦었지만 이제라도 동료들과 언론이 에드먼즈를 진정한 영웅이라 칭하는 상상을 했다. 에드먼즈의 머릿속에서는 마치 환영처럼 쌓여가는 울프의 이미지가 있었다. 하지만 어떤 의미를, 존재하지 않을지도 모를 악마를 절실하게 찾는 모습을 보고 있자니 생각이 바뀌었다. 그의 눈에 비친 울프는 모든 것을 잃은 남자일 뿐이었다.

"왜?" 따가운 시선을 느끼고 울프가 물었다.

"아니에요."

두 사람은 다시 보고서를 읽기 시작했다.

"머리 일은 사과할게." 울프가 중얼대듯 말했다.

"됐어요."

손더스는 코를 막고 입으로 숨을 쉬었다.

포렌식 연구소만 오면 금속과 죽음의 냄새가 났다. 반짝이는 도구와 표백제로 박박 닦은 바닥은 지나치게 깨끗한 느낌이었다. 서둘러 피를 닦은 학살 현장 같았다.

"이런." 들어오다 자기 몸에 커피를 쏟은 대머리 검시관 조가 말했다. "얼룩지겠네."

손더스는 조가 말라붙은 피, 뇌 등등 상상할 수 없는 온갖 것이 묻은 앞치마에서 커피 한 방울을 닦아내는 모습을 지켜보았다. 조가 뒤늦게 손님의 존재를 알아차렸다.

"에휴." 손더스를 보자마자 이런 말이 나왔다.

"네, 저도 반가워요."

"미안해요. 만나기 어려운 백스터 경감님이 오셨으면 했거든요." 조가 씩 웃었다. "더러운 앞치마를 그냥 입고 왔어도 될 뻔했네요." 조가 큰 소리로 투덜댔다.

손더스는 조가 말하는 더러운 앞치마가 어떤 꼴일지 상상도 하고 싶지 않았다.

"너무 기대하지 마세요." 손더스가 조에게 말했다. "경감님 만나려고 줄 서는 사람이 늘어나고 있거든요."

조는 손더스의 말을 무시하고 커피를 내려놓은 후 손더스가 받아온 증거 상자를 뒤적거렸다.

"내가 제일 좋아하는 일이다!" 조가 외쳤다. "했던 일 또 하기! 자살을 입증하는 포렌식 증거를 다시 확인해달라는 거예요?"

"아니요." 손더스가 말했다. "반대를 입증하는 증거를 찾아줘요."

"밀실에서 사망했는데?"

"네."

"몸싸움의 흔적도 없고?"

"네."

"사망자가 총을 들고 있었는데?"

"네! 뭐든 좋으니까 찾아봐요!"

조가 별안간 골치 아픈 문제로 고민하는 표정을 지었다.

크리스천은 곧장 다음 회의로 넘어가야 하는 일정이라 걸으며 대화할 시간밖에 없었다. 엘리베이터 앞에서 크리스천을 기다리던 울프와 에드먼즈도 형식적인 인사를 생략했다. 세 사람은 로비를 빠른 걸음으로 가로질렀다.

"창고에서 탈출한 사람이 정말 네덜란드 불사신 한 명뿐이었나요?" 에드먼즈가 크리스천에게 물었다.

크리스천은 기억을 떠올리며 미소를 지었다. 그도 지난 세월 동안 핀레이만큼이나 그 이야기를 자주 했다.

"내가 알기로는 그래." 크리스천이 수행비서가 열어준 문을 지나며 대답했다. "조선소 전체가 불바다로 변한 걸 우리도 뒤늦게 알았어. 설계도가 굴러다니는 걸 보긴 했네. 그것도 파일에 있던가? 일단 접근할 수 있는 출구가 두 개뿐이었고, 우리가 있던 쪽 출구로 빠져나가려는 사람은 확실히 한 명도 못 봤어."

"창고에 쳐들어온 일당은 자동 소총을 사용했어요." 에드먼즈가 말했다. "그런데 화재 현장에서 다른 무기도 여러 가지 나왔단 말이죠. 누가 어느 것을 썼는지 찾고 싶습니다. 도움이 될 만한 아이디어 없으세요?"

"안타깝지만 생각나는 게 없네." 크리스천이 어깨를 으쓱했다. "네덜란드 쪽은 다 똑같은 무기를 썼을 것 같아. 다들 장비를 제대로 갖추고 있었던 기억이 나거든."

"하지만 가능하다고 생각하시는…."

"이봐." 크리스천이 에드먼즈의 말을 끊고 멈춰 섰다. "지금 자네는 헛다리를 짚고 있어. 나는 현장에 있었던 사람이야. 내내 핀레이와 붙어 있었다고. 핀레이는 거기서 화상만 입었지 뭘 들고 오지 않았고, 그랬다면 내가 몰랐을 리 없네. 핀레이가 그 현장에서 뭘 따로 들고 올 이유도 없었어. 잘못 짚은 거야. 유감이지만."

"청장님." 젊은 남자가 아첨꾼처럼 웃으며 다가왔다. "이럴 시간이…"

크리스천이 비서를 노려보았다.

비서는 마치 선물이라도 받은 듯 함박웃음을 지으며 허리를 90도로 굽히고 물러났다.

"울프, 잠깐 얘기 좀 할까?" 크리스천이 물었다.

에드먼즈는 자리를 비켜주었다.

"아무래도 알고 있어야 할 것 같아서. 바니타가 합의문을 작성하면서 교묘하게 빠져나갈 구멍을 많이 만들어놓았어. 종이가 아깝지 않나 싶을 정도로 무의미한 합의문이라네."

"총경님이 설마 일부러 그러셨으려고요." 울프가 비꼬듯 말했다.

"그래. 아무튼, 자네만 허락한다면 그 분야 전문가에게 철저히 검토해달라고 해볼게."

울프는 고마움을 느끼며 고개를 끄덕였다.

크리스천은 울프의 등을 두드려준 다음 회의로 이동했다.

매기는 자기 집인데도 의식적으로 위층 쪽으로 시선을 두지 않으려 하면서 크리스마스 장식을 치우기 시작했다.

"에밀리, 넌 기분이 어때?" 매기가 백스터에게 물었다.

"괜찮아요."

매기는 계속해서 상자를 포장했다. 구불거리는 검은 머리를 핀레이가 좋아하는 스타일로 올려 묶었더니 오늘은 예전 모습과 비슷해 보였다.

"내가 월은 돌아올 거라고 했잖아." 매기가 미소를 머금으며 말했다.

"그랬죠."

"너 때문에 온 거야."

"핀레이 때문에 온 거예요. 다른 사람이 아니라." 백스터는 단호했다.

"수사관들이란." 매기가 웃었다. "다른 사람을 다 꿰뚫어 보면서 정작 본인들 일이라면 까막눈이 되더라."

"얘들은 어디에 둘까요?" 백스터가 트리에 걸려있던 눈사람을 신발 상자에 넣으며 말을 돌렸다.

"차고에 넣어줘."

상자들을 옮기다 보니 집이 갑자기 너무 크고 휑하게 느껴졌다. 일이 다 마무리된 후에도 매기는 이곳에 남으려 할까? 찬바람이 들이치는 차고에 들어서던 백스터가 잠시 걸음을 멈추고 핀레이가 몰던 고물 할리데이비슨 오토바이의 위용을 감상했다. 지나치게 큰 거미줄을 지팡이로 치우고 상자들을 뒤쪽 벽에 쌓은 후 창고를 나가려고 일어서는데, 어디선가 봤던 물건이 눈에 띄었다.

뚜껑 없는 상자 맨 위에서 백스터의 시선을 사로잡은 것은 낡은 사진 한 장이었다. 백스터와 핀레이, 벤자민 챔버스, 울프가 웬일로 경찰청 크리스마스 파티를 즐기고 있는 사진이었다. 그사이 곁을 떠난 두 친구의 행복한 얼굴을 보자 백스터는 가슴이 미어졌다. 안을 들여다보니 핀레이가 한 달 전 은퇴할 때 책상 물건들을 담아온 상자 같았다. 백스터는 수십 년의 잡동사니로 가득한 상자를 집어 들어 바닥에 내려놓고 내용물을 하나씩 살폈다.

다른 사진들도 있었다. 손주들이 학교에서 찍은 사진. 핀레이와 매기가 바티칸 앞에서 찍은 사진. 젊은 핀레이와 크리스천이 옆에 하얀 가루를 산더미처럼 쌓아 놓고 불타는 건물을 배경으로 포즈를 취한 사진도 있었다.

백스터는 그 사진을 옆에 따로 빼놓았다.

사진 말고도 색연필로 끼적인 그림, 편지지 조금, 경찰청의 차별적 언어 금지 교육을 (결국은) 통과했다는 수료증이 있었다. 1995년 날짜로 윌리엄 레이튼 폭스라는 훈련생을 지도하게 될 것이라 통보하는 편지도 있었다. 흐뭇하게 보던 백스터가 카드 조각을 펼치다 말고 동작을 멈췄다. 핀레이의 익숙한 손글씨로 이렇게 적혀 있었다.

어떻게 아직도 알아먹지 못할 수가 있어?

나는 너를 그냥 사랑하지 않아. 전적으로, 영원히, 구제할 수 없을 만큼 사랑해.

넌 내 여자야.

방해하는 인간들도, 우리 사이에 있었던 개 같은 일들도, 이 빌어먹을 철창조차도 우리를 갈라놓지 못해. 죽어도, 죽어도 다른 사람에게 널 빼앗기지 않을 거니까.

백스터는 얼굴을 찌푸리고 쪽지를 다시 읽었다. 글자에 간절함이 배어 있었다.

지극히 사적인 글을 엿보고 있는 것 자체도 양심에 찔렸지만, 자꾸만 밀려드는 한 가지 의심을 떨칠 수가 없었다. 거친 언어로 쓴 사랑의 표현은 매기를 향한 것이 아니었다.

백스터는 괜히 찾았다고 후회하며 카드를 반으로 접고 흑백 사진과 함께 뒷주머니에 넣었다.

7

2016년 1월 8일 금요일
오전 7시 5분

"지금이 몇 시게? 울프?"

울프는 잠투정을 부리며 까슬까슬한 담요를 머리 위로 덮었다.

유치장 문이 열리고 바닥의 장애물을 지나는 발소리가 들렸다. 어젯밤 울프가 늘어놓은 빨랫감과 사건 파일로 바닥은 발 디딜 틈이 없었다.

침입자가 큼큼 헛기침을 했다.

울프는 눈을 덮은 담요를 천천히 내렸다. 낯익은 주름진 얼굴이 그를 내려다보고 있었다. 조지는 패딩턴 그린 경찰서의 인자한 유치장 담당관이었다.

울프는 핀레이 사건을 수사하는 동안 가로 180센티미터, 세로 300센티미터인 이 감방에서 임시로 지내게 되었다.

"우리 아침 식사를 놓치면 쓰나." 조지가 끈적끈적한 갈색 계란 프라이와 퍽퍽한 토스트가 담긴 쟁반을 건넸다.

"그렇겠죠." 울프가 말했다. 닭에 보통 심각한 문제가 있지 않고서는 저런 계란을 낳을 수 없을 것 같았다.

"음식 가지고 장난하지 말기." 그는 울프에게 주의를 주고 돼지우리가 된 좁은 공간을 둘러보았다. "조금 치우고 나갈 수 있을까?" 조지가 물었다.

"시간 없어요." 울프는 토스트를 입 안 가득 우물거리며 일어나 바지를 입었다.

조지가 시선을 피했다. "여기가 호텔인 줄 아나."

"누가 몰라요?" 쏘아붙인 울프는 조지에게 젖은 수건을 던지고 커피를 마시다가 쓴맛에 얼굴을 구겼다. "시간 날 때 깨끗한 수건 두 장 부탁해요."

"즉각 대령합죠."

울프는 바닥에 있는 파일 더미를 뒤진 끝에 원하던 파일을 찾아냈다. 파일을 침대에 놓고 구겨진 흰 셔츠를 집어 들었다.

"다림질 잘해요?" 울프가 기대하는 말투로 물었다.

"내가 네 엄마로 보여?"

"그냥 한번 물어봤어요." 울프가 웃으며 셔츠를 파일 위에 던지고 비틀비틀 아수라장을 넘어 복도로 향했다.

"뭐 빼먹은 거 있지 않아?" 울프를 부른 조지가 발자국이 찍힌 서류철을 들고 복도로 따라 나왔다.

셔츠를 바지에 넣던 울프가 문으로 뛰어왔다. 커피와 서류철을 맞바꾼 그는 조지의 주름진 뺨에 쪽 하고 키스를 했다.

"야!" 조지가 얼굴을 닦으며 불평했다. "나 네 엄마 아니라니까!"

울프가 씩 웃었다. "이따 밤에 봐요!"

"몇 시에 올 건데?"

"우리 엄마 아니라면서요!" 그러면서 울프는 모퉁이를 돌아 사라졌다.

조지는 짜증을 내며 울프가 먹다 남은 아침 식사를 치웠다. 감방을 나가려던 그가 망설였다. 그러고는 깊은 한숨을 쉬고 다릴 셔츠들을 한 아름 주워들었다.

"크리스천은 어디 있어요?" 울프가 자리에 앉으며 물었다 "여기 온다고 했는데."

거만해 보이는 변호사가 그를 보며 웃었다. 저런 웃음은 경험상 절대로 좋은 징조가 아니었다. 바니타가 문을 닫고 테이블에 앉았다.

"청장님 말이지." 바니타가 날카롭게 말했다. "그분은 다른 일로 바쁘셔."

울프는 앞에 놓인 두툼한 서류를 대강 넘겨보았다. 바니타가 울프를 옭아매기 위해 준비한 서류였다.

"다른 사람이 검토하면 좋겠다고 했는데요." 울프가 말했다.

"굳이 왜 그래야 하는지 모르겠군. 청장님도 그렇게 생각하시는 것 같네, 여기 안 계신 걸 보면 말이야." 바니타가 대답했다. "이건 브리튼 변호사가 직접 준비한 서류야."

"그래서 걱정이라는 겁니다." 울프가 말하며 의자에 기대앉아 맞은편에 앉은 남자를 물끄러미 바라봤다. "우리 아버지가 하셨던 말씀 중에 딱 하나 쓸 만한 조언이 있어요. 뭔지 말해도 돼요?"

"아니."

"오전 11시 이전에 웃는 사람은 절대 믿지 마라." 바니타가 안 듣겠다고 했음에도 울프는 그냥 말해버리고 서류를 밀어냈다. "제가 변호사를 좀 안 좋아해요."

"괜찮습니다." 변호사가 미소를 지었다.

"고로…, 당신도 안 좋아하고."

"그래도 괜찮습니다."

울프는 변호사 쪽으로 몸을 숙였다. "잘난 맛에 사는 변호사들이 법정에서 나를 보고 웃었을 때 무슨 일이 있었는지 듣고 싶어요?"

변호사의 미소가 싹 사라졌다.

"다른 사람이 검토하기 전까지는 서명 못 합니다." 울프가 말했다.

바니타는 그 대답을 예상한 듯했다. "그렇다면 우리의 '합의'가 결렬되었다는 안타까운 소식을 전해야겠네."

바니타가 머리를 올백으로 넘긴 변호사를 쳐다보자 변호사는 서류를 모으더니 극적인 효과를 위해 자리에서 일어났다.

"런던 경찰청을 대표해 레오 드부아와 관련한 제보에 감사하다는 말을 전하지." 바니타가 그렇게 말하고 문을 열었다. 그러자 제복 경찰 두 명이 수갑을 꺼내 들고 방에 들어왔다.

"이보세요, 폭스 씨. 간단하잖아요." 경찰이 등장하자 거만한 태도를 되찾은 변호사가 말했다. "서명을 안 하면 합의도 없습니다. 합의를 안 한다는 건 도주자 신분으로 돌아가겠다는 뜻이고요. 다시 도주자가 된다는 건 즉시 체포되어 재판을 받는다는 말입니다."

"대안도 있잖아." 어울리지 않게 '좋은 경찰' 역할을 맡은 바니타가 말했다. "이 서류에 서명한 후 며칠간 핀레이 쇼 경사의 사망 사건을 조사한 다음 드부아에 대한 정보를 협상 카드로 사용한다…. 이게 그렇게 어려운 결정인가?"

바니타가 블라우스 주머니에서 새로 산 예쁜 펜을 꺼내 내밀었다. 변호사는 서류를 다시 울프에게 내밀고 서명 페이지를 펼쳤다.

바니타는 울프를 궁지에 몰아넣었다. 사실상 울프도 그 사실을 이미 알고 있었다.

울프는 묵직한 만년필을 받아들자마자 끝부분을 입에 물었다. 그리고 마지막 페이지를 다시 한번 읽은 후, 하단에 이름을 휘갈겨 썼다.

"됐죠?" 울프가 침 묻은 펜을 바니타에게 다시 내밀었다.

"가져." 바니타가 말했다. 바니타는 서명한 문서와 소지품을 챙기고 환하게 웃는 변호사를 거느린 채 당당하게 방을 나섰다.

다른 팀원들은 오전 나절에야 도착할 예정이라 매기의 집에 제일 먼저 도착한 사람은 백스터였다. 백스터는 남는 시간을 이용해 청소를 도와준다고 나섰지만 사실은 살림꾼인 아내의 눈을 피해 핀레이가 총을 숨겼을 만한 곳을 철저히 수색하고 있었다.

오전 10시 38분, 백스터는 우편물 투입구에서 나는 소리를 듣고 현관 매트에 떨어진 우편물을 주우러 갔다. 핀레이가 보던 신문과 도미노 피자 광고 전단, (아마도 조의를 표하는) 카드 석 장이 떨어져 있었다. 거기에는 굵은 빨간색 글씨로 앞면이 뒤덮인 신용카드 고지서 봉투도 있었다.

최종 독촉. 체납 금지.

다른 우편물은 작은 탁자에 올려놓고 무섭게 생긴 편지를 주방으로 들고 갔다. 백스터는 잠시 고민하다 결론을 내렸다. 가능성 있는 단서를 하나도 빠짐없이 살펴보는 것이 그녀의 임무라고.

"차 마실래요, 매기?" 백스터가 복도에 대고 외쳤다.

"좋지!"

백스터는 앞면이 위를 보도록 봉투를 주전자 주둥이 위에 올려 물을 끓이고 차를 만들기 시작했다.

열을 가해도 잘 떨어지지 않는 접착제를 조심스럽게 떼고 봉투를 열어 빨간 글씨로 가득한 신용카드 명세서를 꺼냈다. 마지막이자 유일한 거래 내역은 다른 카드로 돌려막기를 한 것이었다. 백스터는 고지서 하단에 적힌 엄청난 체납액을 보고 숨을 헉 들이마셨다.

"세상에, 핀레이." 백스터가 탄식했다. 토할 것만 같았다.

백스터는 다시 마음을 먹고 아래층 방을 샅샅이 뒤지기 시작했다. 논리적으로 생각해보자. 이렇게 빚을 지게 만든 무언가가 있을 것이다. 그렇지 않으면 주체할 수 없을 만큼 많은 빚을 설명할 수 없었다. 의자를 끌고 와 주방 찬장 위를 확인했지만 먼지와 거미 시체 말고는 아무것도 없었다. 제일 높은 선반에 유통 기한이 지난 음식이 잔뜩 쌓여 있었지만 그뿐이었다. 그녀는 의자에서 내려와 아래쪽 수납장의 바닥을 뜯었다. 뽀얗게 먼지가 일어났다.

다음으로는 복도의 장작 바구니를 들여다보고 신발장 아래도 살폈다. 거실을 싹 다 훑었다고 확신한 백스터는 차고 문을 열고 냉동실 같은 차고로 들어갔다. 자신과 매기가 직접 포장한 상자는 제외해도 된다고 생각하고 옆에 있는 상자 더미를 보기 위해 번쩍거리는 할리데이비슨 오토바이 옆을 지났다.

그러다 오토바이를 돌아보았다. 매기가 질색하던 오토바이를.

백스터는 쪼그리고 앉아 핀레이가 커스텀으로 단 검은색 무광 머플러, 비닐 등받이를 만져보았다. 이상한 점은 보이지 않았다. 이번에는 안장에 올라타 아날로그 다이얼을 꼼꼼히 살펴보았다.

이어 무언가를 찾아 몸체를 쭉 손으로 훑었다…. 뭐라도 있어야
했다.

아래에서 안장이 미세하게 흔들렸다.

오토바이에서 뛰어내린 백스터가 손가락으로 쿠션을 더듬어
손잡이를 찾았다. 시원하게 찰칵 소리가 났고 뚜껑을 완전히 젖
히자 내부의 보관함이 드러났다.

팀원들이 하나둘 핀레이의 집에 도착했다. 비좁은 주방에 한 자
리씩 차지한 이들은 이 집에 온 손님의 의무로 차를 마시고 갓
구운 크루아상을 먹었다. 손더스는 오늘도 센스 있게 기본적인
식료품을 사 와서 찬장을 채워주었다. 에드먼즈는 여느 때처럼
서류철에 얼굴을 묻고 있었다.

크리스천은 핀레이와 파트너였던 시절, 연수 중인 순경을 이틀
내내 잃어버렸던 일화로 좌중을 즐겁게 했다. 매기도 생전 처음
듣는 이야기처럼 깔깔대며 웃었다. 백스터는 듣는 둥 마는 둥 하
고 방금 발견한 사실을 터뜨릴 기회만 초조하게 기다렸다.

현관문이 덜컹거리는 소리에 크리스천이 이야기를 멈췄고 울프
가 주방 문가에 나타났다. 울프는 백스터에게 윙크했다. 약을 올
리려는 행동이었고 실제로도 약이 올랐지만 백스터는 뜻대로 움
직여주지 않겠다고 마음먹었기 때문에 울프를 향해 살갑게 웃어
주었다. 울프가 얼빠진 표정을 지었다.

울프는 매기와 포옹을 하고 크리스천을 돌아보았다. "아까는 정
말 감사했습니다."

"감사는 뭘."

울프는 당황했다. "비꼬려고 한 말인데요. '대체 어디 박혀 있었

어요?'라는 뜻으로."

이제는 크리스천이 당황할 차례였다.

"오늘 아침…, 바니타 말이에요." 울프가 설명했다.

"그래, 알지. 루크가 가지 않았나. 내 변호사." 크리스천이 미간을 찌푸리며 말했다. "지나한테 얘기했는데… 안 갔어?"

울프가 고개를 저었다.

크리스천이 볼에 바람을 넣었다. "골치 아픈 여자로구먼. 서명했나?"

"어쩔 수 없었어요."

"내가 해결하지."

대화가 자연스럽게 끝나며 전, 현직 강력범죄 수사관 다섯 명이 오랜 친구의 주방에 모인 이유를 직면할 시간이 되었다. 매기가 눈치를 채고 친구와 약속이 있다며 자리를 떴다.

현관문 닫히는 소리가 나자마자 울프가 본론으로 들어갔다. "스트래스클라이드 경찰이 사건 파일을 안 주고 질질 끌고 있어요." 울프가 크리스천에게 말했다. "조금 압력을 가할 수 있을까요?"

"오전에 전화하지."

"손더스?" 울프가 설명을 부탁했다.

"총과 그 외의 증거는 포렌식 연구소에 다시 보냈습니다. 한 시간 전쯤 확인했는데 아직은 전과 달라 보이는 게 없다고 해요."

"계속 찾아보라고 해." 울프가 지시했다. "에드먼즈가 뭔가 흥미로운 걸 발견…"

그때 백스터가 뒤에서 서류 뭉치를 꺼내 식탁에 던졌다. 흰 종이에 대문자로 적힌 빨간 글씨를 보자 피 묻은 천 조각을 본 것처럼 울프가 입을 다물었다.

"핀레이는 파산 중이었어요." 백스터가 알렸다.

자기가 준비해온 서류철만 보던 에드먼즈도 고개를 들었다. 지금은 새롭게 발견된 사실이 더 중요했다.

"저기 적힌 빚만 최소 10만 파운드예요." 백스터가 설명했다.

백스터는 어떤 이유에서인지 울프 쪽을 힐끗 보았지만 이내 후회했다. 울프는 발밑의 세상이 꺼진 사람의 표정을 하고 있었다.

"내가 알기로 매기는 전혀 모르고 있어요." 백스터가 말을 이었다.

크리스천이 목을 가다듬고 끼어들었다. "꼭…, 알아야 할까?"

"집을 압류한다고 하니까요. 대부분 매기 치료비로 쓴 것 같아요. 물론 확장 공사도 있었죠. 마지막으로 집 앞에 있는 새 차도 질렀고요."

울프가 미납 고지서를 한 장 집어 들고 크리스천을 돌아보았다. "알고 있었어요?"

크리스천은 고개를 저었다.

"핀레이의 생명보험 확인해본 사람 있어요?" 에드먼즈가 물었다.

"자살에도 보험금이 나오나?" 크리스천이 물었다.

"상황에 따라 다릅니다." 에드먼즈가 앞에 쌓인 독촉장을 보며 대답했다. "보통 일정 기간이 지나면 지불할 거예요."

울프는 고지서를 구겨 바닥에 던졌다. "이게 무슨 증거라고."

"그만 해요, 울프." 백스터가 중얼거렸다.

"핀레이는 절대…"

"그만하라니까, 울프."

"하지만 만약…."

"월!" 백스터가 답답해서 외쳤다. 울프가 돌아온 후 처음으로 그를 쳐다보고 눈을 맞추고 있었다. "끝났어요. 받아들여야 해요. 이제는 보내줘야 한다고요."

동료들의 망연자실한 표정을 바라보던 울프가 조리대에서 코트를 낚아채고 밖으로 뛰쳐나갔다. 현관문이 쾅 하고 닫혔다.

"얼마나?" 매기가 간신히 속삭였다. 접시를 든 손이 떨려 찻잔이 달그락거렸다.

돌아와 보니 고요한 집에 백스터만 매기를 기다리고 있었다. 식탁에 놓인 서류 뭉치가 불길한 기운을 풍겼다.

"많아요."

"얼마야, 에밀리?"

"많아요. 이제는 알 필요도 없고요." 백스터는 고집을 부렸다. "핀레이의 보험 증서들을 살펴봤는데…, 그 안에서 거의 다 해결될 거예요."

매기는 허공을 멍하니 바라봤다. "입버릇처럼 말했어. 우리한테는 들어놓은 보험이 있다고."

"최고의 치료를 받게 해주고 싶었던 거예요."

"내가 원하는 건 그이인데?"

백스터는 울지 않기로 마음먹었다. 최근에는 깨어 있는 시간의 절반을 울면서 보내는 느낌이었다.

"그럼…, 그래서…, 그런 이유로…?"

백스터는 고개를 끄덕이고 눈물을 닦았다.

매기가 무심히 서류철을 휘리릭 넘기자 빛바랜 사진이 나왔다.

핀레이와 크리스천이 불타는 창고 앞에서 찍은 사진이었다.

"죄송해요. 잘못 넣은 거예요." 백스터가 허락 없이 가져온 것이 민망해 사과했다.

매기는 웃으며 사진을 건넸다. 처음 만났던 날 남편의 팔에 붕대를 둘러줬던 기억이 떠올랐다. 그러다 얼굴을 찌푸리더니, 닳아서 해진 카드를 집어 들었다. 핀레이의 서툰 손글씨로 이렇게 적혀 있었다.

어떻게 아직도 알아먹지 못할 수가 있어?

백스터가 벌떡 일어나 식탁 너머로 손을 뻗었다. 하지만 매기는 백스터가 못 빼앗게 쪽지를 높이 들고 얼굴을 찌푸리며 계속 읽었다.

"매기, 안 돼요!" 백스터는 벤치에서 긴 다리를 빼내려고 버둥대다 찻잔을 엎었다.

하지만 늦었다.

매기의 눈이 휘갈겨 쓴 여덟 줄짜리 편지 위로 빠르게 움직였다. 매기는 카드를 다시 접어 백스터에게 건넸다.

"정말 미안해요…. 잠깐, 왜 웃어요?" 백스터는 이해할 수가 없었다.

"아직 살아 있으면 머리 한 대 쥐어박았을 감이라는 생각이 들어서."

"핀레이가…, 매기에게 쓴 거예요?" 백스터가 물었다.

"아니, 그럴 리가. 한 번도 본 적 없는걸."

"그러면…." 백스터는 당혹스러웠다. 남편이 모르는 여자에게 열

렬한 사랑을 쏟아낸 편지를 보고도 어떻게 아무렇지 않아 보일
수 있지? "화 안 나요? 화를 냈으면 좋겠다는 말은 아니지만요."

"화나기는."

"그럼요? 궁금하긴 해요?"

"아니. 뭔지 모르지만 그럴만한 이유가 있었을 거야. …행주 가
져다줄게." 매기가 말하며 식탁에서 일어났다.

"하지만 핀레이 글씨잖아요!" 백스터가 참지 못하고 말했다.

"그건 그렇지."

"그런데도 알고 싶지 않다고요?"

매기가 웃으며 백스터의 손을 잡았다. 설령 그렇다 해도 핀레이
는 변함없는 핀레이였다는 말을 백스터에게 들려줘야 할 것 같았
다. 매기는 다른 일로 지난주에 소홀했던 엄마 역할을 자연스럽
게 되찾았다. 잠깐이지만 평범한 일상이 더없이 반가웠다.

"에밀리, 내가 이 세상에서 확신하는 한 가지…, 주저 없이 목숨
걸고 맹세할 수 있는 한 가지가 있다면…, 핀레이가 내게 이 세상
에서 제일 큰 사랑을 줬다는 거야." 매기가 백스터의 손을 꼭 쥐
고 미소를 지었다. "그럼, 차 한 잔 더 할까?"

8

크리스천이 불만에 찬 신음을 냈다.

그러더니 허리를 세우고 몽상에 빠지지 않도록 자기 얼굴을 찰싹 때렸다.

"자꾸 그 간호사가 생각나." 크리스천이 고백했다. 그는 핀레이가 운전하는 차를 타고 글래스고 코크런 스트리트를 지나고 있었다. 창문에 더러운 빗방울이 맺혔고 우울한 풍경을 보고 있으려니 생각이 자꾸만 다른 길로 빠졌다.

"이름이 뭐였더라? 메건? 맨디?"

"매기." 핀레이가 무뚝뚝하게 말했다. 오늘 말한 단어가 드디어 열 마디를 넘었다.

"매기!" 크리스천이 고개를 끄덕였다. "맞아. 아름답고 엉덩이가 끝내주는 매기!"

핀레이는 움찔했지만 입을 꾹 다물었다. 그러는 사이에 차는 손때 묻은 지도책에 대충 적어둔 주소를 향해 달려가고 있었다.

"오오오오오! 죽이는데!" 크리스천이 창밖 거리를 지나는 여자를 넋 놓고 바라보며 품평했다. 어디 갈 일이 있다 하면 크리스천은 차를 도시 변태의 사파리 버스로 만들었다.

핀레이는 이제 참을 수 없었다. "'끝내주는 엉덩이'가 전부는 아니야!"

크리스천이 호기심 어린 표정으로 방금 지나간 여자를 다시 돌아보았다.

"저 여자 말고!" 핀레이가 버럭 성을 냈다. "매기 말이야!"

크리스천은 전혀 이해가 안 된다는 표정이었다. "네 말은…, 가슴이나 뭐 그런 거?"

"내가 너 같은 멍청이는 처음 본다."

"너 왜 그래?"

"됐어."

느리게 움직이던 차량 행렬이 교차로에서 멈춰 섰다.

"아하! 잠깐만." 크리스천이 말했다. "알겠다. 너 그 여자 좋아하는 거지?"

핀레이는 못 들은 척했다.

"맞지?" 크리스천이 푸하하 웃음을 터뜨렸다. 그 소리에 더 화가 난 핀레이가 크리스천의 옆구리를 잽싸게 쳤다. "미안. 웃으면 안 되는 건데." 크리스천이 옆구리를 문지르며 말했다. "내 생각에 너는 네 장점을 살려야 돼."

"무슨 뜻이야?"

크리스천이 히죽 웃었다. "무슨 뜻이냐면…, 그 여자가 시각장애인이라면 네 상판이라도 가능성이 아주 없지는 않다고."

이 말을 들은 이상 배를 정통으로 한 방 때려야 했다.

크리스천이 숨 막히는 소리를 내며 몸을 반으로 접고 대시보드에 이마를 댔다. 바로 그때, 크리스천의 머리 위에서 자동차 앞 유리가 갈라졌다.

핀레이는 어안이 벙벙한 표정으로 단층처럼 조각조각 쪼개진 앞 유리로 고개를 돌렸다. 꽃처럼 하나의 구멍에서 바깥으로 퍼진 형태였다.

"핀레이!" 크리스천이 핀레이를 아래로 잡아끌었다. 곧이어 세 개의 총알이 순찰차의 표면을 강타했다.

거리에서 사람들이 비명을 지르며 도망쳤다.

핀레이와 크리스천은 대시보드 아래로 고개를 숙이고 서로를 쳐다보았다.

"빨리 여기서 나가!" 크리스천이 외쳤다.

핀레이는 밖에서 보이지 않을 정도로만 상체를 세우고 기어를 후진에 놓았다. 액셀을 밟자 순찰차가 뒤로 튀어 나가 밴을 들이받았다. 약해졌던 앞 유리가 충격으로 깨지며 보닛과 대시보드에 와장창 쏟아졌다.

총격이 다시 시작되었고 차체에 구멍이 두 개 더 뚫렸다.

"출발해, 핀!"

기어에서 으드득 갈리는 소리가 나고 바퀴가 젖은 아스팔트 위를 헛돌았지만 핀레이는 용케 움직이지 않는 차량 행렬에서 도로 반대편으로 운전해 나왔다. 손상을 입은 차는 뜻대로 움직여주지 않았다. 연석을 넘어 조지 광장을 제멋대로 질주한 순찰차가 토머스 그레이엄 동상을 들이받았다.

크리스천이 머리에 피를 흘리며 유리투성이 바닥에서 무전기를 집어 들었다. 무전기를 입에 대려는데 부서져 버린 무전기 부품들이 반대쪽 코드 끝에서 덜렁거렸다. "둘이 알아서 해야겠군."

"일단 여기서 나가야 해." 핀레이가 말했다.

찌그러진 운전석 문을 세게 밀었지만 문짝이 휘어 꿈쩍도 하지 않았다. 크리스천이 앉은 조수석 문은 동상 받침대에 막혔다.

"이쪽이야!" 크리스천이 외쳤다. 총격이 잠시 멈춘 사이를 이용해 크리스천은 뻥 뚫린 앞 유리를 지나 유리 조각으로 반짝거리는 보닛으로 넘어갔다.

핀레이도 따라서 광장으로 나갔다. 사방이 건물로 막혀 있었고, 어두운 하늘에 교회 느낌을 풍기는 시의회 탑은 불길한 징조처럼 보였다. 두 사람은 나무 한 그루씩을 방패 삼아 몸을 숨겼다.

"공중전화를 찾아야 해!" 핀레이가 숨을 몰아쉬며 말했다.

"광장 반대편에 있어." 크리스천이 외치는 순간, 총격이 다시 시작되었다. "이번 주는 왜 이렇게 재수가 없지?" 요란한 총성 때문에 목소리를 더 높여야 했다.

"업보야." 총격이 또 멈춘 사이 핀레이가 비난하는 눈으로 파트너를 쏘아보며 대답했다.

"에이." 크리스천은 웃어넘겼다. "난 그런 거 안 믿어."

건물들 사이에서 총성이 다시 울려 퍼졌다.

"나가서 저놈한테 똑같이 말해주든가!" 핀레이가 크게 외쳤다.

우레와 같은 총성이 울릴 때마다 머리 위에서 나뭇가지가 흔들렸다. 가을에 내리는 눈처럼 낙엽이 주변으로 떨어져 내렸다.

"야!" 크리스천이 낮은 소리로 핀레이를 불렀다.

핀레이는 광장을 굽어보는 무수한 창문을 올려다보았다. 남아 있던 시민 몇 명도 안전한 곳으로 대피하고 있었다.

광장에 소름 끼치는 정적이 내려앉았다.

"야!" 크리스천이 더 크게 외쳤다.

"왜? 생각 좀 하자."

"들어봐…, 놈은 한 번에 여덟 발씩 쏘고 있어. 그러다 멈추고 재장전을 한단 말이야."

"천재 나셨군."

"재장전하는 틈을 타서 갈 수 있어." 크리스천이 말했다.

"아니, 못 해."

크리스천은 긴 머리를 질끈 묶고 광장 반대편에 있는 공중전화 부스를 애타게 바라보았다.

"나 간다." 크리스천이 단호히 말하고 자세를 취했다. 그사이 총격이 다시 시작되었다.

표적을 빗맞힌 총알이 황량한 광장 여기저기 흩뿌려졌고 주위에서 콘크리트 분진이 일었다.

"가만히 앉아 있어!" 핀레이가 외쳤다. "전화 안 해도 곧 지원이 올 거야!"

다시 주변이 고요해졌다.

"다음 세트를 장전하고 있는 거야." 크리스천이 속삭였다.

"불가능하다니까!"

범인이 총격을 재개했다. 조준 솜씨가 발전해 두 사람의 머리 뒤에 있는 나무 몸통 껍질이 산산이 쪼개졌다.

"다섯 번째 총알이었어!" 크리스천이 외쳤다. "이번 게 여섯!"

"크리스천!"

"일곱!"

핀레이는 팔에 총을 맞을 각오를 하고 무모한 친구를 붙잡으려 했지만 너무 늦었다.

"여덟!"

크리스천이 벌떡 일어나 전력으로 광장을 가로질렀다.

"저 멍청한…." 핀레이는 욕을 하며 친구를 지켜보았다. 또 한 발의 날카로운 총성이 바람을 갈랐다.

크리스천이 고통스럽게 울부짖으며 젖은 땅에 쓰러졌다.

"크리스천!" 핀레이가 외쳤다. 그러나 똑같은 꼴을 당하지 않으려면 가만히 있는 수밖에 없었다. "크리스천?!"

"아홉!"

"뭐?"

"아홉!"

"안 들려!" 핀레이가 외쳤다. "그나저나 방금건 아홉 발이었어, 이 등신아!"

"나 총 맞았어!"

"뭐?"

"나 총 맞았다고!"

"총 맞았어? 내가 갈게!"

핀레이는 용감하게 한 번에 한 그루씩 나무 사이를 이동했다. 마지막 나무에 도착하고 보니 갓 흐른 피가 땅에서 반짝거리고 있었다. 크리스천이 기어간 동상 뒤편까지는 최소 10미터를 더 가야 했다

주변이 다시 고요해졌다. 상어가 물밑으로 사라진 것처럼 사방이 잠잠했다.

핀레이는 제일 커 보이는 돌을 집어 들고 놈의 주의를 흐트러뜨리기 위해 반대 방향으로 던졌다. 건물로 둘러싸인 광장에 돌 떨어지는 소리가 울렸고 핀레이는 그 틈을 이용해 짧은 거리를 이동했다. 크리스천은 양손으로 오른쪽 엉덩이를 움켜쥐고 자기 피웅덩이에 누워 있었다.

"내가 못 간다고 했지." 핀레이가 기가 막힌다는 표정으로 굳이 안 해도 될 말을 했다. "너…, 엉덩이에 총 맞았어?"

"피가 너무 많이 나!"

"당연하지, 엉덩이에 총을 맞았으니까!" 핀레이가 이유를 설명했다.

남쪽에서 사이렌 소리가 가까워졌다.

"지혈해야 돼." 크리스천이 신음했다.

"내가 거기에 손을 왜 대!" 핀레이가 말했지만 크리스천은 대답하지 못했다. 조금 전 의식을 잃은 것이다. "내 인생도 참 거지 같다." 핀레이는 중얼거리며 파트너의 구멍 난 바지에 마지못해 손을 올렸다.

핀레이는 동상 위쪽을 초조하게 지켜보다가 문득 어떤 생각이 떠오르기 시작했다. 총질하는 미치광이와 무모한 친구의 새하얀 엉덩이가 만나 인생 최고의 선물을 주지 않을까 하는…. 다시 매기를 만날 기회인지도 몰랐다.

응급실 문을 벌컥 열고 들어가니 매기가 있었다. 기억에 남아 있는 모습 그대로 아름다웠다. 반쯤 찬 요강을 들고 있어도 다른 생각이 나지 않았다.

"총상입니다!" 어린 구급대원이 쩌렁쩌렁하게 소리치자 매기가 달려 들어오는 그들을 돌아보았다.

핀레이는 친구 엉덩이에서 손을 떼고 매기에게 피 묻은 손을 흔들었다.

"어떻게 된 거예요?" 매기가 서둘러 다가오며 물었다.

"총에 맞았어요." 들것에 엎드린 채로 크리스천이 중얼거렸다. "엉덩이에."

"이분이 오는 내내 한사코 손으로 막고 있었고요." 다른 구급대원이 눈썹을 추켜세우고 말했다. "저희가 맡아서 할 수 있다고 했는데도 꼭 같이 가야 한다고 고집하셨어요." 다른 문 앞에 이르자 구급대원이 핀레이를 돌아보았다. "여기부터는 저희가 할게요."

핀레이는 크리스천이 다른 방으로 실려 가는 모습을 보고만 있었다.

"감동이네요. 그렇게…, 친구 옆을 안 떠나고 붙어 있었다는 거." 매기가 말했다.

"그렇죠. 제일 친한 친구니까요, 뭐."

"자, 그럼 일단 씻으러 가요." 매기가 핀레이를 복도로 이끌었다. 핀레이는 그녀의 엉덩이를 쳐다보지 않으려고 안간힘을 써야 했다. "친구분은 괜찮을 거예요."

"누가요? 아, 크리스천! 그래야죠."

매기는 세면대로 가서 흐르는 물에 핀레이의 손을 다정히 씻어 주었다. 그러자 깨진 앞 유리에 베어 거미줄처럼 퍼진 자잘한 상처가 드러났다. 손바닥이 욱신거려야 정상일 텐데 매기의 보드라운 손 말고는 아무것도 느낄 수 없었다.

"이런 일이 일어나다니 재미있네요." 핀레이가 긴장하며 말을 꺼냈다.

"재미있어요?"

"아니, 진짜로 재미있다는 게 아니고요. 제 말은…, 기쁘다고요."

"기뻐요?"

"네."

"친구가 총에 맞아서?"

"아니, 절대 그런 뜻이 아니라요." 핀레이가 해명했다.

"그러면 큰일 나게요."

핀레이는 제시카 클라크에게 댄스파티 파트너 신청을 했던 고등학생으로 돌아간 듯 얼굴을 붉혔다. 그때 제시카가 수락했더라면 과거의 기억도 유용했을 텐데. 핀레이는 마음을 다잡고 서툴게 대화를 이어갔다. "제 말은 이게…, 다시 만나…"

"매기!" 다른 간호사가 허둥지둥 문가에 나타났다.

핀레이는 그녀를 매섭게 쏘아보았다.

"중환자실에서 불러, 빨리!"

"실례할게요!" 매기는 핀레이에게 미소를 지어 보이고 손을 말리며 서둘러 동료를 따라 나갔다.

"기다…, 기다릴게요. 그래도 돼요?" 핀레이가 복도에 물을 뚝뚝 떨어뜨리며 매기의 뒤에 대고 외쳤다.

"나를요?" 매기가 웃었다. 걸음을 멈출 수는 없었기에 뒤로 걷기 시작했다. "어차피 옆에 붙어 있을 거잖아요!"

"누구 옆에요? 아, 크리스천!" 뒤늦게 떠올랐지만 매기를 삼킨 문만이 앞뒤로 흔들리고 있었다.

핀레이는 증거 봉투를 주머니에 챙겼다. 엉덩이 피로 찌든 총알에서 뭐 쓸 만한 단서가 나오겠냐마는. 꺼져가는 담배꽁초를 또 발로 밟았다. 병원 주차장을 왔다 갔다 하며 수사반장과 통화하는 동안 피운 담배만 벌써 네 대째였다.

조지 광장을 둘러싼 건물들을 일차로 수색한 결과, 급하게 뒷정리를 하다 흘렸는지 빈 탄피 두 개가 나왔다. 그 덕에 범인이 사격 위치로 선정한 공간을 찾아낼 수 있었다. 이번 사고가 나흘 전의 조선소 단속과 관련이 있을지도 모른다는 이야기가 나왔지만, 스트래스클라이드 경찰 자체를 향한 공격일 수 있다는 가능성도 설득력 있었다. 핀레이와 크리스천은 경찰 표식이 있는 순찰차를 운전하고 있었다. 몇 달 사이 제복 경찰을 대상으로 한 무차별 폭행도 급증하는 추세였다.

결국은 어느 쪽인지 밝혀지지 않을 것이라는 데 의견이 모였다.

핀레이는 쾌유를 빈다는 동료들의 욕설 섞인 메시지를 전달하겠다고 약속하고 다시 병원으로 들어갔다.

매기는 크리스천이 한 말에 배를 잡고 웃고 있었다. 둘 다 구석에 핀레이가 있는지도 몰랐다.

"오늘 밤은 여기서 자고 가게 생겼네요." 매기가 크리스천에게 말했다.

"아직 저녁이나 그런 것도 안 사드렸는데 그래도 돼요?" 크리스천이 짓궂게 돌아보며 물었다.

"병원에서 말이에요." 매기가 피식 웃으며 조금 더 분명하게 말하고 살갗이 벗겨지도록 피 묻은 반창고를 세게 뗐다. "밤새 요강에 볼일을 보고 한 시간마다 혈압을 재고 병원 라디오를 듣게 될 테니 기대해요!"

"혹시 오늘 밤 근무해요?" 크리스천이 물었다.

"아니요."

크리스천은 토라져서 다시 엎드려 누웠다. "아쉽다."

"환자분은 그렇겠죠. 전 약속 있어요."

"약속? 무슨 약속이에요? 데이트?"

매기는 못 들은 척하고 하던 일을 계속했다.

"누구랑요? 진지한 관계예요? 남자친구? 약혼자…? 듣고 있어요?" 크리스천이 물었다. 정말로 허리 아래로는 아무 감각도 없었다.

"듣고 있어요. 환자분과 관련 있는 질문을 기다리고 있었을 뿐이죠."

핀레이가 헛기침을 했다.

매기가 미안하다는 표정으로 올려다보았다.

"이 친구는 어때요?" 핀레이가 크리스천을 가리키며 끼어들었다.

"거슬려요."

"저기요!" 크리스천이 불평했다.

"하지만 괜찮아질 거예요." 매기가 말했다.

"잘됐네요. 그럼 다음 주에 약속한 거죠?" 크리스천이 매기에게 물었다.

핀레이는 주먹으로 배를 한 방 맞은 기분이었다. 그때 크리스천이 핀레이를 보고 말했다.

"매기가 친구 몇 명이랑 우리 회식 때 온대."

핀레이는 멍한 표정이었다. "우리 뭐?"

크리스천이 눈을 굴리며 매기에게 말을 걸기 위해 상체를 틀었다. 매기가 질색하며 양팔을 들자 붕대가 떨어져 크리스천의 맨 엉덩이가 훤히 드러났다.

"올 거죠?" 크리스천이 다시 물었다.

매기는 결국 체념하고 한숨을 쉬었다. "네. 아마도요."

9

2016년 1월 8일 금요일
오후 12시 43분

백스터는 문을 열고 아우디 A1에 올라탔다. 2주 전 벽을 들이
받아 도색이 벗겨지고 앞 범퍼가 찌그러졌지만 아직 손을 보지
않아 그쪽은 될 수 있으면 안 보고 싶었다.

"미안해, 블래키." 백스터가 대시보드를 토닥이며 직접 애칭을
붙여준 자신의 아우디에게 사과했다.

백스터는 매기와 차를 두 잔 더 마신 후 평계를 대고 일어났다.
아닌 척해도 오늘 아침은 감정 소모가 너무 심했다.

다 울프 때문이었다.

핀레이가 죽었다는 소식은 충격적이었지만 지금껏 그래온 것처
럼 다들 침착하게 현실을 받아들였다. 각자 개인적으로는 어떤
감정을 느꼈을지 몰라도 슬픔을 건설적인 방향으로 바꾸려 했다.
그래서 매기를 비롯한 유족에게 최대한의 도움을 주고 있었다.

그런데 울프가 언제나처럼 우아하게 그들의 삶으로 다시 걸어
들어온 것이다. 거기다 아직 해결되지 않은 자기 문제를 의심스러
운 이론으로 포장하고 확신에 차서 내밀었다. 모두에게 희망을 불
러일으키려고 했다. 핀레이가 속마음을 털어놓을 사람이 없었을
리 없다는 희망. 헤어질 때 마지막을 예감하고 백스터를 평소보
다 조금 더 오래 껴안지 않았다는 희망.

또 눈물이 나와 백스터가 작게 욕을 내뱉었다. 선바이저를 펼쳐

거울로 메이크업 상태를 확인하던 백스터는 누군가 이쪽으로 다가오고 있는 것을 알아차렸다. 몸집이 큰 남자들 특유의 느릿느릿한 걸음걸이였고 바람에 코트 자락이 슈퍼맨 망토처럼 휘날렸다. 그래서 저 코트를 입고 다니는 거겠지. 백스터는 울프가 낡은 대문을 열고 매기의 앞마당을 지나 집 안으로 들어가는 모습을 지켜보았다.

"저 개새…." 욕이 잇새로 흘러나왔다.

백스터는 차 문을 벌컥 열어젖혔다.

쿵쿵거리며 집 안으로 들어가니 무거운 발소리가 머리 위 천장을 지났다.

"울프!" 백스터가 위를 향해 외쳤다.

매기가 주방 문가에 나타났다. 혼자 사는 집에 사람 목소리가 들리니 놀랄 수밖에.

"별일 아니에요, 매기." 백스터는 벌써 계단을 오르고 있었다. "울프!"

계단을 다 오른 백스터는 텅 빈 방 한가운데 등을 보이고 앉아 머리를 감싸 쥔 울프를 보았다.

"여기서 뭐 하는 거예요?" 백스터가 부서진 문틀 사이를 지나며 물었다.

"뭘 놓쳤다고 생각했는데…, 아니었어."

울프는 피가 스며든 마룻바닥에 뒤집힌 의자를 놓아두었다. 핀레이가 최후의 순간에 선택했을 자세를 똑같이 따라 하는 그에게서는 패배감이 흘러나왔다.

"내 말은, 왜 돌아왔냐고요?" 백스터가 물었다. "우리는 선배 없이도 잘살고 있었다고요. …차라리 없는 게 나았어."

울프는 백스터를 올려다보고 고개를 끄덕였다.

"왜냐니까?" 백스터가 답을 재촉했다.

"그냥…, 내가 도울 수 있다고 생각했어."

"도와?" 신랄한 웃음이 나왔다. "지금껏 한 일이 매기를 더 고통스럽게 한 것 말고 또 있어요? 안 그래도 힘들어하는 사람한테!"

"핀레이가 자살할 리 없으니까!" 울프가 목소리를 높여 주장했다. 하지만 이제는 그의 귀에도 설득력 있게 들리지 않았다.

백스터가 망가진 문을 황급히 닫았다.

"쉿! 헛소리 그만 해요." 백스터가 말했다. "감옥에나 가야 할 사람이. 당신은 소설 속 주인공도 뭣도 아니야. 알죠? 불운의 영웅이 아니라고요. 괴로움을 떠안고 구원을 찾으려는 영혼이 아니라니까? 제멋대로 살면서 주변 사람들 인생을 좀먹는 하급 인간일 뿐이지."

백스터에게 이런 욕을 듣는 게 익숙한 울프도 그 말에는 살짝 당황한 기색이었다.

"꺼져요, 울프." 백스터가 내뱉었다. 새파란 눈으로 올려다보는 모습이 마치 길 잃은 강아지 같아 차마 마주 볼 수 없었다. 그래서 백스터는 문으로 돌아서서 문고리를 돌렸다.

여러 번.

"뭐야. 이거 왜 이래?" 백스터가 문고리가 잘 돌아가지 않자 짜증을 냈다.

"문제 있어?" 울프가 물었다.

"아뇨."

문고리가 탁 부러지는 소리가 났다.

"젠장!"

"내가 해볼게." 울프가 일어났지만 얼굴에서 자신감이 사라졌다.

백스터가 부러진 황동 문고리를 내밀었기 때문이었다. "내가 해결할 거야."

백스터는 옆으로 비켜서서 팔짱을 꼈다.

울프가 문으로 다가갔다. 그러더니 손에 들린 문고리와 문고리가 있던 구멍을 차례로 보고 다시 백스터를 돌아봤다. 백스터는 '어디 해봐, 그럼'이라는 듯 손짓했다.

행동 계획을 정한 울프는 막힌 문으로 가더니 손을 들었다. 그러고는 있는 힘껏 문을 두드렸다. "매기! 매기!"

잠시 후, 반대쪽에서 인기척이 들렸다. "월?"

"매기?" 울프가 문 너머로 외쳤다. "우리 갇혔어요."

"어머."

"그쪽에는 문고리 아직 붙어 있어요?"

"응."

기다렸지만 아무 일도 일어나지 않았다. "매기?"

"응?"

"문고리 돌리는 거 가능해요?" 울프가 참을성 있게 물었다.

"아, 그럼."

아무 일도 일어나지 않았다.

"돌려주실 수 있어요?"

"응."

그대로였다.

"매기?" 울프가 이제는 의심스러운 목소리로 물었다.

"응?"

"돌려줄 거예요?"

"아니."

매기가 계단을 내려가는 소리가 방 안의 냉랭한 정적을 깼다. 울프는 다시 백스터를 돌아보고 멋쩍게 웃었다.

백스터는 열 받은 표정이었다.

"5분 있다 열어주겠지." 울프는 자신했다.

그때 현관문이 쾅 닫히는 소리가 들렸다. 매기가 집 밖으로 나가는 소리였다.

"길어야 10분이야."

집 앞에서 메르세데스 벤츠에 시동을 거는 소리가 났다.

"젠장."

울프는 발을 쿵쿵 구르며 다가오는 백스터에게 길을 비켜주었다. 백스터는 문고리가 있던 구멍으로 손가락을 밀어 넣었다. 이 방법이 실패하자 쪼그리고 앉아 아래쪽 틈으로 손을 넣어 문을 잡아당겨 보려 했다. 온 힘을 다해 문틀에 손가락을 넣어 문을 당겨봤지만 문틀의 균열만 심해질 뿐이었다. 굳은 접착제를 따라 번개 모양으로 금이 커졌다.

"그러다 벽 내려앉겠다." 울프가 그렇게 말하며 먼지투성이 바닥에 앉았다.

"아아아아악!" 백스터는 속이 터질 것 같았다.

백스터는 씩씩대며 울프와 반대쪽 벽으로 가서 창문 아래에 주저앉았다.

"이거 어때." 울프가 말을 걸었다. "차라리 이 기회에…"

"말 걸지 말아요." 백스터가 말을 잘랐다.

그런 다음 눈을 감고 잠을 청했다.

35분이 지났다.

백스터는 고집스럽게 눈을 감고 있었다. 곧바로 곯아떨어진 울프가 조용히 코를 고는 소리를 듣자 점점 짜증이 치밀어 올랐다.

백스터는 추워서 몸을 웅크리고 한쪽 눈을 슬며시 떴다. 울프는 마지막으로 봤을 때의 모습 그대로 벽에 기대앉아 입을 헤 벌리고 있었다. 잠을 자는데도 피곤해 보였다. 텁수룩한 수염에 헝클어진 머리까지, 자신을 놓은 사람 같았다. 코트를 헐렁하게 늘어뜨린 모습에서 울프가 늘 자연스럽게 달고 다니던 존재감은 찾아볼 수가 없었다. 오랫동안 그의 마음을 괴롭혔던 '불'이 마침내 꺼진 듯했다. 벨마쉬 교도소에서 파란 수의를 입고 수갑에 묶여 있던 레다니엘에게도 똑같은 감정을 느꼈던 기억이 났다.

아무리 사나운 불길도 결국에는 소멸하는 운명을 맞는다.

울프는 평온해 보였다. 백스터는 바닥에 굴러다니는 나사를 주워 반대쪽 벽에 있는 울프에게 던졌다. 나사는 시원하게 울프의 이마를 때리고 튕겨 나와 바닥을 굴렀다. 백스터는 다시 잠든 척했다.

"이게 무슨…?" 울프는 머리를 감싸 쥐고 어리둥절해 방 안을 둘러보았다.

"조용히 좀 하죠?" 백스터가 말했다. "잠 좀 잡시다."

울프가 큰소리로 하품을 했다. "내가 한마디 해도 될까?"

"웃기는 소리 하네."

"너는 나한테 화낼 자격 없어." 울프는 백스터의 반응에 개의치 않고 말했다.

"뭐? 대뜸 무슨 소리예요?"

"내가 떠났다고 화를 내는데…, 나보고 떠나라고 한 사람은 너야!" 울프가 답답하다는 듯 말을 이었다. "'어떤 사람'이 온 바닥에 피를 흘리고 있던 기억이 나거든? 나는 '불운의 영웅' 연기를 아주 잘 하고 있었기 때문에 너를 살리기 위해 자수할 각오가 되어 있었어. 네가 떠나라고 했잖아!"

"혹시 그 돌덩어리 같은 머리로 이런 생각은 안 해봤어요? 애초에 나를 그렇게 만들지 말았어야 한다는 생각?" 백스터가 맞받아치며 화를 냈다. 아니, 분노했다. "나는 18개월 동안 아무 소식도 못 들었다고!"

"뭘 기대한 거야?" 울프가 목소리를 높였다. "네가 날 돕는다고 어떤 위험을 감수했는지 내가 아는데! 경찰이 너를 감시할 거 아니야? 그런데 내가 너한테 어떻게 연락을 해?"

"내가 그동안 어떤 일을 겪었는지 알기나 해요?"

울프는 대답하려고 입을 열었다가 침울하게 고개만 끄덕였다. 다시 백스터의 얼굴을 보았다. 꿰맨 자국이 가득했고 상처 딱지는 셀 수 없었다.

백스터가 머리를 감싸 쥐었다.

울프는 머뭇거리다 일어나 그녀의 옆으로 가서 앉았다.

"그날 밤." 울프가 벽에 머리를 기대며 길게 한숨을 쉬었다. "네가 인질이 되어 뉴스에 나왔을 때…. 그 모습이 뇌리에 박혀버렸어. 네가 뉴욕 꼭대기에 서 있고, 네 발밑에 깨진 유리 몇 조각밖에 없던 그 모습이." 울프가 고통스럽다는 표정을 지었다. "널 찾지 말라고 하더라."

"핀레이가?" 백스터는 상처받은 듯 물었다.

"나 대신 만나달라고 부탁했어. 싫다더라. 네게 남자가 생겼다고…, 토머스였나?"

백스터는 대답하지 않았다.

"새 파트너도 생겼대. CIA 요원, 에드먼즈. 또…." 울프의 목소리가 살짝 갈라졌다. "너는 자기랑 매기가 항상 지켜줄 거랬어."

두 사람 다 잠시 생각할 시간이 필요했다.

"그래서 확신했던 거예요?" 백스터가 물었다.

울프는 어깨만 으쓱했다.

"우리 그동안 자살 사건 많이 봐서 알잖아요." 백스터가 말을 꺼냈다. "사람들이 연기를 얼마나 잘하는지. 그런 말을 했다고 자살할 이유가 없다는 뜻은 아니에요. …그 이면에… 늘 자살의 이유가 있어요."

울프는 고개를 끄덕이고 방 한가운데 얼룩 묻은 바닥을 응시했다.

울프가 미간을 찌푸렸다.

"왜요?" 백스터가 물었다.

그는 지금 앉아 있는 바닥을 내려다보았다. 머릿속의 톱니바퀴가 돌아가고 있었다. 울프가 무릎을 꿇고 앉았다.

"왜 그래요?" 백스터가 다시 물었다.

"왜 방에 단차가 있지?" 울프가 혼잣말로 물으며 끌을 주워 널빤지 두 개 사이에 끼웠다.

"울프!"

손가락을 밀어 넣을 수 있을 만큼 널빤지 한쪽 끝이 벌어졌다. 울프는 백스터가 말리든 말든 널빤지를 억지로 뜯어냈다.

"이제 만족해요?" 백스터가 물었다. 널빤지 아래에는 예상했던 대로 나무 들보와 금속 파이프밖에 없었다. "내가 미쳐! 그나마 말이 통한다고 생각했더니…, 지금 뭐 하는 거예요?"

울프는 다른 쪽 바닥으로 가서 널빤지 두 개 사이의 좁은 틈에 끌을 또다시 찔러 넣었다.

"이 방은 핀레이가 지었어!"

바닥에서 뜯어진 널빤지가 길게 쪼개졌다. 이번에도 나무 들보밖에 발견하지 못했다.

"울프." 백스터가 나직이 말했다.

하지만 도저히 울프에게 화를 낼 수가 없었다. 친구를 잃은 고통에 어떻게든 의미를 부여해보려는 필사적인 노력을 지켜볼 뿐이었다. "핀레이는 자살했어요. 우리를 다 두고 떠났다고요. 선배만이 아니라."

울프는 말을 듣는 것 같지 않았다. 구석으로 이동해 널빤지 두 개를 더 뜯었고, 지금은 세 개째를 뜯는 중이었다.

"선배가 떠났을 때 말이에요." 백스터가 말을 꺼냈다. 이 이야기를 다시 하게 될 줄은 꿈에도 몰랐다. "핀레이가 그랬어요. 자기가 느끼는 상실감이 마치…." 그러다 울프의 표정을 보고 말을 흐렸다.

네 번째 널빤지는 수월하게 들어 올릴 수 있었다. 처음부터 못을 박지 않은 것처럼. 울프가 일어나 먼지 묻은 턱을 문질렀다.

"저거 피일까?" 울프가 무심히 물었다.

백스터는 울프가 만들어낸 구멍으로 천천히 걸어갔다. 너비는 널빤지 네 개 크기였고, 깊이는 기껏해야 30센티미터였다. 표면이 깔끔하고 쇠에서 반짝반짝 빛이 나는 것으로 보아 핀레이가 어떤 의도로 이 공간을 만든 것이 분명했다. 아마 불법 총기와 쌓여가는 독촉장을 더 안전하게 숨겨둘 장소였을 것이다.

쇠로 된 바닥에는 희미하게 붉은 얼룩이 묻어 있었다.

"한 사람이…, 겨우 들어갈 수 있는 공간이야." 울프가 그렇게 말하며 창문으로 걸어갔다. 분노와 안도감이 뒤섞여 머리가 어지러웠다. "핀레이는 혼자 있었던 게 아닌 것 같아"

백스터는 말문이 막혔다.

"과학수사대 불러줘. 가능하지?" 그러면서 울프가 휴대폰을 꺼냈다. "나는 현장에 제일 먼저 출동한 경찰과 얘기 좀 해봐야겠어."

"알았어요." 백스터가 대답했다. 모든 것을 바꿔놓은 작은 구멍에서 눈을 뗄 수 없었다. 존재조차 몰랐던 비밀공간이 지금껏 내내 발밑에 있었을 줄이야. "누구한테 전화하려고요?"

"바니타." 울프가 휴대폰을 귀에 댔다. "아직은 감옥에 갈 수 없다고 할 거야. 살인범을 잡아야지."

10

2016년 1월 8일 금요일
오후 1시 37분

최소 2파운드 50펜스어치 스웨덴 미트볼이 인도에 후두두 떨어졌다. 토머스는 넋을 잃고 무너진 대성당을 올려다보았다. 상처를 감싼 붕대 역할을 하는 비닐 천막이 요란하게 휘날리고 구겨졌다. 내부에서는 윙윙거리는 불길한 소리가 흘러나왔다. 바람이 방과 복도에 들이쳐 화려한 바실리카 주위에서 포효했다.

런던 꼭대기에 있는 이 현장을 보러 올 계획은 없었다. 뭐든 봐야 직성이 풀리는 관광객들이 이미 주변을 가득 메웠을 것이라 생각했기 때문이다. 하지만 폭발로 뻥 뚫린 구멍을 본 순간 마음이 달라졌다. 콘크리트는 하늘로 솟은 듯 보였다. 마치 화산이 폭발한 것처럼 돌과 바위를 하늘에 토해내고 있었다. 막상 근처까지 와 보니 토머스도 호기심을 참을 수 없었다. 그래서 쓸데없이 비싼 프레타망제 샌드위치를 포장해 제일 큰 사고 지점을 보러 가기로 했다.

그러지 말았어야 했다.

참사 현장은 영화 세트장처럼 화려하지 않았다. 휴대폰 화면으로 세상을 보는 군중과는 그 어떤 동지애도 느낄 수 없었다. 그 어떤 독특한 수염을 기르고 팔레트를 든 예술가도 이 작품을 꼼꼼하게 복원하지 못했으리라. 폭력이 할퀴고 간 자리는 황량한 터에 불과했다. 수많은 건설 노동자가 그곳에 둘러앉아 체인점 빵을 먹었다.

백스터도 이곳에 속해 있었다.

속이 뒤틀리는 익숙한 느낌이 들었다. 토머스는 도시의 혼란이
눈에 파묻히던 모습을 기억했다. 안타까운 현장을 직접 와서 보
니 가짜 같던 그날의 이야기가 진짜로 느껴졌다.

모든 아름다운 동화의 결말 뒤에는 숲에서 썩어가는 괴물의 시
체가 있다. 우리가 쉽게 잊는 사실이었다.

토머스는 그 사실을 속 편하게 잊고 싶어 인파를 뚫고 러드게
이트 힐로 다시 나왔다. 이제야 겨우 숨을 쉴 수 있어 2시로 예정
된 약속 장소로 출발했다. 길 중간쯤 갔을 때 보석 가게 앞에서
걸음을 멈췄다. 그러고 보니 백스터가 세인트 제임스 파크에서 평
소 잘 하지도 않던 귀걸이 한 짝을 잃어버렸다고 했다. 어떻게 생
긴 귀걸이였는지 몰라 토머스는 쇼윈도를 멍하니 훑어보았다.

백스터가 아직 열지 않은 크리스마스 선물 상자의 숫자는 나날
이 늘어나고 있었다. 완벽한 선물을 찾아 런던을 이 잡듯 뒤지는
일은 토머스의 점심 일과가 되었다. 백스터의 기운을 북돋울 무언
가를 찾고 싶었다. 그녀가 자신에게 얼마나 소중한 사람인지 알
려줄 선물을 찾고 싶었다. 무조건 끼고 자야 한다고 고집하는 바
보 같은 펭귄 인형에 맞먹을 선물이면 더 좋았다.

토머스는 결심했다. 완전히 잘못 짚었다는 확신이 들었지만 가
게 안으로 들어갔다.

"백스터 경감님." 조가 포렌식 용품 상자를 들고 매기의 집 복
도에 들어오며 능글맞게 웃었다. "모르는 사람이 보면 저를 피한
다고 생각하겠어요."

백스터는 사실을 알려주었다. "피하는 거 맞아요."

조는 앙칼진 고양이 소리를 내며 백스터의 뒤를 따라 계단을 올랐다.

"자연스런 감정을 부인하지 마요." 조가 말했다. "우리 사이에 뭔가 있다는 거 잘 알면서."

"우리 사이에는 많은 것들이 있죠…. 난 이대로 살다 죽으려고 요."

"그래도 점점 나한테 넘어오고 있죠?" 조가 히죽 웃었다. "다 보여요."

물건 하나 없는 방에 들어가니 크리스천이 먼저 와 기다리고 있었다.

"지나가겠습니다, 영감님." 조는 런던 경찰청장을 알아보지 못 하는 듯 그렇게 말하고 바닥의 구멍 옆에 장비함을 내려놓았다.

계단을 쿵쿵 뛰어 올라오는 소리가 들리더니 울프가 휴대폰을 들고 문가에 나타났다.

"현장에 제일 먼저 출동한 경찰은 아직 찾는 중이에요." 울프 가 방 한가운데로 들어오며 알렸다. "그래서, 지금까지 내 생각을 정리해봤을 때…, 살인범은…."

"추정 살인범." 크리스천이 지적했다.

"…총을 쏴서 핀레이를 죽였어요. 아래층에 매기 사진이 있고 또 집 안 곳곳에 여자 물건이 있어서 곧 사람이 온다는 사실을 알았을 겁니다. 그래서…, 총을 깨끗하게 닦아 핀레이 손에 쥐여 주고 자살로 보이게 자세를 바꿨어요. 그 남자는…."

"여자일 수도 있죠, 성차별주의자 씨." 백스터가 끼어들었다.

"…문을 닫고…, 문틀에 접착제 한 통을 다 짜고…, 저 공간에 들어가 뜯어져 있는 판자를 덮고 기다렸어요." 울프는 잠시 상상에 잠겼다.

"안녕하세요." 조가 웃으며 인사했다.

"아, 네." 울프가 성의 없이 대답했다. "자, 어떻게 생각해요?"

크리스천은 미심쩍은 표정이었다. 백스터는 더 그랬다.

"자네가 잊은 게 있어." 크리스천이 말했다. "나한테 문자를 보냈었잖아. 그게 유서였을 수도 있다고."

"문자 보내기 몇 분 전에 전화가 왔었다고 했죠?" 울프가 물었다.

"그래."

"어쩌면 청장님께 도움을 청하려다가…." 울프가 이어 말했다.

크리스천의 얼굴이 하얗게 질렸다. "제발 그런 말은 말게."

"…상황이 심각해져서 999로 무언 신고를 할 수밖에 없었던 걸 수도 있어요."

"그렇게 심각한 상태였다면 그사이에 문자를 보낼 여유가 있었을까?"

"가능해요." 백스터가 허공을 응시하며 중얼거렸다. "정말로 자기가 죽을 거라 확신했다면요."

세 사람은 말을 잇지 못했다. 조만 눈치 없이 요란스럽게 장난감 상자를 열었다.

"자. 제가 뭘 보면 되죠?" 조가 일회용 비닐 작업복을 입고 마스크까지 쓴 후에 물었다. 대머리라 쓰지 않아도 되는 머리망을 향해서는 못내 아쉬운 표정을 지었다. 조가 손전등을 켜고 바닥에 엎드려 바닥 아래에 머리를 집어넣었다. "아, 그러네요! 확실히 피예요!" 조가 크리스천 쪽으로 손을 내밀었다.

"메스…. 메스!" 크리스천이 멀뚱히 있자 조가 윽박질렀다.

크리스천은 뭐라 하고 싶은 기색이 역력했지만 빨리 달라고 손을 펄럭이는 몸짓에 메스를 건넸다.

"상자!" 조가 손가락을 팅기며 명령했다.

이번에도 크리스천은 마지못해 따랐다.

상자를 봉인하는 탭이 탁 소리를 내며 닫혔다.

조는 울프가 발견한 공간 안으로 들어가, 크리스천에게 상자를 다시 건넸다.

"빙고! 긁힌 자국이네요!" 조가 필요 이상으로 크게 외쳤다. "네, 누군가 분명히 여기 있었어요. 머리카락이 있고…. 보풀일 수도 있지만요." 조가 구멍에서 기어 나와 빛나는 머리 위에 마스크를 걸쳤다. "손더스와 에드먼즈는 오늘 뭐 해요?"

"예전 사건 파일 구하러 스코틀랜드에 갔어요." 울프가 대답했다. "왜요?"

"한 분씩 DNA 샘플이 필요해요. 증거가 아닌 걸 제거하려면요." 조가 설명했다. "빠를수록 좋아요."

백스터의 휴대폰이 울리기 시작했다. 백스터가 화면을 내려다보았다.

홀리(동물병원/남성편력)

☎ 수신 전화

이참에 저장된 이름을 바꿔야겠다.

백스터는 황급히 복도로 나와 전화를 받았다.

"응. 지금은 조금 바빠. 아무 일 없는 거지?" 백스터는 신중하게 말을 고르며 질문했다. "뭐라고? …알았어. 진정해. 응…, 내가 최대한 빨리 갈게. 그래. 끊어."

방에 들어가니 다들 무슨 전화였냐는 표정으로 기다리고 있었다.

"괜찮아?" 울프가 물었다.

"일이 생겼어요." 백스터가 자기 물건을 챙기며 말했다.

"이보다 더 중요한 일이 있다고?" 울프가 의문을 제기했다.

"그렇다니까." 백스터는 그렇게만 대답하고 문으로 향했다.

"어차피 시간이 조금 걸릴 거예요." 조의 말에 긴장된 분위기가 다소 누그러졌다.

"그리고…." 크리스천은 울프가 잊지 않도록 다시 언급했다. "자네는 기자회견에도 참석해야지."

새로운 증거가 나온 덕에 울프에게 주어진 시간도 늘어났다. 바니타는 울프가 수사에 참여한다는 공식적인 기자회견을 할 수밖에 없었다. '자문 위원'이라는 타이틀이면 전례 없이 복잡하고 논쟁의 소지가 많은 거래를 설명할 수 있다고 판단한 바니타는 언론이 공격하기 전에 선수를 치기로 했다.

"그동안 나는 매기와 여기 있도록 하지." 크리스천이 덧붙였다.

새로운 증거가 나왔다는 사실을 제일 받아들이기 힘들어하는 사람은 역시 매기였다. 현재 상태로는 매기를 혼자 두고 싶지 않았다.

"기자회견장에 가셔야 하지 않을까요?" 문가에서 백스터가 말했다.

"이 할아버지가 거길 왜 가요?" 조가 물었다.

"바니타가 주인공인 쇼야." 크리스천이 조를 무시하며 말했다.

"본인은 혼자 발표하는 걸 더 좋아할걸. 어차피 내가 하라는 말만 할 거고."

"저기요." 당연한 얘기겠지만 몹시 불편해 보이는 표정으로 조가 말했다. "이분이 기자회견에 왜 가요?"

"앞장서시죠, 청장님." 조가 더 많은 장비를 옆에 두고 계단 아래에 차렷 자세로 서서 환히 웃었다.

매기에게 인사하러 갔던 백스터가 주방에서 나왔다.

"귀띔해줄 수도 있었잖아요!" 조가 옆을 지나가는 백스터에게 작은 소리로 따졌다. 그러다 허리를 다시 펴고 계단을 다 내려온 크리스천에게 경례했다. 뒤이어 울프가 내려왔다. "울프, 잘가요." 조가 고개를 까딱했다.

조는 마저 방을 살펴보러 올라갔고, 크리스천은 울프와 백스터를 배웅하며 울프가 기자들 앞에서 하지 말아야 할 말을 알려주었다.

세 사람은 쌀쌀한 바깥으로 나왔다.

"오늘 매기 잘 부탁해요." 울프가 멈춰 서서 크리스천에게 말했다.

"울프, 경찰서까지 내 차로 갈 거면 지금 출발해요." 백스터가 차로 가며 외쳤다.

"그래." 크리스천이 울프를 안심시켰다. "그만 가봐."

크리스천은 울프가 백스터를 황급히 따라가는 것을 보고 다시 집으로 들어와 문을 닫았다.

"아!" 울프가 조수석 문을 열다 말고 말했다.

백스터가 짜증스럽게 숨을 내쉬자 입김이 한 움큼 터져 나왔다.

"또 뭐요?"

"코트 놓고 왔다."

백스터는 지겹다는 표정을 짓고 차에 올라타 시동을 걸었다.

"잠깐만 기다려…" 울프가 말했지만 백스터는 지저분한 흙탕물을 튀기며 출발했다. 빠르게 모퉁이를 도는 힘으로 조수석 문이 닫혔다. 울프는 전에도 비슷한 일이 있었던 듯한 데자뷔를 느끼며 바지의 물기를 닦고 터덜터덜 집으로 돌아갔다.

문손잡이에 손을 뻗는데 단단한 현관문이 열리는 바람에 그의 머리를 쳤다.

"아야!" 울프가 투덜대며 아픈 머리를 문질렀다. 현관에는 크리스천이 다시 나와 있었다. 울프는 머리가 띵해 잠시 아무 말도 할 수 없었다. "뭘 놓고 와서…"

크리스천이 웃으며 허름한 검은색 코트를 건넸다.

"감사."

안드레아 홀은 1번 카메라를 보며 미소를 지었다. 누가 누구인지 알아보기도 힘든 사람들의 형체들은 카메라 뒤편의 그림자에 머물렀다.

'온에어' 사인의 불이 꺼지고 스튜디오에 번쩍이는 조명이 다시 들어왔다. 일시 정지 상태를 유지하던 사람들이 분주히 움직이기 시작했다.

"저 거지 같은 프롬프터 누가 좀 고쳐주지?!" 안드레아가 특정인을 지목하지 않고 외쳤다.

안드레아는 차갑게 식은 커피를 마저 다 마시고 뉴스 데스크에서 일어났다. 헤어스프레이 연기가 그녀의 뒤를 따랐는데 그 연기 안에는 안드레아의 스타일리스트가 있을 가능성이 컸다. 스타일 리스트는 빨간 머리에 금발 브릿지를 넣은 최신 유행 헤어스타일을 불후의 걸작처럼 떠받들었다. 그럴 만도 했다. 바로 그 헤어스타일 덕분에 안드레아가 '유명 뉴스 앵커'에서 '스타일의 아이콘'으로 거듭났으니.

"다음 게스트는?" 안드레아가 정신이 하나도 없는 비서에게 물었다.

"세인트 폴 복구에 기부금을 보내달라는 주교입니다."

안드레아는 나오려는 하품을 참고 비서에게 물었다 "그 개발업자 이름이 뭐였지? 그냥 성당을 부수고 오피스 단지를 짓자던 사람?"

"해먼드요."

"맞아. 그 사람도 부르자. '신과 개의 대결'로 몇 분이나마 재미를 볼 수 있을 거야."

방송국 스태프들은 벌써 다음 인터뷰를 준비하고 있었다.

안드레아는 옆으로 물러나 동료 앵커에게 카메라 앞을 내주었다. 근엄해 보이는 여자 앵커가 자리에 앉자마자 파우더를 든 스타일리스트가 옆에 붙었다.

"그래, 어떤 각도로 갈 거야?" 동료 앵커가 이상한 컨투어링 화장을 하며 물었다. 두 여자는 사이가 좋지 않았지만 서로의 무자비한 취재 스타일을 높이 평가했다. "울프가 사냥을 재개하다? 알파 늑대가 돌아왔다?"

"지금 무슨 말을 하는 거야?"

여자는 사람들에게 모르는 정보를 알려주는 게 지겨워지지도 않은지 눈을 반짝였다.

"자기 전남편. 돌아왔던데. 경찰청장, 에밀리 백스터와 머스웰 힐 쪽에서 목격담이 들어왔어."

"머스웰 힐?" 안드레아는 울프가 정확히 어디로 가는지 알 수 있었다. 안드레아는 가방을 집어 들었다. "나 나갔다 올게."

"4시에 국장님과 미팅에 참석하셔야 합니다." 비서가 알렸다.

"일정 바꿔."

"'신과 개의 대결'은 어떡하고요?"

"그 전에 돌아올게." 안드레아가 약속하며 재킷을 입었다. "아, 짐한테 스케치 하나 해달라고 해. 위에 바실리카를 얹은 삭막한 상업 단지를 그려달라고…, 아무 신이나 맨 꼭대기 사무실 책상에 앉아 있는 것도. 그 정도면 될 거야." 안드레아는 빙긋 웃고 서둘러 출입구로 향했다.

"에밀리?"

백스터가 비명을 질렀다.

홀리는 더 크게 비명을 질렀다.

"놀랐잖아!" 백스터가 심장을 움켜쥐며 말했다.

둘은 천둥 번개 치는 묘지에 와 있었다.

홀리가 불안하게 웃으며 손을 내밀어 백스터를 일으켜주었다.

"찾았어! 루쉬는 아니고." 백스터가 기대에 찬 표정을 짓자 홀리가 얼른 덧붙이고 앞장섰다.

백스터는 경계를 늦추지 않고 묘비들이 늘어선 곳으로 향했다. 다 똑같은 형태의 대리석에는 글자가 새겨져 있었다. 두 사람은 중간쯤으로 걸어가 수수한 무덤 앞에 멈춰 섰다.

소피 룩쉬 & 엘리엇 룩쉬
1982.7.31.-2007.7.7. 2001.1.8.-2007.7.7
내 인생의 전부

백스터도, 홀리도 아무 말을 할 수 없었다. 아무리 많은 천사와 십자가도 이 석판에 있는 짧은 메시지만큼 열렬한 사랑과 상실감을 표현하지는 못했다. 새로 산 꽃다발의 꽃잎이 빗줄기 때문에 피처럼 흘러내렸다. 꽃다발 옆에는 작은 해마 인형이 있었다. 룩쉬가 백스터에게 준 딸의 펭귄 인형 프랭키와 같은 시리즈 인형이 분명했다.

"여기 왔다 간 거야." 홀리가 말했다. "아이 생일이었어."

백스터는 몰랐다. 핀레이가 죽은 후로 날짜 감각이 아예 사라졌다. 전부 긴 악몽처럼 느껴졌다. 룩쉬에게 느꼈던 모든 분노가 순식간에 흩어졌다.

"가자." 백스터가 말했다. "룩쉬가 어디 있는지 알겠어."

백스터는 히터를 최대로 틀고 런던 외곽의 황량한 마을로 차를 몰았다. 정말 홀리 추측대로 룩쉬가 묘지에 다녀갔다니 놀라웠다. 홀리가 묘지에 대해 알고 있다는 사실도 의외였다. 요즘 다른 일들에 정신이 팔려 룩쉬와 홀리가 그만큼이나 가까워졌는지도 몰랐다.

지금 와서 생각하니 이상하지 않았다. 홀리가 약속도 없이 아파트에 올 때가 있었다. 오늘도 룩쉬가 사라졌다고 겁에 질린 목소리로 말했었다. 게다가 볼 때마다 출근용이 아닌 풀메이크업을 하고 있었다.

백스터는 휴대폰에 저장된 홀리 이름을 바꾸어야겠다고 다시 한번 다짐했다.

두 사람이 잘되고 있다니 기뻤지만, 방금 떠난 곳을 생각하자 문득 이런 의문이 들었다. 루쉬는 홀리가 원하는 것을 줄 수나 있을까?

"루쉬는 죽어가고 있어, 에밀리." 홀리가 불쑥 말했다. "나는 하루하루 그 모습을 지켜보고 있고. 병원에 데려가야 해."

그러고 보니 둘은 묘지에서 나온 후로 한마디도 하지 않았다. 백스터는 친구를 돌아보았다. 짧게 자른 금발은 여느 때처럼 완벽했지만 전신을 보면 꼭 물에 빠진 생쥐 같았다.

"다른 항생제를 써볼 수는 없을까?"

"염증이 패혈증으로 완전히 발전해버리면 어떤 항생제를 써도 못 살려." 홀리는 단호했다. "피가 썩는다는 얘기야."

"아는 사람 중에…, 간호사가 있어." 매기를 끌어들이고 싶지는 않았지만 지금은 루쉬를 간호하는 일이 차라리 매기에게 도움이 되지 않을까 하는 생각이 들었다.

"안 돼. 그런 간호사 정도로는 루쉬를 치료할 수 없어" 홀리가 목소리를 높였다. "…너는 지금 루쉬를 죽이고 있는 거야." 백스터의 표정을 보고도 홀리는 굴하지 않았다. "루쉬는 이미 보름 전에 자수하려고 했어. 네가 이기심으로 막고 있을 뿐이야."

"나는 그 사람을 보호하려는 거야!"

"아니, 달라. 붙잡고 있는 거지. 차라리 구속돼서라도 살아 있는 게 나아."

"너 교도소에 가본 적 있어?" 백스터가 가르치는 투로 물었다.

"아니." 홀리가 인정했다. 꽉 막힌 하이 스트리트를 빠져나오며 차는 조금 더 속도를 낼 수 있었다. "하지만 묘지에는 가본 적 있지. 교도소가 묘지보다야 낫지 않겠어?"

이제 아무도 살지 않는 루쉬 가족의 집 앞에 차를 세웠을 때는 밤이 내려앉은 후였지만 비가 그칠 기미는 보이지 않았다. 백스터는 차에서 내려 가파른 진입로를 올라갔다. 저번 방문 때 강제로 뜯었던 문 자리에는 튼튼한 철문이 달려 있었다. 홀리는 무성하게 자란 담쟁이덩굴 밑에서 비를 피하며 닫힌 문을 밀어보았다. 놀랍게도 문이 열렸다.

"나는 뒤쪽으로 가볼게." 백스터가 홀리에게 말했다.

백스터는 쓰레기통과 벽 사이를 비집고 집 옆의 캄캄한 길을 따라 잡초가 무성한 뒷마당으로 향했다. 플라스틱 장난감 집 창문에서 은은한 빛이 뿜어져 나왔다. 백스터는 안도감에 미소를 짓고 기다란 잡초를 밟으며 그곳으로 다가갔다. 현관 지붕에 머리를 찧지 않으려 고개를 숙이고 조그마한 문에 노크한 후 안으로 들어갔다.

루쉬는 체력이 다 떨어져서 벽에 머리를 대고 앉아 있었다. 희끗희끗한 수염이 자라 실제 나이보다 더 늙어 보였고, 체온을 낮추려 셔츠 단추를 풀어놓은 바람에 상처의 일부가 드러났다.

"왔어요?" 루쉬가 힘없이 인사했다.

백스터는 비가 들이치지 않게 문을 닫고 꺼질락 말락 하는 촛불을 피해 빈자리에 겨우 들어갔다. 거미가 있는지 재빨리 확인하고 앉아 루쉬의 손을 꼭 잡았다. "나쁜 놈."

루쉬가 웃다가 가슴을 고통스럽게 움켜쥐었다.

"부탁하면 내가 안 데려왔을까 봐요? 오늘이…, 어떤 날인지 알면…," 백스터는 날짜의 의미를 알고 있다는 점을 강조했다.

빗줄기가 굵어졌다. 소리로 들어봤을 때 얇은 지붕은 빗물의 무게를 오래 견디지 못할 것 같았다.

"안 그래도 바쁘잖아요." 루쉬가 말했다.

바쁜 정도가 아니라는 말은 다음에 하기로 한다. 울프가 처음부터 옳았다는 말도.

"홀리도 왔어요." 백스터가 알렸다. "집 안에 있어요. 걔가 당신 좋아하는 거 알죠?"

루쉬는 대답하지 않고 인상을 쓰며 똑바로 앉으려 했다.

"그냥 가만히 있어요."

루쉬는 백스터의 만류에도 억지로 몸을 일으키더니 백스터의 눈을 쳐다보았다.

"정말 미안해요."

"뭐가요?"

"다요…. 우리를 이 지경으로 만든 것…, 당신에게 너무 큰 짐이 된 것…, 전부 다."

"에밀리?" 홀리가 마당에서 백스터를 불렀다.

"여기!" 백스터가 엉금엉금 기어 문을 열고 홀리에게 큰소리로 위치를 알린 후, 아파하지 않을 정도로만 루쉬를 꽉 껴안았다. "당신은 짐이 아니에요. 우린 같은 배를 탄 거예요. 사과할 필요 없어요…, 전혀."

11

2016년 1월 8일 금요일
오후 5시 23분

안드레아는 가게에서 제일 비싼 꽃다발을 샀지만 그 큰 꽃다발을 연하늘색 포르쉐 조수석에 구겨 넣어야 한다는 사실은 미처 생각하지 못했다. 안드레아는 너무 뻔해서 오히려 무례해 보이는 '삼가 고인의 명복을 빕니다' 리본을 뗀 후, 꽃다발을 들고 현관문으로 걸어가 초인종을 눌렀다.

조명이 켜지고 발소리가 가까워졌다.

"안녕하세요, 매기." 안드레아가 상대의 놀란 표정을 눈치채고 웃어 보였다.

"안드레아!" 매기는 미안한 마음에 더 반갑게 외쳤다.

"받으세요."

"예쁘기도 해라. 비도 오는데 들어와."

매기는 꽃밭 하나를 통째로 뽑아온 듯한 꽃다발을 겨우 집 안에 들이고 안드레아를 주방으로 안내했다. 매기가 주전자에 물을 올리고 수선스럽게 꽃다발을 싱크대로 가져갔다. "안 그래도 오늘 편지 쓰려고 했어. 고마웠다고…. 카드 말이야."

방송국을 통해 안드레아에게 핀레이의 부고를 알린 사람은 토머스 올콕이라는 남자였다. 핀레이의 무수한 친구와 지인에게 연락하는 골치 아픈 일은 백스터의 남자친구 앞에 떨어졌다. 안드레아는 핀레이의 쉰다섯 살 생일 파티에서 일어난 소동 이후로 그를 보지 못했지만, 그전까지는 핀레이 부부와 잘 어울렸기 때문에 소식을 듣고 몹시 가슴이 아팠다. 그래서 그녀답지 않게 진심 어린 메모를 써서 연락처와 함께 카드에 끼워 보냈었다.

어두운 창문으로 매기의 난처한 표정이 비쳐 보였다. 매기가 화병에 물을 채우다가 수도꼭지를 잠갔다. 그러고는 마른행주에 손을 말리고 안드레아를 다시 돌아보았다. "미안하지만 하나만 물을게. 친구로 온 거야? …아니면 기자로 왔어?"

"친구요." 안드레아는 진심이었다.

매기에게는 그 대답으로 충분했다. "이런 말 해서 미안해."

"그런 말씀 마세요. 집에 아예 못 들어오게 하실 줄 알았는걸요."

"월 보러 왔어?"

"네. 여기 왔었어요?"

"그랬지. 그런데 몇 시간 전에 떠났어."

"저…." 안드레아는 망설였다. 배신자로서 이런 질문을 할 자격도 없다는 것을 잘 알았다. "그 사람 어때요?"

대답하기 어려운 질문이었다. 매기는 울프가 일이든 사생활이든 불행을 달고 다니지 않았던 시절이 기억도 나지 않았다.

매기가 어깨를 으쓱했다. "그냥 월이지."

안드레아는 그 말에 어쩐지 마음이 놓이는 듯했다.

두 사람은 아늑한 주방에 앉아 차를 마시며 수다를 떨었다. 그러다 매기가 울음을 터뜨리며 경찰이 이제는 남편의 죽음을 자살로 확신하지 않는다는 사실을 털어놓았다.

"대체 핀레이를 해칠 사람이 어디 있다고?" 매기는 눈물 바람으로 믿을 수 없다는 듯 물었다.

20분이 지나 돌아가야 할 시간이 되었다. 안드레아는 식탁 너머로 매기의 손을 잡았다. "제가 뭐 해드릴 건 없어요?"

괜찮다고 고개를 저으려던 매기가 문득 한 가지 아이디어를 떠올렸다.

"뭔데요?" 안드레아가 물었다. "뭐든 말씀하세요."

"윌."

"윌이 왜요?"

"우리가 도와줘야 해."

"그 사람은 저를 증오해요."

"증오하다니. 말도 안 돼." 매기가 웃었다.

안드레아는 상대가 어른이니만큼 반박하지 않았다.

"다들 내가 못 듣는다고 생각해." 매기가 말했다. "하지만 다 들려. 이 일이 끝나면 윌은 감옥에 갈 거야. 그렇게 되지 않게 막아볼까, 우리?" 매기의 목소리에 장난기가 서려 있었다.

"무슨 계획이라도 있는 것처럼 들리네요?"

매기는 긍정도 부정도 하지 않는 소리를 냈다.

"하지만 그이는 제가 뭘 해도 저를 용서하지는 않을 거예요."

매기가 걱정하지 말라는 듯 안드레아의 팔을 토닥였다.

"인생 선배로서 한마디 할까? 그게 뭐냐면… 우정은 상상도 못할 만큼 단단한 감정이라는 거야."

"내가 자네를 또 과소평가했나 보군, 폭스." 바니타가 말했다. 그녀는 기자회견을 앞두고 울프와 대기하며 치아에 립스틱이 묻었는지 확인하고 있었다. "처음부터 자네 말이 맞았어."

울프는 별로 칭찬받을 기분이 아니라 대답하지 않았다. 슬쩍 회견장을 들여다보았다. 이곳에 억지로 모인 기자들은 카메라 중독인 총경이 시시껄렁한 발표를 하겠거니 예상하고 따분한 표정을 짓고 있었다.

바니타는 입술 밖으로 번진 분홍색 립스틱을 지우고 칠흑 같은 머리카락을 멋스럽게 헝클였다. "나 어때 보여?"

울프는 유도 질문에 넘어가지 않고 침묵을 지켰다.

"고마워." 바니타는 칭찬으로 해석하고 미소를 지었다. "준비됐나?"

"아마도요."

"폭스, 이건 내 전문이야." 바니타가 잘난 체했다. "내가 제대로만 하면 질의응답 시간이 됐을 때 질문할 여지는 하나도 남아 있지 않을 거야. 다들 꿀 먹은 벙어리가 되겠지. 자…, 준비됐어?" 미국 스포츠 영화에서 하프타임에 선수들을 격려하는 감독처럼 바니타가 다시 물었다. 울프가 어깨를 으쓱했다. "그런 것 같아요."

"지퍼 열렸어." 울프의 옷차림을 지적한 바니타가 문을 활짝 열고 회견장으로 위풍당당하게 들어갔다.

막무가내로 뛰어나온 한 사진 기사는 울프가 지퍼를 올리는 장면을 카메라에 포착하는 영광을 차지했다. 울프는 두 번이나 불명예를 안은 전직 수사관이지만 단상을 향해 느긋하게 걸었다.

기자들이 울프를 알아보기 시작했다. "윌리엄 폭스잖아!"

울프는 비어 있는 바니타의 옆자리에 시선을 고정했다.

"수갑은 왜 안 찼지?" 누군가 의문을 제기했다.

울프는 수갑을 차지 않은 손으로 밉살스러운 기자에게 손가락 욕을 하고 싶다는 충동을 억눌렀다.

"살쪘을 때가 더 섹시했는데." 남자뿐인 첫 번째 줄에서 나온 발언이었다.

발을 헛디딘 울프가 휘청거리다가 똑바로 선 다음 자리에 앉았다. 록밴드 콘서트 관객들이 응원봉을 드는 것처럼 기자들이 머리 위로 다양한 녹음기를 들어 올렸다.

바니타는 목을 가다듬고 갑작스러운 요청에도 자리해줘서 고맙다고 인사를 했다. 그런 다음, 철저하게 계산된 멘트를 이어갔다.

"…은퇴한 수사관 핀레이 쇼 경사가 스스로 목숨을 끊었다고 알려져 있었지만 새로운 증거가 나왔습니다. 현재 쇼 경사의 사망은 의심…."

핀레이의 신원이나 자살 의혹은 숨기려고 해봐야 소용없었다. 이미 울프, 백스터, 경찰청장이 핀레이의 집 앞에 서 있는 사진이 빠르게 퍼졌다. 그 말은 기자들이 근처에 접근했다는 뜻이었다. 보나 마나 매기의 이웃들은 의리와 돈을 놓고 고민하고 있을 것이다.

"봉제인형 사건 당시 수사팀에 있었기 때문에 여러분도 핀레이 쇼 경사를 잘 아실 겁니다." 바니타가 말을 이었다. 옆에 앉아 있는 울프에게로 화제가 점점 가까워지고 있었다.

바니타는 회견장에 있는 모든 사람이 울프만 보고 있는 것이 느껴지자, 빨리 해치워버리는 편이 낫겠다고 판단했다. "윌리엄 폭스 씨는 수사가 진행되는 동안 런던 경찰청의 자문 역할로 함께할 것입니다. 수사 능력이 탁월하고 피해자와 잘 아는 사이라 사건의 빠른 해결에 도움이 되리라고 봅니다. 벌써 많은 도움을 주었고요."

질문이 쏟아졌지만 바니타는 무시하고 계속했다.

"지난 18개월 동안 폭스 전 수사관의 행적에 관해서는 아직 말씀드릴 수 없습니다."

기자석에서 볼멘소리가 터져 나왔다.

"현재 진행 중인 공개 수사를 망칠 수 없기 때문입니다!" 장내가 소란스러워져 바니타는 고함을 질러야 했다. 그러다 울프와 눈을 맞췄다. "걱정하지 마십시오. 적절한 시기에 전부 공개하도록 하겠습니다." 바니타가 기자들을 둘러보았다. "그렇게 알아두시고, 질문 있으신 분?"

한 명도 빠짐없이 손을 올렸다.

마이크의 존재를 잊고 울프가 '작게' 욕설을 뱉었다. 하지만 같은 말도 스피커를 통해서는 '크게' 들렸다.

"깜짝이야!" 크리스천의 사무실에 들어서던 바니타가 외쳤다. "놀랐어요. 퇴근하신 줄 알았는데요."

크리스천은 눈물을 훔치고 티슈를 찾아 서랍을 뒤졌다.

바니타가 핸드백에서 티슈 한 장을 꺼내 다가갔다.

"고맙네." 크리스천이 눈물을 닦으며 말했다. 그는 책상에 펼쳐놓은 낡은 폴라로이드 사진을 내려다보고 있는 바니타에게 그중하나를 집어 보여주었다. "나야…, 오른쪽 사람."

바니타가 의외라는 표정을 지었다. "포니테일 헤어 멋지네요."

"그때는 그게 유행이었다고." 크리스천이 웃었다. "왼쪽은 핀레이. 언제 봐도 잘생겼단 말이지. 우리 사이에 서 있는 사람이 핀레이의 아내 매기야."

바니타가 미소를 지으며 사진을 건넸다.

"나는 말이야…, 오늘 정말 힘들었어." 크리스천이 속마음을 고백했다.

"친구였으니까요." 바니타가 논리적으로 이유를 댔다. "하지만 저는 아니죠. 그러니 청장님 말씀을 듣기에 적합한 사람은 아닐 겁니다."

"그렇군." 크리스천이 똑바로 앉았다.

바니타가 경찰청장직에 지원했다는 사실은 공공연한 비밀이었다. 봉제인형 사건으로 망가진 경찰 이미지를 회복하는 과정에서 전 경찰청장을 쫓아낸 장본인도 바니타였다.

"조금 쉬는 게 어떨까요." 바니타가 비꼬듯 제안했다. "잘 생각해봐요, 크리스천. 당분간 뒤로 물러나서요."

"오, 바니타. 틈만 나면 나를 물어뜯으려는 자네가 그리워서라도 그렇게는 못 하지." 크리스천이 바니타를 보고 웃었다. "기자회견은 어떻게 됐나?"

"예상했던 대로였죠."

"그 정도로 나빴어?"

바니타는 들고 있던 서류철을 크리스천의 서류함에 던지고 문으로 돌아섰다. "저는 이만 가보겠습니다. 뒤 조심하시고요."

"우리 이제 대놓고 서로를 협박하는 건가?" 크리스천이 물었다.

바니타가 크리스천을 돌아보았다. "아뇨, 정말 조심하시라고요. 지능이 뛰어나고 아주 위험한 사람이 핀레이 쇼 경사의 죽음을 자살로 위장했어요. 우리는 방금 이 사람을 잡으려 한다고 대중에 공표했고요. 애초에 도망칠 생각이 전혀 없었던 사람을요. 범인이 어떻게 나올지 누가 알까요?"

크리스천은 곤혹스러운 표정을 지었다.

바니타가 빙긋 웃었다. "아무튼, 좋은 밤 되세요!"

울프는 허름한 테이크아웃 가게 앞을 배회하며 피자를 한 입 더 베어 물었다. 길 건너편에서는 대형 전광판이 음산한 주변 환경과 대조적으로 밝게 빛나고 있었다.

봉제인형 살인사건
지금 늑대의 사냥이 시작된다
28일 일요일 저녁 8시 첫 방송

포스터만 봐도 제작사가 자유롭게 각색을 한 것이 분명했다. 일단 울프를 남자 모델로 탈바꿈시켰다. 남색 정장을 입은 남자 주인공의 터질 듯한 셔츠를 봤을 때 지방으로 늘어진 가슴이 아니라 근육질 왕가슴 노선을 택한 모양이었다. 한쪽에는 세 보이는 여자가 팔짱을 낀 채 남자 주인공을 등지고 섰다. 반대쪽에서는 빨간 머리의 미녀가 똑같은 포즈를 취했다.

울프는 드라마가 시작하기 전에 교도소로 들어가야겠다고 다짐하고 패딩턴 그린 경찰서 방향으로 걷기 시작했다. 가족의 인사처럼 따뜻한 환영을 받고 유치장에 들어가니 저녁부터 잡혀 들어온 취객들로 이미 만원이었다. 감방문을 닫은 울프는 빳빳하게 다림질한 셔츠가 벽에 걸려있는 것을 보았다. 조지가 청소도 조금 해놓았다.

울프는 자신의 역할을 맡은 배우 이미지가 자꾸 떠올라 마지막 피자 한 조각을 포기하고 팔굽혀펴기를 일곱 번 했다. 여덟 번째는 반도 못 올라왔지만. 울프는 뻐근한 복근을 부여잡고 일어나

거울로 향했다. 어차피 이제는 위장할 이유도 없었다. 울프는 텁수룩한 수염을 손으로 쓸고 면도기를 집어 들었다.

손더스는 텔레비전을 소리 없이 틀어놓고 잠이 들었다. 의자 옆에 빈 맥주병 세 개가 놓여 있었고 밤 11시에 버거킹에 다녀온 흔적으로 빈 포장지가 나뒹굴었다.

오늘 그는 수사팀 특사로서 에드먼즈와 두 번이나 비행기를 탔다. 보안 검사를 세 번 받았고, 근무 중인 스코틀랜드 세관공무원과 한 명도 빠짐없이 말싸움을 벌였다. 전부 글래스고 달마녹에 있는 경찰 본부에서 썩어가고 있는 증거 상자를 입수하기 위해서였다. 새로운 단서를 발견한 울프에게 자극을 받은 에드먼즈는 기왕 스코틀랜드까지 온 김에 과거 사건과 관련된 사람 두 명을 만나보자고 제안했다. 두 남자 모두 비협조적이었고 쓸 만한 정보는 하나도 주지 않았다. 괜히 시간만 낭비하고 예정된 비행기를 타지도 못했다.

새벽 3시를 조금 넘긴 시각, 손더스는 잠결에 뒤척였다. 누군가 집을 찾아왔을 때처럼 창밖의 보안등에 불이 들어왔다. 멀리서 뭔가 깨지고 아스팔트 바닥에 유리 조각이 쏟아지는 소리가 들렸다. 손더스는 짜증을 내며 일어나다 빈 포장지를 밟는 바람에 발목을 접지를 뻔했다. 비틀비틀 창문으로 가 추위에 몸을 떨며 공용 주차장을 내다보았다. 입김이 유리창을 뿌옇게 가렸다. 잠을 자던 의자로 돌아가려는데, 경보음이 울리고 젖은 땅에 주황색 불빛이 번쩍이기 시작했다.

"또야?" 손더스는 카운터에서 열쇠를 집어 들고, 자동차 털이범을 잡기 위해 크리켓 배트로 무장한 채 달려 나갔다.

양말, 사각팬티, 티셔츠만 입고서 계단을 뛰어내린 손더스가 쌀쌀한 바깥으로 나왔다. 그의 차가 경보음을 울리고 있었다. 하지만 주차장에는 개미 한 마리 없었다. 경보기를 끄고 조심스럽게 다가가 보니 운전석 창문 아래의 땅이 반짝거렸다. 글러브박스가 열려 내용물이 조수석으로 쏟아졌고 내비게이션도 사라지고 없었다. 훤히 보이는 곳에 둔 게 실수였다. 에드먼즈를 집까지 데려다주고 온 후 너무 피곤해서 똑바로 생각할 수가 없었다.

한밤중에 수습할 수 없는 일이라 판단한 그는 마음을 비우고 자동차 문을 하나씩 확인했다. 그러다 열려 있는 트렁크를 발견했다.

"미친놈들." 손더스는 꿍얼거리며 트렁크를 닫고 다시 자러 올라갔다.

12

백스터와 토머스는 뉴스 채널을 몇 번이나 돌려봤지만 누군가 안드레아 홀의 완벽한 얼굴을 집 텔레비전 화면에 영구적으로 발라놓은 것만 같았다. 백스터는 주방으로 가는 길에 리모컨을 들고 '전원' 버튼을 누르려다 그 여자가 입고 있는 노란 티셔츠를 보고 멈칫했다. 백스터의 옷장 바닥 어딘가에도 똑같은 옷이 파묻혀 있었다.

울프를 석방하라!

재미없는 정치인과의 인터뷰를 꾹 참고 보니 더 확실해졌다. 안드레아는 수년 전 울프에게 자유를 안기고 복직 기회까지 주었던 캠페인을 다시 시작했다. 방화 살인범 나기브 칼리드를 잔인하게 폭행한 사건이 언론의 집중 조명을 받으며 울프의 운명은 정해지는 듯했다. 하지만 방화 살인범이 마지막 범행을 저지른 그 날 아침, 무분별하다고 손가락질 받았던 울프의 행동은 궁지에 몰렸던 영웅의 행동이 되었다. 경찰 시스템이 엉망으로 망가져 잔인한 연쇄 살인범을 놓쳤다는 대중의 비난이 쏟아지자 결국 상부에서도 입장을 재표명했다. 안드레아의 캠페인은 울프를 우리의 진정한 영웅으로 묘사했다.

하지만 백스터는 잘 알았다. 진실은 그사이의 회색 지대에 있다는 것을.

"잘 잤어?" 토머스가 문가에서 다정하게 웃었다.

그는 오늘도 잠옷 위에 가운만 걸치고 유치한 부츠 슬리퍼를 신었다. 백스터는 텔레비전을 끄고 토머스가 내민 커피잔을 받아들며 주방으로 따라 들어갔다.

"나 진짜 지각이야." 백스터는 인사 대신 그렇게 말했다. 커피잔을 다시 내려놓고 어젯밤에 아무렇게나 벗어 던진 부츠를 신었다.

"아직 업무 복귀도 안 했는데 말이지." 토머스가 초콜릿 크루아상을 입에 대주며 지적했다.

백스터는 보지도 않고 빵을 한 입 베어 물었다.

"폭스 돌아온 거 봤어." 토머스가 백스터의 블랙커피에 빨대를 꽂아주며 말했다.

"응." 백스터는 빨대로 커피를 한 모금 마시고 코트 버튼을 채웠다. "안 그래도 말하려고 했어."

토머스는 됐다는 손짓을 하며 말했다. "괜찮아?"

백스터는 울프와의 복잡한 관계에 대해 거짓말을 한 적은 없었다. 하지만 토머스에게 모든 사실을 알려주지도 않았다.

"괜찮아." 백스터는 일어나 토머스의 뺨에 쪽 하고 입을 맞췄다.

나가는 길에 크리스마스트리 밑을 보니 선물 더미에 예쁜 포장지로 싼 상자가 하나 더 추가되어 있었다.

"오늘 크리스마스 트리는 치워 버릴까 생각하고 있었어." 토머스가 백스터의 시선을 알아차리고 말했다. "이제 1월 중순도 되어가고."

"내일 어때?" 백스터가 제안했다.

토머스의 얼굴에 환한 미소가 번졌다. "드디어 크리스마스가 온 거야?"

백스터도 따라서 웃으며 고개를 끄덕였다.

"저녁 만찬 준비할까?" 토머스가 물었다.

"그러면 좋지."

"〈산타클로스 2〉도 보고?" 토머스가 흥분해서 백스터의 뒤에 대고 소리쳤다.

"다 보고 〈나홀로 집에〉도 보면." 백스터도 외치며 현관문을 열었다.

"우리 어머니도 오시라고 할까?"

"그건 싫어!"

울프는 다른 경찰의 안내를 받지 않으면 경찰청 건물에 들어갈 수도 없는 처지였다. 다행히 손더스와 정확히 같은 시간에 경찰청에 도착했다. 손더스가 울프의 방문을 승인하는 서명을 하고 울프와 로비를 지나고 있을 때, 손더스의 파트너가 두 사람에게 다가왔다.

"잘 있었어, 친구?" 손더스가 외쳤다. "나 안 보고 싶었냐?"

"그동안 여기서 근무하지 않았었어?" 수다를 떨려고 멈춰 선 블레이크가 손더스에게 물었다. "없는지도 몰랐네." 블레이크는 울프를 보고 고개를 까딱했다. "핀레이 일은 유감이에요." 블레이크가 울프에게 손을 내밀었다.

울프는 악수를 하고 방금 블레이크에게서 건네받은 화려한 포스트잇을 주머니에 넣었다.

손더스가 추궁하는 표정을 지었다. "거기 뭐가 적혀 있지? 내가 알아야 하는 걸까?"

블레이크가 파트너를 돌아보았다. "아닐걸."

울프와 백스터, 에드먼즈, 크리스천, 손더스가 조를 기다리는 동안 포렌식 연구소에는 불안한 기운이 감돌았다. 이곳 어딘가에 친구의 시신이 있다는 사실을 무시할 수는 없었다. 다 똑같이 생긴 냉동고 중 하나에 핀레이가 들어 있다.

그러고 싶지 않았지만 백스터는 자꾸만 울프를 힐끔거렸다. 어제와 전혀 다른 사람이었다. 깔끔하게 면도를 했고 말쑥한 하얀 셔츠도 단추 부분이 터지려 하지 않았다. 오래전 기억 속에 남아 있는 울프였다. 봉제인형 살인사건 이전…, 방화 살인사건 이전…, 모든 것이 엉망으로 변하기 전의 모습과 똑같았다.

울프가 손에 든 포스트잇을 힐끗 내려다보는 듯했지만 백스터는 뭐냐고 묻지 않았다. 그 대신 손더스에게 관심을 돌렸다. 아무리 손더스지만 오늘은 상태가 너무 썩어 보였다.

"아무리 너지만 오늘은 상태가 심각해 보인다."

"밤에 잠을 못 잤어요." 눈 밑까지 다크서클이 내려온 손더스가 하품을 했다. "차가 또 털린 거 있죠."

백스터가 무슨 말인가 하려고 입을 열었다.

"걱정할 필요 없어요." 손더스가 말했다. "에드먼즈를 집까지 태워다줬을 때 에드먼즈가 다 들고 내렸거든요.

"그것 참 다행이군." 듣고 있던 크리스천이 말했다.

"그런다고 깨진 창문이 멀쩡해지거나 사라진 내비게이션이 돌아오지는 않죠." 손더스가 따졌다. "그래도 청장님께서 기뻐하시니 좋네요."

문이 벌컥 열리고 조가 들어와 장비를 풀었다. "어서 오세요! 반갑습니다!" 조가 손님들을 뜨겁게 맞이했다. "우리 친구들 한 분씩 볼 안쪽을 면봉으로 문지르고 지문을 채취할 거예요. 하지만 그 전에, 어젯밤에 아주 흥미로운 일이 있었답니다…."

조가 인쇄물 더미 옆에 있는 노트북으로 뛰어갔다.

"바닥 아래에서 발견된 혈흔과 일치하는 사람이 나왔어요."

"벌써요?" 에드먼즈가 물었다.

"네, 그 혈흔의 주인공은 핀레이였어요."

크리스천이 헛기침을 했다. "그게 왜 수사에 도움이 되는 흥미로운 사실이라는 거지?"

"피가 말라붙어 있던 섬유 조직이 핀레이가 사망할 당시에 입고 있던 옷 조직과 다른 것이었거든요." 조가 답했다.

"그렇다면…." 크리스천은 조가 왜 이렇게 흥분하는지 이유를 생각해보았다. "다른 사람 옷에서 떨어졌다는 건가?" 크리스천이 당연한 사실을 물었다.

"네." 조가 고개를 끄덕였다. 그는 광기 어린 미소를 지으며 벌써 다음 아이템을 준비하고 있었다.

"그럼 내가 하나만 묻겠네." 크리스천이 말했다. "그 옷도 핀레이 것일 수 있지 않을까? 다른 날에 입었던 옷이라든가? 방 공사를 하는 동안 말이네."

"이론상으로는 가능하죠. 하지만 저는 그렇게 생각 안 해요." 조의 대답은 문제를 더 복잡하게 만들었다. "다음으로 넘어가겠습니다." 조가 양손에 일회용 장갑을 끼고 핀레이 옆에서 발견된 총과 비슷한 크기의 모형 총을 쟁반에 올렸다. "울프…."

"왜요, 실험맨?"

"이쪽으로 와서 이 총을 들어줄래요?"

울프는 순순히 조에게 걸어가 총 손잡이를 감싸 쥐고 다른 손을 이용해 무게를 받친 후 자세를 고쳐 방아쇠에 손가락을 올렸다.

"잘했어요." 조가 미소를 지었다. "다시 쟁반에 올려주세요. … 좋아요. 이제 이걸 봅시다."

조가 조명을 끄고 UV 봉의 전원을 켰다. 조의 손에서 UV 봉이 광선검처럼 윙 하는 소리를 냈다. 울프 일행은 어둠과 맞서 싸우는 보라색 불빛의 주위에 모여들었다. 손잡이와 총신에 묻은 울프의 지문이 선명히 빛나고 있었다.

"지문이 묻어 있죠? 이번에는 똑같은 테스트를 한 핀레이의 총을 봐요."

조가 노트북을 돌려 화면을 보여주었다.

"핀레이의 총에 묻은 지문은 너무 깔끔해 보이지 않아요?"

"저녁 내내 과음한 사람 같지 않게 말이죠." 에드먼즈가 거들었다.

"처음에는 이런 말 없었잖아요." 백스터가 힐난하듯 조에게 말했다.

"피해자가 총을 꽉 잡았다면 그런 지문이 생길 수도 있긴 하잖아요." 조가 어깨를 으쓱하며 말했다. "그런데 경감님이 다른 가능성을 뭐든 찾아보라고 했잖아요? 그래서 저도 다른 가능성을 제기해봐야겠다 생각한 거고요."

백스터가 얼굴을 찌푸리고 원래 있던 구석 자리로 돌아갔다.

"시신도 마찬가지예요." 조가 계속 이야기했다. 무신경한 단어 선택에 듣는 사람들이 굳었다는 사실은 모르고 있었다. "피해자가 어디 부딪혀 생겼다고 추정한 혹과 멍 등의 가벼운 부상도 다양하게 해석이 가능하죠. 핀레이 본인이 만든 걸 수도, 아닐 수도." 조가 하하 웃었다.

아무도 웃지 않았다.

"아무튼, 누군지 몰라도 자기 흔적을 아주 잘 감췄어요. 현재로서 밝혀진 건 살인 현장이 맞다는 사실 뿐입니다. 솔직히 여기서 단서가 더 나올지 모르겠어요."

"잘 감췄든 아니든 달라지는 것은 없어." 울프가 낙담한 팀원들의 얼굴을 보며 말했다. "우리는 가던 길을 계속 간다. 핵심은 살인 동기와 총이야. 다른 건 중요하지 않아."

경찰청에서 나온 크리스천은 차를 타고 매기의 안부를 살피러 머스웰 힐로 향했다. 매기는 수사가 끝나면 집을 팔 계획이라고 했다. 더는 이 집에서 살 수가 없었고, 더군다나 핀레이가 죽은 방에 계획대로 손주들을 들이는 것은 말도 되지 않았다. 크리스천은 적당한 때가 되면 집을 팔고 새로운 거처를 찾게 도와주겠다고 약속했다. 그리고 매기가 기운을 차리게끔 그의 '주특기'인 마마이트(맥주를 발효하고 남은 이스트로 만든 잼 - 옮긴이 주) 오믈렛을 만드는 실수를 저질렀다. 놀랍게도 그가 만든 오믈렛의 맛은 이름을 듣고 예상했던 것보다 더 형편없었다.

"별로였어요?" 크리스천이 자신의 걸작을 쓰레기통에 긁어 버리면서 물었다. 매기는 벌써 세 잔째 물을 마시고 있었다.

"아니에요. 그냥 맛이 입에 계속 남아 있어서요." 매기가 웃었다.

"이래 봬도 아침에 수많은 숙녀들을 대접해준 요리예요."

"그러고도 다시 만나자는 사람 있었어요?"

크리스천은 잠시 생각해보았다. "듣고 보니…."

매기가 웃음을 터뜨렸다.

"줄 게 있어요." 그렇게 말한 매기가 일어나 복도로 나갔다.

잠시 후 그녀가 들고 들어온 상자에는 경찰청 로고가 찍혀 있고 빨간색 글씨로 큼지막하게 '증거'라 적혀 있었다.

"이건 뭐예요?" 크리스천이 미간을 찌푸리며 물었다.

"아, 상자는 눈감아줘요. 핀이 늘 사무실에서 하나씩 슬쩍해왔거든요. 이런 게 차고에 한 가득이에요. 그냥 옛날 사진, 경찰 소지품, 신문 스크랩 그런 것들이에요. 당신이 가지면 좋을 것 같아서요."

"괜찮겠어요?" 크리스천은 그렇게 물으면서도 상자를 받아 들었다.

"그냥 물건인데요." 매기가 말했다. "남편은 아니잖아요."

오후 12시 14분, 크리스천은 이만 가보겠다고 매기에게 인사를 하고 햇살이 내리쬐는 바깥으로 유품 상자를 들고 걸어 나왔다. 이웃 한 명이 50파운드를 받고 언론에 제보했는지 기자 몇 명이 크리스천의 렉서스를 에워싸고 있었다.

크리스천은 얼굴에 억지웃음을 띄우고 차로 다가갔다.

"청장님, 사건과 관련해 새롭게 밝혀진 사실이 있나요?"

"자, 있다 해도 말할 수 없다는 거 아시잖습니까." 크리스천이 껄껄 웃으며 한 손으로 뒷문을 여느라 버벅거렸다.

"상자 안에 든 건 뭐죠? 증거가 더 나왔습니까?"

"그냥 뭐." 크리스천이 대답했다. "실례하겠습니다." 운전석 문을 열려면 문과 카메라맨 사이를 비집고 지나가야 했다.

"청장님, 핀레이 경사를 살해한 범인에게 한마디 해주시죠?"

크리스천은 차에 올라 문을 닫고 시동을 걸었다. 그러다 창문을 내리고는 이렇게 대답했다. "한마디요? 글쎄…, 이렇게 말하고 싶군요. 핀레이는…, 핀레이는 제…."

"청장님?" 크리스천이 말을 흐리자 기자가 재촉했다.

"핀레이는 이렇게 떠나면 안 됐을 친구입니다." 생각과 질문이 뒤죽박죽 섞여 크리스천이 멍하니 대답했다. "핀레이도, 매기도 이보다 더 나은 인생을 누릴 자격이 있던 사람들입니다. 제 친구를 죽인 한심한 겁쟁이는 영원히 불지옥에서 자신의 죗값을 치러야 마땅해요. …이상입니다."

크리스천은 놀란 기자들을 남겨둔 채 창문을 올린 후 천천히 차를 몰았다.

13

2016년 1월 9일 토요일
오후 12시 30분

울프는 혼다 시빅의 썬팅된 창문으로 자신의 모습을 확인했다. 블레이크가 특별히 구해준 주소를 다시 확인한 다음 정말 여기가 맞나 고급 아파트 건물을 다시 올려다보았다. 로비에서 안내원이 그를 빤히 보고 있었다. 직업상 데스크를 비우면 안 되지만 20분이나 서서 고민하는 울프를 보며 이제는 무슨 조치를 취할 태세였다. 그래서 울프는 주유소에서 산 꽃다발을 들고 회전문을 통과해 데스크로 걸어갔다.

"애슐리 로클란 씨를 찾아왔습니다." 울프가 구겨진 포스트잇을 커닝했다. "114호요."

데스크 안내원은 힘을 쓰기 싫은지 수화기를 역기처럼 무겁게 들어 올렸다.

"성함이?"

울프는 이름을 말하려다 미소를 지었다. "폭스입니다. 폭스라고 하면 알아요."

드디어 울프를 알아본 남자가 허리를 곧게 펴고 번호를 입력했다. 봉제인형 살인사건에서 살아남은 단 두 명의 재회를 조금이라도 도울 수 있어 기쁜 듯했다. 애슐리 로클란은 봉제인형 살인사건에서 범인의 살인 예고자 명단에 올랐던 사람 중 하나였다.

"안타깝지만 받지 않으시네요." 안내원이 울프에게 말했다. 나

름 유명인과 마주하고 있다는 사실을 인식하고 나니 조금 전과
는 비교할 수 없게 공손해졌다. "그런데…, 사실은 이런 말씀 드리
면 안 되지만…." 그는 밀담을 건네는 것처럼 데스크 너머로 몸을
기울였다. "…도로 끝에 놀이터가 있어요. 아마 거기 가보시면 있
을 겁니다."

울프는 다행히도 안내원이 요청한 어색한 투샷 셀카를 기꺼이
받아주었다. 울프는 안내원이 알려준 길을 따라 놀이터 입구로
향했다. 맥박이 빨라지는 기분에 일부러 걸음을 늦추었다. 추위
에 얼어붙은 부모들의 얼굴을 살피던 울프가 드디어 그녀를 발견
했다. 비니 아래로 긴 금발을 어깨까지 늘어뜨린 여자는 기억 속
의 모습 그대로 아름다웠다. 여자는 벤치에 앉아 깔깔 웃고 있었
다. 말쑥한 정장을 입은 남자가 장난스럽게 어린 남자아이를 빙글
빙글 돌리는 모습을 보면서.

"그러다 토해요!" 여자가 나긋나긋한 에든버러 사투리로 남자
에게 주의를 주었다.

울프도 그녀가 언제 돌아올지도 모를 남자를 기다릴 것이라는
기대는 하지는 않았다. 이렇게 대뜸 나타나서 며칠뿐이었던 두 사
람의 관계를 다시 잇고 싶다는 바람을 갖는다면 그것도 현실성이
없었다. 단지 해명하고 싶을 뿐이었다. 왜 연락하지 않았는지 설
명하고 싶었다. 그 정도는 해줘야 한다는 생각이 들었다.

울프는 여자에게 다가가기 시작했다.

애슐리는 조던이 테드의 스웨이드 구두에 토하지 않기만을 빌
었다. 하지만 말리고 싶지는 않았다. 조던이 이렇게 행복해하는
모습은 처음이었다.

그녀가 목이 올라오는 재킷의 지퍼를 끝까지 다 채우는 동안 누군가 옆에 있는 쓰레기통쪽으로 걸어왔다. 그 사람이 필요 이상으로 오래 머무는 느낌이 들어 고개를 돌리고 무슨 일이냐는 듯 미소를 지어 보이려는데….

"엄마! 나 봐봐!" 조던이 신나게 웃었다. 확실히 아까보다 얼굴에서 핏기가 사라졌다.

"그래, 아들. 보고 있어!" 애슐리도 외쳤다.

다시 고개를 돌리자 키가 큰 남자가 검은색 롱코트를 입고 걸어가는 뒷모습이 보였다. 쓰레기통 위로 싸구려 꽃다발이 삐죽 튀어나왔다.

어떤 기억이 떠올랐다. 누군가의 기억…. 왠지 모르게 얼굴에 미소가 번졌다.

에드먼즈는 조와 연구소에 남아 증거 상자 다섯 개에 담겨 있는 실물 증거를 분류하는 작업을 했다. 봉인되었던 증거물이 나올 때마다 조의 흥분도 커졌다. 조는 연구소에 있는 모든 장비를 동원해 테스트를 돌리고 기계 사이를 바쁘게 움직였다.

주머니에서 에드먼즈의 휴대폰 진동이 울렸다. 전화기를 꺼내니 화면에 토머스의 이름이 떠 있었다. 런던 경찰청 지하에 갇힌 에드먼즈는 조가 말을 다 듣고 있음을 의식하고 반대쪽 구석으로 자리를 옮겼다.

"네…. 아니, 괜찮아요. …응? …에?…뭐라고요?! …오늘 밤?"

에드먼즈가 뒤를 힐끗 보고 얼굴을 찌푸렸다. 조는 숨길 생각도 하지 않고 통화를 엿듣고 있었다. 에드먼즈가 목소리를 낮췄다.

"그건 정말…, 지금은 그럴 때가 아니에요…. 네, 알죠…. 그것도 알아요. 알지만 지금 당장은 안 그러는 게…. 네, 뭐…. 끊어요."

에드먼즈는 휴대폰 화면을 내려다보며 고개를 저으면서 자리로 돌아왔다. 잠시 후, 그는 휴대폰을 다시 집어 들고 짧게 문자를 썼다.

미안해요. 나중에 다시 얘기해요.

에드먼즈는 무슨 일이냐고 쳐다보는 조를 무시하고 일에 집중하려 했지만 방금 왔던 전화와 곧 닥칠 사태에 관한 생각을 떨칠 수가 없었다.

"젠장." 에드먼즈가 작은 소리로 내뱉으며 눈을 비볐다.

백스터는 오후 내내 루쉬와 고피쉬Go Fish 게임을 하며 보냈다. 핀레이가 제일 좋아했던 이 카드게임은 루쉬를 방문할 때마다 하는 당연한 일과가 되었다. 괜한 희망인지는 모르겠지만 루쉬가 조금은 예전의 모습을 되찾은 듯했다. 그래서 백스터는 패혈증, 장기 부전, 징역 10년형 같은 골치 아픈 문제를 언급하지 않기로 했다. 1시간 후면 홀리가 도착할 예정이라 루쉬에게 샌드위치를 만들어주고 집으로 출발했다.

울프가 매기의 앞마당 담장에 앉아 옅어지는 하늘을 바라보고 있을 때, 한 쌍의 헤드라이트 불빛이 모퉁이를 돌았다. 자동차 한 대가 집 앞에 멈춰 서더니 찢어진 청바지와 운동화 차림의 젊은 남자가 차에서 내렸다.

"랜들 순경?" 울프가 확신 없이 물었다. 경찰이라기보다 대학생처럼 보였기 때문이다.

"네." 랜들이 웃으며 다가와 울프와 악수했다.

"쉬는 날인데 와줘서 고마워요. 윌리엄 폭스입니다."

"압니다, 경사님."

"시간을 많이 빼앗지는 않을 거예요. 1월 1일에 여기 도착해서 한 행동을 하나씩 보여줄 수 있을까요?"

"그럼요." 랜들이 쾌활하게 말했다. "그런데 제 진술서에 있는 내용과 크게 다르지는 않을 거예요."

울프는 어깨를 으쓱했다. "일단 해봐요."

"네, 저는 '긴급 신변 보호' 호출을 받고 출동해 이곳과 거의 일치하는 위치에 차를 세웠습니다." 랜들이 설명을 시작하며 앞마당으로 앞장섰다. "위층에 불빛이 보여서 벨을 누르고 노크를 한 다음에 우편물 투입구로 제 신원을 밝혔고요. 대답이 없어서 문을 열려고 하니 잠겨 있었습니다."

"확실히 잠겨 있었어요?"

"네, 경사님. 그래서 힘으로 열어야겠다고 생각했어요."

"힘이라면 어느 정도로?"

"발차기 한번요." 랜들이 손잡이 바로 아래의 패인 자국을 가리켰다.

울프가 문을 열고 랜들과 현관 입구로 들어섰다.

"다시 계시느냐고 외치고 1층에 있는 방을 하나씩 확인하고 위로 올라갔어요."

두 사람이 계단을 오르자 발밑에서 나무가 삐걱거렸다.

"문이 열려 있는 방마다 고개를 넣어서 살피고 나니 이 방의

문이 잠겨 있더라고요."

울프는 고개를 끄덕이며 문을 열고 범죄 현장에 들어섰다. 랜들도 따라서 들어왔다. 어린 경찰은 당황한 표정으로 바닥에 생긴 구멍을 내려다보았다.

"우리는 그때 이 안에 다른 사람이 있었다고 보고 있어요." 울프가 설명했다.

"저는…, 전혀 그런 생각을…." 랜들은 당황한 나머지 말을 잇지 못했다.

"누구나 그랬을 겁니다. 걱정 안 해도 돼요. 문제 삼자는 게 아니에요." 울프가 그를 안심시켰다. "그다음에는 어떻게 했어요?"

랜들은 눈을 감고 기억을 떠올렸다. "문을 강제로 뜯었더니 사람이 엎드려 있고 그 옆에 총이 있었어요. 저는…, 맥박을 확인하고 지원 요청을 하기 위해 방을 나갔습니다."

"그때 상황을 재연해 줄 수 있어요?"

두 사람은 계단 앞으로 나왔다. 울프는 랜들을 따라 계단을 내려가 바깥에 있는 차로 향했다.

"여기서 무전을 쳤어요."

"현관문이 지금처럼 활짝 열려 있었어요?" 울프가 물었다.

랜들이 고개를 끄덕였다.

"이 자리를 떠난 적 있어요?"

"아니요."

울프는 뒤를 돌아 핀레이의 집을 살폈다. 눈에 띄지 않고 현관문을 빠져나오기는 불가능해 보였다.

"그런 다음은요?"

"으음…, 청장님께서 도착하셨어요."

"좋아요. 어느 방향에서요?"

랜들이 거리 한쪽을 가리켰다.

"많이 힘들어 보이셨어요. 저한테 오셔서 '핀레이는?'이라고만 물어보셨어요. 제가 고개를 저었더니 집 안으로 뛰어 들어가셨고요."

"그때는 어디 있었어요?"

"저는 지원이 도착할 때까지 계속 이 자리에요."

"그리고 나서요?"

"다 같이 안으로 들어갔어요." 랜들이 다시 현관으로 들어갔다. "청장님은 계단 끝에 앉아 계셨습니다. 완전히 넋이 나가서요. 주방으로 모시고 내려와 마실 것이라도 필요한지 여쭤봤습니다. 괜찮다고 하셔서 저는 방, 문, 창문을 다 확인했고요…. 솔직히 형사님들 일을 방해하고 싶지 않아서 그러고 있었던 거예요."

"뭐 있던가요?"

"전부 잠겨 있었습니다."

"저렇게 걸쇠가 잠겨 있었어요?" 울프가 뒷문을 가리키며 물었다.

"네. 확실히 잠긴 상태였고 안에서 빗장도 걸려있었어요."

"차고도 확인했고요?"

"네."

울프는 마른세수를 했다. 답을 하나도 얻지 못했는데 질문은 빠르게 바닥나고 있었다.

"정말 살인이라고 생각하세요?" 랜들이 물었다.

"네…, 그래요."

"그럼 범인이 몇 시간 동안 바닥 밑에 있었다는 뜻이죠?"

새로 입수한 정보들을 이리저리 꿰맞추고 있던 울프가 어리둥절한 표정을 지었다.

"현관문으로 나가는 사람은 못 봤어요." 랜들이 자신의 생각을 입 밖으로 꺼냈다. "다른 출구는 다 잠겨 있었고요. 안에서 방을 밀폐 상태로 만들었으면 내내 아래에 있었을 거예요. 제가 문을 뜯고, 청장님께서 들어오시고, 수사관에…, 검시관이 올 때까지요."

"그런데도 증거를 전혀 남기지 않았다." 울프가 중얼거렸다. 머리가 지끈거리기 시작했다.

"네?"

"아닙니다. 고마워요, 랜들 순경. 덕분에 도움이 많이 됐어요."

14

2016년 1월 9일 토요일
오후 8시 5분

토머스는 뒤늦은 크리스마스 만찬 준비에 정성을 기울였다.

배경음악으로 빙 크로스비와 머라이어 캐리의 캐럴을 들으며 토머스와 백스터는 과음, 과식을 했고 불량 폭죽을 터뜨려 집에 불을 지를 뻔했다. 그사이 바깥에는 어둠이 내려앉았다. 두 사람은 끝도 없어 보이는 주방 정리를 내팽개치고 잠옷으로 갈아입은 후 에코와 함께 이불을 뒤집어쓰고 영화를 보았다.

"선물 열어볼까?" 토머스가 기대에 차서 제안했다.

백스터도 벌떡 일어나 영화를 멈추고 와인잔을 가득 채운 후 바닥에 앉았다. 제일 먼저 고른 선물은 제일 위에 놓인 예쁜 상자였다.

"그건 마지막에 열어보는 게 어떨까." 토머스가 무언가를 암시하듯 말했다.

백스터는 집어 들었던 선물을 한쪽에 내려놓고 다른 선물 포장을 뜯었다. "클루Cluedo(살인사건의 범인을 추리하는 보드게임 - 옮긴이 주)네." 심드렁한 말투였다.

"응. 왜냐하면…, 그러니까, 당신이 수사관이잖아."

백스터는 잘 골랐다고 고개를 끄덕였다. "집에서도 일을 하면 참 재미있겠다."

분위기가 조금 가라앉았다.

"저거 열어봐." 백스터가 토머스에게 말했다.

"양말이네!"

"당신 신으라고."

"멋진데. 이제 당신 차례야."

그 말에 백스터가 또 다른 상자 하나를 뜯었다.

"귀걸이네! 금 귀걸이…. 꼭 우리 엄마 선물 같다."

"환불해도 돼. 눈 온 날 하나 잃어버렸다고 들었던 기억이 나서."

"그날 밤 있었던 몇 안 되는 행운이었지." 백스터가 중얼거렸다. "아, 저거 열어봐!"

포장지를 찢어서 선물을 확인한 토머스가 고급스러운 슬리퍼 한 쌍을 보고 얼굴을 찌푸렸다. "내 부츠 슬리퍼를 왜 그렇게 싫어하는 거야?"

둘은 티격태격은 한동안 계속되었다.

크리스천은 에핑 숲에 진입했다는 표지판을 보자마자 긴장이 싹 풀렸다. 집으로 운전해 돌아올 때면 어김없이 그런 느낌을 받았다. 무질서하게 뻗은 지하철 노선의 한쪽 끝에 있는 예스러운 마을은 런던의 숨 막히는 마천루와 혼잡한 거리에서 벗어나 안식을 누리게 해주는 장소였다. 텔레비전 기자의 단순한 질문에 프로답지 못하게 반응한 것을 후회하며 크리스천은 제일 좋아하는 레스토랑으로 가 지정석에서 혼자 식사를 했고 현재는 침실 일곱 개짜리 숲속 저택으로 향하고 있었다.

미니 로터리에서 잠시 정차한 그는 한 쌍의 눈부신 헤드라이트가 뒤에 멈춰 선 것을 보았다. 이유 없이 서서 미안하다고 손짓을 하고 다시 기어를 넣고 출발했다. 운전을 똑바로 하고 있지 않다는 생각이 들어 정신 차리고 집중하자고 마음을 다잡았다. 깜박이를 켜고 검은 나무가 늘어서 있는 도로로 좌회전을 하는데, 잠시 후 하얀 불빛이 대시보드를 물들였다. 뒤에 오던 차가 더 가까워지는 것이 느껴졌다. 크리스천은 얼굴을 찌푸리고 속도를 조금 더 높였다. 하지만 백미러를 보니 눈부신 불빛 두 개가 계속 따라오고 있었다. 그는 어지러움을 느끼며 길게 뻥 뚫린 도로를 쭉 달렸다.

반대 방향에서도 자동차 한 대가 접근했다.

뒤편의 차량이 범퍼 코앞까지 속도를 높이더니 크리스천의 차를 추월하고 빠르게 사라졌다. 검은색 미쓰비시 트럭으로 보였지만 모델까지 알아보기는 힘들었다. 굳이 차량 번호를 외울 필요는 없었고 그럴 기운도 없었다. 크리스천은 다시 속도를 늦추고 집으로 향했다. 이제 몇 분도 남지 않았다.

크리스천은 집 앞 도로에 들어서 주차장 게이트의 리모컨 버튼을 눌렀다. 밤마다 이웃들의 저택을 지날 때 정해진 안무처럼 하는 행동이었다. 은은한 불빛이 벽을 타고 올라 아름다운 조경의 정원을 비추었다. 별이 반짝이는 하늘 아래에서 그 모습은 예술 작품처럼 보였다. 런던 시민 중에서도 극히 일부만 감상할 수 있는 풍경이었다.

진입로 방향으로 핸들을 돌리던 그때, 갑자기 새하얀 빛이 그를 덮쳤고….

강력한 엔진 소리의 굉음과 타이어 마찰음이 들리더니 크리스천의 머리가 유리창에 부딪혔다. 차가 이리저리 흔들렸다. 검은 트력이 몇 미터 후진하며 깨진 금속 조각이 도로로 쏟아졌다.

거의 의식을 잃은 크리스천은 운전석에서 끌려 나와 차 두 대 사이에 쓰러졌다. 양쪽에서 비추는 헤드라이트에 아무것도 보이지 않았고 잔인한 폭행이 시작되었다. 얼굴 없는 두 실루엣은 사방에서 크리스천을 주먹으로 때리고 발로 찼다. 크리스천은 머리를 감싸고 몸을 둥글게 말아 다 끝나기만을 기도할 수밖에 없었다. 한 명이 가슴을 짓밟자 크리스천이 비명을 질렀다. 갈비뼈가 부러지는 소리를 들으며 그는 깨달았다. 놈들은 그가 죽을 때까지 멈출 생각이 없었다. 크리스천은 미친 듯이 발을 움직이며 바닥을 기어 트럭 아래로 몸을 숨겼다. 그를 다시 끌어내리려는 손길에 구두 한 짝이 벗겨졌다.

크리스천은 따뜻한 차체 밑바닥에 뿌연 입김을 내뱉으며 트럭 주위를 도는 검은 부츠 한 쌍을 바라보았다. 이런 범행에 익숙한 듯 두 사람은 목소리를 들키지 않도록 서로에게 휘파람으로 신호를 보냈다. 한 명이 크리스천의 망가진 차를 살피는 동안, 다른 한 명은 트럭에 올라타 시동을 걸었다. 핸드브레이크가 걸려있어 엔진이 큰 소리로 저항했다.

이제는 달리 방법이 없었다. 크리스천은 트럭 밑에서 기어 나와 서서히 닫히고 있는 주차장 게이트를 향해 절뚝이며 걸어가기 시작했다.

그때 뒤에서 트럭 문이 쾅 닫히는 소리가 들렸다.

그리고 놈들이 더 빠른 걸음으로 뒤쫓아 오는 소리가 들렸다. 크리스천은 육중한 주차장 문이 닫히기 직전에 좁은 틈으로 다급하게 몸을 날렸다.

주차장 대문의 창살 사이로 한 사람의 실루엣이 크리스천을 바라보았다. 그는 도발하듯 쇠막대를 빙글빙글 돌리며 자신과 크리스천 사이에 있는 높지 않은 담벼락을 주시했다. 범인들과 불과 몇 미터 거리에 쓰러진 크리스천은 체력이 바닥났음을 깨달았다. 그들이 담벼락을 넘기로 한다면 도망은 꿈도 꿀 수 없었다.

그때, 갑자기 나타난 푸른색 불빛이 검은 숲 위의 하늘을 밝혔다.

주차장 문 앞에 서 있던 사람도 불빛을 봤는지 파트너를 향해 침착하게 휘파람을 불었다. 이어 두 사람은 망가진 트럭에 다시 올라타 난폭하게 후진을 했다.

하얀 불빛이 마치 썰물처럼 크리스천에게서 물러났다.

트럭이 도로를 따라 속도를 높였고 붉은 후미등이 모퉁이를 돌아 사라지자, 크리스천은 벌러덩 드러누워 구조의 손길이 오기를 기다렸다. 비록 이런 일을 당했지만 오늘 밤은 살아남을 수 있다는 희망이 생기기 시작했다. 반짝이는 별이 이렇게 아름다워 보일 수가 없었다.

"이거 열어봐도 돼?" 백스터가 가장 고급스럽게 포장된 선물을 집어 들며 물었다. 지금까지 받은 선물과 비슷하다면 큰 기대가 되지는 않았다. "마지막으로."

"열어봐."

조심스럽게 리본을 풀자 포장지 안에 또 작은 상자가 나왔다. 백스터는 고개를 갸웃하며 상자 뚜껑을 열었고 숨을 헉 들이마셨다. 그 안에는 아름다운 다이아몬드 반지가 들어 있었다. 어느새 토머스가 한쪽 무릎을 꿇고 있었다.

토머스는 백스터의 손에서 반지 상자를 정중하게 받아 들고 입을 다물지 못하는 백스터에게 반지를 내밀었다.

"에밀리 로렌 백스터…. 당신과 보낸 9개월은 내가 살면서 처음으로 걱정, 무력감, 짜증, 소외감, 무능함을 무수히 느낀 시간이었어. 남은 평생도 그렇게 느끼며 살고 싶어. …나와 결혼해줄래?"

백스터는 그 자리에 얼어붙은 듯했다.

토머스는 기대에 찬 미소를 잃지 않으려고 애를 썼다.

아까 에드먼즈는 청혼하지 말라고 한 시간 가까이 토머스를 설득하려 했다. 에드먼즈가 옳았던 걸까? 백스터라면 토머스의 생각대로 청혼을 받아들이지 않을 거라 설명했다. 안 그래도 무수한 고뇌를 짊어진 백스터에게 걱정거리만 하나 더 추가할 뿐이라 했다.

그때 백스터의 휴대폰이 울렸다.

그녀는 멍하니 일어나 주방으로 걸어갔다. 그러는 내내 토머스는 참을성 있게 수치스러운 자세를 유지했다.

"백스터입니다. …네? 괜찮으신…. 금방 갈게요."

백스터는 거실로 돌아와 남자친구를 내려다보며 어색하게 웃었다.

"나, 음…, 일이 있어서 가볼게. 하지만…, 음… 고마워."

토머스에게 양쪽 엄지를 힘차게 흔들어 보인 백스터가 옷을 갈아입기 위해 위층으로 뛰어 올라갔다.

15.

2016년 1월 9일 토요일

오후 9시 39분

"울프를 석방하라!" 울프는 웬 놈팡이가 외치는 소리를 들으며 킹 조지 병원 입구로 황급히 들어가 응급실 표지판을 따라갔다.

먼저 도착해 있던 매기가 대기실에 들어서는 울프를 껴안았다. 딱 봐도 매기는 울고 있었다.

"지금 어때요? 아까 뭐라고 했죠…? 폭행을 당했다고요?" 울프가 물었다.

매기는 고개를 끄덕이고 비어 있는 대기실 의자로 울프를 이끌었다. "별 탈은 없을 거야. 갈비뼈 몇 대가 부러졌고 머리를 심하게 찢었대. 그 외에는 그냥 상처와 멍이고…. 상처랑 멍이 너무 많아." 매기가 전했다. 아직도 충격에서 헤어 나오지 못한 듯했다.

"면회는 가능해요?" 울프가 물었다.

"나는 조금 이따가 가능하대."

울프는 매기의 손을 꼭 쥐고 오늘 밤을 보낼 불편한 의자에 앉았다.

백스터와 손더스는 울프를 사이에 두고 앉았다. 매기가 면회 허락을 받고 잠시 크리스천을 만나러 간 사이에 두 사람은 똑같이 멍한 표정으로 소리가 나오지 않는 텔레비전을 보고 있었다. 경찰청장이 자택 앞에서 폭행을 당한 사건의 자세한 정보는 이미

BBC에 들어간 모양이었다. 맞은편 주택의 창문에서 찍은 카메라폰 영상은 앰뷸런스가 도착한 직후의 현장을 보여주었다. 크리스천의 렉서스는 형체를 알아보기도 힘든 상태로 도로에 기름을 흘렸고, 증인처럼 상황을 설명해줄 타이어 자국을 보존하기 위해 주위에 조잡한 바리케이드가 설치되었다.

"기가 막히네." 손더스가 중얼거렸다. 이어 BBC는 오늘 오전에 촬영한 영상을 다시 내보내고 있었다. 크리스천이 차 뒷좌석에 증거 상자를 실은 후 핀레이의 살인자에게 메시지를 보내는 영상은 이미 오전에도 널리 전파를 탔었다. "언론이 그렇지. 자기들이 문제를 일으키고 나서 결과를 촬영하고."

울프와 백스터는 대답하지 않았다. 손더스가 말을 하는지도 몰랐다.

"에드먼즈와 통화해야겠다." 백스터가 말하며 일어났다. 병원 대기실에서 밤을 새워야 한다는 의무감을 에드먼즈에게까지 지우고 싶지는 않았다. 에드먼즈는 이제 수사관도 아니었으니까. 안 그래도 이번 사건 때문에 그가 가족과 함께할 시간이 없다는 것을 알았다.

"저기요." 백스터가 나간 것을 확인하고 손더스가 면회를 마치고 돌아온 울프에게 속삭였다. "울프? 울프!" 그는 울프를 다시 부르며 팔꿈치로 찔렀다.

"뭐?"

"괜찮아요?"

"응. 그냥…, 생각 좀 하느라."

"이 얘기는 단둘이 있을 때 하고 싶었어요." 손더스가 운을 떼며 울프 쪽으로 가까이 다가왔다. "제가 오후 내내 핀레이가 죽은 날 밤의 타임라인을 맞춰봤거든요?"

"살해된 날." 울프가 정정했다.

"그래요. 살해된 날. 매기와 청장님 진술 내용을 자세히 봤는데…." 손더스는 문제를 제기하기가 죄스러운 듯했다. "…살짝 안 맞는 부분이 있어요."

"계속해봐."

"청장님은 자정 이후에 택시를 타고 핀레이 집으로 돌아갔다고 하는데 택시 회사에 그런 기록이 없더라고요."

울프가 고개를 끄덕였다. 하지만 그 말을 듣고 놀라거나 우려하는 기색을 보이지는 않았다.

"물론 제가 조사하지 않은 다른 회사 택시를 탔을 수도 있겠죠." 손더스가 추측했다. "어쨌든 그렇다면 그 택시 회사 이름이 필요해요. 하지만 청장님께 지금 그런 걸 물어보기는 좀 그렇겠죠?"

"내가 물어볼게." 울프가 말했다. 소리 없는 텔레비전 화면에 크리스천의 망가진 자동차가 다시 나타났다. "핀레이가 했던 999 신고 음성은 찾을 수 있나?"

"무음 신고였잖아요." 바보 같은 소리를 한다는 듯 손더스가 말했다.

"그것도 다시 확인해야 할 거야."

"한번 알아볼게요." 손더스는 그렇게 말하고 의자에 다시 구부정한 자세로 앉았다.

매기는 울프가 응급실 앞에서 기다린다는 조건으로 손더스의 차를 타고 집으로 돌아갔다. 전화한다고 했던 백스터가 아직 오지 않아 울프는 고요한 대기실 구석을 혼자 차지하고 누워 잠시 눈을 붙였다.

누군가의 비명이 울프의 잠을 깨웠다. 레오 드부아의 무질서한 조직에서 다른 조직원들과 1년을 함께 보내는 동안에는 이것도 익숙한 일상이었다. 울프는 본능적으로 머리를 보호하기 위해 팔을 들었다. 요즘도 툭하면 동료 조직원들에게 잔인하게 얻어맞았던 꿈을 꾸곤 했다.

겁에 질린 남자가 진통을 시작한 아내를 휠체어에 태우고 응급실 문으로 들어왔다.

울프는 손목시계를 보았다. 40분이면 오늘 밤도 충분히 잤다는 판단이 들어 그만 일어나기로 했다. 닫힌 문 아래로 빛이 새어 나오는 고요한 복도에서 울프는 길을 잃었다. 정처 없이 걷는 동안 개미 새끼 한 마리도 보지 못했다. 고된 야간 근무를 마치고 태양이 떠올라 도시 위로 빛을 뿌리는 장면을 볼 때와 같은 평온함을 느꼈다. 흉악한 짐승이 잠을 자는 모습과 같다고나 할까.

병원에 딸린 예배당 앞을 지나던 울프는 내부를 힐끗 들여다보았다. 놀랍게도 제일 앞줄에 아는 사람이 앉아 있었다.

"백스터?" 울프는 예의 있게 노크를 하며 은은하게 불을 밝힌 예배당에 들어왔다.

낡은 종이를 손으로 접던 백스터는 울프가 있는 뒤를 돌아보았다.

"응…? 난 괜찮아요." 묻지도 않았는데 백스터가 대답했다.

울프는 얼굴을 찌푸리며 문을 닫고 통로 반대쪽 자리에 앉아 앞을 바라보았다. 십자가에 못 박힌 실물 크기의 예수상이 있었다.

"간 줄 알았어." 울프가 말했다.

"그냥 생각할 시간이 필요해서요." 백스터가 손에 얼굴을 묻고 한숨을 깊게 쉬었다.

"집에서는 생각이 안 돼서?"

"집에서는 생각이 안 돼서." 백스터가 대답했다.

울프는 고개를 끄덕이고 앞에 서 있는 기괴한 조각상을 다시 바라보았다. 조각가는 수척한 몸에 검붉은 피를 더 강조해야 한다고 생각했던 모양이다. 얼마나 큰 희생을 했는지 보여줌으로써 우리가 그에게 은혜를 갚아야 한다는 메시지를 더 효과적으로 전달하고 있었다. 둥근 쇠못이 손바닥을 찢었고 가시가 피부에 깊이 박혔다. 부러진 두 발은 땅에서 30센티미터 높이에 하나로 묶여 있었다.

살인자는 신체 훼손으로 메시지를 보내고 있었다. 인류 최초의 봉제인형인 셈이었다.

백스터는 움직이지 않았다.

"혼자 있게 나가줄까?" 울프가 물었다.

백스터는 고개를 들더니 힘없이 웃었다. "됐어요."

울프는 같이 있어도 좋다는 의미로 해석했다.

"있잖아…, 나 같은 놈도 할 수 있을까? 그…, 아빠 노릇이라는 거?" 울프가 뜬금없이 물었다.

고급 정장을 입은 남자가 일곱 살짜리 아이를 어깨에 둘러메고 어지럽도록 빙글빙글 돌리고 그 옆에서 애슐리가 즐거워하던 모습을 왠지 떨칠 수가 없었다.

"하고 싶은 얘기가 겨우 그거예요?" 백스터가 물었다. "저기요, 울프. 나 지금 무진장 취했거든요? 멀쩡할 때도 필터 안 거치고 말하는 거 알 텐데 그러네."

울프는 다시 고개를 돌리고 백스터를 유심히 관찰했다. 말투는 가벼웠지만 백스터가 이렇게 자기 성격을 인정하는 말은 처음 들어보는 느낌이었다. 그동안 그녀가 얼마나 많이 달라졌는지 새삼 실감했다. 부자연스러울 정도로 가까이 앉아 있으니 화장으로 감춘 무수한 상처가 보였다. 울프는 곁에 있어 주지 못했다는 죄책감으로 또 속이 뒤틀렸다.

"그래." 울프가 한숨을 쉬었다. "나도 그렇게 생각해."

백스터는 울프를 돌아보며 물었다. "나는 아내로 50점은 받을 수 있을 것 같아요?"

눈치껏 대답을 지어낼 틈도 없었다. 울프의 경악스러운 표정이 대답을 대신해주고 있었다.

"그쵸." 백스터가 씁쓸하게 웃었다. "나도 그렇게 생각해요."

"티모시가 청혼했어?"

"토머스."

"의외네. 티모시가 뭐라고 하면서 그래?"

"티모시가 아니라 토머스라고요."

"결혼하재?" 울프는 놀란 목소리였다.

"응."

"너랑?"

"그래요, 나랑!" 백스터가 발끈했다. "선배는 못 믿겠지만 주변 사람들이 보는 나는 아주 다정하고 배려심 있는 사람이거든요. 선배만 멍청해서 모르는 거지."

울프는 조금 기분이 상해서 물었다. "그래서 어떻게 할 거야?"

"도저히 모르겠어요. 이대로 괜찮았단 말이에요. 다 괜찮았는데. 대체 왜 굳이…." 백스터는 말을 흐리고 고개를 저었다. "다들 이렇게 복잡하게 사는 거예요?"

울프가 어깨를 으쓱하자 두 사람의 어깨가 닿았다.

"챔버스와 이런 얘기를 했던 적이 있어요." 백스터가 이야기를 들려주었다. "꿈과 희망에 대해서요. 앞으로 뭘 하면서 살고 싶은지."

울프는 놀라서 아무 말도 할 수 없었다. 그의 앞에서 챔버스의 이름을 꺼낼 줄이야.

"나는 '새 차와 에코가 뛰놀 마당' 뭐 이런 얘기를 했던 것 같아요. 아무튼, 별건 아니었어요. 그런데 챔버스는 뭐라고 했는지 알아요? 제일 간절한 소망이 뭐였게요?" 생생한 기억에 백스터가 눈물을 글썽였다. "지루한 삶. 그냥 단순하고 평범하게 살고 싶다고 했어요. 단 하루만이라도 악몽으로 깨지 않았으면 한다고, 단 한 번이라도 이브에게 온전히 집중해 대화하고 싶다고 했어요. 그때는 바보 같은 소리라고 생각했죠. 우리 같은 사람들에게 해피엔딩 따위는 없어요. 챔버스와 이브를 봐요. 핀레이도." 백스터가 눈물을 흘리기 시작했다. "매기는 이제 어떻게 살아요? 우리한테 무슨 희망이 있다는 거야?"

울프가 백스터의 손을 꼭 잡았다.

"우리는 저주받았어요." 백스터가 속삭였다. "우리 인생은 죽음과 고통뿐이고 혼자 살아야 할 운명이에요."

백스터가 왈칵 울음을 터뜨리자 울프는 백스터에게 팔을 두르고 힘껏 껴안았다.

"네가 왜 저주를 받아." 울프가 다정하게 위로했다. "너는 이 세상에서 내가 제일 좋아하는 사람인데. 네가 이렇게 죽음과 고통으로 가득한 인생을 선택하게 된 이유가 뭐겠어? 다른 사람을 다 합친 것보다 강하기 때문이잖아. 조금만 더 지나면 누구보다 행복한 해피 엔딩을 맞을 거야."

백스터가 몸을 비틀어 품에서 빠져나갔다. 주머니를 뒤져 티슈를 꺼내고는 울프에게 미소를 지어 보였다. 그야말로 아름다운 몰골이었다. 검은 마스카라 얼룩이 충혈된 눈을 감쌌고, 곱슬곱슬한 머리카락은 등에 폭포처럼 흘러내렸다. 숨을 몰아쉬는 붉은 입술이 벌어져….

울프가 이끌리듯 몸을 앞으로 기울였다. 자신의 행동을 인식하지도 못한 채….

"무슨 짓이에요, 울프?!" 백스터가 소리를 지르며 일어났다.

"미안. 티모시가 있었지."

"토머스라니까!"

"그냥 없던 일로 할 수 있을까? 순간 감정에 휩쓸려서 그랬어. 네가 너무 예쁘고 슬퍼 보여서…. 사과할게."

"지금까지 했던 얘기 어디로 들은 거예요!" 백스터는 울프 없이 홀로 쌓아 올린 삶을 이대로 무너뜨릴 수 없었다.

"나를 떠나놓고서!" 백스터는 상처를 받았다는 투였다. "나를 원하지 않은 사람은 선배였어요."

울프는 이해가 되지 않았다.

"1년이 넘었다고요, 울프!"

"그 얘기는 아까 했잖아." 울프가 간신히 일어나 앉았다. "나도 돌아오고 싶었어."

"웃기네. 겁쟁이라 자기가 저지른 짓을 똑바로 볼 수 없었을 뿐이었겠지."

"그렇지 않아."

"그러는 사이 핀레이는 살해당했어요. 나는 생지옥에서 겨우 살아남았고요. 그동안 선배는 어디 있었어요? 숨어 있었죠. 힘들어봤자 얼마나 힘들었겠어?"

울프가 힘겹게 일어났다. "네게 돌아올 수 있었다면 그렇게 했을 거야."

"솔직히 무슨 말을 하던 하나도 안 믿…. 지금 뭐 하는 거예요?"

울프가 셔츠 단추를 풀기 시작했다.

"울프?"

그는 셔츠를 바닥에 벗어던지고는 뒤를 돌았다.

그 모습을 본 백스터가 헉 소리를 내며 숨을 들이켰다.

울프의 등은 보라색과 파란색으로 이루어진 캔버스나 다름없었다. 옆구리 전체가 딱지투성이였고 긁힌 피부는 거칠게 굳어버렸다. 반대쪽에는 진작 제거했어야 할 스테이플러가 삐뚤삐뚤하게 몸을 타고 올라갔다. 그리고 등의 정중앙에는 익숙한 낙인이 넓은 영역을 다 차지했다.

L.A.D.

레오 앙투안 드부아Léo Antoine Dubois의 소유물이라는 뜻이었다. 불로 지진 피부는 검게 죽어버렸다. 배신한 이들에게 충성심을 잊지 말라고 경고하는 표식이었다.

"돌아오는 게 가능했다면 그랬을 거야." 울프가 다시 말했다. 그는 백스터를 정면으로 마주 보고 서글픈 미소를 지었다.

백스터가 아주 천천히 다가왔다.

"미쳤어." 백스터가 작게 중얼거렸다.

"알아." 울프가 멋쩍게 말했다. 구불구불한 머리카락이 눈 위로 쏟아졌고 하루 면도를 걸렀다고 거친 수염이 턱을 뒤덮었다.

"냄새 좋네요." 백스터가 떨리는 목소리로 말했다.

"조지가 애프터셰이브를 가져다줘서."

"조지가 누군데?"

"지금은 중요하지 않아."

백스터는 숨을 깊이 들이마셨다. 그러다 뒤로 물러났다. "갈게요."

"그래."

가방을 집어 들고 통로를 따라 다섯 걸음을 옮기던 백스터가 멈춰 섰다. "짜증 나!"

울프는 당황해서 그녀를 보고만 있었다. 백스터가 뒤를 돌아 울프에게로 성큼성큼 다가왔다.

"짜증 나! 짜증 나! 짜증 나!" 백스터가 울프의 눈을 마주 보았다. 내면에서 갈등이 계속되며 얼굴이 고통스럽게 일그러졌다.

울프는 긴장해서 머쓱하게 웃었다.

"안 돼. 그거 알아요? 안 된다고!" 이것이 결론이었다.

백스터는 뒤를 홱 돌아 문 쪽으로 향했다.

울프는 구겨진 셔츠를 집어 들기 위해 허리를 굽혔다.

"짜증 나."

다시 백스터의 목소리가 들렸다.

백스터는 울프가 허리를 다 펴기도 전에 그에게 몸을 던져 긴 다리로 울프의 허리를 감싸고 성질 급하게 키스를 했다. 비틀거리며 뒷걸음질을 친 울프가 조각상에 부딪혔고 아슬아슬하게 흔들리던 조각상은…, 깨지는 소리를 내며 바닥으로 떨어지고 말았다.

두 사람은 얼어붙었다. 고개를 돌리고 보니 예수의 머리가 신도석 아래로 굴러가고 있었다.

"무슨 징조는 아니겠지?" 울프가 백스터를 안은 채로 물었다.

"설마." 백스터가 숨을 헐떡이며 그의 얼굴에 따스한 입김을 내뱉었다.

백스터는 울프의 고개를 다시 정면으로 돌리고 입을 맞췄고 울프에 이끌려 예배당 바닥으로 쓰러졌다.

백스터는 레다니엘 매스의 검은색 코트를 어깨 위로 끌어당겼다.

잠시 후, 눈이 번쩍 뜨여 벌떡 일어나 앉았다. 옆에서는 울프가 작게 코를 골고 있었다.

"안 돼!" 백스터가 탄식하고 담요로 쓰던 코트 아래에서 기어 나와 속옷을 찾았다. 어찌된 영문인지 모르겠지만 속옷은 뒤쪽 세 번째 줄에 떨어져 있었다.

복도에서 사람들의 대화 소리와 카트 바퀴가 굴러가는 쇳소리가 났다. 백스터는 최대한 빠르게 옷을 챙겨 입었다. 예수의 목을 넘어 가방을 집어 들고는 슬그머니 문을 열고 나왔다. 적당한 아침 햇살에 눈을 가리며 저녁에 왔던 길과 반대로 응급실 대기실을 지나 주차장으로 향했다.

"에밀리!" 뒤에서 백스터를 부르는 소리가 들렸다 "에밀리!"

돌아보니 매기가 밖으로 따라 나오고 있었다. 백스터는 성한 손가락으로 헝클어진 머리카락을 빠르게 빗었다. 뺨까지 번진 마스카라에는 별 도움이 되지 않는 행동이었다.

"매기!" 백스터가 반갑게 인사했다.

매기는 백스터를 위아래로 훑어보았다. "괜찮은 거야?"

"저요? 괜찮죠." 백스터가 활짝 웃었다. 치아에도 립스틱이 묻어 있었다.

"저기…, 이런 말해서 미안하지만 지금 꼭 숲에서 헤매다가 온 사람 같아." 백스터가 대답하지 않자 매기는 화제를 돌렸다. "뭘 봤어?"

"아뇨. 못 봤어요."

"여기 있겠다고 약속했는데." 매기가 상처 입은 표정으로 말했다.

"아니…, 있기는 했어요. 그런데…."

"그런데…, 보지는 못했다." 매기가 의미심장하게 말을 맺었다.

"맞아요." 백스터는 재판장 앞에서 심문을 받는 기분이었다.

"블라우스 절반이 열려 있는 거 알아?"

혼자 어설프게 옷을 입으려고 했던 결과물을 내려다보고 백스터가 한숨을 쉬었다.

"이리 와." 매기가 백스터를 데리고 출입구 밖으로 나갔다. 백스터의 블라우스 단추를 제대로 채워주고, 얼굴에 마스카라가 심하게 번진 부분을 닦아주고, 헝클어진 머리카락을 어떻게든 손질해보려고 했다.

"저 엄청난 실수를 저지른 것 같아요." 백스터가 멀리 허공을 응시하며 속삭였다.

"원해서 했다면 실수가 아니야." 물티슈와 비상용 빗으로 백스터의 머리카락에 기적을 일으키고 있던 매기가 말했다.

"내가 다 망쳤어요."

"됐다!" 매기가 외치며 자신의 작품을 감상했다. "예쁘네!" 그러고는 백스터의 팔에 다정하게 손을 얹었다. "후회만 하기에 인생은 너무 짧아. 토머스가 널 사랑한다면 용서해줄 거야. 만약 윌과 함께할 운명이라면 이제 첫걸음을 내디딘 셈이고."

"하지만 토머스는…, 그 사람 본 적 없죠? 정말 착하고 인내심 강하고 내 성격도 받아주고 또 잘생겼어요. 예전에 리틀우즈 카탈로그 모델도 했었다고요…. 또 착하고…."

"그 얘기는 아까 했어."

"나 이제 어떡해요?"

"내가 결정할 문제는 아니지."

백스터는 절망한 표정이었다.

"때가 되면 뭘 해야 할지 알게 될 거야." 매기가 백스터를 위로했다. "우습다고 생각할지 모르겠지만 나도 그런 순간이 있었어. 단 한 번뿐인 찰나의 순간에 핀레이와 내가 함께할 운명이란 걸 알게 된…. 그런 순간이 올 거야."

16

1979년 11월 16일 금요일
오후 9시 18분

"바텐더!" 브리지게이트 외곽에 있는 술집 '클라이드 앤드 십인'에서 크리스천이 외쳤다. "여기 술 안 끊기게 계속 줘요!"

무뚝뚝한 스코틀랜드인 바텐더는 안 된다고 고개를 저었다.

"알았어요. 알았다고." 크리스천은 투덜대며 여봐란듯이 지갑에서 지폐를 한 뭉치 꺼내 비틀거리며 바bar로 갔다. 그리고 거만하게 바텐더 앞에 돈을 던졌다. "내가 여기 있는 인간들 다 한 잔씩 돌린다!" 와글거리는 술집에서 박수가 터져 나오자 크리스천이 손을 흔들고 허리 굽혀 절을 하는 시늉을 했다.

"전에 네가 헛짓거리할 때 말해달라고 했지?" 핀레이가 조용히 물었다. "너 지금 헛짓거리하고 있어."

크리스천은 취해서 실실 웃으며 친구의 늘어진 볼을 꼬집었다. "그만. 축하하는 중이잖아! 그나저나 오늘 멋지네?" 그러면서 핀레이를 턱으로 가리켰다. 놀랍게도 핀레이는 평소와 다르게 셔츠를 차려입는 정성을 보였다. 크리스천이 새 담배에 불을 붙이고 다른 곳으로 움직였다.

핀레이는 한숨을 쉬며 크리스천을 뒤따랐다. 담배 연기가 자욱한 술집 구석 자리로 가니 매기와 동료 간호사 다섯 명이 글래스고 강도전담반의 관심을 독차지하고 있었다.

크리스천은 동료를 밀어내고 다시 매기의 옆에 앉았다. "너는 술 더 가지러 가야 하지 않냐?" 크리스천이 자리를 비운 사이 매기 옆을 지켰던 프렌치는 크리스천의 날선 말투에 이렇게 되물었다.

"네가 사주게?"

"아니."

매기를 사이에 둔 두 남자의 긴장이 팽팽해졌다.

"크리스천도 술 더 가지러 가야 하지 않아요?" 매기의 말에 크리스천은 반 이상 남은 맥주잔을 의아하게 바라보았다. 매기는 크리스천의 맥주를 빼앗더니 고개를 젖히고 다섯 모금 만에 잔을 비웠다.

"여장부다!" 크리스천이 박수를 치다가 매기에게 담뱃재를 잔뜩 튀겼다. "씨. 미안해요!" 그가 사과하며 손으로 재를 닦아주었다.

"괜찮아요." 매기는 미소를 지으며 아끼는 원피스를 닦고 오겠다는 핑계를 대고 일어났다.

핀레이는 매기가 사람들 틈에서 나와 여자 화장실에 들어가는 모습을 보았다. 머리에 맨 리본이 눈동자와 똑같은 파란색이었다. 포켓볼 테이블 너머를 슬쩍 살피니, 크리스천은 매기가 자리를 비운 사이 제일 예쁜 친구를 즐겁게 해주고 있었다. 술에 취해서도 아무 어려움 없이 여자의 환심을 사는 녀석이었다. 여자는 기회만 있으면 크리스천의 팔에 손을 올리려 했다. 그 모습을 보고 있으니 자신의 주위에는 아무도 없다는 사실이 문득 서글펐다.

"안녕하세요, 슈퍼맨."

뒤를 돌자 매기가 웃으며 핀레이를 올려다보고 있었다.

매기의 예쁜 친구가 째지는 목소리로 깔깔 웃기 시작하자, 손님

절반이 그쪽으로 고개를 돌렸다. 크리스천은 무슨 술 게임을 하는 듯 그녀의 허리를 감싸 안았다.

매기가 얼굴을 찌푸렸다.

"저 자식이…, 오늘따라 유난히…, 재수 없죠." 핀레이가 말했다. 비속어를 쓰지 않는 것도 쉬운 일이 아니었다.

"괜찮아요." 매기가 고개를 돌리고 핀레이를 보았다. "어차피 전 핀레이와 얘기하는 게 더 좋은걸요."

10분 동안 크리스천은 맥주를 한 잔 더 비우고 담배를 두 개비 더 피우더니, 팔에 여자 전화번호를 땄다. 그러고 나니 매기가 어디 갔나 궁금해져 비틀거리며 술집을 돌아다니다가 주크박스 옆에 서 있는 핀레이와 매기를 발견했다.

"여기 있었네!" 크리스천이 활짝 웃었다. "술 더 마실 분?"

"고맙지만 됐어요." 매기가 술잔을 들어 보였다. "핀레이가 방금 사줬어요."

그러고는 하던 대화를 마저 하려고 핀레이 쪽으로 고개를 돌렸다.

얼떨떨해진 크리스천은 비틀거리며 바로 향했다.

"위스키요, 사장님." 크리스천이 바텐더에게 주문을 하는 사이 주크박스가 철컥 소리를 내며 음반을 갈아 끼웠다. "아, 이 노래!" 크리스천이 대뜸 외치고는 술을 원샷으로 들이켜고 또 비틀거리며 매기에게 갔다. "빨리 나랑 춤춰요."

"지금 핀레이와 얘기하고 있어요." 매기가 빙긋 웃었다.

"아는데, 이건…, 내가 제일 좋아하는 노래라고요."

"싫다잖아." 핀레이가 경고하는 표정으로 말했다.

크리스천은 졌다고 양손을 들고 자리를 뜨려는 듯 돌아섰다. 그러다 갑자기 매기의 한쪽 손목을 움켜쥐었다. "갑시다!"

"왜 이래요, 크리스천!"

핀레이가 매기의 앞을 막아섰다.

"크리스천, 아파요!"

핀레이가 크리스천을 바로 확 밀치자 술집에 있던 사람들이 다 이쪽을 쳐다보았다.

"싸우려면 나가서 싸워요." 주인이 한 소리 했다.

"아닙니다." 핀레이는 그렇게 말하면서 크리스천과 눈을 맞췄다. "친구가 술을 좀 많이 해서요. 다 마셨어요, 그렇지?"

크리스천은 주머니에서 담배 한 대를 더 꺼내 불을 붙였다.

"맞지?" 핀레이가 재차 물었다.

"맞아." 크리스천이 어깨를 으쓱했다. 공개적으로 망신당하는 모습을 보고 비웃는 동료들이 눈에 들어왔다. "그 계집애랑 진심으로 춤추고 싶었던 것도 아닌데, 뭐."

그 말에 핀레이는 크리스천을 향해 주먹을 날렸다.

핀레이는 사람을 이 정도로 세게 때려본 적은 없었다. 놀랍게도, 한 대 맞고 테이블 위로 굴렀던 크리스천이 벌떡 일어났다. 크리스천은 바닥에 떨어진 담배를 줍더니 뒤집힌 의자를 집어 들고 핀레이에게 덤볐다. 핀레이가 바닥으로 쓰러지자 동료들이 말리러 뛰어왔다. 크리스천이 프렌치에게 폭언을 퍼붓고, 프렌치가 간호사와 대화 중이던 윅의 술을 윅과 그의 데이트 상대에게 끼얹으며 두 번째 싸움이 터졌고, 동네 사람들까지 참전했다.

"경찰 부릅니다!" 바텐더가 외쳤다.

"우리가 경찰이다, 멍청아!" 누군가 일러주었다.

의자 하나가 가게 저편으로 또 날아가 유리 선반과 선반에 있던 물건들을 와장창 깨뜨렸다. 핀레이는 가까스로 다시 일어나 레프트훅 한 방으로 크리스천을 기절시켜 싸움을 마무리했다.

"학습 능력도 없는 놈." 핀레이가 의식을 잃은 친구에게 말했다.

그러고는 코피를 흘리는 채 매기에게 돌아가 손을 내밀었다. 조심스럽게 손을 맞잡은 두 사람은 색유리로 된 문을 다급히 빠져나와 11월의 쌀쌀한 밤공기를 맞이했다.

솔트마켓 대로의 공중화장실에서 상처를 씻은 후, 핀레이는 없는 형편에 주머니를 털어 밤늦게까지 시내를 돌아다니며 매기를 대접했다. 택시를 불러 탔고 디저트를 주문할 때까지 가게 문을 닫지 말아 달라고 레스토랑 주인을 졸랐다. 댄스홀에 데려가 같이 춤도 췄고 강변을 따라 집에 데려다주며 겉옷도 벗어주었다.

아쉽지만 매기의 집 앞에 도착하고 말았다. 매기와 함께 사는 친구들이 매기를 기다리고 있어 어두운 거리에 창문 하나만은 밝게 빛났다. 핀레이는 화난 얼굴로 내려다보는 친구 한 명에게 손을 흔들었다.

"그럼…." 핀레이가 어색하게 말을 꺼냈다.

"그럼…." 매기가 미소를 지었다.

"술집에서 싸운 것만 빼면 오늘 밤 정말 즐거웠어요."

매기가 다가와 그의 뺨에 키스했다. "분위기를 망치고 싶지 않아서 아까 못 했던 말이 있어요. 저도 정말 즐거웠거든요."

"네에."

"저 몇 주 후에 이직해요." 매기가 말했다.

"네에." 핀레이는 조금 안심하고 고개를 끄덕였다.

"런던으로요."

"런던이라고요?"

"미리 말 안 해서 미안해요."

핀레이는 생각에 빠진 듯 땅바닥만 보았다.

"핀레이?"

"따라와 봐요." 핀레이가 다시 손을 내밀고 매기를 공중전화 부스로 이끌었다.

"뭐 하려고요?" 매기가 물었다.

핀레이는 익숙한 번호로 전화를 걸고 삑 소리가 나기를 기다렸다. "반장님. 핀레이 쇼인데요…."

"반장님한테 전화를 왜 해요!!" 매기가 기겁해서 속삭이며 수화기를 빼앗으려 했다.

"…저 그만둡니다. 메시지 들으면 전화해주세요." 전화를 끊으려던 핀레이가 멈칫했다. "아, 저 런던으로 옮기려고요. 여자 따라서요."

그리고 전화를 끊었다.

"핀레이, 미쳤어요?!"

핀레이가 매기를 돌아보았다. "저기, 당신에게 부담감을 주고 싶지 않고 우리 사이가 어떻게 될지도 모르겠지만, 런던이 어떤 곳이고 내 일자리가 있을지도 모르겠지만 한 가지는 확실해요." 핀레이가 감정을 서툴게 표현하며 말했다. "당신은 이런 위험을 무릅쓸 가치가 있다는 거."

17

2016년 1월 10일 일요일
오전 9시 10분

백스터는 토머스 집 샤워실 바닥에 앉아 그에게서 받은 반지를 쥐고 천장에서 떨어지는 물줄기를 맞고 있었다. 뜨거운 물이 머리를 사정없이 때리자 차마 마주할 용기가 나지 않던 생각이 정리가 되는 듯했다. 40분 사이 손가락이 쪼글쪼글해졌고 토머스는 두 번이나 괜찮냐고 문을 두드렸다.

손을 뻗어 샤워기를 끄니 젖은 피부에 차가운 공기가 와 닿았다. 아까 그 생각이 금세 다시 활개를 치기 시작했다. 결국 백스터는 수도꼭지를 다시 반대 방향으로 돌려야 했다. 심란한 생각이 차츰 가라앉았고 이제는 쏟아지는 물소리밖에 들리지 않았다.

"울프를 석방하라!"

"저 남자 아직도 안 가고 있어요?" 울프가 매기와 응급실로 돌아가는 길에 얼굴을 찌푸렸다.

크리스천은 중환자실에서 개인 병실로 옮겨졌고 아침 식사 후에 면회가 가능하다는 말을 들었다. 울프와 매기는 큰마음을 먹고 병원 식당에서 밥을 먹었다. 자꾸 묘하게 웃는 매기에게 왜 그러느냐고 물어봤지만 매기는 크리스천이 회복해서 기쁘다고만 했다.

좁은 병실에 들어간 울프는 크리스천의 부상 정도가 심하지 않은 듯해서 얼굴에 일부러 여유로운 표정을 띠웠다. 지금 크리스천의 심정을 이해했기 때문이었다. 울프는 과거에 얼마나 다쳤는지 처음 거울을 보기 전에 느꼈던 불안감을 떠올렸다. 하지만 크리스천은 기분이 좋아 보였다. 세 사람은 매기가 더 찾아온 옛날 사진들을 보며 25분 동안 즐겁게 담소를 나눴다.

"매기, 죄송한데요…." 울프가 운을 뗐다.

"둘이 일 얘기 해야 한다는 거겠지?" 매기가 뒷말을 대신해주었다. 어디를 가나 쫓겨나는 자신의 처지가 조금은 지긋지긋하다는 듯한 목소리였다.

울프는 미안하다는 표정으로 고개를 끄덕였다.

"됐어." 매기가 일어났다. "대기실에 있을게."

매기는 조심스럽게 포옹하며 크리스천과 인사를 하고 병실을 나갔다.

"뭐 소식 있나?" 크리스천이 기대에 부풀어 물었다. 한쪽 눈은 통통 부어 뜨지를 못했고 거친 에어백과 마찰된 피부는 화상을 입었다.

"새로운 건 없어요." 울프가 대답했다. "이번 청장님 사건 담당은 누구예요?"

"저기 명함 있어." 크리스천이 협탁을 가리키며 말했다.

"제가 연락해볼게요."

"그래 주면 고맙지. …그 얘기 하려고 매기를 내보내지는 않았을 텐데?"

"맞아요." 울프가 시인했다. "손더스가 청장님께서 핀레이 집에 돌아갔을 때 탄 택시 회사와 사실관계를 확인하려는데 확인이 안 된다고 해서요. 혹시 진술서에 나와 있는 택시 회사가 아니라 다른 회사를 이용했을 가능성이나—"

"그냥 그랬던 걸로 해주면 안 되겠나?" 크리스천이 울프의 말을 자르고 열린 문 쪽을 힐끗 보았다.

울프가 일어나 문을 닫았다.

"이게 문제 되지 않기를 바랐다니 꿈도 컸지." 크리스천이 말했다. "사실 직접 운전해서 갔어."

울프는 놀라지 않았다.

"그날 밤 술을 얼마나 마셨는지 몰라." 크리스천이 해명을 이어 갔다. "문자를 보고 당황해서 생각할 겨를도 없이 내 차에 올라탔네. 월, 자네가 어떻게든 적당히 둘러대줘…. 내가 참 부끄러운 짓을 했어."

울프는 잠시 곰곰이 생각하더니 일어났다.

"다른 택시 회사라고 하죠." 울프가 결론을 내리며 코트 단추를 채웠다. "제가 생각했던 대로."

백스터는 자동차 문이 쾅 닫히는 소리를 듣고 긴장했다.

커피잔을 오른쪽으로 몇 센티미터 옮겼다가 원래 자리가 낫다는 판단에 다시 제자리에 두었다. 백스터는 허리를 똑바로 펴고 현관문을 응시했다.

"으으, 춥다!" 토머스가 몸을 부르르 떨며 집 안으로 들어와 매트에 신발 바닥을 닦고 열쇠를 내려놓다가 식탁에 앉아 있는 백스터를 발견했다. "집에 왔네! 당신도 들으면 기뻐할 거야. 냄새 나는 트리는 치웠어." 토머스는 눈을 감고 집 안의 공기를 듬뿍 들이마시더니 말했다. "에코 똥 쌌나 보다."

사실이었다.

토머스는 재잘대는 텔레비전 앞을 지나 백스터의 이마에 입을 맞췄다. 그동안 백스터는 근육 하나 움직이지 않았다.

"커피 마실래?" 백스터가 권했다.

"오, 이런." 토머스가 식탁에 앉았다. "무슨 일이야?" 외투도 벗지 않고 백스터의 손을 잡았지만 백스터는 슬그머니 손을 뺐다. "에밀리, 왜 그래?"

백스터가 목을 큼큼 가다듬었다. "다들 그런 사람 하나쯤은 있지?" 모호하게 말을 꺼내는 표정이 메스꺼워 보였다. "왜, 있잖아. 놓쳐버린 사람?"

"나는…, 아마도." 토머스가 대답했다. 토머스의 표정도 토할 것처럼 변해 백스터와 비슷해졌다.

"당신이 전에 대학 다닐 때 만났다던 여자처럼 말이야." 백스터는 기억을 더듬으며 말했다. "젬마랬나?"

"젬마 홀랜드!" 토머스가 고개를 끄덕였다. 그 생각을 하니 절로 웃음이 났다.

"맞아. 당신은 지금은 나랑 사귀는 중이고 우리한테는 우리만의…, 뭔가가 있지만, 만약 그 여자가 지금 당장 저 문을 열고 들어오면 기분이 어떨 것 같아?"

"이제는 여자가 아니라 남자일걸." 토머스가 말했다.

백스터가 답답하다는 소리를 냈다. "좋아. 내가 예시를 잘못 들었네. 그런데 윌리엄 폭스…, 울프 말이야. …나한테는 그 사람이 '놓친 사람'이거든." 백스터는 토머스의 눈을 똑바로 보며 설명했다. "내가 어제 집에 왜 안 들어왔냐면…." 심호흡을 하고. "…같이 있었어."

토머스는 이해가 잘 안 되는 듯했다.

"성경에서 말하는 '같이' 말고 다른 뜻으로 한 얘기야." 백스터가 조금 더 명확하게 말했다.

"그건 문제가 안 돼."

"알았어. 그래도…."

"그걸 '안다'는 게 문제지."

"지금 와서 그게 무슨 의미가 있겠어."

"그래." 토머스는 혼란스러운 표정이었다. "그렇겠지."

"어설프게 변명할 수도 있었어. 청혼을 받고 당황해서 그랬다거나, 어제 술을 너무 많이 마셔서 그랬다거나. 지난달 일이 내 머리를 엉망으로 만들었다고 할 수도 있었어. 하지만 변명은 변명일 뿐이야."

토머스가 고개를 끄덕였다. 하필 그때 텔레비전에서 발랄한 광고 음악이 흘러나와 분위기를 깼다.

"짐 챙겨 나갈게." 그렇게 말하며 백스터가 식탁에 반지 상자를 올려놓았다. "이건 돌려줘야겠지."

반지 상자를 내려다보던 토머스가 다시 고개를 들고 백스터를 보았다. "그래서, 이렇게 끝이라고?"

"그게, 당신이 그걸 원할…."

"나한테 떠넘기지 마. 자기랑 남은 평생을 함께 보내고 싶다고 했던 말은 진심이었으니까. 그게 싫다면 끝내자는 결정은 당신이 해줘. 오늘은 여기까지만 하자." 토머스가 자리에서 일어나며 말했다.

"어디 가게?"

"밖에." 소파로 걸어가는 토머스의 모습은 차분하기 짝이 없었다. 토머스가 리모컨을 들고 채널을 돌렸지만 다음 광고 음악은 더 듣기 힘들었다.

"밖에 어디?"

"산책." 토머스가 무성의하게 대답하며 리모컨 버튼을 눌러댔지만 거슬리는 소리는 그대로였다. 텔레비전 화면에 리모컨을 던지고서야 그가 원하는 대로 조용해졌다. "나갈게." 충격을 받은 백스터에게 토머스가 말했다. 그는 망가진 텔레비전을 뒤로 한 채 문밖으로 나갔다.

울프는 드디어 샤워를 할 수 있었다. 울프도 울프지만 냄새를 견뎌야 했던 주변 사람들에게 더욱 반가운 소식이었다. 오후에는 손더스와 따로 부름을 받고 크리스천 폭행 사건을 수사하는 에식스 경찰서의 형사를 만났다. 다른 사람도 아니고 런던 경찰청장이 집단 구타를 당했다는 사실은 충격적이었지만, 오히려 그 점이 유리하게 작용한다는 느낌을 지울 수 없었다. 담당 형사는 그들에게 뭐든 다 해주려고 했다. 관할이 다른 경찰이 자기 일에 간섭한다는데 기뻐서 어쩔 줄 모르는 듯했다.

하지만 하루밖에 안 지났다 보니 보고받을 내용이 많지는 않았다. 미쓰비시 트럭은 햇필드 근처에 버려져 불에 탄 채로 발견되었고, 과학수사팀이 조사에 나섰다고 한다. 이웃이 휴대폰으로 찍은 영상의 화질도 높여 봤지만, 확실한 점은 범인 두 명이 180센티미터가 넘는 근육질 남성이고, 폭행 후 주변 정리를 할 만큼 노련하다는 것 정도였다. 에식스 경찰은 증거 분류를 위해 차량 잔해를 수거했다.

냄새를 씻어낸 울프는 아랫도리에 수건만 두르고 패딩턴 그린 경찰서를 성큼성큼 가로질러 또 하룻밤을 보낼 유치장으로 들어갔다.

에드먼즈는 시간 가는지도 모르고 일에 집중하고 있었다. 잔디 깎는 기계에 테이프로 고정한 램프가 옆에서 스탠드 역할을 해주고 있었다. 지금 그는 일요일 낮 영화를 보는 티아와 레일라를 두고 일을 하기 위해 뒷마당 창고에 나와 있었다. 에드먼즈는 조선소 창고에서 활동한 조직과 관련한 추가 파일을 잊지 말고 요청하도록 메모를 했다. 이 사건과 별개로 마약 사건이 하나 더 있었는데, 두 사건 사이에 직접적인 연관성이 있다는 생각이 들었다. 에드먼즈는 의자에 기대 기지개를 켰다. 관절이 시원하게 으드득 소리를 냈다. 바로 그때, 집에서 비명이 들렸다.

에드먼즈는 급히 의자를 넘어뜨리며 창고 문을 박차고 나가 잔디가 듬성듬성한 마당을 내달렸다.

"알렉스! 알렉스!" 티아가 엉엉 우는 레일라를 안고서 에드먼즈를 부르며 주방 불을 켰다.

에드먼즈는 뒷문에 도착한 순간, 티아가 겁먹은 이유를 알 수 있었다. 거실에서 들어와 주방을 여유롭게 한 바퀴 돌고 나간 젖은 부츠 자국이 리놀륨 바닥에 찍혀 있었던 것이다.

"누가 집에 들어왔었어!" 티아가 레일라를 흔들어서 달래면서 숨을 헐떡였다.

"가만히 있어." 에드먼즈는 서랍을 열고 칼을 꺼냈다.

집 안으로 들어가자 구역질이 나올 것 같았다. 발자국으로 봤을 때 침입자는 아내와 딸이 잠들어 있던 소파 주위도 얼쩡거렸다. 공기 중에서 뭔가 이상한 냄새가 났다. 에드먼즈는 발자국을 따라 위층으로 달려갔다. 옷장 안을 확인하고 돌아오니 냄새는 더 고약해졌다. 복도에서는 부글거리고 쉭쉭거리는 소리가 들렸다. 탑처럼 쌓인 증거 상자 세 개가 녹아내리는 소리였다.

에드먼즈는 녹아내리는 상자 옆을 조심스럽게 지나 오른쪽에 있는 화장실을 확인하고 정원으로 나갔다. 도로변으로 뛰어나가 봤지만 얼어붙은 거리에 인적이라고는 없었다. 에드먼즈는 그 자리에 서서 잠시 어둠을 바라보다가 다시 안으로 들어와 상자의 잔해를 발로 차며 뭐라도 살릴 수 있나 살펴보았다. 그는 가족이 있는 곳으로 돌아가는 길에 휴대폰을 꺼내 백스터의 번호를 선택했다.

"산성 물질?" 손더스가 물었다.

조는 에드먼즈의 집 바닥에 깔린 끈적거리는 덩어리 옆에 쭈그리고 앉아 있었다.

조가 손에 든 병을 흔들고 불빛에 비춰 보았다. 빙그르르 돌아가던 용액이 차차 붉은색으로 변했다.

"아, 맞네요." 조가 다시 일어나며 말했다.

에드먼즈는 혐오스럽다는 표정을 지었다. "레일라 주변에 이런 걸 들고 다녔다고?"

그 순간 울프는 경악했다. 백스터가 손을 내밀어 에드먼즈의 손을 잡는 것이 아닌가? 백스터는 이곳에 도착해 그를 쌩 지나친 후로 눈도 마주치려 하지 않았다.

"둘은 티아 어머니 댁으로 간 거야?"

백스터의 질문에 에드먼즈가 고개를 끄덕였다.

"그러니까, 내 차가 털린 것도 그냥 털린 게 아니었네. 안 그래요?" 손더스가 물었다.

"나…, 청장님…, 거기다 에드먼즈까지. 우리를 노리고 있어요."

"우리가 범인에 가까워졌다는 뜻이지." 울프가 말했다.

"시체 안치소에 가까워졌다는 거겠죠." 손더스가 쫑알거렸다.

다들 손더스를 노려보았다.

"왜요?" 손더스가 해맑게 물었다. "말이 그렇다는 거지."

울프는 재빨리 화제를 바꿨다. "상자 안에 뭐가 그렇게 중요해서 이런 짓을 했을까."

조가 발밑의 끈적끈적한 웅덩이를 보며 볼에 바람을 넣었다. "안타깝지만 평생 모르겠죠."

18

핀레이는 앞으로 쿵 넘어지며 콘크리트 바닥에 양 손바닥을 긁혔다. 폐로 연기를 들이마신 탓에 속에서부터 서서히 숨이 막혀 왔다. 그는 가쁜 숨을 몰아쉬었다. 따뜻한 불빛이 몸 절반을 감쌌고, 손바닥이 찌르는 듯 쑤시기 시작했다.

"핀레이!" 뒤쪽 어딘가에서 그의 이름을 외치는 소리가 들렸다. 크리스천의 목소리가 가까워졌다. "일어나, 새끼야!"

자기가 가져온 짐에 파묻히다시피 한 크리스천이 비틀거리며 옆을 지났다. 그는 점점 높아지는 미색 가루 봉지의 산에 몇 킬로 그램 분량을 또 추가했다. 핀레이는 무릎을 딛고 일어나 주변에 떨어진 봉지를 주워 들었다.

"얼마나 남았어?" 도와주러 뛰어온 크리스천에게 핀레이가 캑 캑거리며 물었다.

하지만 그는 대답 없이 봉지를 주워 핀레이에게 안길 뿐이었다.

"얼마나 더 있냐고?" 핀레이가 물었다.

"난 다시 갈게!" 그러다 크리스천은 눈을 가려야 했다. 건물 끝에서 폭발이 일어났기 때문이었다.

"얼마냐니까?" 핀레이가 다시 물었지만 크리스천은 벌써 적재 구역으로 뛰어가고 있었다. "아악!" 핀레이는 짜증으로 얼굴을 구기며 산더미처럼 쌓인 헤로인으로 쓰러지듯 누워 품에 안은 헤로인을 그 위에 올려놓았다.

온몸에 힘이 빠졌지만 억지로 몸을 일으킨 다음, 나머지 헤로인 운반을 돕기 위해 서둘러 안으로 들어갔다. 일그러진 철제 덧문을 지나고 망가진 밴을 빙 둘러 가던 핀레이가 제자리에 얼어붙었다. 눈앞의 상황을 이해할 수가 없었다. 크리스천이 수레에 가득 실은 약봉지를 던져주던 철제 계단 아래에…, 헤로인 봉지가 하나도 남아 있지 않았다.

수레도 사라졌다.

크리스천도 없었다.

"이 멍청한 놈이! 거길 왜 다시 가!" 그러면서도 핀레이는 가파른 계단을 올라 불구덩이로 돌아갔다.

시원한 적재 구역에 있다 보니 안전하다고 착각했었다.

눈으로 구슬땀이 흘러내렸다. 크리스천은 거대한 오븐이 된 철골 건물에서 연기 자욱한 복도 끝을 향해 수레를 끌었다. 제일 끝에 있는 문을 지나자 뜨거워서 견딜 수가 없었다. 돌아갈까도 생각해보았다. 하지만 이미 방에 도착했고 불은 어느새 그의 뒤까지 와 있었다. 목적지에 도착한 크리스천은 아까 문가에 뒀던 시체 위로 수레를 끌다가 자기도 모르게 시체를 움직였다.

크리스천이 방 안으로 쓰러지듯 넘어졌고 뒤에서 에어록 문이 쾅 닫혔다.

"안 돼!" 크리스천이 외쳤다.

뒤쪽 벽 전체가 활활 타고 있었다. 눈까지 뜨거워졌다.

크리스천은 스카프를 끌어 올려 코와 입을 막고 신권 현금다발을 수레에 던지기 시작했다. 닫힌 문 앞으로 돌아오는 데는 30초도 걸리지 않았다. 금속 손잡이를 잡자 살이 지글지글 타는 소리가 들렸고 고통스러운 감각이 뒤따랐다. 크리스천은 외마디 비명을 지르고 뒤쪽의 불길을 돌아보았다. 몸집을 부풀린 불기둥이 천장을 집어삼키고 이쪽으로 다가오는 광경에 입이 다물어지지 않았다.

한 가지 아이디어가 떠올랐다. 크리스천은 핀레이가 맡긴 총을 꺼내 경첩을 조준했다….

"크리스천!"

"핀레이!" 크리스천이 콜록콜록 기침을 했다. "나 갇혔어!"

반대쪽에서 핀레이가 문을 열려고 했지만 여의치 않은지 철컹거리는 소리만 계속 들렸다.

"핀레이, 빨리!" 크리스천이 핀레이를 부르는 목소리가 절박해졌다. 그러다가 막힌 문을 의아하게 쳐다보았다. 쉬이익 하며 공기 빠지는 소리가 똑똑히 들렸기 때문이다. 따뜻한 바람이 귀를 빠르게 스치고 지나갔다.

뒤에서 문이 쾅 열렸다.

뒤를 돌아본 크리스천은 중상을 입은 남자와 눈이 마주쳤다. 자신과 나이가 비슷해 보였다. 캐주얼 차림의 남자는 창고 조직의 일당이 분명했다. 마약을 훔치러 왔다가 실패한 조직의 용병은 아니었다. 남자도 그곳에 서 있는 크리스천을 보고 놀란 듯했다. 충격이 가신 후 서로의 손에 들린 총을 보자 본능이 발동했고….

두 남자는 동시에 총을 들었다. 하지만 크리스천이 더 빨랐다.

건장한 남자가 뒤쪽 벽으로 쓰러지는 모습을 보는 심정은 부끄럽지만 경이로웠다. 크리스천은 총을 든 손에서 힘이 빠지는 것을 느끼며 바닥에 주저앉았다.

문밖에서 총성을 듣고 핀레이가 미친 듯이 크리스천의 이름을 불렀다. 핀레이는 짐승과 같이 포효하며 뜨거운 철제문을 맨손으로 밀어서 열었다. 핀레이는 문을 겨우 붙잡은 채로 친구가 들고 있는 총을 보다가 벽 쪽에 쓰러져 있는 남자를 쳐다봤다.

"맥박 확인해!" 핀레이가 망연자실한 크리스천에게 지시했다. "아직 살아 있는지 보라고!" 핀레이는 문이 닫히지 않게 시체를 사이에 두고 그나마 불길이 미치지 않는 곳까지 들어왔다.

정신이 든 크리스천은 총을 내려놓고 남자에게 달려갔다. 불붙은 천장이 주위에 내려앉기 시작했다. 크리스천은 그의 움직임을 쫓는 남자의 시선에 속이 울렁거렸다. 이미 결심을 했기 때문이었다. 그는 핀레이의 시선을 의식해 남자의 목에 손가락 두 개를 댔다. 피부 바로 밑에서 리드미컬하게 맥박이 뛰고 있었다.

"미안해." 크리스천이 작게 속삭였다. 그러더니 파트너를 돌아보고 외쳤다. "죽었어!"

"빨리 와, 그럼!" 벌써 문에 도착한 핀레이가 다그쳤다.

"돈은 어쩌고!" 크리스천이 외쳤다.

"그냥 둬!"

"핀레이!"

"두라고!"

크리스천은 손수레 핸들을 잡고 혼자 힘으로 좁은 문을 통과하려 했다.

"핀레이! 나 좀 도와줘!" 금속 문턱에 바퀴가 걸리는 바람에 죽을힘을 다해도 수레가 끌려오지 않았다. 크리스천은 현금다발 두 개가 수레 뒤에서 떨어져 불길에 휩싸이는 모습을 속수무책으로 보고만 있었다. "핀레이!"

어느새 크리스천 옆에 나타난 핀레이가 솥뚜껑 같은 손으로 금속 핸들을 움켜쥐었다. 두 친구는 마지막으로 한 번 더 힘차게 끌어당겨 불지옥에서 수레를 끄집어냈다.

핀레이는 호숫가에 서서 불꽃놀이를 바라보았다.

신나게 사진을 찍고 허세를 부린 후, 크리스천은 홀로 앉아 있었다. 붕대를 감은 손이 아직도 떨리는 게 보였다. 하지만 핀레이는 그에게 가지 않았다.

경찰 동료들은 이곳저곳 돌아다니며 소방대원들이 불을 끄는 모습을 구경하고 순찰차를 벌집으로 만든 총알구멍을 감상했다.

적어도 이 순간에는 핀레이와 크리스천이 트렁크에 무엇을 쑤셔 넣었는지…, 두 사람이 무슨 짓을 했는지 모를 것이다. 몇 년을 함께 일한 동료들에게 처음으로 거리감이 느껴졌다. 찰나의 결정으로 모든 것이 달라졌다. 핀레이는 차를 그냥 불구덩이에 굴려 태워버리고 싶었다. 차도, 돈도, 죄책감과 수치심도 다 타버렸으면 했다.

'우리가 가져오지 않았다면 잿더미가 돼버렸을 거야.'

'영원히 증거로만 남았을걸.'

'우리에게 있다는 거 아무도 몰라. 범죄지만 피해자는 없어."

크리스천의 말이 머릿속을 헤집었다. 하지만 피해자 없는 범죄가 아니었다. 숯덩이가 된 시신 한 구는 분명 두 사람 책임이었다.

핀레이는 허리춤에서 권총을 뽑은 다음 거기에 그의 지문이 더 찍히지 않도록 깨끗한 붕대로 손잡이를 감싸 쥐었다. 바닥에 떨어져 있던 남자의 총을 왜 주워왔는지도 모르겠다. 어차피 증거는

다 불에 타서 없어졌을 텐데.

혹시 모르는 일이라서? 아마 그랬을 것이다.

검은 호수를 응시하던 핀레이는 거짓말이 거짓말을 부른다는 생각을 하며 총열을 깨끗이 닦기 시작했다. 그러다 본인도 이해할 수 없는 이유로 동작을 멈췄다.

핀레이는 총을 재빨리 붕대로 감싸고 뒤쪽 허리춤에 다시 꽂았다. 그러고는 다친 팔을 붙잡고 불꽃놀이가 끝날 때까지 하늘을 바라보았다.

19

2016년 1월 11일 월요일
오전 8시 2분

조는 새벽 3시 즈음 시체용 이동 침대에 자려고 누웠다.

날이 밝은 후 아침 당번 청소부의 간담을 내려앉게 한 그는 이불로 덮었던 흰 천을 젖히고 침대에서 내려와 카페인을 찾았다.

잠이 덜 깬 눈으로 밤새 돌려놓은 컴퓨터를 하나씩 확인했다. 오타쿠 좀비처럼 컴퓨터 사이를 터덜터덜 걸으며 서류를 넘기고 몽롱한 정신으로 키보드를 치다가…, 네 번째 화면에 이르렀다. 조는 잠이 확 깨서 커피를 옆에 내려놓았다. 인쇄물 뭉치를 집어 들고 종이를 질질 흘리며 연구소를 돌아다녔다.

"역시…, 나는…, 천재야!" 조가 외치며 문밖으로 뛰쳐나갔다. 안 그래도 아까 일로 새가슴이 된 청소부는 진공청소기를 돌리느라 조가 오는 소리를 듣지 못한 나머지 그와 정면으로 충돌했다.

루쉬는 환한 창문을 등지고 돌아누웠다. 잠이 금세 달아나 베개를 뒤집고 발을 쭉 뻗었다. 이불 위로 단단한 물체가 맨발에 닿았다. 뭘까 싶어 발가락으로 몇 번 찔러봐도 감이 오지 않아 상체를 일으켰다. 그가 발로 차고 있던 물체는 홀리의 얼굴이었다.

뒤척이는 홀리를 보고 얼른 발을 치웠다.

"일어났어요?" 홀리가 짧은 금발을 헝클어뜨리며 싱긋 웃었다.

침대 아래쪽에서 고양이처럼 몸을 말고 있는 모습이 무척이나 피곤해 보였다. 어제 홀리가 퇴근 후 그를 보러 와서 두 사람은 스파게티 토스트와 버터스카치맛 푸딩으로 맛있는 저녁 식사를 했다. 디저트로 알약 한 줌을 먹어야 했다는 점은 아쉬웠지만 식사를 한 후에는 잠이 들 때까지 그녀가 곁에 있어 주었다.

"미안해요." 홀리가 구겨진 근무복을 입은 채 일어나 앉았다. "잠깐 눈만 붙이려고 했는데."

루쉬는 괴로웠다. 풀타임 근무를 하면서 나날이 상태가 안 좋아지는 환자를 간호하는 일은 홀리의 건강을 해치고 있었다. 홀리는 천성 자체가 착한 사람이었다. 썩어가는 세상에 정말로 변화를 일으킬 수 있다고 순진하게 믿고 있었다. 루쉬는 자신과 백스터가 홀리의 이런 성격을 이용하고 있다는 느낌이 들기 시작했다.

"하룻밤 쉬는 게 어때요?" 루쉬가 얼굴을 찡그리며 일어나 앉아 물었다. "나가서…, 영화도 보고…, 패밀리 레스토랑에서 저녁도 먹고. 요즘 젊은 친구들 하는 것들 해요."

"영화 보고 패밀리 레스토랑 가고?" 홀리가 깔깔 웃었다. "사람들이 밤에 그렇게 논다고 생각해요?"

"처지가 이래서인지 그런 게 좋아 보이네요." 루쉬가 힘없이 미소를 지었다.

"네…. 나도 그래요, 사실."

"그럼 그렇게 해요!" 루쉬가 기운 넘치게 말했다. 보름 만에 처음 보는 모습이었다. "나도 같이 가고 싶지만, 알잖아요. FBI에…, 헬리콥터가 날아오고…, 자동차도 쫓아오고…, 총격이 일어나…, 죽을 테니까."

홀리가 웃으며 침대에서 일어났다. "몸은 어때요?"

"좋아요. 아니, 끝내줘요."

"그냥 하는 말 아니고요?"

"전혀요." 루쉬가 침대 끝으로 몸을 끌어와 앉았다. "내가 아침 만들어줄게요."

"말도 안 되는 소리 하지 말아요."

"하룻밤 쉬겠다고 약속할 거죠?"

홀리는 난감하다는 표정이었다.

결국은 합의가 이루어졌다. 나가기 전에 한 번, 집에 도착하자마자 한 번 홀리가 전화하기로. 또 루쉬가 저녁에 채소를 먹으면 홀리는 진 토닉을 최소 석 잔 마시겠다고 약속했다. 루쉬는 주방에서 함께 아침을 먹어주면 그 외의 시간에는 쭉 침실에 있겠다고 했다.

루쉬는 홀리가 말릴 새도 없이 다 먹은 접시를 싱크대로 가져갔고, 영화 상영 시간도 알아봐 주었다. 죽어가는 여자가 장기 기증으로 자신을 살릴 수 있는 남자와 사랑에 빠진다는 끔찍한 영화였다. FBI와 총격전을 벌여도 그보다는 덜 끔찍하겠다는 생각이 들었다.

"가야겠어요!" 그녀는 몇 시인지 깨닫고 물건을 챙겼다. "쉬고 있어요."

"그럴게요." 루쉬는 약속하고 홀리를 굳이 문까지 배웅해주었다.

두 사람은 포옹을 했다. 종일 떨어져 있을 거라 생각하니 이상한 느낌이 들었지만 홀리는 진심으로 기뻐 보였다.

"오늘 왜 이렇게 달라 보이죠?" 홀리가 말했다.

루쉬의 가보라는 손짓에 홀리는 폴짝거리며 계단을 뛰어 내려갔다. 하지만 문이 닫히자마자 루쉬는 문을 등지고 쓰러지듯 앉아 고통스럽게 숨을 헐떡였다. 괜찮은 척 연기하려고 얼마나 애를 썼는지 숨을 쉴 수가 없었다. 주방 카운터에 진통제가 보였지만 움직일 힘조차 없었다. 그래서 가만히 앉아 약이 든 종이봉투를 올려다보기만 했다. 시야가 뿌옇게 변하며 눈물이 흘러나왔다.

"이 추운 날에 정신이 있는 거야, 월?" 주방에서 주전자 물을 끓이던 매기가 물었다. "그러다 얼어 죽겠어!"

울프는 현관문을 열고 복도에 쭈그리고 앉아 1시간째 잠금장치를 만지고 있었다. "죄송해요. 1분만 더요. 약속해요."

"문에 뭐 이상 있어?"

울프는 손잡이를 위아래로 빠르게 움직이며 작동 방식을 확인했다.

그리고는 어깨를 으쓱하고 문을 다시 닫았다.

"저번에 보니까 빽빽해서요. 문틀을 교체할 때 똑바로 맞췄나 확인하고 싶었어요. …혹시라도 저희가 필요할 때 들어올 수 있게요."

"역시 착해."

울프는 귀를 의심하지 않을 수 없었다.

"뭐, 나한테는 착하게 굴잖아." 매기가 미소를 지었다. "차 마실래?"

"쓰레기통만 비우고 갈게요." 울프는 주방으로 가서 반쯤 찬 쓰레기봉투를 들었다.

낡은 뒷문의 빗장을 풀고 밖으로 나가 문을 닫았다. 쓰레기 수거함에 쓰레기를 던진 후, 양쪽 가장자리에 무성한 덤불이 있는 마당을 쭉 따라 뒷마당 울타리에 도착했다. 울프는 낮은 담장을 기어오른 다음 뒤쪽 숲 너머의 허름한 집을 바라보았다. 주위에 사람이 없는 것을 확인하고 엉성한 울타리를 잽싸게 넘어 반대편에 흉한 자세로 착지했다.

"젠장." 울프가 신음했다.

그때 주머니에서 휴대폰 진동이 울렸다. 아직 움직일 수가 없어 손으로 더듬어 휴대폰을 찾았다. 혹시 백스터가 건 전화일까. 울프는 백스터가 그를 혼자 두고 떠난 후로 그녀와 대화할 마음의 준비가 되어 있지 않았다.

울프는 화면을 보고 안도의 한숨을 쉬었다.

"손더스?"

"조가 뭐 찾은 게 있대요."

"누구?"

"실험맨요."

"아."

"청장님이 보고를 받고 싶다고 하셔서 열두 시 반에 병원에서 만나기로 했어요."

울프가 시간을 확인했다. "거기서 봐."

"핀레이의 999 신고를 입수했어요." 손더스가 다 똑같이 생긴 복도에서 방향을 틀며 울프에게 알렸다. "통화 시간은 24초예요. 접수원이 필요한 긴급 서비스를 묻고 나서 핀레이에게 안 들린다고 두 번 말해요. 그리고 나서 말할 수 없으면 기침을 하거나 전화기를 두드리라고 하고요. 두드리는 소리가 두 번 확실하게 들린 후에 전화가 끊어졌습니다. 실제로 핀레이가 도움을 청하는 소리였는지…, 아니면 다른 사람이었는지 전혀 티가 나지 않아요."

"흐으음." 울프가 말했다.

"음질을 높여달라고 테키 스티브한테 넘겨주긴 했는데 큰 기대는 하지 않는 게 좋겠어요."

크리스천의 병실에 들어서니 울프와 손더스가 마지막으로 도착한 손님이었다.

크리스천은 모르핀을 투여하는 링거 버튼을 쥐고 침대에 앉아 있었다. 뒤편의 모니터는 크리스천의 다양한 바이털 사인을 병문안 손님들에게 보여주었다. 백스터는 일부러 제일 구석 자리를 택했다. 다른 사람과 눈을 맞추거나 대화를 해야 한다는 부담감을 느끼고 싶지 않아서였다.

에드먼즈는 반대쪽 구석에 서 있었고, 아무것도 모르고 자신의 천재성에 도취된 조는 얼간이처럼 실실댔다.

"아! 울프, 손더스. 와서 앉으세요." 조가 반갑게 인사하며 크리스천의 침대 발치를 가리켰다.

크리스천이 모르핀 버튼에 엄지를 올렸다. "제발, 그러지 말게나."

"우리는 서 있어도 돼요." 울프가 말했다.

"알아서 하시고…. 다들 평안하신가요?" 분위기를 못 읽고 조가 말했다. "좋습니다. 자, 몇 년 전에 제가 표면 질감 분석 3D 매핑 시스템으로 지원금을 신청한 적이 있어요. 처음에는 지원금 주기를 꺼리더라고요. 왜냐하면…."

백스터가 큰소리로 하품을 했다.

"네. 관심 없으시다고요? 아무튼, 쉽게 비유하면 사물의 안면 인식이라고 할 수 있어요. 사물 중에는…, 총알도 있죠." 조가 씩 웃었다. "그래서 어제 핀레이와 경찰청장님의 옛 사건 파일에 있던 실물 증거들을 넣어봤습니다. 시간이 좀 걸렸지만 일치하는 게 나왔어요."

조는 금속이 한 움큼 들어 있는 투명한 증거 봉투를 들어 보였다. "증거물 A입니다. 본파이어 나이트 창고 단속 당시 회수된 수십 개의 총알 중 딱 여섯 개예요. 전부 같은 총에서 발사되었죠."

"그걸 어떻게 알죠?" 손더스가 물었다.

"총알의 크기와 형태인가요?" 에드먼즈가 답을 추리했다.

"내가 기억하기로는." 크리스천이 말을 잘랐다. "그날 밤 굉장히 많은 총에서 굉장히 많은 총알이 나왔네."

"기다렸던 지적이에요." 조는 정말로 기뻐 보이는 얼굴이었다. 조가 총알의 확대 사진을 들어보였다. 찌그러진 몸체 여기저기를 색색의 선이 강조하고 있었다. "총열에 작은 결함이 있으면 말이죠, 총알이 통과할 때 금속에 미세한 스크래치가 남아요. 늘 똑같은 형태로…. 일종의 뚜렷한 지문이라고나 할까요?"

"그게 핀레이 총과 일치하는지 확인했군요!" 에드먼즈가 흥분해서 끼어들었다.

"아니요." 조의 목소리가 조금 작아졌다. "그랬으면 더 좋았겠네요." 조가 두 번째 증거 봉투를 들어 올렸다. 안에는 녹슨 총알 한 개가 들어 있었다. "증거물 B입니다." 조가 말했다. "여기서 B는 엉덩이buttocks를 말해요. 이 총알로 말할 것 같으면 여기 계신 고귀한 분의 오른쪽 엉덩이에…" 조가 크리스천을 가리키자 크리스천은 단상에서 상을 받는 사람처럼 손을 흔들었다. "…불과 며칠 후 조지 광장에서 박힌 총알입니다. 일치율이 무려 92퍼센트!"

다들 다소 따분한 표정으로 듣고 있었다.

"마이크 테스트, 아아." 조가 농담을 하며 가슴을 두드리는 시늉을 했다. "무슨 말인지 이해하겠어요?"

모두들 따분하다는 표정을 짓고 있었다.

"모르겠어요? 이 총알들을 쏜 무기가 범죄 현장 두 곳에 다 있었다는 뜻이라고요! 자, 어떻게 그게 가능했을까요?"

에드먼즈와 울프가 동시에 대답했다.

"네덜란드인."

"무적의 꽁지머리."

조가 마치 이 순간만을 기다렸다는 듯 엉덩이 총알이 든 봉투를 다시 들어 보였다. "이 총알이 발사되기 이틀 전에 사망한 꽁지머리 자식 말이죠?" 조는 점점 더 흥분했다. "결론입니다. 조선소 화재에서 탈출한 건 네덜란드인만이 아니었어요. 다른 생존자도 있었던 거예요."

"말도 안 돼." 크리스천이 말했다. 5분 전에 비해 상태가 안 좋아 보였다.

울프는 크리스천을 힐끗 보았다. 모니터의 심박동이 빨라지고 있었다.

"모든 것의 시발점은 그 창고예요." 조가 단호히 말했다. "누구인지는 모르겠지만 지금부터는 그 두 번째 생존자가 우리가 찾고 있는 유력한 용의자입니다."

20

1979년 11월 5일 월요일
본파이어 나이트
오후 9시 16분

하늘이 불타고 있었다.

남자는 죽어가는 건물의 뼈대가 신음하는 소리를 들으며 하늘을 올려다보았다. 움직이지도 못하고 사방에 터지는 불꽃을 바라볼 뿐이었다. 불꽃은 공기의 흐름을 타고 춤추는 반딧불이 같았다. 5미터도 안 되는 거리에서는 돈다발 몇 개가 빨갛게 불탔다. 이제는 타버린 종이와 재에 지나지 않았다. 표적을 빗나간 총알이 하필 어깨 아래에 고통스럽게 박히는 바람에 남자는 불에 타 죽는 운명을 맞이하게 되었다.

지옥으로 가기 전 예행 연습일까.

사방의 천장이 무너지며 남자는 마지막으로 별을 볼 수 있었다. 붕괴되는 건물이 최후의 노래를 불렀다.

아래에서 바닥이 흔들렸다.

에어록 문이 문틀에서 떨어져 나갔다.

남자는 눈을 감고 추락했다.

남자는 무너진 공장 바닥의 잔해 사이에 누워 이런 생각을 했다. 하느님, 장난이 너무 심하지 않습니까? 눈을 감은 채 빨리 모든 것이 끝나기를 빌었다. 마지막 남은 드럼통들이 근처에서 폭발했다.

"빨리." 남자가 속삭였다. "빨리!"

그 순간 목덜미를 스치는 차가운 바람에 남자가 눈을 떴다. 두 개의 벽이 만나는 구석에 좁은 구멍이 뚫려 있었다. 남자는 옆에 떨어진 권총을 집어 들고 몸을 질질 끌며 밖으로 나갔다. 형형색색의 불꽃이 하늘을 밝히고 번쩍이는 푸른색 경광등 불빛이 화물 컨테이너 벽에 깜박거리는 동안, 남자는 검은 호수를 따라 철조망에 이르렀다.

불꽃놀이와 경광등 불빛 틈바구니로 플래시가 터지며 핀레이와 크리스천의 영광스러운 순간이 카메라에 담겼다. 스트래스클라이드 경찰이 수십 년 만에 최대 규모로 해낸 마약 단속이 역사에 남았다. 배에 실을 준비가 된 150센티미터 높이의 고순도 헤로인도, 그 헤로인이 거리에 유통되지 않도록 지켜준 두 남자의 신원도 사진에 고스란히 담겼다.

21

"어이! 이봐요! 이봐!" 고압적인 여자가 간호사 데스크 앞을 지나는 울프와 매기를 불러 세웠다. "방문자 명부에 서명하고 가세요." 간호사는 그렇게 말하고 다시 전화 통화를 했다.

둘 다 처음 듣는 이야기였다. 울프는 따지지 않고 방문자 명부로 걸어갔다.

거기에는 고약한 여자의 레이더에 운 나쁘게 걸린 사람들의 이름이 쓰여 있었다. 울프는 명단을 훑어보고 볼펜을 집어 들었다. 하지만 더 좋은 생각이 났다. 울프는 간호사가 그토록 소중하게 여기는 명부를 찢어 주머니에 챙기고 펜도 넣었다.

"윌리엄!" 매기가 작은 소리로 외쳤다.

"죄송해요. 저 여자가 말이 너무 심하잖아요." 울프는 누가 알아차리기 전에 얼른 매기를 잡아끌었다.

크리스천이 퇴원 허가를 받자 울프는 매기와 함께 크리스천을 집까지 데려다주겠다고 자원했다. 당연하게도 매기는 차 뒷좌석을 앰뷸런스처럼 만들어 완벽한 간호사 역할을 맡았다. 울프가 운전대를 잡았고 세 사람이 탄 차는 마침내 대도시에서 탈출해 어른거리는 햇살을 맞으며 숲속의 지선도로를 탔다.

크리스천의 사유지 내 도로에 접어든 후부터는 크리스천이 따로 방향을 알려줄 필요도 없었다. 도로에 남은 타이어 자국과 햇살에 반짝이는 커다란 유리창 조각들이 말없이 길을 안내해주었다. 대문을 통과하자 우아하지만 현대적인 집이 나왔다. 목재와 유리를 조합해 만든 3층짜리 스칸디나비아풍 저택은 마치 옆에 서 있는 나무에서 자연스럽게 뻗어 나온 듯 설계되어 있었다.

"와." 울프가 운전석에서 소감을 말했다. 물론 그의 반응에 큰 의미를 둘 수는 없었다. 현재 경찰서 유치장에 사는 사람이니까.

차가 멈춰 섰고 크리스천은 울프에게 열쇠를 건네며 경보기 해제 암호를 알려주었다. 미니멀리즘을 표방하는 건물의 사방에서 귀가 찢어지는 경보음이 울리고 있었다. 집에 들어온 크리스천은 직접 현관문을 잠그겠다고 나서더니, 문이 잘 닫혔는지 두 번씩이나 확인하고 손잡이를 위로 올렸다. 잠금장치를 돌린 후에도 위와 아래에 하나씩 달린 빗장을 더 걸었다. 매기와 울프는 그 모습을 참을성 있게 지켜보았다.

"편집증 환자처럼 굴어도 이해해줘요." 크리스천이 말했다. "안전하다는 느낌이 다시 들기까지는 시간이 조금 걸릴 것 같으니까…. 자, 그럼." 그러면서 크리스천이 손님들을 거실로 안내했다.

3층 높이의 유리창 너머로 완벽한 정원이 보였다. 나무로 만들어 예스러운 문만 넘으면 바로 숲이었다. 기둥으로 받친 발코니에 서 있으니 공중에 뜬 기분이었고, 웅장한 아치형 천장은 구경하는 사람들의 시선을 이끌었다.

"세상에, 크리스천." 매기가 감탄했다. "전에 살던 집은 여기에 비하면 아무것도 아니네! 지금껏 여기 혼자 살았어요?"

"안타깝게도요." 크리스천이 제일 좋아하는 의자에 앉으려다 고통스럽게 얼굴을 찌푸리자 매기가 서둘러 다가가 부축했다.

"윌, 수사에 진척이 있으면 그때마다 보고해주겠나?"

울프는 여전히 숲을 내다보며 겨울 햇살을 만끽하고 있었다.

"예?"

"진척이 있으면 알려달라고." 크리스천이 다시 말했다. "그래 줄 거지?"

"제일 먼저 알려드려야죠."

"그건 안 돼!" 매기가 꾸짖었다. "몸조리부터 해요, 아저씨."

"알았어요! 알았어!" 크리스천이 항복하는 시늉을 하며 울프에게 슬쩍 윙크했다.

매기는 호들갑스럽게 베개와 약을 가져다주었다. 오랜만에 남에게 짐이 되지 않고 도움을 줄 수 있어 기쁜 듯했다.

"전 가봐야겠어요." 울프가 창문에서 겨우 떨어져 나와 현관으로 향했다. "역까지는 택시 타고 갈게요."

"괜찮겠어?" 매기가 물었다. "내가 태워다줄게."

"아니에요." 울프가 웃었다. "청장님을 잘 부탁해요, 매기."

울프는 대기 중이던 열차에 탑승해 눈을 감았다. 점점 많은 사람을 태운 열차는 지하로 내려가 런던을 향해 달렸다.

울프는 세인트 제임스 파크 역에서 지상으로 올라와 런던 경찰청까지 짧은 거리를 걸었다. 로비에서 방문자 명부에 서명하고 안내를 기다리라는 말을 들었을 때, 무장 경찰들이 일사불란하게 움직이는 모습이 눈에 들어왔다.

"체포해!" 한 명이 혼잡한 로비를 가리키며 외쳤다.

자기 운명도 모르는 멍청이가 할 일이 없어 지루해하던 경비대원 다섯 명에게 태클을 당해 바닥에 엎어지는 꼴은 볼 만할 터였다. 울프는 그게 누구인지 궁금해 뒤를 돌아보았다.

그 덕분에 할 일 없이 지루해하던 경비대원 다섯 명은 수월하
게 울프를 태클해 바닥에 엎어뜨릴 수 있었다.

진전이 없다는 느낌은 울프만의 착각이 아닐 것이다. 그는 또
수갑을 차고 일주일 전에 왔던 그 조사실의 그 의자에 앉아 있는
신세가 되었다. 다행히 오래 기다릴 필요는 없었다. 바니타가 위풍
당당하게 들어와 테이블 맞은편에 앉았다.

"짧게 끝내자고. 알았지, 폭스?" 바니타가 인사말을 대신했다.
"자네가 실패할 거라 예상했어. 우리 합의 사항을 위반해야겠다
는 욕구를 주체하지 못할 줄 알았지. 이렇게 오래 버틴 게 놀라울
따름이야. 그 점은 칭찬해야겠네."

"감사합니다." 울프가 고개를 끄덕였다. 그는 진심으로 자부심
을 느끼고 있었다. "진짜 궁금해서 물어보는 건데요, 제가 위반했
다는 합의 조건은 뭘 말하는 거예요?"

바니타가 파일을 펼쳤다.

"토요일 오후 8시 58분, 자네는 통금 시간 이후 지정된 감시 시
설을 떠나 다음날 오후까지 돌아오지 않았어."

"크리스천…, 청장님과 병원에 있었으니까요." 울프가 사실을 바
로잡았다.

"그러고 나서." 바니타가 계속했다. "겨우 4시간을 채우고 두 번
째로 통금을 어겼지."

"범죄 현장인 알렉스 에드먼즈 집에 가려고요!" 울프는 슬슬 짜증
이 났다. "모르셨을 수도 있죠. 저와 달리 주말에 실컷 놀다 오셨…"

"나는 연수 다녀왔어."

"…그런데요, 때로는 말이죠, 범죄자들이 성가시게도 말도 안 되

는 시간에 경찰청장을 두들겨 패고, 남의 집에 산성 용액을 뿌리자고 마음먹는 걸 어쩝니까!"

울프가 화를 낼수록 바니타는 거만해졌다. "다른 사람이 처리할 수 없었나?" 바니타가 그렇게 물으며 페이지를 넘겼다. "금요일 오후에 자네가 애런 블레이크 경장에게 불필요하고 불법인 조사를 시켰다는 사실도 내가 밝혀냈지. 애슐리 로클란의 현재 주소를 알아내기 위해서 말이야." 바니타가 울프를 올려다보았다. "왜 그랬어, 폭스? 봉제인형 명단에 있던 사람을? 그 여자가 우리 시스템에 올라와 있다는 사실을 자네라면 알았을 텐데?"

울프는 반박하려고 입을 열었다.

"마지막으로 하나 더." 바니타가 말을 잘랐다. 흰 종이에 검은 글자로 지나치게 생생하게 묘사된 정보가 조금은 거북하다는 표정이었다. "킹 조지 병원 예배당 목사 말로는 자네가 예배당에서 나체로 발견되었다는군." 바니타가 미간을 찌푸렸다. "목이 잘린 우리 구주 예수 그리스도상 옆에 누워 있었대." 그녀는 기가 막혀서 양쪽 눈썹을 치켜들었다. "해명해봐."

이번에도 울프는 입을 열었다가 닫고 고개를 저었다.

"자네가 핀레이 쇼 사건에 기여했다는 건 내가 보고서에 상세히 적어주지. 잘 가라고, 폭스." 바니타가 떠나려고 일어났다.

"백스터와 얘기하게 해주세요!"

"꿈 깨."

"그럼 변호사 불러줘요."

20분 후, 울프는 호송을 받으며 전화기가 있는 빈방으로 들어갔다. 밖에서 문 앞을 지키는 경찰의 그림자가 문틈에 계속 머물렀다. 제일 먼저 생각난 로펌은 방화 살인범 나기브 칼리드를 변호했던 '콜린스 앤 헌터'였다. 하지만 전화번호를 몰라 포기한 채 눈 감고도 외울 수 있는 몇 개의 전화번호 중 하나를 입력했다.

"매기? 저 윌이에요. 부탁 좀 들어줘요."

"마루 밑에서 회수한 머리카락 주인은 청장님과 경감님이었어요." 조가 소식을 전했다. "당연한 결과죠. 두 사람이 그 방에 제일 오래 있었으니까요."

백스터와 에드먼즈, 손더스는 포렌식 연구소에 모여 있었다. 30분째 지각인 울프는 기다리지 않기로 했다.

"에드먼즈 집에 찍혔던 부츠 사이즈는요?" 백스터가 물었다.

"남성. 11호. 심하지 않은 안짱다리. 그밖에 특이한 점은 없어요."

백스터는 짜증이 났다. "그럼 산성 물질은?"

"정확히 뭔지 밝혀내기 위해 아직 테스트 중이에요. 아마 집에서 아무렇게나 섞어 만들었을 거예요. 결과가 나온 뒤에 운 좋으면 어디서 구했을지 범위를 좁힐 수도 있어요. …운 나쁘면 아니고요."

"알았어요. 나랑 에드먼즈는 오늘 아침도 여기저기를 문 두드리면서 돌아다녀야겠네요. 조금이라도 유용한 게 있는지 알아봐야죠. 손더스, 너는…."

밖에서 요란한 소리가 들리더니 블레이크가 뛰어 들어왔다.

블레이크가 백스터를 보며 말했다. "방해해서 죄송합니다."

"무슨 일이야?"

"울프요."

"왜?"

"체포됐어요. …또."

22

1979년 11월 13일 화요일
오후 7시 24분

"가만히 있어, 자기야." 여자가 말했다. 그녀는 지저분한 주방 한 가운데 서서 남자친구의 피부에 달라붙은 붕대를 벗기려 낑낑대고 있었다.

남자는 이를 꽉 악물고 맥주를 한 모금 더 마셨다.

"무슨 의사가 이래?" 여자가 혀를 찼다.

"원래 실력이 별로야…. 그러니까 나 같은 놈들을 꿰매고 있겠지." 남자는 농담을 하며 여자의 팔 안쪽에 있는 주사 자국을 따라 키스했다.

"집중하고 있잖아."

"나도야." 남자가 말하며 여자를 끌어당겨 무릎에 앉혔다.

"치료해준대도!" 여자가 웃음을 터뜨렸다.

"나도 치료해줄 건데!"

그때 누군가 문을 두드렸다.

즉시 경계 태세에 돌입한 연인은 입을 다물고 일어났다.

"방으로 가." 남자가 속삭이며 총을 집어 들었다. "누구세요?!"

"딜런이다, 새끼야! 문 열어!"

남자가 긴장을 풀고 테이블에 벗어둔 셔츠 아래에 총을 숨긴 후 문을 열었다.

"와! 꼴이 이게 뭐냐." 친구의 맨몸을 보며 딜런이 집으로 들어와 문을 닫았다.

"지는? 넌 멀쩡한 놈이 그렇게 생겼냐?"

순간 긴장이 감돌았지만 두 남자가 금세 푸하하 웃으며 분위기
가 풀렸다.

"로나." 딜런이 침실 문가에 어색하게 서 있는 여자를 발견하고
웃어 보였다.

"맥주 마실래요?"

"오, 좋지."

로나는 딜런 옆을 지나 냉장고로 가다가 딜런의 재킷 아래로
튀어나온 총 손잡이를 보았지만 반응하지 않았다. 로나는 딜런의
시선을 느끼며 맥주 두 병을 꺼내 두 남자의 대화에 끼어들었다.

"고마워." 딜런이 말했다. 그는 건배하고 맥주를 한 모금 마셨
다.

"웬일이야, 딜런?" 남자가 팔에서 제일 심한 화상을 살펴보며
물었다.

"친구가 잘 있는지 확인하러 오면 안 되는 법이라도 있어? 그것
도 죽었다고 들은 친구인데?" 딜런의 목소리가 진지해졌다. "지금
난리 났어. 보스가…, 엄청나게 화났단 말이야. 창고…, 불…, 경
찰…. 우리 이제 아무것도 없어."

"나도 해결하려고 하잖아. 약은 사라졌지만 돈은 아니야. 아직
찾아올 수 있어."

"그거 말인데, 사실 보스가 결정을 내렸어. …다른 방법을 쓰기
로."

"그러면 내 실수를 만회할 수가 없잖아."

"맞아…, 그럴 거야."

딜런이 그렇게 말하며 총에 손을 뻗자, 로나가 돌아서서 재빨리 딜런의 머리에 맥주병을 깼다. 그리고 딜런의 등에 올라탔지만 어린애처럼 작은 로나의 몸집으로 남자의 힘을 막기에는 역부족이었다. 로나의 손바닥에서 난 피가 딜런의 재킷에 선홍색 얼룩을 남겼다. 딜런이 로나를 들어 벽 쪽으로 내던지고 총을 꺼내든 순간, 첫 번째 총알이 그의 어깨를 관통했다. 딜런이 고통스럽게 울부짖으며 다시 총을 들었고 두 발의 총성이 들렸다.

딜런은 주방 바닥에 쓰러졌다. 옆에 쓰러진 로나도 움직이지 않았다.

"자기야…? 자기야?" 남자가 총을 내려놓고 친구의 시체를 넘었다. 그의 눈에서 빛이 사라졌다. "괜찮아." 남자는 여자친구의 허벅지에 난 총상을 손바닥으로 눌렀다.

"괜찮아, 내가 있어. 내가 있잖아. 꽉 잡아." 그가 속삭이며 양팔로 로나를 안아 올렸다. "아무 일도 없을 거야."

23

2016년 1월 12일 화요일
오후 6시 4분

문이 쾅 닫히는 소리가 들리더니, 커다란 거울에 비친 울프의 형체가 순간 일그러졌다. 몇 시간째 조사실에 갇혀 있던 울프는 복도에서 아는 목소리가 들리자 안도했지만 한편으로는 놀라기도 했다.

"자네들은 가서 커피나 마시지 그래?" 제안 같지만 알고 보면 제안이 아니라는 사실을 은근슬쩍 드러내는 말이었다.

울프가 기대 어린 눈빛으로 문 쪽을 보았고, 크리스천이 절뚝이며 들어왔다. 한 사람에게 맞춤 정장이 저렇게 많이 필요할까? 마구 두들겨 맞은 얼굴만 빼면 어디 하나 흠잡을 데 없이 완벽한 모습이었다.

"반가워서 눈물이 나는데요?" 울프가 크리스천에게 말했다. "물론 청장님께서 여기까지 내려오는 걸 원하지는 않았지만요."

크리스천이 미소를 지었다. 얼핏 마음이 상한 것처럼 보이는 웃음이었다. "뭐, 내가 직접 나서면 도움이 되겠다는 생각이 들었거든." 크리스천이 테이블로 걸어와 마이크와 녹음기 코드를 뽑았다. "바니타 짓이겠지?"

울프가 고개를 끄덕였다. 등 뒤에서 수갑이 철제 의자에 쓸리는 소리가 났다.

"앉아 있어. 내가 해결하지." 크리스천이 조사실을 나가려고 돌아셨다.

"또 있어요!" 울프가 불쑥 말하고는 특수 거울 뒤에서 누가 지 켜보고 있을지 몰라 눈치를 살폈다.

"아무도 없어." 크리스천이 안심시키며 테이블로 돌아갔다. "내 가 그러라고 지시했네."

울프가 긴장을 누그러뜨렸다. "체포될 때 몸수색을 했는데 그건 못 찾은 것 같아요."

"찾다니⋯, 뭘?"

"제 셔츠 주머니요."

크리스천은 의아한 표정으로 아무것도 없어 보이는 울프의 주 머니에 손을 넣었다. 하지만 곧 작고 네모난 플라스틱 조각이 손 끝에 닿았다.

"말했죠?" 울프가 안도감에 미소를 지었다. 크리스천은 메모리 카드를 이리저리 뜯어보았다.

"이게 뭔가?"

"알렉스 에드먼즈는 조심성이 아주 많은 친구예요." 울프가 설 명하기 시작했다. "과대망상 아닌 과대망상 덕에 에드먼즈는 저녁 내내 상자에 있던 증거를 하나도 빠짐없이 사진으로 찍어놨어요. 상자가 파괴되기 전에 말이죠."

크리스천은 넋이 나간 표정이었다. "그래서⋯, 아직 있다는 거 야? 전부?"

"전부." 울프가 고개를 끄덕였다. "이걸 최대한 빨리 복사해 서⋯"

울프가 말을 흐렸다. 크리스천이 고통스럽다는 듯 이마를 쥐고 있었기 때문이다.

"괜찮으세요?" 울프가 물었다. 비틀거리며 거울로 다가가는 크리스천의 모습을 무력하게 지켜볼 수밖에 없었다. 크리스천이 휘청거리는 몸을 거울에 기대자, 거울 속의 모습이 손으로 건드린 수면처럼 일그러졌다. "크리스천? 왜 그래요. 무슨 일이에요?"

울프는 크리스천이 작게 중얼거리는 소리를 들으려 안간힘을 썼다. 수갑을 잡아당겼지만 꿈쩍하지 않아 도와줄 방법이 없었다. 한참 만에 거울에서 몸을 뗀 크리스천이 취한 사람처럼 비틀거리며 울프에게 다가왔다.

"크리스천?" 울프가 걱정스럽게 물었다.

하지만 곧이어 거센 주먹이 날아와 울프를 의자째로 넘어뜨렸다. 울프는 손이 묶여 속수무책으로 바닥에 머리를 찧었다. 울프는 의식이 흐릿해지는 가운데 언제나 위엄 있고 품위 있던 남자가 불안하게 작은 방을 서성이는 모습을 올려다보았다. 그 모습은 불안, 흥분, …절망 그 자체였었다.

"씨발! 나도 이러고 싶지 않았어! 이것만큼은 절대…"

시야 가장자리에서 어둠이 블랙홀처럼 울프를 삼켰다 뱉었다. 얼마나 오래 차가운 바닥에 쓰러져 있었는지도 몰랐다. 두개골이 깨져서 열린 느낌이었다. 입에서 피비린내가 났다. 시야가 흐려지고 이명은 극에 달했다.

크리스천이 드디어 흥분을 가라앉히고 눈앞에 닥친 문제에 집중하기 위해 울프 옆에 쭈그리고 앉았다. 울프는 멍하니 그를 올려다볼 뿐이었다.

"그냥 놔둘 수 없었던 거야?" 크리스천이 간절하게 말했다. "그냥 받아들일 수 없었어? 우리는 친구가 될 수도 있었어." 지금 와서 아무 소용없는 말이었다. 목소리에 긴장이 가득했고 눈에도 괴로움의 눈물이 맺혀 있었다. "핀레이도 그러기를 원했을 거야."

울프는 반응하지 않았다.

크리스천이 따스한 손길로 울프를 토닥이며 울프 앞에 메모리 카드를 내밀었다. "이게 전부지?" 그가 말했다.

플라스틱 카드가 꺾여 두 조각으로 쪼개지는 모습에 울프가 탄식했다.

"이제 다 끝났어." 크리스천이 말했다.

울프는 이글거리는 눈으로 크리스천을 응시했다.

"자네 입으로 직접 하는 말을 들어야겠어. 이제 다…, 끝난 거지?" 그러더니 고개 숙여 울프의 입가에 귀를 댔다.

"좆까."

"그렇게 말할 줄 알았어." 크리스천이 애석한 미소를 지었다. 하늘로 고개를 들고 이를 악문 그가 울프를 다시 내리쳐 기절시켰다.

다시 정신을 차리고 보니 울프는 똑바로 앉아 있고 크리스천이 피 묻은 손수건으로 울프의 얼굴을 닦아주고 있었다. 또 하나의 범죄 현장이 깨끗하게 닦였다.

"날 봐." 크리스천이 손가락을 거칠게 튕기며 다그쳤다. "날 보라고!" 크리스천은 울프의 꺼끌꺼끌한 턱을 잡아 고개를 들게 하고는 분노로 불타는 눈을 똑바로 바라보았다. "증거는 사라졌어. 내일 아침이면 네 부하들도 새로 발령이 날 거야. 과학수사대는 아무것도 발견하지 못할 거고. 그리고 네 놈은…, 한동안 철창신세를 지겠지." 크리스천이 말했다. "다 끝났어."

24

2016년 1월 13일 수요일
오전 10시 20분

바니타는 널찍하고 편안한 사무실에서 난리통이 된 아래쪽 거리를 내려다보았다. 안드레아 홀이 시작한 '울프를 석방하라' 운동은 열기가 최고조에 달했다.

바니타는 꼭두각시 사건으로 안드레아와 인터뷰를 했던 때의 충격에서 아직도 벗어나지 못했다. 커리어에 먹칠을 한 그날의 방송을 떠올리면 자다가도 벌떡 일어날 정도였다.

지금 그 악마 같은 기자가 군중 속에 있는지는 알 수 없었다. 런던 경찰청을 에워싸고 시끄럽게 떠드는 시위대는 하나같이 빨간 머리였기 때문이다. 뭐 하나라도 잠깐 유행했다 하면 줏대 없이 따라 하는 대중의 열망은 안드레아 홀의 복제 인간들을 낳았다. 사람들은 안드레아의 머리와 옷, 하다못해 인성도 따라 했다.

바니타는 사무실에 와 있던 손님이 의자에서 일어나 옆에 서는 소리 때문에 긴장했다. 그가 커피를 마시는 모습이 유리창에 비쳐 보였다.

"세상에." 울프가 말했다. 전 부인처럼 생긴 여자들로 가득한 바깥 광경이 바니타만큼이나 거북한 듯했다. "쫙 깔렸네요."

"그러게 말이야."

"이러면 안 되는데."

"맞아, 안 되지." 바니타도 생각이 같았다. "뭐…, 행운을 빌어."

울프는 이만 떠나라는 총경의 말에 고민하는 날이 오리라고는 상상도 하지 못했다. 지금은 바니타 옆을 떠나고 싶지 않았다.

하지만 바니타가 창문에서 눈도 떼지 않고 말했다.

"나가."

안드레아가 녹화 준비를 위해 음향 체크를 하고 있을 때 갑자기 사람들이 흥분해서 함성을 질렀다. 안드레아는 카메라맨 로리에게 마이크를 던졌다. 봉제인형 살인사건 당시 황산으로 손이 망가진 로리가 마이크를 잡으려고 용감하게 손을 내밀었지만 허사였다.

안드레아는 자신이 불러 모은 사람들의 벽을 뚫고 나아가기 시작했다.

사방에서 아우성이 터져 나왔다.

"저기 있다!" 한 여자가 울프를 보고 지나치게 흥분한 나머지 비명을 질렀다.

"울프를 석방하라!"

안드레아는 몸싸움을 하며 앞으로 나가다가, 머쓱한 표정을 지으며 검은색 택시로 달려가는 울프를 발견했다.

"윌!" 안드레아가 외쳤지만 주변의 소음에 목소리가 완전히 묻혔다.

자리를 빼앗기지 않으려는 첫째 줄 사람들에 길이 막혔다. 울프가 잠시 멈춰 서더니 시끄러운 군중을 힐끗 쳐다보았다.

"지나갈게요!" 안드레아가 사람들을 팔꿈치로 찌르며 외쳤다. "윌!"

자동차 문이 쾅 닫혔다.

안드레아가 도로로 나왔을 때는 이미 늦었다. 그녀는 모퉁이를 돌아 사라지는 택시를 하염없이 지켜보았다.

밖에 어스름이 깔릴 무렵, 허름한 술집 뒤편의 끈적거리는 구석 자리에 울프의 모든 팀원이 도착했다.

조는 기름 얼룩이 안 지워지는 유리잔을 계속 문질러댔고, 손더스는 회식이라도 한다고 생각하는지 생맥주에 위스키 한 잔을 투하했다.

말할 기회를 잡은 울프가 어제 일에 대해 들려주자, 다들 충격에 빠져 말을 잇지 못했다.

"그러니까⋯." 손더스는 아직 다 이해하지도 못했다. "메모리 카드는 그냥 미끼였던 거예요?"

"맞아." 울프가 대답했다.

"어떻게 설득했길래 바니타가 풀어줬어요?" 에드먼즈가 물었다.

"인정에 호소했지." 울프가 진지한 표정으로 농담을 하며 맥주를 들이켰다. "내가 일을 끝내게 도와주면 청장 자리에 오를 수 있다고 했어."

"그런데⋯, 정말 청장님이 그러셨다고요?" 조가 여전히 귀를 의심하고 싶다는 표정으로 울프에게 물었다.

"안타깝지만 사실이에요."

"우리 청장님이?"

"그렇다니까!"

"하지만⋯." 에드먼즈가 말했다. "청장님은 경찰보다 현장에 늦게 도착하지 않았어요?"

"그랬지." 울프가 고개를 끄덕였다.

216

"그런데…?"

"바닥 아래 공간에 몸을 구겨 넣고 숨어 있었던 거야." 울프가 설명했다. "랜들 순경이 문을 부수고 아래층으로 내려가는 소리가 들렸겠지. 당연히 랜들은 핀레이가 방에 혼자 있었다고 생각했을 거야. 그때 크리스천은 구멍에서 기어 나온 다음 널빤지로 구멍을 다시 막았을 거야. 랜들이 경찰에 연락하는 동안 몰래 계단을 내려와 뒷문으로 사라졌고. 그런 다음 뒷마당 담장을 넘고 이웃집 정원을 통과해 밖으로 나와 핀레이 집 현관에 '도착'한 척한 거겠지. 그렇게 해서 알리바이를 확보한 거야. 집에 제일 먼저 돌아와 문을 다시 잠근 장본인이었으니, 남겨져 있는 자기 발자국은 그렇게 자기 발자국으로 다시 덮은 셈이고…. 간단해."

손더스가 눈을 가늘게 뜨고 울프를 보았다. "그 부분 다시 설명해줄 수 있어요? 처음부터 끝까지?"

"아니."

"어떻게…? 언제 알았어요?" 백스터가 그와 말하지 않고 있는 중이란 사실을 잊은 채 물었다. 처음 듣는 이야기에 조금은 상처를 받은 눈치였다.

"몰랐어." 울프가 어깨를 으쓱했다. "확신은 없었어. 하지만 의심을 했지." 울프가 턱을 문질렀다. 아직도 크리스천에게 맞은 곳이 더럽게 아팠다. "계기는 손잡이야."

"손잡자고요?" 석 잔째 폭탄주를 들이켠 탓에 손더스의 혀가 꼬였다.

"손잡이! 문손잡이 말이야. 크리스천은 습관이 있어." 울프는 어제 아침 크리스천이 자기 집 문을 닫는 모습을 떠올리며 설명했다. "문을 닫고 손잡이를 위로 올리더라고."

"문을 닫고 손잡이를 위로 올리는 버릇'이라…." 백스터가 그걸 과연 버릇이라고까지 할 수 있느냐는 표정으로 따라 말했다.

울프는 무시했다. "네가 쓴 보고서 봤어." 그러면서 다시 손더스에게 말했다. "랜들 순경이 현관문을 강제로 열어야 했다고 쓰여 있더라."

울프는 다시 백스터 쪽을 보며 이어 말했다. "핀레이와 매기가 현관문을 잠근 적이 있었어?"

"없었죠." 백스터도 인정했다.

에드먼즈가 고개를 끄덕였다. 크게 감동한 표정이었다. "완전히 형사 콜롬보네요!"

"그치?" 울프가 씩 웃었다.

"콜롬보는 얼굴을 주먹으로 얻어맞지는 않겠지만요." 울프가 너무 자만하지 않도록 백스터가 꼬집었다.

"죄송한데, 다시 청장님 얘기 좀 해봐요." 조가 나서서 대화를 우울한 주제로 돌려놓았다. "대체 왜 자기 친구를 죽이고 싶었을까요?"

모두의 시선이 울프를 향했다.

"나도 모르지." 울프가 인정했다. "솔직히 관심도 없어. 놈이 죽였다는 사실…, 나한테는 그게 중요해."

다들 할 말을 잃고 술을 홀짝였다.

"이건…, 엄청난 사건이에요." 에드먼즈가 말했다. 설레는 마음이 분노를 앞서지 않도록 조심하고 있었다. "런던 경찰청장을 살인범으로 쫓다니."

"골치 아픈 사건이지." 백스터가 바로잡았다.

다시 대화에 낀 손더스가 고개를 세차게 끄덕였다. "우리가 어떤 식으로 접근할지 다 알겠죠…? 우린 망했어요."

"그래서 이제 어떻게 해요?" 에드먼즈가 물었다.

이번에도 모두의 시선이 울프를 향했다.

"손 털자."

"뭐라고요?"

"손 털자고." 울프가 혐오스럽다는 백스터의 얼굴을 무시하고 다시 말했다. "손더스 말대로 놈은 경찰청장이야. 우리가 어떤 각도로 유죄를 입증하려고 해도 다 알 거라고. 이길 수 없는 싸움이야. 손더스는 집에서 차가 털렸어. 에드먼즈는 가족이 자고 있는 집에 사람이 들어왔고! 심지어 그건 우리가 자기를 의심한다는 걸 모를 때야. 심지어 나는 경찰이 쫙 깔린 건물에서 공격을 당했는데도 아무것도 증명할 수 없었어."

"크리스천은 점점 무모해지고 있어요." 백스터가 말했다.

"그래서 더 위험해." 울프가 반박했다. "쓸 만한 증거를 하나도 남기지 않은 채 자기 친구를 죽였다는 사실을 잊지 말자고. 우리는 그를 궁지에 몰아넣었어. 핀레이도 똑같은 실수를 했을지도 모르지. 어떻게 반응할지 아무도 모르는 거야. 다 끝났어."

"그럼 핀레이를 죽인 놈을 그냥 멀쩡히 돌아다니게 두자고요?" 손더스가 따졌다.

"그럴 수는 없지." 울프가 말했다. "청장은 에드먼즈 집에서 증거를 전부 없앴다고 알고 있지만 창고와 조지 광장 관련 파일은 전부 헛간에 안전하게 보관되어 있어."

"탐정 사무소예요." 백스터와 에드먼즈가 입을 모아 지적했다.

"놈은 자기가 우위에 있다고 생각해. 우리가 물러나는 걸 보면 그 오만함이 발목을 잡을 거야. 남은 사건 파일과 포렌식 결과는 아침에 바니타에게 보낼 거야. 나머지는 바니타가 알아서 할 거고."

"우리가 할 일은 이렇게 끝이라고요?" 에드먼즈가 물었다.

"끝이야. 너희 가족도 집으로 돌아오라고 해."

에드먼즈는 고개를 끄덕였다.

"'죽은 영웅보다는 산 겁쟁이가 낫다.' 우리 할아버지가 늘 하시던 말씀이에요." 손더스가 말을 보탰다. "그렇다고 하더라고요. 나는 할아버지를 실제로 본 적이 없어서. 그래도 새겨들을 조언이 아닌 건 아니죠."

다들 곤혹스러운 표정을 지었다.

"찬성이라는 말로 알게, 손더스. …실험맨은?" 울프가 물었다.

조가 떨떠름하게 고개를 끄덕였다.

마지막으로 백스터를 돌아보았다. 무슨 표정인지 읽을 수가 없었다. 백스터는 잠시 뜸을 들이다가 대답했다.

"선배가 최선이라고 생각한다면 원하는 대로 해요." 생각보다 싱거운 반응이었다.

울프가 얼굴을 찌푸렸다.

"왜요? 동의한다는데!"

"그래, 그게 문제야."

"해결만 되면 누가 해결하든 상관없잖아요. 우리는 누가 범인인지 밝혀냈으니 아무리 바니타라도 망치지는 않겠죠. 바니타한테 넘겨요. …다 끝났어요."

울프는 백스터를 수상쩍게 쳐다보다 고개를 끄덕였다. 울프가 잔을 높이 들고 건배사를 외쳤다.

"핀레이를 위하여!"

울프는 모두를 보호하기 위한 거짓말이 설득력 있게 들렸기를 바랐다.

안드레아는 집 서재에 앉아 있었다. 제프리가 집에 오기만을 기다리며 넓은 집에서 뒹굴거리고 있자니 일에 둘러싸여 있을 때가 차라리 좋았다. 지금은 전화기를 붙잡고 런던 경찰청 전화 교환원이 강력범죄수사대와 연결해주기를 기다리는 중이었다. 귀에 익은 목소리가 전화를 받았다. 몇 번이나 통화한 적 있는 사람이었다.

"홀 씨! 오늘은 어떻게 도와드릴까요?"

"울프, 아니…, 윌리엄 폭스 부탁해요."

"죄송하지만 폭스 씨는 사무실에 안 계시고, 현재 경찰청 소속도 아니십니다. 어제도 말씀드렸지만요."

"내 메시지를 전하고 있기는 해요?"

"폭스 씨가 연락하지 않는 것이 저희쪽 공식 견해는 아니라고 자신 있게 말씀드릴 수 있습니다. 이는 전적으로 폭스 씨의 뜻이라고 결론 내려야 할 것입니다."

"누가 그딴 식으로 말해요?! 짜증 나서 못 듣겠네!"

"그렇게 느끼셨다니 죄송합니다. 제가 제안하는 바는…."

"아니. 됐어요. 내일 다시 얘기해요." 안드레아가 쏘아붙이고 전화를 끊었다.

안드레아는 어지러울 정도로 의자를 빙글빙글 돌리며 다시 매기에게 연락해봐야 하나 고민했다. 그러다 멈췄다. 그녀는 휴대폰 잠금을 풀고 전화번호부의 기나긴 명단을 아래로 내렸다. 휴대폰을 신형으로 계속 바꾸는 동안에도 몇 년째 연락하지 않은 그 번호가 남아 있기를 간절히 빌었다.

놀랍게도 남아 있었다.

토머스가 집에 돌아오니 타는 냄새가 났다. 둘 중 하나였다. 집에 불이 났거나, 백스터가 또 요리를 하고 있거나. 주방으로 들어가니 화재경보기의 잔해가 발밑에서 으드득 소리를 냈다. 백스터가 그곳에 서 있는 토머스를 반겼다.

"왔어!"

"안녕." 토머스는 여자친구를 대충 껴안고 남은 와인을 따랐다.

"당신이 제일 좋아하는 음식 만들었어!" 백스터가 활짝 웃었다.

"다른 사람이 한 음식?"

백스터의 미소가 사라졌다.

"미안. 농담이었어. 별로 안 웃겼지? 그런데 내가 제일 좋아하는 음식이 뭐더라?"

"내가 만든 레몬 치킨 리조또."

"미치겠네." 토머스가 조금 큰소리로 속삭였다.

"와인 마실래?" 그러면서 백스터는 토머스가 와인잔에 입을 대기도 전에 한 병을 더 개봉했다. "있잖아, 내가 생각을 해봤는데…." 술을 마신 김에 어설픈 화해를 시도하기로 결심한 백스터가 말을 꺼냈다. "내 친구 애브릴 말이야. 꽤 예쁘지?"

토머스는 불편해 보였다. "아마도."

"옷도, 꼭…, 예쁘고 여성스러운 거 입고." 백스터가 무슨 뜻인지 알지 않느냐는 듯 눈썹을 치켜세웠다.

"치마 말이야?" 토머스는 적당한 단어를 찾아주고 이제야 겨우 와인을 한 모금 마셨다.

"맞아, 치마. …당신 개랑 자면 어때?"

토머스가 바닥에 와인을 뱉었다. "뭐라고?!"

"걔는 괜찮다고 할 것 같아."

"아니, 그게 중요해? 내가 괜찮지 않은데!"

백스터는 혼란스러운 표정이었다. 자신이 상황을 잘못 판단했다는 의심이 들기 시작했다. "난 그냥 공평해질 방법을 찾는 거야. …우리가 다시 괜찮아지게."

토머스가 와인잔을 조리대에 내려놓았다.

"나는 당신과 '공평'해지고 싶다는 마음 따위 없어, 에밀리. 이런 일이 없었기를 바랄 뿐이지. 아무리 그래도 이렇게…" 토머스가 슬픈 얼굴로 말을 흐렸다. "미안해. 지금은 정말 배가 안 고프네." 토머스는 대화를 포기하고 방으로 향했다. "가자, 에코!"

고양이가 졸다가 눈을 뜨고 백스터를 올려다보았다.

"그러기만 해봐." 백스터가 엄한 표정으로 에코에게 말했다.

하지만 에코는 식탁에서 뛰어 내려 총총 토머스를 따라갔다.

백스터는 못마땅한 소리를 내고 와인을 마시며 이렇게 중얼거렸다. "배신자."

통금 시간까지 5분밖에 남지 않았다. 울프는 에지웨어 로드 역에서 내려 계단을 전속력으로 뛰어 올라갔다. 모퉁이를 돌자 자식 걱정하는 부모처럼 입구에서 기다리고 있는 조지가 보였다. 울프는 숨이 턱까지 차서 경찰서 계단을 올랐다.

"10! 9! 8!" 조지가 카운트다운을 했고, 울프가 7초 남기고 문턱을 넘자, 잘했다고 그의 머리를 쓰다듬어주었다. "코코아 한 잔타 마시려고 하던 참인데. 마실래?"

울프의 대답은 가쁜 숨소리와 섞여 해석할 수 없었다.

"만들어줄게."

울프는 그를 재워주러 온 조지와 10분간 수다를 떨고 나서, 구겨진 방문자 명부를 주머니에서 꺼냈다. 손가락으로 짚으며 표를 쭉 훑어보다 시선이 한 곳에 멈췄다.

방문자	환자	날짜	방문 시간	퇴실 시간
미상	크리스천 벨라미	16/01/10	18:35	18:50

울프는 종이를 옆에 내려놓고 메모를 했다.

방문자???

CCTV 영상 요청

일요일 저녁 6:35-6:50

아직 끝나지 않았다.

25.

2016년 1월 10일 일요일
오후 6시 42분

크리스천은 잠이 깰락 말락 몽롱한 정신으로 좁은 병원 침대에서 돌아누웠다. 끈끈한 눈꺼풀이 떨어지고 흐릿했던 형체가 선명해지기 시작했다. 잠시 멍하니 정면을 바라보던 크리스천이 벌떡 일어나 앉았다.

남자는 침대 옆에 앉아 그를 지켜보고 있었다. 무릎에 핏빛 꽃다발을 올려놓은 채.

"잠꼬대하는 거 알고 있었어?" 남자가 물었다. 크리스천은 불안한 눈으로 병실을 둘러보았다. "쉬이이. 괜찮아. 괜찮아. 잠깐 얘기하러 왔어. 그것뿐이야."

크리스천은 마음을 가라앉히고 의식적으로 긴장을 풀었다. 다시 베개에 등을 기대고 앉았다.

"저기 말이야." 남자는 염색을 잘못한 머리카락을 쓸어 넘기며 본론을 이야기했다. "원래 우리 애들이 조금만 손을 봐줄 생각이었어. 어쨌거나 자네가 죽으면 나도 좋을 게 없잖아? 그런데…." 남자가 무겁게 한숨을 쉬었다. "그 잘생긴 머리통에 메시지가 똑바로 입력되지 않은 것 같더군. 경찰이 이런 식으로 우리 애들 주위를 쿵쿵대고 다니면 못 쓰지. 알아서 해결한다고 했으면서…." 남자가 어깨를 으쓱했다.

"그럴 거야…, 약속해." 크리스천이 겨우 입을 열었다.

"됐어. 자네는 기력을 회복해야지. 그냥 내 식대로 처리할게."

"안 돼!" 크리스천이 다급하게 외치다 주변을 의식했다. "그럴 필요 없어. 내가 해결하는 중이야. 정말이야."

우락부락한 남자는 크리스천을 잠시 빤히 바라보았다.

"하려면 확실히 해. 다시 부탁하고 싶지는 않으니까. 우리 둘이 알고 지낸 지도 꽤 됐지. 자넨 내가 친구라고 생각하는 사람 중 하나야."

"나도 그래, 킬리언."

"자네는 내게 중요한 사람이야, 크리스천. 알지?"

크리스천이 환하게 웃었다.

"하지만 없으면 안 될 사람까지는 아니야." 킬리언이 말했다.

26

2016년 1월 14일 목요일
오전 8시 46분

바니타가 런던 경찰청의 어두운 지하 주차장에 들어서자, 자동차 헤드라이트 불빛이 깜박이며 자동으로 켜졌다. 바니타는 방향을 틀어 전용 주차 구역에 차를 댄 후 시동을 끄고 내리려던 순간이었다.

"깜짝이야!" 그녀가 소스라치게 놀라며 심장에 손을 올렸다. 크리스천이 갑자기 나타나 문을 잡아주었기 때문이다.

크리스천은 이를 드러내며 환한 미소를 짓고 가까이 다가와 바니타에게 말했다.

"놀랐다면 미안해, 지나. 일부러 그런 건 아니라네. 주차하는 게 보이길래 와서 인사나 할까 했지."

바니타가 초조하게 웃었다. "오늘 출근하시는지 몰랐어요." 바니타는 가방을 들고 차에서 내리려 했지만 차 문과 크리스천의 팔 사이에 끼고 말았다.

"공식적으로는 맞아. 그런데 처리할 일이 몇 가지 있어서." 크리스천이 설명했다. 바니타를 뚫어지게 쳐다보는 시선이 불편했다.

"쾌유하신 모습 보니 좋네요." 바니타가 웃어 보이고 앞을 막은 팔을 날카롭게 쳐다보았다. "이만 지나가겠습니다."

크리스천은 들은 척도 하지 않았다. "어제 구금된 윌리엄 폭스를 풀어준 게 자네인가?"

"그렇습니다만."

"궁금하더라고. 자네답지 않게 비정상적인 결정을 하게 만든 이유가 뭐였을지."

"저는 청장님께서 기뻐하실 줄 알았는데요?"

"아, 그럼. 기쁘지. 단지 그렇게 한 이유가 알고 싶었다는 얘기일 뿐이야."

바니타는 길을 가로막은 크리스천의 팔을 손으로 밀어내야 했다. 그러고는 텅 빈 주차장의 끝에 있는 엘리베이터로 걸어가기 시작했다.

"통금을 어긴 문제에 관해서는 두 건 다 타당한 이유가 있었습니다." 바니타는 의식적으로 평소 보폭을 유지하며 설명했다. "기회를 한 번 더 줘야겠다고 생각했어요."

바니타가 버튼을 누르자 위에서 엘리베이터가 위잉 하며 움직이기 시작했다. 크리스천이 다시 옆에 와 있었다.

"다른 이유는 없고?" 바니타를 유심히 관찰하며 크리스천이 물었다.

"이유라니요?"

크리스천이 어깨를 으쓱했다.

"다시 한번 말씀드리지만요." 바니타가 말을 꺼냈다. 목소리의 떨림이 들렸다. "저는 청장 직무대행으로서 결정을 내렸…."

"청장 노릇이 재미있지, 지나?" 크리스천이 말을 가로챘다. 그 말에 숨은 의미는 잔인할 만큼 명백했다.

그는 바니타가 울프를 왜 풀어줬는지 정확히 알았다.

이제는 연극을 할 필요 없었다. 바니타가 크리스천의 눈을 똑바로 보았다. "생각보다 잘할 수 있겠던데요."

띵 소리와 함께 엘리베이터 문이 열렸고 두 사람은 안으로 들어섰다.

"오늘 저녁에 집에서 조촐한 파티를 열기로 했어. 업무에 복귀한 기념으로. 꼭 와줘. 자네가 참석하지 않으면 이상하게 보일 거야."

"얼마 안 남은 자유를 즐기셔야죠." 바니타가 피식 웃으며 말했다. "업무 복귀 전까지 말입니다."

엘리베이터가 닫히고 위로 출발했다.

"그래서, 올 건가?"

"놓칠 수 있나요."

엘리베이터가 1층 로비에 섰고 두 사람이 더 탔다.

"안녕하세요, 청장님." 그중 한 사람이 웃으며 인사했다.

"좋은 아침." 크리스천도 고갯짓으로 인사를 받아주었다. "아무튼 말이야." 그는 다시 바니타에게 말을 걸었다. "윌 문제는 잘 결정했어. 본인 눈으로 끝을 봐야지… 어디서 끝이 나든 간에."

엘리베이터는 두 사람의 사무실이 있는 층으로 천천히 올라갔다. 바니타가 뒤를 돌아 크리스천과 마주 보았다.

"어디서 끝나든 간에요."

백스터는 루쉬가 잘 있는지 보기 위해 자신의 아파트에 들렀다. 요즘 일 때문에 정신이 없어 루쉬를 방치하고 있다는 느낌이 들었다. 많이 나아졌다고 어설프게 연기하는 모습을 보니 기특해서라도 잔소리를 하고 싶지 않았다. 홀리와 잘해보라며 부담을 주고 싶지도 않았다. 그래서 백스터는 며칠 동안 있었던 일들을 요약해 들려주기로 했다.

충격적인 소식을 들은 루쉬는 다른 문제를 접했을 때와 똑같은 반응을 보였다. "요즘도 안에 장난감 있는 킨더 에그 초콜릿 나와 요?"

"뭐…? 네, 나와요. 하나 사다 줘요?"

루쉬는 한참 심각하게 고민했다. "아니에요. 됐어요."

"사다 줄게요." 백스터가 한숨을 쉬었다. "그래서…, 살인자 경찰 청장 말이에요…. 어떻게 생각해요?"

"아, 그거요. 정말 끔찍한 소식이네요."

백스터가 고개를 절레절레 저었다. "자, 그 얘기도 됐고. 홀리랑 은 어떻게 돼가요?" 백스터가 물었다. 얼굴에서 사춘기 여학생 같 은 미소를 감출 수 없었다.

루쉬가 됐다는 듯 손사래를 쳤다.

"왜요?!" 백스터가 말했다. "당신을 정말로 좋아하던데."

루쉬는 백스터의 말을 못 들은 척했다.

"루쉬가 행복하기를 바랄 거예요." 백스터가 협탁 위에 놓인 그 의 가족사진을 보며 말했다.

"내 생각에…." 루쉬가 말을 돌렸다. "홀리는 다른 사람을 찾아 야 해요. 몇 주 안에 죽거나 감옥에 갈 사람 말고요. 감옥에서 죽 을 수도 있고요."

"참 나, 오버하지 마요." 백스터가 핀잔을 줬다. 그러다 재빨리 덧붙였다. "그래도 죽지 않도록 조심하고요." 휴대폰 진동이 울리 자 백스터는 본능적으로 화면을 내려다보았다 "미친놈!"

"왜요?"

"미친놈 아니야?" 백스터가 소름 끼치는 문자를 읽으며 다시 욕설을 뱉었다. "그 미친 또라이가 오늘 밤에 파티를 열겠대요!"

"미쳤네요. 또라이스럽고." 루쉬가 동감을 표했다. "거기에 백스터도 초대했어요?"

"간부들 단체 문자로 왔어요." 백스터가 설명하고 고개를 저으며 일어났다.

"괜찮아요?"

"나요? 아, 나야 괜찮죠. 앞으로 해야 할 일이 문제지. 매기에게 진실을 알려주는 영광을 차지했거든요. 매기의 오랜 친구이자 남편의 살인사건 수사를 지휘하는 남자, 속마음을 털어놓을 수 있고 인간으로서 좋아하는 남자가 사실은 이 모든 일을 벌인 비겁한 살인자라고요."

루쉬는 심정을 이해한다는 듯 백스터를 보았다. 잠시 후, 그는 무슨 말을 하려고 입을 열었다.

"빌어먹을 킨더 에그 초콜릿 얘기하기만 해요." 백스터가 경고했다. "때려줄 거니까."

루쉬가 얼른 입을 다물었다.

백스터는 루쉬를 노려보며 가방을 집어 들고 나갔다.

오후 12시 30분, 바니타가 책상에 앉아 억지로 샐러드를 먹고 있는데 노크 소리가 식사를 방해했다.

"들어와요!" 바니타가 점심을 옆으로 밀며 외쳤다.

사무실로 들어온 사람을 보니 마음이 놓였다. 바니타는 각별히 아끼는 부하 너클스를 반갑게 맞아주었다.

"무슨 일로 오셨나?"

하지만 뒤에서 전혀 다른 사람의 목소리가 들렸다.

"여기 서명을 좀 해주시고요, 푹신한 침대로 바꿔주세요. 그리고 이번 주에 하루는 타란티노 감독의 신작 영화를 보게 심야 영화표를 끊어주시고요." 울프의 목소리였다. 울프는 총경 사무실로 자신을 안내한 수사관을 밀치고 바니타의 책상으로 다가왔다.

"첫 번째는 좋아. 두 번째는 안 돼. 세 번째는 선을 조금 넘지 않았나 싶네." 바니타가 하나씩 착착 대답했다.

"고마워요, 너클스." 그러고는 울프를 들여보낸 짧은 머리 수사관을 내보냈다.

울프는 사무실을 나가는 여자를 보고 얼굴을 찌푸렸다. "사람 이름이…, 너클스예요?"

"이리 내." 바니타가 말했다. 이제는 울프의 헛소리를 상대할 힘도 없었다.

울프가 카메라 영상을 압수 수색할 수 있는 권리가 적힌 영장을 바니타의 책상에 내려놓자 바니타는 읽지도 않고 서류에 서명했다.

"뭔지 물어보지도 않고요?" 울프가 놀라서 물었다.

"수사와 관련 있는 거 아냐?"

"맞아요."

"우리 위대하신 청장님께서 오늘 아침에 주차장에서 나를 붙잡았어." 바니타가 설명했다. "내가 자네를 풀어준 이유가 하나뿐인 걸 알고 있더군. 내가 진실에 대해 들었고 그 진실을 이용해 자기를 쫓아내려 한다는 거 말이야. 나를 협박하다니 경솔했지. 이제는 유죄가 아닐 수도 있다는 의심이 사라졌거든."

바니타가 서명한 서류를 울프에게 건넸다.

"백스터가 대신할 수는 없었나?" 나가려고 돌아서는 울프에게 바니타가 물었다.

"끌어들이고 싶지 않았어요."

바니타가 생각에 잠겨 고개를 끄덕였다. "내가 그 여자를 싫어한다는 건 다 아는 사실일 거야. 태도도 엉망이고 거저 얻은 직책…." 바니타는 흥분했지만 선을 넘기 전에 힘담을 멈췄다. "하지만 자기 앞가림을 확실히 하는 사람을 한 명 꼽으라면…, 그 여자라고 할 거야. 알렉스 에드먼즈도. 수사관으로서든, 사립 탐정으로서는 아주 귀중한 인재야. 잘 생각해봐."

바니타는 입을 열지 말 걸 그랬다고 후회했다. 울프가 자신과 대화하자는 뜻으로 받아들이고 그녀 앞에 있는 의자에 와서 앉았기 때문이다.

"핀레이가 이런 말을 한 적 있어요. 잃을 게 없는 사람보다 위험한 사람이 있다면 모든 걸 잃을 사람뿐이라고요. 앞으로 일이 지저분해질 거예요."

"자네가 싸울 준비를 마쳤다면 나도 각오는 됐어." 바니타가 대답했다. "말이 나왔으니 말인데, 그 양반이 오늘 저녁에 집에서 칵테일 파티를 한다고 초대하더라."

울프는 넌덜머리 난다는 표정을 지으면서도 차분하게 의견을 내놓았다. "거물들도 많이 가겠네요? 그 사람들한테는 잘 보이려고 할 텐데. 이번 기회에 살짝 압박을 가하는 것도 괜찮겠어요."

"아니면 만취 상태로 만들어 전부 실토하게 하는 방법도 있지." 바니타가 제안했다.

어떻게 할까 고민하던 울프가 짓궂게 웃으며 물었다. "'동반자 1인'으로 저는 어때요?"

"지금 같은 행색만 아니라면." 바니타가 말했다.

울프는 나름 차려입은 옷을 내려다보고 뭐가 문제냐는 듯 어깨를 으쓱했다.

27

빌린 턱시도에서는 겨드랑이 암내가 났고 바지가 꽉 껴 엉덩이 굴곡이 다 드러났지만 시간이 촉박하다 보니 턱시도 대여점에서 달리 고를 옷이 없었다. 울프는 나비넥타이를 몇 번이나 매보려 했지만 실패하고 그냥 목에 헐렁하게 늘어뜨렸다. 귀찮지만 면도도 다시 했고, 헝클어진 머리카락도 단정하게 빗었다.

울프와 바니타는 말없이 택시 뒷좌석에 앉아 숲을 지나 크리스천의 단독 저택으로 향했다. 한참을 달려 목적지에 도착하니 사유지 도로변 여기저기에 고급 승용차들이 서 있었다. 택시 기사는 애스턴마틴과 희한하게 주차한 레인지로버 사이를 지나다가 사이드미러를 긁히고 말았다. 택시가 멈춘 진입로 끝에서는 전문 파티 플래너가 샴페인 쟁반을 들고 대기 중이었다.

"환영합니다!" 플래너는 추위에 이를 딱딱 부딪치면서도 활짝 웃었다. 울프는 택시에서 내려 바니타 대신 문을 잡아주었다. "성함이 어떻게 되시나요?"

"동반자 1인입니다." 울프가 대답했다. "이분 성함은 지나 바니타고요."

플래너는 손이 얼었는지 몇 번이나 헛손질을 하며 종이를 넘기고 명단을 확인했다. 그러고는 샴페인 잔을 하나씩 건넸다. 고급 파티기 때문에 손등에 스탬프를 찍지 않고 술잔을 들려 초대받은 손님 표시를 하는 듯했다.

"집으로 올라가시면 됩니다. 크리스천 님과 내빈들은 메인 홀에 계실 거예요."

울프와 바니타가 형형색색의 조명을 비춘 자갈을 밟으며 걷는데, 그새를 못 참고 담배를 피우려고 나오는 손님들이 있었다. 울프와 바니타는 완벽한 옷차림을 한 손님들을 지나 열린 현관문으로 들어갔다.

"와아!" 바니타가 탄성을 질렀다. 크리스천의 휘황찬란한 집을 처음 본 사람은 다 똑같이 반응했다. 3층 높이의 유리창 너머로 하늘이 반짝거렸다. 꼭 우주선 안에서 창밖을 내다보는 기분이었다.

전에 없던 그랜드 피아노도 등장했지만 초상류층 인사들이 시끄럽게 웃고 자화자찬을 하는 통에 피아노 소리는 거의 들리지 않았다. 울프는 턱시도까지 갖춰 입었음에도 자신이 이 사람들 틈에서 튀는 존재라는 사실을 깨달았다. 세파에 찌든 얼굴부터 달랐다. 또 울프와 달리 이들은 남을 업신여기며 찡그리는 표정을 항상 달고 다녔다.

"윌리엄 폭스 씨?" 옆에서 누군가 외치자 사람들이 호기심으로 이쪽을 쳐다봤다. 남자는 성큼성큼 다가와 울프에게 악수를 청했다. "윌리엄 '울프' 폭스 맞군!"

"폭스, 이분은 첼시와 풀럼 의회의 말콤 히슬롭 위원님이셔. 높은 확률로 내년 5월에 우리의 새 시장이 되실 분이지." 바니타가 그렇게 소개하며, 번들거리는 남자의 번들거리는 뺨에 입 맞추는 시늉을 했다.

"언제 봐도 반갑군, 지나." 히슬롭 의원은 기계적인 멘트를 하고 다시 울프를 보았다. "이거 어쩌나…." 그가 과장되게 연기했다. "자네와는 거리를 둬야 하는 거 아닌가 몰라!" 히슬롭이 겁먹은 척 양손을 들어 올리자, 주변에 모여든 사람들은 울프 앞에서 산 채로 타 죽은 턴블 시장을 가리키는 농담에 재미있다고 웃어 댔다.

"아니…, 이제는 그 일이 웃음거리예요?" 울프가 당황한 나머지 바니타에게 물었다.

갑자기 사람들의 시선이 한쪽으로 쏠리자 파티 홀 반대쪽 끝에 있던 크리스천도 눈치를 챘다. 초대받지 않은 손님을 본 크리스천의 얼굴에는 웃음기가 사라졌다.

울프는 주위에서 거드름을 피우는 사람들의 말을 듣는 둥 마는 둥 하면서 오늘의 주인공 쪽으로 샴페인 잔을 들어 올렸다. 크리스천이 다시 등을 돌리고 대화를 이어가는 모습을 지켜보던 울프는 사람들을 뚫고 크리스천에게 다가가는 익숙한 얼굴을 발견했다.

"실례하겠습니다." 울프는 바니타만 두고 자리를 떴다. 다른 사람이 먼저 알아보기 전에 검은색 칵테일 드레스를 입은 여자를 막아야 했다.

크리스천까지 겨우 세 걸음 남았을 때 울프가 백스터의 팔을 슬며시 붙잡고 반대 방향으로 이끌었다.

"여기는 왜 왔어?" 울프가 파티를 즐기는 사람들 사이를 지나며 얼굴에 억지웃음을 띄우고 속삭였다.

"손 떼자는 개소리를 믿을 줄 알았어요?" 백스터가 주변의 의심을 사지 않으려고 깔깔 웃는 연기를 하며 물었다.

그 순간 댄스 타임이 되어 탈출로가 막혔다.

"널 보호하려고 했던 거야."

"어림없는 소리." 백스터가 울프의 팔을 뿌리치고 몸을 틀어 마주 보았다. "핀레이를 죽인 놈이에요. 나는 못 빠져."

고위직으로 보이는 남자가 유유히 다가와 백스터에게 손을 내밀었다. "어때요?"

"어떻다니…, 뭐가요?" 백스터는 남자의 주름진 손에 아기고양이 시체가 놓여 있기라도 한 듯 얼굴을 구겼다.

남자는 갑자기 자신감이 떨어진 눈치였다. "같이 춤추실까요?"

"아니, 웃기네. 저리 꺼져요, 아저씨!

울프는 남자에게 미안하다고 웃어 보이며 백스터를 댄스플로어에서 황급히 데리고 나와 제일 가까운 문 안으로 밀어 넣었다.

"울프! 지금 어디 가는 거예요?" 백스터가 불평했다. "아파!"

울프도 백스터를 따라 안으로 들어가 전등 스위치를 켰다. 문을 닫자 울프는 백스터의 등에 딱 달라붙은 자세가 되었고, 작은 싱크대가 울프의 옆구리를 찔렀다.

"기가 막히네. 이 세상에서 제일 좁은 욕실에 들어오니까 좋아요, 이제?" 백스터는 좁은 공간에서 힘겹게 몸을 틀다가 두 번이나 팔꿈치로 울프를 찔렀다.

간신히 마주 보고 서니 두 사람의 가슴이 밀착되었다. 울프는 신사답게 굴기 위해 나름대로 정말 최선을 다하고 있었다.

"오늘 예쁘다." 울프가 싱긋 웃었다.

"부적절한 발언." 백스터가 지적했다. "울프?"

"응?"

"지금 나 찌르는 게 휴대폰 아니면 죽을 줄 알아요." 백스터가 위협적으로 말했다.

"휴대폰 맞아." 울프가 장담했지만 하필 이 타이밍에 재킷 주머니에서 문자 알림음이 들렸다.

"씨, 더럽게! 울프!" 백스터가 버럭 화를 내고는 변기 위로 피신하며 말했다. "10초 남았어요." 백스터가 경고했다. "여긴 왜 들어온 건데요?"

"알았어. 내가 손 떼라고 아무리 설득해도 넌 안 듣겠지. 네 결정 존중해. 그런데 그렇게 하되…, 조용히 하는 거야. 네가 사실은 손을 뗀 것처럼 연기하면 어떨까?"

"그 인간 따위 누가 무섭다고!"

"아니, 무서워해야 돼!" 울프도 따라서 목청을 높이자 백스터가 화들짝 놀랐다.

백스터는 잘못했다고 양손을 들어 보이는 울프를 유심히 살폈다.

"나는 안 숨어요." 백스터가 말했다.

울프의 재킷에서 또 문자 알림음이 들렸다. 울프는 소리를 무시하고 고개를 끄덕였다. 어차피 백스터를 설득할 방법은 없었다. "우리 둘만이야. 다른 사람들은 끌어들이지 말자."

"찬성."

그때 누군가 다급하게 문을 두드렸다. 또 한 번.

"울프?" 문밖의 사람이 속삭였다. "울프, 거기 있어요?"

울프는 의아한 눈으로 백스터를 보며 문고리를 돌리다 휘청거리며 뒷걸음질 쳤다. 에드먼즈가 비좁은 화장실에 비집고 들어온 것이다.

"에드먼즈?!"

"백스터?!"

두 사람은 울프의 앞뒤에서 고개를 옆으로 빼고 손을 흔들었다.

"그럼 그렇지." 에드먼즈가 웃었다. 앙상한 몸이 싸구려 턱시도 안에서 허우적대고 있었다. "선배를 이 사건에서 보호하고 싶다는 건 욕심이었나 봐요."

"마음은 감사히 받을게." 백스터가 미소를 지어 보였다. "난 괜찮을 거야. 늘 그랬듯이."

"이 자식이 하면 감사한 말이 돼?" 울프는 못마땅하다는 투였다.

"그나저나 오늘 예뻐요." 에드먼즈가 백스터를 칭찬했다.

"고마워."

울프가 짜증스럽게 손짓을 하더니 에드먼즈에게 말했다.

"아무튼 너도 이 일에서 손 떼지 않는다는 거겠네?"

"당연하죠. 우리 친구를 죽인 놈이에요. 부하인지, 한패인지는 모르겠지만 우리 집에 침입한 인간도 있고요. 저도 껴야죠. 돕고 싶어요. 참, 손더스랑 조도 아직 안 빠졌어요."

울프가 못 말리겠다는 듯 고개를 끄덕였다. 그러다 어리둥절한 표정을 지었다. "조가 누구지?"

"실험맨." 백스터가 설명했다. 변기 위에 쪼그리고 앉아 있다 보니 인내심이 빠르게 바닥나고 있었다.

"매기한테 얘기한 사람 있어요?" 에드먼즈가 물었다.

"나." 백스터가 대답했다.

"반응이 어때요…? 괜찮으세요?"

"별로. 반응은 예상한 대로였어. 그럴 리 없다면서 왜 상황을 악화시키냐고 묻더라. 울프를 감옥에 보내지 않으려고 우리가 크리스천을 희생양으로 이용한다고 따지고. 그러다 결국에는 퍼즐이 완벽하게 맞아떨어졌지."

"고마워." 울프가 진심으로 말했다. 그러다 갑자기 뒤를 도는 바람에 팔꿈치로 백스터의 가슴을 찔렀다.

"아, 진짜, 울프!" 백스터가 불만을 토했다. "빨리 여기서 나가게 계획이 뭔지 그냥 얘기하면 안 돼요?"

"크리스천이 입원해 있는 동안 면회 온 사람이 있었어." 울프는 백스터의 드레스를 내려다보지 않으려고 용을 쓰며 설명했다. "그러고 나서 몇 시간 후에 증거 상자가 파손되지. 일단 방문 기록이랑 펜을 압수해뒀고 CCTV 영상도 보여 달라고 요청했어."

"본명을 사용하지는 않았을 거예요." 에드먼즈가 말하다 백스터와 합창으로 고통스러운 소리를 냈다. 울프가 또 몸을 틀었기 때문이었다.

"나도 알아. 그래도 조사할 시간은 있잖아. 필적 샘플도 있고, 정말 운이 좋으면 펜에서 지문이 나올지도 몰라."

누군가 노크를 했다.

"죄송합니다!"

"사람 있어요!" 세 사람이 동시에 한마디씩 외쳤다.

"아무튼, 제가 생각을 해봤는데요." 에드먼즈가 목소리를 낮추고 이야기했다. "지금까지 우리는 손더스 차를 털고, 크리스천을 폭행하고, 우리 집에 침입한 놈들이 동일 세력이라고 추정했잖아요? 그리고 새로 나온 정보대로면 크리스천이 두들겨 맞은 건 자작극인 것 같지는 않아요."

"우리가 의심하니까 아닌 척하려고 그랬을 수도 있지." 백스터가 의견을 냈지만 에드먼즈는 떨떠름한 표정을 지었다.

"그보다 간단하고 덜 고통스러운 방법도 있을 텐데요. 차 봤잖아요. 얼굴은 어떻고…. 까딱하면 죽을 수도 있었어요."

"네 생각은 어때?" 울프가 에드먼즈에게 물었다.

백스터는 깜짝 놀랐다. 에드먼즈의 추리력이 뛰어나다는 사실을 울프마저도 인정하고 있었다.

"청장과 일하는 패거리가 하나 있고, 청장을 폭행한 패거리가 따로 있다고 봐요. 아마 이 두 번째 패거리의 협박을 받다가 핀레이를 죽이게 됐을 거예요. 그래서 오래전 그 창고에서 활동했던 조직에 대해 추가 파일을 요청해놓은 상태예요. 그날 화재에서 탈출한 사람이 핀레이를 죽인 범인은 아닐 수 있어도 어떤 식으로든 이번 사건과 연관되었다고 봐요."

백스터는 더없이 뿌듯했다. 역시 모든 팀원이 머리를 맞대도 에드먼즈 하나를 못 이긴다.

"나는 뭘 할까요?" 백스터가 울프에게 물었다. "뒤돌지 말고!"

"범행 동기." 울프가 백스터를 등지고 대답했다. "그날 조선소 창고에서 우리가 모르는 일이 있었어. 핀레이는 파산해서 전 재산을 압류당할 지경인데 크리스천은 저택에서 돈을 펑펑 쓰며 살고 있지. 둘 사이에 무슨 일이 있었는지 알아내야 해."

"알았어요." 마음이 앞선 백스터가 변기에서 내려오며 말했다. "나가서 골치 좀 아프게 해줄까요, 그럼?"

울프가 고개를 끄덕였다. "좋지."

세 사람은 다른 손님들의 당황스런 눈빛을 무시한 채 복도로 우르르 쏟아져 나왔다. 하지만 오늘 밤 크리스천의 골치를 아프게 할 사람은 또 있었으니….

그 순간 춤을 추던 모든 사람들이 얼어붙었다.

음악이 끊겼다.

모든 사람이 웅장한 홀 정중앙에 서 있는 파티 주인공을 쳐다보고 있었다. 조금 전, 파티복 차림이 아닌 여자가 다짜고짜 크리스천의 뺨을 후려쳤기 때문이었다.

"매기!" 백스터가 놀라서 얼빠진 구경꾼들을 밀치며 매기를 데리러 갔다.

가까이 가보니 매기는 완전히 넋이 나갔고 크리스천도 비슷했다. 크리스천은 충격을 받았는지 뺨에 손을 대고 세상이 다 무너진 사람 같은 표정을 짓고 있었다. 매기가 왈칵 눈물을 터뜨렸을 때는 감히 손을 내밀기까지 했다. 백스터는 크리스천의 손을 쳐내고 통곡하는 매기를 밖으로 이끌고 나갔다.

크리스천은 몇 분이 지나서야 정신을 차리고 헛기침을 했다. "정말 죄송합니다, 여러분!" 그가 싱긋 웃으며 말했다. "다들 진정하시고 술 드세요. 파티를 즐기시길 바랍니다. 저는 여기에 댈 얼음을 구하러 가야겠네요!"

긴장 섞인 웃음이 터지더니 사람들이 다시 웅성웅성 대화하기 시작했다. 중간에 정적이 흘렀지만 피아노 연주가 시작되어 낭랑한 건반음으로 침묵을 메꿨다.

아직 어안이 벙벙한 표정으로 걸어가던 크리스천이 에드먼즈와 정면충돌할 뻔했다.

"안녕하세요, 청장님." 에드먼즈는 히죽거리며 짧게 고개를 끄덕인 후 바니타 옆으로 갔다. 바니타가 에드먼즈를 반갑게 맞이했다.

크리스천은 바bar로 가는 내내 자신의 일거수일투족을 지켜보며 쑥덕대는 사람들의 시선을 느꼈다. 막 바텐더를 부르려는데 누군가 얼음주머니를 내밀었다.

"고맙…." 감사 인사를 하려고 올려다보니 키가 큰 한 남자가 서 있었다. 울프였다. 크리스천이 쓴웃음을 지었다. "매기에게 말한 건가?"

"그럴 줄 몰랐어요?"

"나는…." 크리스천이 목소리를 낮추고 왁자지껄한 주변의 소음에 묻히도록 속삭이며 말했다. "자네가 내 경고를 무시할 정도로 머리가 나쁜지 몰랐어." 그러면서 뺨에 얼음주머니를 댔다.

"아, 경고는 똑바로 들었어요." 울프가 이글거리는 눈으로 크리스천을 똑바로 바라보았다. "그런데 당신은 왜 내 경고를 안 듣습니까? 숲속 대궐에 꼭꼭 숨어서 아첨꾼과 위선자를 죄다 불러 모았더군요. 비싼 술에 끊임없는 거짓말로 손님 대접을 하고 있으니…. 그래봤자 내가 싸그리 다 태우러 오는 날 불쏘시개로 쓰일 뿐입니다."

크리스천은 울프의 협박을 듣고 잠시 생각하다가 말했다. "매기는 건드리지 않을 거야. 그건 장담하지. 하지만 나머지는…." 크리스천이 애석하다는 듯 고개를 저었다.

울프가 크리스천의 어깨에 커다란 손을 올리고 가까이 다가가 귓속말을 했다. "그날 창고에서 무슨 일이 있었는지 알아."

그러고는 핀레이처럼 크리스천의 등을 친근하게 두드리며 자리를 떴다.

"자네 괜찮아?" 근처에 있던 손님이 크리스천의 창백해진 얼굴을 보고 물었다.

크리스천은 답을 하지 않은 채 울프가 느긋한 걸음으로 파티장을 지나는 모습만 바라봤다. 반대편에서는 에드먼즈와 바니타가 그를 쏘아보고 있었고, 매기를 무사히 배웅한 백스터도 파티장으로 돌아왔다.

"크리스천." 노신사가 다시 물었다. "무슨 일 있나?"

"아⋯, 네. 일은요, 무슨. 괜찮습니다, 윈스턴 씨. 높은 자리에 있으면 어려움이 따르기 마련이죠. 잘 아시지 않습니까." 크리스천이 미소를 지었다. 그러면서도 그들에게서⋯, 울프에게서 시선을 거두지는 않았다. "늑대 떼가 모여들고 있어요."

28

크리스천과 핀레이는 근무를 시작하고 한 시간 동안 어색한 대화만 나눴다. 서로 상대에게 어떤 상해를 입혔는지는 언급하지 않았다. 크리스천은 다리를 심하게 절었고 턱뼈가 금 갔는지 턱이 와인색으로 물들였다. 핀레이는 코가 또 반대쪽으로 꺾였고, 눈에 또 멍이 들었다.

"오늘 저녁은 뭐 먹지?" 크리스천이 차량 바닥을 발로 굳게 디디며 물었다. 새로 받은 순찰차는 캐스킨 브레이를 지나 언덕을 힘겹게 오르고 있었다.

"아무거나." 핀레이가 단답형으로 대답했다.

크리스천은 마침내 인내심을 잃었다. 운전대를 꺾고 무모하게 지름길을 가로질렀다. 도로변을 따라 텅텅거리며 움직이던 차가 방향을 틀자, 풍경은 아름답지만 야외 섹스 장소로 유명한 공터가 나왔다. 크리스천이 목숨을 내놓고 운전을 하는 동안에도 핀레이는 무덤덤하게 보고만 있었다. 끼이익 소리를 내며 차를 세운 크리스천이 차에서 내려 따뜻한 보닛에 앉았다. 바람에 긴 머리를 휘날리며 손을 모으고 담뱃불을 붙였다. 스모그 낀 도시 위로 태양이 존재감을 드러내기 시작했다.

핀레이도 차에서 내려 옆에 앉았다.

"질투가 났어." 크리스천이 눈앞의 풍경에 시선을 고정한 채 말했다. "술을 너무 많이 마셨고…, 어제오늘 얘기는 아니지만. 내가 천하의 몹쓸 놈이었어…, 이것도 어제오늘 얘기는 아니지. 진심으로 미안하다고 생각해. 이것만큼은 오늘이 처음이야."

핀레이는 침묵을 지켰다.

"매기는…." 크리스천이 고개를 젓고 미소를 지었다 "매기 같은 여자를 어디서 또 만나겠냐. 두 사람이 잘되는 게 부러워서 그랬어. 그렇다고 떠날 필요는 없잖아!"

"아니야."

"떠나는 게 아니라고?"

"아, 떠나지. 첫 비행기를 타고 비만 죽죽 내리는 이 거지 같은 곳을 떠나서 두 번 다시 돌아오지 않을 거야." 핀레이가 분명하게 말했다. "하지만 '우리' 문제는 아무 관련 없어. 매기가 떠나기 때문에…, 나도 같이 떠나는 것 뿐이야."

크리스천이 고개를 끄덕였다.

태양이 구름을 뚫고 나오더니, 스모그 때문에 회색으로 물들고 있는 스코틀랜드 시골을 순식간에 빛으로 뒤덮었다.

"돈은 반으로 나눴어." 그러면서 크리스천이 담배꽁초를 덤불에 튕기고, 새 담배에 불을 붙였다.

"너 가져."

핀레이의 대답에 크리스천이 끙 하는 소리를 냈다.

"한 푼도 필요 없어." 핀레이는 완강했다. "하지만 그날 밤 있던 일…, 또 그 돈에 대해서는 죽을 때까지 비밀로 할게. 약속해."

"누가 그런 걱정 한대?" 크리스천이 웃음을 터뜨렸다. "너 아니면 나는 죽었어!" 그러고는 핀레이의 어깨에 팔을 두르고 애정을 담아 흔들었다. "내가 이 세상에서 제일 믿는 사람이 누군데. 나는 네가 잘 살길 바라는 마음뿐이야."

"필요 없다니까." 핀레이는 재차 강조하며 들러붙는 팔을 뿌리쳤다.

"며칠간 고결함이 뭘까 생각했어." 크리스천이 말을 꺼냈다. "고결함이라는 건 영원하지 않더라. 내 말은 그냥…, 인생은 길고 끝까지 고결한 척할 필요는 없다고. 네가 원하든 원치 않든, 돈 절반은 네 몫이야. 그러니까 나중에라도 살다가 결국 고결함을 버려야할 때가 온다면 나한테 말만 하라는 얘기야. 알았지?"

"그럴 일은 없어."

"말이라도 그렇다고 해줘라. 응?"

"그래, 알았어."

29

해체했다 재결합한 수사팀 전원이 '킹 앤드 컨트리'라는 펍pub 구석 자리에 집합했다. 맛없기로 유명한 이곳의 아침 메뉴를 시도해보는 사람도 있었다. 울프가 커피에 둥둥 떠 있는 물질을 건지는 사이, 손더스는 잉글리스 브랙퍼스트를 허겁지겁 입에 넣었다. 한편 에드먼즈는 자꾸 브래지어를 매만지는 백스터를 힐끔거렸고, 조도 백스터를 쳐다보고 있었다.

에드먼즈가 백스터를 쿡 찔렀다.

"미안." 백스터가 속삭였다. 하지만 아직도 어딘가 불편해 보였다.

대여 턱시도로 뽕을 뽑은 울프가 헛기침을 하고 자리에서 일어났다. "좋은 아침입니다, 여러분. 다들 식사는 맛있게…." 테이블 위에 방치된 접시들이 보였다.

"자. 나와 에드먼즈, 실험맨은 어제 하루 프레젠테이션 준비로 바빴어. A3 용지와 색깔 마커로 충격적인 사실들을 정리해봤어. 에드먼즈 부인의 아이패드까지 동원해서." 울프가 말했다.

"다들 티아에게는 비밀 꼭 지켜주세요." 에드먼즈가 아이패드 화면을 서툴게 쿡쿡 찌르는 울프를 초조하게 바라보며 덧붙였다.

"이건 크리스천의 비밀 손님이 비밀스럽게 면회를 왔을 때의 CCTV 영상이야." 울프가 모두에게 보이는 각도로 아이패드를 들었다.

화면 속의 남자는 핀레이 또래지만 핀레이와 달리 옷차림이 깔끔했고 숱 많은 검은 머리카락을 올백으로 넘기고 있었다.

"이 자가 바로⋯." 울프가 소개했다. "킬리언 케인이다. 조선소 창고를 거점으로 활동하던 조직의 우두머리지. 마약 제조, 공갈 협박은 기본에 폭행 혐의도 셀 수 없고 여러 건의 살인에도 연루 됐어. 한마디로 인간쓰레기야. 그런 작자가 죽을 만큼 두들겨 맞고 입원한 경찰청장을 찾아왔다는 거야. 이상하지 않아?"

"이것도 봐주세요." 그렇게 말하며 에드먼즈가 사진 여러 장을 테이블에 올려놓았다. "케인의 부하로 알려진 사람들이에요."

"빨간 엑스표는 뭐야?" 손더스가 해시브라운을 씹으며 물었다.

"창고 화재 때 죽은 사람."

"그리고⋯." 손더스가 음식물을 삼키는 중이라며 손가락을 들어 보였다. "이름만 있는 사람은 또 뭐고?"

"어떻게 생겼는지 모르는 사람들." 에드먼즈가 대답했다. "아무튼 이게 제가 파악한 전체 조직이에요. 그날 용병이 쳐들어오고 불이 나서 케인의 조직은 최소한 절반이 날아갔어요." 에드먼즈 가 테이블에서 엑스표 친 사진들을 치웠다. "나머지 조직원 파일을 살펴봤더니⋯." 에드먼즈가 낡은 머그샷 한 장에 손을 올렸다. "⋯이 사람은 화재 사고가 나고 일주일 후에 살해당했고요. 다음 은 조가 얘기할 거예요."

조도 울프와 에드먼즈처럼 멋지게 일어나려 했지만 일어나다 테이블과 벽 사이에 단단히 끼는 바람에 화려한 등장은 불가능했 다.

"부검 중 그 조직원의 시신에서 총알 두 개가 나왔습니다. 그래서 총알을 제 기계에 돌려봤거든요? 이번에도 그 자국이 찍혀 있었어요. 같은 총에서 발사되었던 겁니다!"

"용의자가 자기 동료를 죽였다는 거예요?" 백스터가 물었다.

"맞아요."

"자, 자, 됐고요." 지지부진한 회의를 참다못해 에드먼즈가 나섰다.

"제가 인상착의 묘사를 바탕으로 남은 후보를 압축하고, 보고서 여기저기서 정보를 모으고, 1979년 11월 이후 그들의 다양한 범죄 행각을 조사해봤는데요, 답을 찾은 것 같습니다. 창고에서 탈출해 잠적한 사람은…, 오언 켄드릭이에요."

"사건 해결이네!" 손더스가 웃으며 조의 몸을 신나게 흔들었다.

"그럴 뻔했지." 에드먼즈가 설명했다. "문제는 오언 켄드릭이 가명이라는 겁니다. 가명을 쓴 그 남자가 지구상에서 완전히 사라졌다는 것도요. 우리가 확실히 아는 정보와 근거 없는 추측을 대충 조합하면 이렇게 정리할 수 있어요."

에드먼즈가 전문가 느낌을 물씬 풍기는 자료판을 들어 보였다.

- 창고 안에서 무슨 일이 있었다.
- 오언 켄드릭은 그게 무슨 일인지 알았다.
- 오언 켄드릭은 킬리언 케인 밑에서 일했다.
- 킬리언 케인은 크리스천의 병문안을 갔다(애초에 크리스천이 입원한 것도 케인의 소행이었을 것이다).
- 크리스천은 수상할 정도로 돈이 많다.
- 오언 켄드릭 일당 중 하나가 크리스천을 죽이려 했었다.
- 오언 켄드릭은 그 사건 직후에 자취를 감췄다.

"이 사실들을 논리적인 가설로 엮을 수 있는 사람?" 울프가 질문했다.

다들 괴로운 표정으로 풀리지 않는 퍼즐을 두고 고민하고 있었다.

"나 알 것 같아⋯." 손더스가 턱을 문지르며 말을 꺼냈다. "크리스천이 오언 켄드릭이다!"

"다른 의견 없어요?" 에드먼즈가 손더스의 의견을 듣지도 않고 무시했다.

"할 말 있으면 그냥 해." 백스터가 면박을 줬다.

에드먼즈는 무슨 소리냐는 표정을 지어 보였지만 곧 연기를 접고 인정했다.

"알았어요. 제 생각은 이래요. 그날 밤 무슨 일이 있었는지 몰라도 크리스천과 핀레이는 그 일을 비밀로 하고 싶었어요. 하지만 오언 켄드릭이 화재 현장에서 탈출했다는 건 미처 몰랐죠. 켄드릭은 그 사실을 자기 보스인 킬리언 케인에게 일러바쳤고, 킬리언은 그걸 이용해 크리스천을 조종합니다. 핀레이가 크리스천에게 진실을 밝히자고 했을지도 몰라요. 아니면 그러겠다고 협박을⋯."

"핀레이는 그럴 사람이ㅡ." 백스터가 말을 잘랐다.

"끝까지 들어보자고." 울프가 말했다.

"⋯그래서 핀레이를 죽인 거예요." 에드먼즈는 설명을 계속했다. "오언 켄드릭은 창고에서 저지른 실수를 만회하려 했지만 여의치 않았고, 그래서 케인은 오언을 제거하기로 합니다. 그런데 오언 켄드릭이 암살자를 쏘고 잠적해버린 거예요. 그 말인즉, 우리가 그날 밤의 진실을 알아낼 방법은 딱 하나라는 거죠. 오언 켄드릭을 찾아야 합니다."

"아직 살아 있다면 말이지." 조가 남긴 음식을 먹고 있던 손더스가 지적했다.

"아직 살아 있다면." 에드먼즈도 동의했다. "전에는 어땠는지 모르겠지만 크리스천도 지금쯤은 화재 현장에서 탈출한 사람이 있다는 걸 확실히 알았을 거예요. 우리가 그를 찾고 있다는 것도 알고요. 그러니 케인과 부하들도 찾기 시작했다고 봐야겠죠. 이제 관건은 누가 켄드릭을 먼저 찾느냐예요."

에드먼즈는 쉬는 시간을 틈타 백스터의 옆자리에 앉았다. 백스터는 아직도 남들이 보거나 말거나 가슴골 주변을 매만지고 있었다.

"오늘 뭐 문제 있어요?" 에드먼즈가 바 맞은편에서 조가 변태 같은 시선을 거뒀는지 확인하며 에둘러 물었다.

"네 눈에도 커져 보이니? 가슴이 조금 커진 듯해서." 백스터가 물었다.

에드먼즈는 꿋꿋이 백스터의 눈만 쳐다봤다. "나야 모르죠."

"보지도 않고서!"

에드먼즈는 땅이 꺼져라 한숨을 쉬고 백스터의 가슴을 힐끗 내려다보았다.

"내 눈에는 똑같아 보여요. …그거 안 먹을 거예요?" 에드먼즈는 얼른 화제를 바꿔야겠다 싶어 백스터가 건드리지 않은 토스트 샌드위치를 가리켜 물었다.

"안 먹어." 백스터는 속이 조금 메스꺼운 표정이었다. "나만 그런가 냄새가 이상해."

백스터의 접시에서 샌드위치를 집어 든 에드먼즈가 쿵쿵 냄새를 맡고는 한 입 베어 물었다.

"오늘 일 도와줄까?" 백스터가 물었다.

"좋죠." 에드먼즈가 샌드위치를 우물거리며 대답했다. "그런데 가는 길에 레일라 물건 몇 가지 사야 해요."

에드먼즈와 편의점에 들어간 백스터는 완전히 폭발했다. 라즈베리와 석류 스무디가 떨어지고 없었다는 이유였다.

하필 그때 냉장고에 재고를 채우고 있던 여드름쟁이 청년은 억울할 법도 했다. 안 그래도 기분이 좋지 않았던 백스터는 응집된 분노를 그에게 쏟아부었고, 사람들 다 보는 앞에서 수요와 공급에 대해 일장 연설을 했다. 그녀는 라즈베리와 석류 스무디가 전국 매장에서 매일 같이 품절되는데 물건 발주라는 중대한 결정을 내리는 사람이 몇 개씩 더 주문해야겠다는 생각을 왜 못 하느냐고 따졌다.

하지만 백스터는 곧 죄책감을 느꼈다.

청년이 입술을 파르르 떨더니 창고로 달려가 목 놓아 울기 시작한 것이다.

에드먼즈를 기다리던 백스터도 울음을 터뜨렸다.

잠시 후, 울고 있는 백스터를 보고 에드먼즈가 놀란 표정으로 통로 끝에서 달려왔다.

"백스터? 무슨 일이에요?"

"아니야…, 내가 그냥…, 미안해."

"사과하지 마요. 내가 잘못했어요. 내가 괜히 선배 두고…, 바로 옆 코너로 가서."

"나 대체 왜 이러지?" 백스터가 웃으며 눈물을 닦았다.

에드먼즈는 입을 열었다가…, 자신의 품에 들린 일회용 기저귀 팩을 내려다보다가…, 궁금한 눈빛으로 백스터를 다시 올려다보았다.

"왜?" 백스터가 물었다.

에드먼즈는 조금 말을 꺼내기 거북한 티를 냈다.

"뭐가?!"

"으으음. 혹시 피곤해요?"

"늘 그렇지."

"지금은 가슴 어때요?"

"계속 이상해."

"최근에 냄새 맡으면 토할 것 같은 음식 또 있었어요?"

"아마도."

"편의점 한복판에서 또 울고 싶어요?"

"그럴 것 같아."

"경축드립니다." 에드먼즈는 백스터의 품에 아기 기저귀를 던지고 황급히 자리를 피했다.

30

울프는 자신이 쓰던 수사본부 책상에 앉아 크리스천의 휴대폰 번호에 저장된 통화 기록과 GPS 추적 정보를 찾고 있었다.

팀원들에게는 휴대폰 번호의 주인이 누구인지 말해주지 않았는데, 그게 생각보다 문제를 더 복잡하게 만들었다. 바니타의 승인이 없다 보니 오후 3시 42분이 되도록 제자리걸음이었다.

그때 울프의 휴대폰이 울렸다. 전화를 받자마자 울프는 등골이 오싹해졌다.

"엄마? …한 시간 남았다니 무슨 말이에요? 뭐가 한 시간 남았어요? …왜요?!" 갑작스런 전화에 울프는 당황하지 않을 수 없었다. "네. 뮤지컬 표를 받으셨어요? 거참 고마운 선물이네요! …아니요. 저 이제 거기 안 살아요."

울프는 부모님을 어디로 보내야 하나 머리를 쥐어짰다.

"새 주소는 문자로 보낼게요. …문자요! …문자 보낸다고요!"

주변에 있는 사람들이 이쪽을 쳐다보았다.

울프는 입 모양으로 사과를 했다.

"알았어요. 알았어. 잘됐네요. 이따 봐요, 그럼. 끊어요!"

울프는 전화를 끊고 머리를 감싸 쥐었다.

에드먼즈가 백스터에게 소리를 지른 것은 처음이었다. 소리를 지른 에드먼즈도, 그 소리를 들은 백스터도 기분이 이상해졌다.

두 사람은 에드먼즈의 탐정 사무소에서 사건 파일을 검토하던 중이었다. 대화하다 자연스럽게 다른 화제로 넘어갔고, 백스터는 울프와 하룻밤을 보내는 엄청난 실수를 저질렀다고 눈물을 흘리며 고백했다. 토머스에게 이미 고백했다는 점은 참작의 여지가 있었지만 임신했을지도 모른다는 사실이 불리하게 작용했다.

에드먼즈가 속상한 한숨을 쉬었다. "말할 거예요?"

"누구한테?"

"토머스."

백스터가 어깨를 으쓱했다. "뭐… 아이를 낳을 때쯤엔 당연히 얘기가 나오겠지."

에드먼즈의 휴대폰이 울렸다. 에드먼즈는 화면을 확인하고 초조하게 백스터를 올려다보았다. "저 좀 잠깐…" 에드먼즈가 말을 끝내지도 않고 문밖으로 나갔다.

1분이 지났다. 그사이 백스터는 마음을 차분하게 가라앉히고 에드먼즈가 승리감에 잘난 척하지 못하도록 아주 모욕적인 말을 구상했다. 하지만 창고로 돌아오는 에드먼즈를 보는 순간 준비했던 말이 기억에서 사라졌다. 에드먼즈는 쩔쩔매는 표정으로 휴대폰을 넣었다.

"울프였어요." 에드먼즈가 설명했다. "선배랑 토머스에 대해 질문을 하더라고요. 선배가 요즘 어디 사는지, 아파트는 세를 줬는지 물어봤어요."

백스터는 허리를 똑바로 폈다. 걱정으로 낯빛이 어두워지고 있었다. "넌 뭐라고 했는데?"

에드먼즈는 정답이 없는 문제를 풀어야 하는 사람의 표정이었다.

"사실대로…?" 에드먼즈가 대답했다.

의자에서 뛰어내린 백스터가 창고 문을 박차고 나갔다.

"막아야 돼!" 영문을 모르는 에드먼즈를 돌아보며 백스터가 외쳤다. "전화는 가는 길에 해!"

"고맙다, 보조 열쇠야!"

백스터의 아파트 공동 현관이 열리자, 울프는 기쁜 마음에 보조 열쇠에 감사 인사를 했다. 여태껏 간직한 몇 가지 물건에는 이 열쇠도 있었다. 이것도 지나간 삶을 추억하는 기념물이었다.

울프는 윔블던 하이 스트리트 주소를 어머니에게 문자로 보낸 후, 그곳으로 가는 다음 지하철을 탔다. 계단을 올라 녹슨 열쇠를 골라잡고 문을 열자….

악취가 코를 찔렀다.

"에코, 이 자식이!"

울프가 투덜대며 거실로 들어가, 옆에 있는 탈취제 스프레이를 집어 들었다.

울프는 소매로 코를 막고 약과 붕대로 뒤덮인 조리대를 보았다. '냉동실에 쿠키 반죽 있어요!'라는 발랄한 쪽지에서 눈을 떼고 고개를 돌리니, 헐벗은 남자가 총을 들고 침실 문가에서 울프를 보고 있었다. 울프는 남자답지 못한 비명을 지르며 양손을 들었다.

"울프죠?" 루쉬가 웃으며 물었다.

창백한 피부에 진땀을 흘리는 남자는 총을 내리고 문틀에 쓰러지듯 기댔다.

"맞아요." 울프는 놀라서 대답하고 천천히 손을 내렸다. "당신은 한때 데이미언 루쉬로 불렸던 좀비고요? 뉴스에서 봤어요. 만나서 반갑습니다." 울프가 루쉬의 가슴을 내려다보았다. 검게 변한 가슴의 상처에서는 피가 흘러내리고 있었다.

"알아요. 보기 안 좋죠?"

"냄새가 더 심한데요." 울프가 루쉬를 안심시켰다.

"백스터도 같이 왔어요?"

"아니요. 하지만 당신에 대해서는 다 들었어요. 여기 살고 있고…, 체포망을 피하고 있고…, 뭐 그런 얘기요." 울프가 거짓말을 하며 손목시계를 확인했다. "지금 딱 이 얘기를 해야 할 것 같네요. 곧 손님들이 올 거예요."

"손님들이라고요?" 루쉬가 울프를 보며 물었다.

"네. 그런데 걱정할 필요는 없어요. 가만히 있어도 되니까. 그냥 여기가 내 아파트라고 말만 해줘요."

"그쪽은 나랑 같이 사는 룸메이트이자 친구라고 합시다. 이름은…:" 울프가 루쉬를 한참 뜯어보았다. "…헤이우드."

"헤이우드?"

"혹시 셔츠 같은 거 없어요?" 울프가 루쉬에게 그렇게 묻고 집을 정리하며 창문을 열었다.

"셔츠를 입으면 피가 묻어서요." 루쉬가 머쓱하게 대답했다.

"그럼 빨간색 셔츠는 어때요?" 울프가 제안했다. 그 순간 인터폰이 울렸다. "돌겠네! 좋아요. 쇼를 시작합시다!"

하필 백스터의 전용 주차 구역에 다른 차가 서 있었다. 그래서 건물 앞 도로에 아우디를 세운 백스터는 조수석에 에드먼즈만 덩

그러니 앉혀놓고 차에서 내렸다. 아파트 건물로 전력 질주를 한 다음 계단을 단숨에 올라가 현관문을 벌컥 열었다. 그리고 놀라서 그녀를 바라보는 울프에게 달려갔다.

"여기서 뭐 하는 짓이에요?!"

울프는 불안해 보였다. "백스터, 저기…."

"그냥 막무가내로 들어와서…."

"백스터, 이러지 말고…."

"선배는 내 인생을 망가뜨리는 암 덩어리야. 그거 알아요? 당신 때문에 다 망했어!"

"백스터, 우리 부…."

"우리 사고 쳤다고, 울프!" 백스터가 토할 것 같은 얼굴로 소리를 꽥 질렀다.

"저기, 나는 너랑 차를 같이 탄 적이 없어."

"아니, 이 멍청아! 사고 쳤다고. 다른 말로 '나 애 가졌어', '그게 끊겼어'…. 나 임신했단 말이에요!"

"이런 경사가! 축하한다!" 소파에서 누군가 외쳤다.

당황한 백스터가 천천히 뒤를 돌아보니, 울프의 부모님 부부가 루쉬 옆에 앉아 악취를 견디며 이쪽을 쳐다보고 있었다. 루쉬는 냄새를 의식해 열린 창문 앞에 자리를 잡았다.

"베벌리!" 백스터가 환하게 웃었다.

"바버라." 울프가 정정했다.

"밥도 오셨네요!"

"빌."

"웬일이세요! 뭐 마실 거라도 드려요?"

"아니, 아니." 울프의 아버지가 대답했다. "헤이우드가 잘 돌봐

주고 있었어."

백스터는 헤이우드라는 이름에 관해 물어보고 싶지도 않았다.

"임신했다고?" 울프가 이제야 소식이 머리에 입력되었는지 불쑥 말했다.

"아마도." 백스터가 웃었다. 이제는 꼭 정신 이상자처럼 보였다.

"그…, 토머스가 아닌 건 확실해?" 울프는 희망을 놓지 않았다.

"확실할 걸요. 토머스는 '싹둑'했으니까."

울프는 경악했다. "무슨…, 거세를 했다고?"

"아니, 정관 수술 했다고, 이…." 백스터는 두 사람의 대화를 듣고 있는 울프의 부모님을 보았다. "…멍청아."

"우리 폭스 가문이 다산으로 유명하지." 소파에서 울프의 아버지가 끼어들었다. 폭스 부인도 맞는 말이라고 고개를 끄덕였다.

"아니, 그런 정보가 있으면 미리 알아두지!" 백스터는 악을 쓰다시피 했다.

"우리 월도 완전히 실수로 생긴 거야!" 폭스 씨가 덧붙였다.

"몰랐네요, 아빠." 울프는 조금 상처를 받은 듯했다. "알려주셔서 감사해요."

"그래, 런던에는 어쩐 일로 오셨어요? 그것도 윔블던에?" 백스터가 겨우 이성의 끈을 붙잡고 물었다.

"〈라이언 킹〉." 폭스 부인이 대답했다.

"뮤지컬…, 〈라이언 킹〉요?"

울프 어머니가 고개를 끄덕였다.

"신기하지 뭐니. 며칠 전에 전화벨이 울려서 받았더니, 세상에…, 안드레아더라고. 안드레아 아니?"

"아, 안드레아 잘 알죠!"

"글쎄, 제일 좋은 자리로 뮤지컬 표 두 장과 고급 호텔 숙박권이 생겼다는 거야. 그걸 보고 우리 생각이 났대. 기특하지?"

"정말 기특하네요!"

백스터와 울프는 안드레아가 무슨 꿍꿍이로 이런 짓을 벌였을까 생각에 잠겼다. 그때 문에서 노크 소리가 들렸다.

"제가 나가요!" 루쉬는 대화의 틈바구니에서 탈출할 기회를 놓치지 않고 말했다.

긴장된 분위기 속에서 대화가 끊긴 참이라, 다들 루쉬가 신원 불명의 방문객을 맞이하는 소리에 귀를 기울였다.

또각거리는 하이힐 소리가 가까워졌다.

"안드레아!" 폭스 부인이 반갑게 인사했다. "내 문자 받았구나?" 그러면서 일어나 전 며느리의 뺨에 입을 맞췄다.

"그럼요!" 안드레아가 울프를 돌아보고 회심의 미소를 지었다. 드디어 울프를 찾아냈다. "윌."

백스터는 분노로 말문이 막혔고, 울프는 슬금슬금 밖으로 움직였다. 또 누군가 요란하게 계단을 뛰어 올라오는 소리가 들렸다. 루쉬는 포기하고 문을 잡아주었다. 에드먼즈가 붐비는 집 안으로 미끄러지듯 들어왔다.

"안드레아가 오고 있어요!" 에드먼즈가 헉헉대며 알렸다. 에드먼즈는 각양각색의 관객을 보고서야 한발 늦었음을 깨달았다. "잠깐…, 저 사람…, 루쉬예요?"

에드먼즈가 배신감에 백스터를 돌아보았다.

"여어!" 루쉬는 힘없이 손을 흔들다가 안드레아의 눈빛을 보았다. 루쉬의 이름을 알아들은 안드레아는 이곳에 서 있는 쇠약한 남자가 문제의 CIA 요원이라는 사실을 깨닫고 눈을 반짝였다.

"내 비밀을 너한테 또 떠넘기고 싶지 않았어." 백스터가 미안한 목소리로 에드먼즈에게 말했다.

"앉지 그러니, 아가?" 울프의 아버지가 거실 중앙에서 어색한 대화가 오가는 것도 모르고 안드레아에게 말했다. "우리 지금 축하 중이란다! 윌과 에밀리가 아기를 가졌어!"

"그래요?" 안드레아는 의기양양한 표정으로 두 사람을 돌아보았다. "아기란 말이죠? 보통 그렇게 되려면…, 두 사람이 섹스를 했다는 건데. 지금 제 표정 안 보이세요? 아주 즐거워서 미칠 지경이랍니다."

"보톡스 때문에 전달이 잘 안 될 거야." 울프가 덧붙였다.

"윌!" 폭스 부인이 아들을 꾸짖었다.

"저는 가서 누워야겠어요." 루쉬가 더는 견디지 못하고 말했다.

"잘 자게, 헤이우드!" 폭스 씨가 루쉬에게 외쳤다.

백스터는 에드먼즈를 한쪽으로 끌고 갔고, 울프는 안드레아에게 다가가 폭스 가문이 다산인 이유를 구구절절 설명하고 있던 아버지의 말을 끊었다.

"잠깐 좀 볼까?" 울프가 안드레아에게 물었다.

안드레아는 고개를 끄덕이고 주방으로 울프를 따라 들어왔다.

"네가 우리 부모님을 여기로 불렀다 이거지?"

"내가 전화해달라고 해도 전화를 안 한 사람이 누군데?"

"당신을 피하고 있었으니까! 피하고 싶은 사람이 있을 때는 그렇게 하는 거야!" 울프가 작은 소리로 따졌다. 〈사람을 피하는 법〉 1쪽에 나올 기본이라고. 전화가 와도 다시 전화하지 마라!"

"싸우려고 여기 온 거 아니야." 안드레아가 차분하게 말했다. "나도 돕고 싶어."

"뭘 도와?"

"당신."

"나를 돕는다고? …뭘?"

"전부. 핀레이 일은 정말로 유감이야. 진심으로. 그리고…, 내가 전에 멋대로 행동했던 거 만회하고 싶어."

울프는 고개를 저었다.

"진짜야! 봐…." 안드레아가 재킷 지퍼를 내리고 새로 제작한 노란색 캠페인 티셔츠를 보여주었다. 티셔츠 아래에서 새로 수술한 가슴도 덩달아 드러났다.

울프를 석방하라! 다시!

안드레아는 싱긋 웃으며 울프를 꽉 껴안았다. "다시 그러기만 해!" 안드레아가 울프의 귀에 속삭였다. "내가 얼마나 걱정했다고."

"괜찮아요." 에드먼즈가 백스터 옆에 붙어 서서 말했다. "나도 놀라서 그랬어요. 그것뿐이에요."

"네가 도와줄 방법이 있기는 했을까? 없지. 그래서 말하지 않은 거야."

"문제를 나누면…." 에드먼즈가 말했다.

"…범행 방조지." 백스터가 대신 말을 맺었다. 이번 라운드는 백스터 승리였다.

"루쉬 상태가 너무 안 좋아 보여요."

"나아지고 있어." 말은 그렇게 했지만 백스터도 자신은 없었다.

"무슨 계획이었어요?"

"루쉬를 안전한 곳으로 옮기려고 했어. 몸이 나으면 수염을 기르고 오랫동안 행복하게 살 수 있게."

"'해피 엔딩 따위는 없어'라고 하지 않았나." 에드먼즈가 백스터의 말을 인용하며 2라운드를 따냈다.

"본인이 나아지고 있대." 백스터가 주장했다. 다른 쪽에서 울프 아버지 목소리가 시끄럽게 떠들고 있어서 백스터도 목소리를 높여야 했다.

"만일 그렇다고 해도…, 실제로도 그렇겠지만요." 에드먼즈가 말을 꺼냈다. "지금 심각한 문제가 생겼단 말이죠."

에드먼즈가 걱정스럽게 안드레아를 쳐다보았다.

"내가 말해볼게."

"루쉬는 살인죄로 수배 중이에요. 선배가 공범이 된다는 뜻이라고요."

"그럼 나더러 어쩌라고? 다른 사람도 아니고 루쉬야." 백스터가 말했다.

"선배가 감옥에 갈 수도 있어요!"

"지금 루쉬를 내보내면 그 사람은 꼼짝없이 감옥에 가게 되어 있어!"

"내 말은 루쉬를 감옥에 가게 하자는 게 아니라, 돕더라도 거리를 약간 두는 것도 나쁘지 않다는 거예요. 만약 선배 아파트에 살고 있었다는 게 들통나면…."

백스터가 고개를 끄덕였다. 에드먼즈 말에 일리가 있음을 인정한다는 표시였다. "루쉬잖아. 내가 갚을 빚이 있어서 그래. 이대로 둘 거야."

에드먼즈가 다시 안드레아를 쳐다보았다. "저 여자는 믿지 말아요."

"안 믿어." 백스터는 에드먼즈를 안심시키고 숨을 깊이 들이마신 후 안드레아에게 다가가 말했다. "저기요. 잠깐 얘기 좀 할 수 있어요?"

안드레아는 조금 불안한 표정으로 일어나 백스터를 따라 나왔다. 둘이 은밀히 이야기할 장소는 복도밖에 없었다.

"혹시 당신과 울프 얘기라면 됐어요." 안드레아가 선수를 쳤다. "나는 진심으로 아무렇-."

"아니에요."

안드레아는 놀란 눈치였다. "그럼요?"

"안드레아 당신은 영혼도 없고 염치도 없이 남의 죽음을 파는 쌍년이고, 지금처럼 계속 페이스리프팅을 하다 보면 악마의 표식이 팽팽한 이마 한가운데까지 올라올 거예요."

"그래요." 안드레아에게 이 정도는 욕도 아니었다.

"하지만 우리 사이에 어떤 문제가 있든 루쉬는 아무 관련이 없어요. 그 사람은 좋은 사람이고 이미 모든 걸 잃-."

"비밀은 지켜요." 안드레아가 말을 잘랐다. "봉제인형 사건 때 내가 당신을 배신했다고 생각하는 거 알아요. 어떻게 보면 틀린 말도 아니죠. 하지만 나는 우리 관계가 좋아졌다는 이유로 쓸데없는 희생을 하지는 않기로 선택했던 거예요. 희생할 수도 있었죠. 하지만 그랬다면 내 커리어만 변기통에 처박혔을 거고, 그랬어도 어차피 당신은 나를 싫어했을 거잖아요?"

"'내가 안 했으면 다른 사람이 했을 거다' 같은 소리 할 거면 관둬요."

"국장은 내 대본을 읽을 사람을 바로 옆 스튜디오에 대기시켜 놓고 있었어요. 미안하지만 그때로 돌아가서 다시 선택하라고 해도 내 결정은 달라지지 않아요."

백스터가 씁쓸하게 웃으며 문으로 향했다.

"축하해요." 안드레아가 불쑥 말했다. "진심이에요."

백스터가 웬일로 멈춰 서서 뒤를 돌아보았다.

"나랑 살 때는 아이를 원하지 않는다고 했어요." 안드레아가 말을 이었다. "지금은 아니라니 다행이네요."

"착각하지 말아요." 백스터가 따지듯 말했다. "딱 한 번 인생을 망치는 실수를 한 것뿐이에요."

"울프는 그 소식 듣고 뭐래요?"

"추측하자면 아마 이럴 거예요. '오, 이런. 백스터가 그 얘기를 하고 10초 만에 악마 같은 전 부인이 들이닥쳐서 아직 얘기할 기회가 없네.'"

안드레아는 미안하다는 표정을 지었다. "아."

"이 얘기는 정말로 하고 싶지 않아요." 백스터가 말했다. "상대가 당신이라면 더더욱."

"이해해요." 안드레아가 유쾌하게 말했다. "그럼 다른 얘기 하죠. 어떻게 데이미언 루쉬가 당신 아파트에서 불법 거주를 하게 되었을까요?"

"아기 얘기를 하고 말지." 백스터가 고개를 저으며 돌아서서 안으로 들어갔다.

"무슨 일 있는 거 아니지?" 아직 배드민턴 복장을 한 토머스가 외쳤다. 오늘도 집에 와 보니 백스터가 예고도 없이 저녁을 준비하고 있었다.

"별일 없어!" 백스터가 거짓말을 하고 푸딩 두 개를 접시에 담아 식탁에 올렸다. 자리로 돌아와 와인을 한 모금 더 마시려는데 이러면 안 될 것 같다는 생각이 들었다.

백스터는 잔을 내려놓았다.

"좋은데." 토머스는 백스터를 보고 미소를 지으며 와인병을 들었다. "더 마실래?"

백스터가 잔 위에 손을 올렸다.

"아니…, 고맙지만 됐어. 사실 내가 하려는 것도 그 얘기야. 나…, 할 말이 있어."

"오?" 토머스가 대답하며 백스터의 손을 잡았다. 무의식적으로 손에 힘이 들어갔다.

"저기, 내가 이런 얘기에는 정말로 소질이 없어. 그렇지만… 내가…."

식탁에서 백스터의 휴대폰이 울리기 시작했다.

"…사랑하는 사람은…."

백스터는 진동 소리에 휴대폰 화면을 힐끗 내려다보았다.

"…울프네."

토머스가 백스터의 손을 놓았다. "사랑하는 사람이…, 울프라고?"

"뭐? 아니! 자기를 사랑한다고. 내가 사랑하는 사람은 당신이야! 울프가 진짜, 진짜 안 좋은 타이밍에 전화를 걸어서…."

백스터는 계속 거슬리게 진동하는 기계 위에 손을 올렸다.

"안 받을 거잖아…, 그렇지?"

"일 때문이야. 잠깐만." 백스터가 미안하다고 말한 다음 전화를 받았다. "언제나처럼 타이밍 한번 완벽하네요, 울프. 뭐예요?"

토머스가 소리 내서 콧김을 뿜고 팔짱을 꼈다.

"크리스천 폰은 깨끗해. '위치 정보 없음. 비정상적이거나 불분명한 통화 내역 없음.'" 울프가 검사 결과를 읽어주었다. "처음부터 기대도 없었어. 흔적을 남기기에는 조심성이 너무 많아."

"저기, 나중에 얘기할 수 없어요?"

"핀레이 일이야." 울프가 상처받은 듯 말했다.

"맞아요. 미안해요." 백스터가 한숨을 쉬었다. "그렇다면 컴퓨터를 사용하지도 않았겠네요." 토머스에게 미소를 지어 보였지만 돌아오는 것은 싸늘한 눈빛이었다.

"하지만 분명 연락하는 사람이 있어." 울프가 말했다. "에드먼즈 집에 누가 침입했을 때 크리스천은 밤새 병원에 있었잖아. 게다가 크리스천이 손더스 차 문을 직접 따는 건 상상도 안 돼."

"킬리언 케인과 부하들일까요?"

"아니, 에드먼즈 말이 맞아. 그쪽 스타일 같지는 않단 말이지. 목격자가 깔렸는데 뭐 하러 경찰청장을 죽도록 패놓고 밤에 살금살금 돌아다니겠어?"

"그럼 다른 폰이 있다는 말이네요."

인내심을 잃은 토머스가 스푼을 들고 디저트를 먹기 시작했다.

"아마도." 울프가 동의했다. "이제 그걸 찾아야지. 집 아니면 사무실에 있을 거야."

"그거 무단 침입이에요." 백스터가 지적했다.

"안 들키면 돼. 내가 경보기 비밀번호를 알아." 울프가 말했다. "집은 내가 맡으면 되는데, 경찰청을 자유롭게 돌아다닐 수 있는 사람은 너랑 손더스뿐이야. 둘 중에서는 손더스가 아닌 네가 유리하고."

"그 논리에는 반박을 못 하겠네. 방법을 찾아볼게요."

"고마워. 저기…, 우리 얘기를…."

백스터는 전화를 끊어버렸다.

"푸딩 차가워지겠다." 토머스가 말했다.

"그러게." 백스터가 중얼거리며 와인잔을 들었지만 아쉬운 눈으로 바라만 보다가 잔을 다시 내려놓았다.

"그래서…, 할 말이란 게 뭐야?" 토머스가 화제를 돌렸다. 어쩐지 사형 집행인에게 칼을 다 갈았냐고 물어보는 듯한 느낌이었다.

백스터는 입을 열고 조리하지 않은 푸딩을 한 스푼 크게 떠서 입에 넣은 후 고개를 저었다. "아무것도 아니야."

31

2016년 1월 18일 월요일
오전 9시 35분

백스터가 사자 굴까지 들어가는 일은 드물었다.

이런저런 일로 야단을 맞아야 해서 바니타 사무실로 불려온 적은 몇 번 있었다. 무질서가 기본인 수사본부와 다르게 고요한 복도를 지날 때마다 불쾌하곤 했다.

울프와 갑자기 절친이 된 바니타는 백스터에게 오전 9시 30분에 청장과 회의가 있다는 사실을 전해주었다. 즉 청장실이 30분 동안 빈다는 뜻이었다.

백스터는 중요해 보이는 폴더를 들고 줄지은 책상들 사이를 당당하게 지나갔다. 비서와 관리직 사람들은 각자 맡은 사소한 임무에 빠져 백스터에게 관심이 없었다. 고개를 재빨리 왼쪽으로 돌려 보니 크리스천의 사무실은 확실히 비어 있었다. 이번에는 오른쪽으로 고개를 돌렸다. 지켜보는 사람도 없었다. 백스터는 서둘러 사무실로 들어갔다.

"좋아." 백스터가 속삭였다. 빠르게 뛰는 심장을 느끼며 크리스천의 호화로운 사무실을 둘러보았다. 블라인드 사이로 나른하게 들어오는 햇빛에 가죽과 나무 향이 근사하게 어우러졌다.

백스터는 커다란 책상으로 걸어가 첫 번째 서랍을 열었다.

울프는 에핑 숲에 자리 잡은 크리스천의 저택에 1시간 전부터 들어와 있었다.

저번 폭행 사건 때 망가진 전자 게이트에는 한 사람이 겨우 지날 틈이 남아 있었다. 울프는 고환이 뭉개지는 고통을 느끼며 담을 넘어 뒷문에 도착했다. 손상을 최대한 적게 남기는 방법으로 잠금장치를 부순 후, 현관으로 달려가 다섯 자리 비밀번호를 눌러 경보기를 껐다.

집 안은 며칠 전 파티를 열었는지 모를 정도로 깨끗했다. 엷은 햇살이 넓은 거실 중앙에 놓인 양탄자, 의자, 소파를 따스하게 데웠다. 커피 테이블 중앙에는 체스 말이 움직일 태세로 서 있었고, 파티에 있던 그랜드피아노는 사라졌다. 모든 게 다 꿈이었을까?

울프는 침실을 샅샅이 뒤지고 은은하게 불을 밝힌 드레스룸으로 향했다. 정장 차림의 마네킹이 차렷 자세를 하고 구석에 서 있었다.

어쩐지 불안해진 울프는 시계를 본 다음 서둘러 수색을 시작했다.

오전 9시 52분, 백스터는 책상 서랍을 다 확인했다. 책상 옆에 열려 있는 서류 가방과 문 뒤에 걸린 코트 주머니도 확인했다. 이제 몇 분밖에 남지 않았다는 생각이 들자 초조해졌다.

"징글맞은 인간아. 대체 어디에다 둔 거야?"

서류 캐비닛 앞으로 가 철제 서랍을 당기니 서랍이 스르륵 앞으로 나왔다. 왠지 시체 안치소 벽에 질서정연하게 늘어선 시체 보관함이 떠올랐다. 백스터가 캐비닛을 막 뒤지기 시작했을 때, 바니타의 목소리가 들렸다.

백스터는 얼어붙었다.

창문에 크리스천의 옆모습이 보였다. 바니타와 무슨 의논을 하는 동안 미간의 주름은 펴질 줄 몰랐다.

갇혀버린 백스터는 캐비닛 서랍을 조용히 닫고 사무실 안을 둘러보았다. 어디든 숨을 곳을 찾아야 했다. 백스터의 시선이 하늘밖에 보이지 않는 창문에서 구석에 있는 무성한 나무로 옮겨졌다. 바니타가 도망칠 곳을 찾지 못한 채 바보같이 서 있는 백스터를 빤히 보고 있었다.

"뭘 깜빡한 것 같더라니!" 유리창 너머에서 바니타의 목소리가 들렸다. 그녀는 은근슬쩍 위치를 바꿔 크리스천이 유리창을 등지게 했다. "피어슨 일로 메일을 받았는데 청장님과 함께 검토했으면 해요."

"좋지. 보내주게."

백스터는 문손잡이에 시선을 고정한 채 뒷걸음질 쳤다.

"아니, 지금 하면 어떨까요?" 바니타가 물었다. 의도치 않게 목소리에 절박함이 묻어났다. "이미 제 컴퓨터 화면에 띄워놨어요. 처리 기한도 벌써 많이 지나서 빨리 해치워야 해요."

"나는 할 일이…"

"화해의 선물로 생각해주세요." 바니타는 끈질겼다.

"뭐, 그렇다면야… 일단 뭐 하나 들고 나올 게 있어서." 크리스천이 돌아서서 사무실 문을 활짝 열었다. 크리스천은 육성으로 헉 소리를 낸 바니타를 의아하게 쳐다보면서 그녀의 시선을 따라 사무실 안을 보았다. "곧 가지." 크리스천이 말했다.

바니타는 문이 닫힐 때까지 그 자리에 서 있었다. 크리스천은 창문으로 가 블라인드를 올리고 잠시 1월의 햇살을 만끽한 후 컴퓨터 앞에 앉았다.

얼굴과 몇 센티미터 거리에 크리스천의 무릎이 있었다.

책상 아래에서 팔다리가 이상한 각도로 꺾인 백스터는 숨을 참고 부츠를 몸 가까이 천천히 끌어당겼다. 크리스천의 말쑥한 구두가 이쪽으로 다가오고 있었다. 백스터는 몸을 뒤로 빼고 책상에 붙어 하체를 바닥에서 들어 올렸다. 크리스천의 발이 그녀의 몸 아래로 조금씩 들어왔다. 말도 안 되는 자세를 지탱하느라 다리가 후들대기 시작했다.

공간만 크고 물건은 별로 없는 집을 뒤지던 울프는 무의미할 수 있지만 다른 것보다는 유용해 보이는 단서를 발견했다. 1981년 6월부터 실행된 투자 증서들이었다. 울프는 사진을 찍으려고 휴대폰 잠금을 풀다가 시간을 확인했다.

백스터는 늦어도 오전 9시 55분 전에 크리스천의 사무실에서 나와야 했다. 무사히 빠져나오는 즉시 안전하다는 문자를 보낸다고 약속했었다.

울프는 짧게 문자를 썼다.

나왔어???

'전송' 버튼에 엄지를 올리고 잠시 고민했다. 시간을 더 줘야 할까?

바로 머리 위에서 크리스천이 키보드를 두드리는 소리가 들렸다. 크리스천의 바짓단이 백스터의 팔을 스쳤다.

울프가 연락을 기다리고 있겠다는 생각이 들었다. 휴대폰은 지금 백스터의 주머니 속에서 골반을 누르고 있었다. 울프가 전화하지 말아야 할 텐데. 백스터는 손가락 세 개를 주머니에 넣었다. 손끝에 금속이 느껴졌지만 손에 쥘 수는 없었다. 힘을 조금 더 가하자 얇은 주머니가 갑자기 열리는 바람에 손가락이 미끄러지며 크리스천의 구두를 살짝 건드렸다.

키보드 소리가 멈췄다.

숨을 쉴 수조차 없었다. 백스터는 눈을 크게 뜨고 촉각을 곤두세웠다. 쿵쾅대는 심장 소리 때문에 들킬 것만 같았다. 크리스천이 자세를 바꾸고 책상에서 무언가를 집어 들었다.

"케시, 내일 말콤 히슬롭과 점심 약속이 있는데 식당 예약 부탁해요."

백스터는 이때다 싶어 주머니에서 휴대폰을 꺼내 '진동'에서 '무음'으로 바꿨다. 몇 초 후 화면이 밝아지고 울프의 문자가 도착했다. 백스터는 불빛을 가리려고 휴대폰을 가슴에 댔다.

"어디든 좋아. 서프라이즈로 해봐요!" 크리스천이 껄껄 웃고 전화를 끊었다.

수화기를 내려놓고 서랍을 열었다 닫는 소리가 들렸다. 크리스천이 다시 일어나며 백스터가 숨어 있는 좁은 공간에 빛이 쏟아져 들어왔다. 발소리가 멀어지고 문이 닫혔다. 백스터는 카펫 위로 힘없이 쓰러졌다. 너무 오래 불편한 자세로 있어 속이 메스꺼웠다. 그러다 얼굴을 찌푸렸다. 서랍 아래에 테이프로 단단히 붙여 놓은 싸구려 휴대폰이 보였기 때문이다.

진이 다 빠져 승리감이나 안도감을 느낄 수도 없었다. 백스터는 손을 뻗어 그 휴대폰을 뜯어냈다.

오전 10시 17분, 크리스천은 바니타와 헤어져 사무실로 돌아가는 길이었다. 비서가 반가운 커피와 덜 반가운 우편물을 들고 나타났다.

"내일 날씨를 보니 맑음이라 점심은 컬페퍼로 예약했어요. 그곳 루프탑 테라스가 끝내준다고 합니다!"

"고마워요, 케시." 크리스천은 뜨거운 머그잔을 조심스럽게 받아 들었다.

"아, 백스터 경감이 뭘 놓고 갔는데 보셨어요?"

크리스천은 놀란 표정을 겨우 숨겼다. "뭐라고요?"

"에밀리 백스터 경감이요." 또 실수를 했나 불안해진 케시가 부연 설명을 했다. "45분 전쯤 와서 청장님 사무실에 들어갔습니다. 저는 그냥…."

"아, 그거!" 크리스천이 활짝 웃었다.

긴장해서 잔뜩 굳었던 비서가 긴장을 풀었다.

"맞아, 그랬어요. 고마워요." 크리스천은 거짓말을 하고 재빨리 사무실에 들어온 다음 문을 닫은 후에야 얼굴에서 거짓 미소를 지웠다.

황급히 서류 가방을 열어 보니 전부 제자리였다. 뭘 건드린 흔적은 없었다. 서랍도 하나씩 열어봤지만 사라진 물건이 보이지는 않았다. 마지막으로, 책상 아래에 손을 뻗었다. 천만다행으로 휴대폰은 여전히 테이프에 붙어 있었다. 크리스천은 탁상전화를 내려다보았다. 혹시 도청 장치를 설치했을까? 모욕적인 생각이었다.

'내가 그 정도로 조심성이 없을까 봐?'

놈들이 지푸라기라도 잡는 심정으로 사무실에 도청기를 설치했을지도 모른다고 생각하니 한편으로 안심도 됐다. 남은 건 오기쁨이라는 뜻이니까.

크리스천은 책상 아래에서 조잡한 휴대폰을 뜯어낸 후 사무실을 나와 남자 화장실로 들어갔다. 찬물로 세수를 한 다음 주위에 아무도 없는 것을 확인한 그는 망설이다가 유일하게 저장된 번호로 전화를 걸었다. "나야. 처리할 문제가 생겼어."

32

루쉬는 거의 온종일 잠만 잤지만 만약을 대비해 알람을 설정해두었다. 홀리가 오기 전에 조명을 켜고 간단히 씻은 다음 아파트에 스며든 악취를 없애기 위해서였다. 루쉬는 침실 욕실에 서서 습기 찬 거울을 빤히 바라보았다. 이제는 자신의 얼굴도 알아볼 수 없었다. 퀭한 눈, 푹 꺼진 볼….

PUPPET

검은색 글자가 당당하게 자리 잡고 있었다. 가슴에 남은 상처라기보다는 거울에 마커로 쓴 글씨처럼 보였다. 루쉬는 글자를 지우려 손을 뻗었다. 젖은 엄지로 습기 찬 거울을 문질러 그 속의 이미지가 흐릿해졌을 때는 정말로 가슴팍의 글자가 지워졌다는 착각이 들었다. 루쉬는 마음을 다잡고 매일 밤 하던 대로 상처를 내려다보았다. 툭 튀어나온 파란색 혈관이 죽어가는 피부 주위를 꿈틀거리며 지나 피부 아래에서 뭉쳤다. 마치 그 안의 독을 피하는 것처럼.

바로 그때, 복도에서 무슨 소리가 났다.

홀리가 일찍 왔나? 걱정스러운 마음에 수도꼭지를 잠근 루쉬는 수건을 들고 문으로 걸어갔다. 금속 부딪치는 소리와 뭔가 긁히는 소리가 연이어 들렸다. 그는 바닥에서 스웨터를 집어 들고 그것을 입었다.

그때 철컹 소리가 났고 아주 천천히 현관문이 열렸다.

루쉬는 침실 쪽으로 한걸음 물러났다. 덩치 큰 남자가 한 손에 묵직한 총을 들고 들어와 반대쪽 손으로 문을 닫았다. 루쉬는 저쪽에 둔 자신의 무기를 애타게 바라볼 수밖에 없었다. 저 멀리 자신의 총집에서 삐져나온 손잡이가 보였다. 들키지 않고 갈 수 있는 거리가 아니었다. 루쉬는 지금이 자신이 어떤 무기를 사용할 수 있는지 생각해보았다. 백스터가 욕실 캐비닛에 두고 간 손톱가위, 다양한 스프레이, 표백제 한 통. 칫솔 머리를 꺾어 플라스틱 칼을 만들 수도 있었다.

루쉬가 화장실 문을 밀어서 닫는 사이, 침입자가 복도를 지났다. 좁은 문틈으로 봤을 때 60대 중반은 되어 보였다. 하지만 루쉬의 몸에서 나는 악취 때문에 손으로 코를 막고 있어 얼굴은 보이지 않았다. 남자는 거실 쪽 화장실 앞에 멈춰 서서 문을 조심스럽게 열고 안이 비어 있는 것을 확인했다.

루쉬는 빈방을 황급히 가로질렀지만 더 가지 않고 중간에 멈춰 다행이었다. 남자가 뒤를 돌아보았기 때문이다. 그는 거실을 향해 총을 들고 주방으로 들어갔다. 루쉬가 다시 움직이려는데 삐걱거리는 바닥 소리 때문에 위치를 들킬 뻔했다. 침입자가 곧장 침실을 돌아보았다. 남자는 정확히 루쉬 방향으로 총을 겨누며 미동도 없이 루쉬가 열어둔 좁은 문틈을 주시했다.

그가 이쪽으로 다가오기 시작했다.

루쉬는 애가 탄 나머지 침실 창문을 돌아보았다. 2층에서 떨어져 성한 몸으로 도망치기란 불가능했다. 몸 상태가 아무리 이래도 차라리 맞서 싸우는 편이 생존 확률은 더 높았다. 남자가 점점 더 가까워졌다. 그는 잠시 걸음을 멈추고 주방 카운터에 흩어진 약병들을 바라보았다.

지금이 기회였다. 루쉬는 문을 조금 더 연 다음 책장으로 달려갔다. 인기척을 느낀 침입자가 다시 침실 문 쪽을 응시했다.

루쉬는 손끝 하나 움직이지 않았다. 검은 유리창이 거울처럼 아파트 내부를 비추고 있었다. 총을 든 침입자를 피할 수도, 유리에 반사된 모습을 숨길 수도 없었다. 빠져나갈 길이 보이지 않았다. 남자가 고개를 조금만 더 돌려도 들킬 상황이었다. 그러나 남자는 흔들거리는 문에 정신이 팔려있었다. 그가 마지막 방에 조심스럽게 접근하는 동안, 루쉬는 가구 사이를 빠르게 이동했다.

소파에 등을 대고 선 채 거실을 둘러보니 루쉬의 시야에 실내 자전거에 매달려 있는 자신의 총집이 들어왔다. 당장 가져오고 싶었지만 감히 손을 뻗지는 않았다.

아직은 때가 아니다.

홀리는 평소보다 일찍 도착했다.

종일 루쉬를 만날 순간만을 고대했다. 점심시간에 저녁거리를 미리 사서 냉동고에 와인, 큐브 닭고기, 치즈, 케이크를 가득 채워놓았다.

마침 딴생각에 빠져 있던 홀리는 건물 출입문이 열려 있다는 사실을 인식하지 못했다. 망가진 잠금장치 아래쪽 카펫에 나무 조각이 떨어져 있는 것도 몰랐다. 홀리는 서둘러 계단을 올라 열쇠를 꺼냈다. 장바구니를 떨어뜨리지 않으려 낑낑대는 동안 열쇠가 손잡이에 닿아 딸랑거렸다. 홀리는 발로 문을 밀어서 열고 안으로 들어갔다.

루쉬를 부르려고 입을 연 순간, 누군가 거친 손으로 그녀의 입을 틀어막았고 움직이지 못하도록 가슴에 팔을 둘렀다.

비명은 고사하고 숨도 쉴 수 없었다. 홀리가 결박에서 벗어나려고 발버둥을 쳤다.

"쉿! 쉬이잇! 나예요." 귓속말을 한 사람은 루쉬였다.

홀리가 저항을 그만두었다. 루쉬는 홀리를 감쌌던 팔을 풀고다시 복도로 총구를 겨냥했다.

"가요." 루쉬가 홀리의 입을 막았던 손을 치우고 속삭였다. 그의 시선은 열린 침실 문에 고정되어 있었다.

겁에 질린 그녀는 루쉬가 시키는 대로 현관으로 돌아서는데 뒤에서 인기척이 났다. 귀가 먹먹해지는 총성과 함께 총을 쏜 루쉬는 자연스러운 연결 동작으로 홀리를 끌어당겼다. 그녀의 머리 위에서 현관문 일부가 폭발했다. 루쉬는 의도치 않게 홀리의 목을 조르며 뒤로 넘어졌다. 다시 일어선 루쉬는 그녀를 주방으로 질질끌었고, 총을 두 발 더 쏜 후 함께 수납장 뒤에 숨었다.

잠시 온 세상이 고요해졌다. 홀리의 겁먹은 숨소리밖에 들리지않았다.

루쉬가 처음으로 홀리를 보고 웃었다. 백스터의 집 주방에서목숨을 걸고 숨어 있는 게 아니라 공원에 앉아 여유를 즐기는 사람 같아 보였다. 루쉬가 그녀의 손을 꼭 쥐었지만 얼마 못 가 몸을 다시 웅크렸다. 세 발의 총성이 들렸고 유리와 깨진 콘크리트가 두 사람의 머리 위로 쏟아졌다.

홀리가 비명을 지르고 공포에 질린 눈으로 루쉬를 돌아보았다. 루쉬는 반짝이는 유리그릇 조각을 머리에 뒤집어쓴 채 홀리의 손을 하나씩 잡아 귀에 올려주었다. 그는 윙크를 하고 벌떡 일어나 총을 세 발 더 쏘고 다시 앉았다. 침입자는 현관문 쪽으로 달아나며 총알을 마구 쏘아댔다. 유리창에 비치는 홀리의 모습이 산산이 부서졌다.

루쉬는 침입자를 쫓기 위해 힘겹게 몸을 일으켰다. 하지만 겨우 네 발짝 만에 바닥으로 쓰러지고 말았다.

"루쉬!" 홀리가 뾰족한 유리 조각 위를 기어 루쉬에게 다가갔다. 루쉬는 눈물을 글썽이면서 숨을 헐떡이며 아픈 가슴을 부여잡았다. "루쉬! 뭐예요? 말을 해요!" 혹시 총에 맞았는지 온몸을 미친 듯이 더듬었지만 총상은 보이지 않았다. "총 맞았어요?!"

루쉬가 고개를 저었다. "그냥…, 숨이 안 쉬어져요."

루쉬가 고통으로 울부짖기 전부터 홀리는 휴대폰에 손을 뻗고 있었다.

"아무 일 없을 거예요." 홀리가 장담하며 휴대폰을 귀에 댔다. "앰뷸런스 보내주세요."

루쉬가 홀리의 손을 거세게 잡았다. 고개가 축 늘어졌다.

"도와줄 사람 불러줄게요!"

루쉬는 눈물을 흘리며 휴대폰을 빼앗았다. "밖." 그가 속삭였다. 홀리는 이해할 수 없었다.

"나를…, 밖으로."

"움직이면 안 돼요!" 홀리는 기가 막혔다.

루쉬가 바닥에서 몸을 질질 끌며 움직이기 시작했다.

"루쉬! …알았어요! 알았다고요! 이 집 주소는 안 말할 게요. 걱정하지 말아요." 홀리가 휴대폰을 다시 귀에 댔다. "윔블던 하이 스트리트, 술집 맞은편이에요. 오면 바로 보일 거예요. 빨리 와주세요. 사람이…, 사람이 죽어가고 있어요."

멀리서도 건물 위로 뿜어져 나오는 푸른빛이 보였다.

백스터는 속도를 높이고 비상등을 켰다. 점점 막히는 도로의 차들을 추월해 하이 스트리트로 방향을 틀었다. 아파트와 몇백 미터 떨어진 곳에 불법 주차를 하고 시동을 끈 그녀는 눈앞의 광경을 망연자실한 눈으로 응시했다. 도로는 경찰차들로 꽉 막혀 있었다. 일반 순찰차만 네 대였고 무장 순찰차를 비롯해 경찰 표식이 없는 차도 대거 출동했다.

겁에 질린 홀리의 전화를 받고 어느 정도 마음의 준비를 했지만 그사이 일이 걷잡을 수 없이 더 커진 듯했다. 루쉬의 상처를 보고 지명수배자임을 확인한 구급대원은 현장을 떠나기 전 경찰 지원을 요청했다. 근처에서 총소리가 들렸다는 신고까지 겹치며 경찰이라는 경찰은 다 이곳으로 모였다.

백스터는 휴대폰을 꺼내 홀리에게 문자를 보냈다. 30초도 되지 않아 홀리가 도로에 있는 사람들을 뚫고 백스터의 차로 달려왔다. 보는 사람이 없는지 주위를 확인한 홀리는 조수석 문을 열고 차에 타 백스터를 와락 끌어안았다.

"경찰이 루쉬를 어디로 데려갔는지 말을 안 해줘!" 홀리가 흐느껴 울었다. "아직 살아 있는지도 모르겠어!"

백스터는 다정하게 포옹을 풀고 홀리를 바라보았다. 머리카락과 옷이 유리 조각투성이였고 손에도 피가 말라붙어 있었다.

"너 다쳤어." 백스터가 말했다.

홀리가 고개를 저었다. "별거 아니야. 다리만 유리에 조금 긁혔을 뿐이야."

"경찰은 어디까지 알아?" 백스터가 물었다. 현실적인 생각으로 괴로운 마음을 억누를 셈이었다.

"아무것도 몰라." 홀리가 코를 훌쩍였다. "루쉬가 우겨서 길가로 데리고 나왔어." 홀리는 상황을 설명하는데 부끄러워 고개를 들 수 없었다. "널 생각해서 그랬던 거야. 자기는…." 홀리가 다시 울음을 터뜨렸고 백스터도 눈물이 나오려고 했다.

"그럼 경찰은 누가 침입한 건지는 몰라?"

"몰라."

"내 집이라는 것도 모르고?"

"모르지."

"총소리는?"

"이 동네 사람들 절반은 들었을 거야. 다 자기 건물에서 났다고 생각해."

"너는 누구라고 알고 있어?"

"그냥 지나가다가 앰뷸런스를 부른 오지랖 넓은 미친 여자."

백스터는 고개를 끄덕이고 잘했다고 친구의 팔을 토닥여주었다. 지금까지 홀리는 정답만 이야기했다. 일이 마무리될 때까지 경찰을 상대로 몇 번은 더 거짓말을 해야 한다고 말하고 싶었지만 지금은 그러면 안 될 것 같았다.

"그 사람이 내 목숨을 구했어." 홀리가 속삭이며 백스터를 돌아보았다.

"내 목숨도."

"이렇게 끝이라니 믿을 수가 없어."

번쩍거리는 앞 유리를 바라보는 백스터의 눈에 푸른빛 눈물이 글썽였다. "그러게…, 나도 그래."

33

1994년 5월 3일 화요일
오전 10시 4분

"…호지킨 림프종입니다." 의사가 나직이 말했다. "암의 일종이에요."

매기는 고개만 끄덕였다. 쉽게 동요하지 말고 초연해야 한다는 간호사 정신이 깊이 박혀 있어 다른 반응이 나오지 않았다. 한편, 핀레이는 가만히 앉아 입을 다물지 못했다.

바깥 날씨는 잔인하도록 아름다웠다. 고요한 진료실에는 바람이 블라인드를 어루만지는 소리밖에 들리지 않았다.

매기는 새해 이후로 계속 살이 빠지고 있었다. 30대는 만성 피로를 느끼면 안 될 나이였다. 결국 의사 친구에게 조언을 구했고 정신을 차려 보니 몇 가지 검사를 받고 있었다. 바람과 달리 상황이 심각해졌다.

"자, 매기, 충격이 크실 겁니다…. 남편분도 마찬가지일 거고요. 하지만 분명히—."

"그건…, 그게…." 핀레이 의사의 말을 잘랐다. 정확한 단어가 떠오르지 않으면 말문이 막히는 버릇이 나왔다. "뭐더라 에…."

"예후?" 매기가 남편을 보고 웃으며 답을 맞혔다.

"맞아, 그거. 예후는 어떻게 됩니까?"

의사는 질문을 예상했다는 듯 고개를 끄덕였다. "아직 초기 단계라 정확한 말씀을 드릴 수는 없습니다. 검사를 해야 하고…."

"또 검사야." 핀레이가 혀를 찼다.

"…혹시 전이되었는지, 만약 전이됐다면 어디까지 됐는지 알아내야지요." 의사는 매기를 돌아보았다. "환자분 의지가 강하고 나머지 신체는 아주 건강하시니 확신은 못 해도 이렇게 말씀드릴 수 있을 것 같습니다. 예후는 좋아요."

매기는 기운 내라는 듯 남편에게 미소를 지어 보였다. 근거도 없고 결국 의미도 없는 말이었지만 핀레이는 마음이 조금 놓였다. 매기가 핀레이의 손을 꼭 쥐었다.

"걱정하지 마세요." 의사의 설명은 끝나지 않았다. "국가에서 제공하는 건강보험 제도를 최대한 이용하실 수 있을 겁니다."

위로하려는 의도였겠지만 핀레이는 의사의 말에 얼굴을 찌푸렸다. 매기와 의사가 대화를 나누는 동안, 몇 년 만에 처음으로 자동차 트렁크를 가득 채웠던 훔친 돈을 떠올렸다. 절반은 그의 몫인 돈을.

크리스천은 핀레이가 떠난 후에도 18개월 가까이 글래스고에서 근무하다가 고향인 에식스로 돌아가기로 했다. 그러다 핀레이의 도움으로 런던 경찰청에 들어갔고, 한동안은 같은 부서에서 일하기도 했지만 다른 곳의 중간 관리직을 맡아 떠났다. 그 후로 두 친구는 소원해졌다가 가까워졌다를 반복하며 살았다. 핀레이가 어느 날 갑자기 크리스천에게 전화한 날은 2년 넘게 연락이 끊긴 시점이었다.

매기가 암 진단을 받고 사흘 후, 두 남자는 카페에서 만났다. 햇살이 좋아 강가의 테라스 자리에 앉기로 했다.

"인생이 이겼어." 가벼운 대화 주제가 바닥나자 핀레이가 말했다.

"무슨 소리야?"

"15년 전에." 핀레이는 기억을 더듬었다. "네가 이런 말을 했지. 살다가 고결함을 버려야 할 때가 올 거라고. 그래…, 네가 맞았어. 인생은 길더라."

크리스천이 이맛살을 찌푸렸다.

"내 돈 절반을 받아야겠어." 핀레이가 말했다.

"당연하지. 줘야지." 그러다가 크리스천이 곤란한 표정을 지었다. "그런데 간단히 서류 가방을 전달하고 끝날 문제가 아니야."

핀레이의 표정이 바뀌었다.

"걱정은 하지 말고!" 크리스천이 얼른 덧붙였다. "아직 다 있어…. 아니, 더 불어났지. 그래서 문제라는 거야. 그냥 구두 상자에 담아서 마당에 파묻은 게 아니니까. 분산 투자를 했거든. 주식에, 채권에…, 부동산에. 장기적인 계획이 있었어."

"내 돈 내놔!" 핀레이가 다그치며 주먹으로 테이블을 치자, 찻잔의 음료가 밖으로 쏟아졌다.

"줄 거야." 크리스천이 차분하게 말하며 놀란 웨이트리스에게 안심하라는 미소를 지어 보였다. "하지만 영리하게 행동해야 해. 내가 갑자기 재산 절반을 현금화해서 너한테 준다고 해봐. 뭔가 수상해 보일 거야. 안 그래?"

핀레이가 불만스러운 소리를 냈다.

"내가 지금도 개처럼 일하는 이유가 뭐라고 생각해?" 크리스천이 물었다.

핀레이는 대답 없이 강을 바라보며 침울한 표정을 지었다.

"무슨 일인데 그래? 그 정도로 급하면 주식이 조금 있어. 그거는 당장 팔아도 큰 손해는 안 볼 거야."

"그렇게 해줘."

크리스천이 고개를 끄덕였다. "오후에 줄게…. 그 대신 무슨 일인지 말해줘."

핀레이는 감정을 다스리려고 눈을 감았다. "매기 때문에…, 상태가 안 좋아."

34

2016년 1월 19일 화요일
오전 9시 3분

"어젯밤에 무슨 짓을 한 거야?"

"네 놈이 거짓말을 했잖아!"

"나는 조용히 겁만 주라고 했어. 그런데 자고 일어나니 네가 그르친 범죄 현장이 온 뉴스에 깔리는 게 말이 돼?"

"무장하지 않은 여자가 혼자 산다며. 그렇게 말하지 않았어? 총 든 CIA 요원은 어디서 튀어나온 거야?"

"그 집에 그런 사람이 있었다고?"

"그래. 끝났을 때쯤에는 집이 벌집이 됐어."

"엉망진창이군."

"두 배로 받아야겠어."

"두 배?! 원래 약속한 금액도 못 줘. 일을 끝내야 주지."

"나 총 맞았어! 너 때문에 죽을 뻔했다고."

"총에 맞았다고? 심각해?"

"안 심각하지는 않지!"

"필요한 거 있어?"

"됐어. 더한 일도 겪어봤는데."

"알았어. 두 배 줄게…, 일을 마무리하는 조건으로."

"좋아. 그래서, 그 여자는 집에 안 살면 어디 있는 거야?"

"런던 경찰청. 사실 지금 내 눈앞에 있어."

"내가 그쪽으로 가지."

"일단 미행만 해. 어디로 가는지 보라고. 그러다 적절한 기회가 생기면…"

"알았어."

"검은색 아우디인데 상태가 엉망이야. 차량 번호는 R, V, 0, 9, H, C, G."

"접수."

"나중에 다시 연락해."

홀리는 한숨도 자지 못했다.

밤새 포털 사이트를 검색하며 루쉬와 관련된 기사가 뜨는 족족 읽었다. 자세한 소식을 전하는 기사가 하나쯤은 있지 않을까 기대했지만 없었다. 홀리는 직장에 병가를 내고 백스터가 알려준 대로 백스터의 아파트로 돌아왔다. 출입을 통제하던 경찰은 이 아파트에 사는 사람이라는 말에 쉽게 속아 넘어갔다.

집 안에 들어왔지만 추워서 몸이 절로 웅크려졌다.

'맞아, 거실 창문이 깨졌지.'

홀리는 이곳을 떠나기 전에 랩으로 창문을 막아놓자고 다짐했다. 복도에 난 구멍은 달리 방법이 없어 포기하고 주방으로 들어갔다. 바닥 한가운데에 루쉬의 총이 떨어져 있었다. 홀리는 배낭을 열어 총을 넣은 후 약과 붕대로 그 위를 덮었다.

침실로 가서는 잠시 걸음을 멈추고 액자를 하나하나 뜯어보았다. 그러고는 액자와 지갑, 휴대폰, 열쇠 등등 루쉬의 흔적을 보이는 대로 전부 챙겼다.

오전 9시 26분, 백스터는 테키 스티브의 다급한 전화를 받았다. 경찰청 기술팀 전문가인 스티브는 수사팀의 대포폰 조사를 도와주고 있었다. 백스터가 바니타와 하기로 되어 있던 회의를 취소하고 사무실로 내려가니, 스티브는 언제나처럼 지겨운 임무에 푹 빠져 있었다. 스티브가 백스터를 개인 사무실로 안내했다. 컴퓨터 앞에만 앉아 있어서인지 얼룩진 셔츠가 바지에서 삐져나와 있었다.

"어제 오후부터 15분 간격으로 네트워크에서 업데이트를 받았어요." 스티브가 다시 의자에 폴짝 앉았다. "경감님이 알려준 번호로 전화를 건 상대방 또한 대포폰입니다. 하지만 그 전화는 완전히 사망했었어요. 즉, 심 카드와 배터리를 제거했다는 뜻입니다. 오늘 아침까지는요. 그러다가 9시에 다시 여기서 가까운 기지국에서 신호가 잡혔어요. 그러고 나서 그 전화로 9시 3분에 대포폰 2호에 전화를 겁니다. 통화 시간은 75초. 위치는 보 스트리트와 세인트 마틴스 레인 사이 어딘가였어요."

백스터는 손목시계를 보았다. 벌써 30분이 지났다.

"또 있어요." 스티브가 설명을 계속했다. "대포폰 2호 사용자가 그 위치에서 휴대폰을 사용한 건 처음이 아니었어요. 11일에도 같은 지역에서 2분간 전화 통화를 했습니다."

"그럼 어디 사는지 알 수 있다는 거네요!" 백스터가 흥분해서 말했다. "뭐 더 알아낼 수 있어요?"

"영장 없이는 안 돼요. 문자와 통화 정보를 수집할 수는 있지만 주고받은 내용은 확인 불가해요."

"거지 같은 규정이네." 백스터가 투덜댔다.

"프라이버시를 보호해야 한다는 여론이 강하니까요." 스티브는 놀란 눈치였다.

"잘못을 안 했으면 숨길 것도 없겠죠." 백스터의 생각은 그랬다. "위치는 얼마나 정확한 거예요?"

"도심에 기지국 수가 많으니까 아주 정확해요. 기껏해야 몇백 미터 범위 내일 겁니다."

"좋아요. 내가 가서 확인해볼게요."

"다들 저한테는 자세히 얘기를 안 해주지만요." 스티브가 불쑥 말했다. "모른 척할 수가 없네요. 대포폰 1호 말이에요, 전화를 걸었던 대포폰 위치가…. 이 건물 안이더라고요."

백스터는 생각에 잠겨 고개를 끄덕였다. "날 믿어요. 모르는 게…."

"약이라고요." 스티브가 미소지었다. "그럼 조심히 잘 다녀오세요!"

남자는 오토바이를 세우자마자, 경찰청 주차장을 빠져나가는 백스터 경감의 검은색 아우디를 발견했다. 남자는 다시 헬멧을 쓰고 오토바이에 올라 아우디를 뒤쫓기 시작했다. 적당한 거리를 유지한 채 신호 많은 강변도로를 천천히 지나는데 어쩐지 왔던 길을 돌아가고 있다는 생각이 들었다. 라이시움 극장 정면을 뒤덮은 대형 〈라이언 킹〉 플래카드를 지날 때 '생각'은 '우려'로 바뀌었다.

방향을 튼 아우디는 황색 주차 금지선을 무시하고 헨리에타 스트리트에 멈춰 섰다. 남자는 시선을 끌지 않도록 일부러 아우디 옆을 지나쳤다. 선택지가 많지 않았지만 백스터를 놓쳐서도 안 됐기에 자신이 묵는 게스트하우스 앞 도로에 오토바이를 세웠다. 허둥지둥 교차로로 달려가니 백스터와 모르는 남자가 차에서 내리고 있었다. 두 사람은 길가의 건물들을 올려다보며 누군가를 찾고 있었다.

알고 보니, …그를 찾고 있었던 것이다.

남자는 가죽 재킷 주머니에서 휴대폰을 다시 꺼내 배터리를 끼우고 전원 버튼을 눌렀다.

"울프랑 사고쳤다면서요?"

"꺼져, 손더스!"

함께 있던 손더스에게 성질을 부린 백스터가 전화를 받았다.
"여보세요?"

"경감님, 스티브입니다. 테키 스티브요."

"네, 방금 만났잖아요. 목소리 안 까먹었어요." 백스터가 걱정하
지 말라는 투로 말했다. 지금 그녀는 새파란 하늘 아래에서 혼잡
한 골목길을 배회하고 있었다.

"용의자가 방금 휴대폰 전원을 다시 켰어요! 10초 통화하고 끊
었지만 더 정확한 위치가 나왔습니다."

"어딘데요?"

"아직 그곳에 있어요. 헨리에타 스트리트에서 베드퍼드 스트리
트로 꺾이는 골목에."

백스터가 도로 좌우를 훑었다.

"잘했어요." 백스터는 전화를 끊고 손더스를 돌아보았다. "여기
있대. 다들 불러."

백스터와 손더스는 근처의 호텔, 게스트하우스, 카페를 방문하
며 40분을 알차게 활용했다. 혼자 다니고 체구가 다부진 5, 60
대 백인 남성을 봤냐고 물은 후, 홀리가 묘사한 공범자의 인상착
의와 조금이라도 비슷한 사람 얘기가 나오면 상세한 정보를 받아
적었다.

5분 후 도착한다는 에드먼즈의 전화를 끊자마자 테키 스티브에

게서도 전화가 왔다.

"백스터입니다."

"휴대폰을 또 쓰고 있어요. 헨리에타 스트리트에서요."

백스터는 큰 소리로 휘파람을 불어 손더스를 불렀다. 두 사람은 모퉁이를 돌아 아까 차를 세웠던 도로로 다시 달려갔다. 도로를 오가는 사람은 한둘이 아니었다.

"지금은 어디 있어요?" 손더스가 겨우 따라잡았을 즈음 백스터가 스티브에게 물었다.

"아직 헨리에타 스트리트에 있어요. 코벤트 가든을 향해 북동쪽으로 가요."

"다른 사람들도 통화 연결해줄 수 있어요?" 백스터는 스티브에게 부탁한 후 손더스와 길을 따라 움직였다. 건물에 들어가거나 방향을 꺾는 사람들은 용의자 후보에서 제외되었다. 백스터는 자신의 아우디를 지나치며 토닥여주고는 주차 딱지가 붙었나 앞 유리를 살폈다.

"계속 앞으로 가봐요." 스티브가 코치했다.

속도를 높이자 코벤트 가든의 넓은 광장이 눈앞에 펼쳐졌다.

"멈춘 것 같아요." 스티브가 말했다. "지금 멈춘 사람 있어요?"

필수 관광 코스로 유명한 곳이라 여느 때처럼 사람들로 바글거렸다. 자갈이 깔린 광장 안에 기둥으로 받친 쇼핑몰이 외딴 섬처럼 놓여 있었고, 길거리 퍼포먼스는 지나가는 사람들의 눈길을 사로잡았다. 백스터는 누구를 찾는지도 모른 채 사람들의 얼굴을 훑어보았다.

"나 도착했어요!" 에드먼즈가 숨을 헐떡이며 전화에 대고 알렸다. "오페라 하우스 옆이요. 어디로 가요?"

"좋아요. 용의자가 다시 움직입니다!" 스티브는 점점 흥분하고 있었다. "시장을 향해서 빠르게 가고 있어요!"

중앙 구조물 쪽으로 달려간 세 사람은 석조 기둥을 지나 돔 형태의 유리 지붕 아래로 나왔다. 그들은 각자 한 구역씩 맡기로 하고 테라스로 뿔뿔이 흩어졌다. 한쪽에서는 현악4중주가 아래에서 식사하는 사람들을 위해 음악을 연주하고 있었다.

"다시 멈췄어요." 스티브가 말했다. "잠깐…. 제가 지금 손더스 형사님 위치도 추적하고 있거든요?"

"나를요?"

"앞으로 직진해 봐요."

손더스는 순순히 명령을 따랐고 고급 상점 앞을 지나는 동안에는 한 명이라도 놓칠세라 주위를 살폈다.

"계속 가요…, 계속…. 정지!"

이번에도 명령에 복종한 손더스는 지나가는 사람들을 혼란스럽게 쳐다보았다. 혹시 목표물이 아래에 있나 싶어 난간 아래도 내다보았다.

"아무도 없잖아!" 수다스러운 청소년 관광객들이 옆을 지나고 있어 손더스가 더 큰 소리로 외쳤다.

"그 위치 맞아요! 바로 앞에 있어야 한다고요!"

손더스는 용의자와 인상착의가 일치하는 사람을 찾아 두리번거리며 이리저리 돌아다녔다. "아니, 진짜로 반경 3미터 안에 아무도 없어요."

"전화." 복도 반대쪽 끝에서 보고 있던 에드먼즈가 제안했다. "스티브, 그 대포폰으로 전화 걸어 봐요!"

"경감님?" 스티브가 걱정스럽게 물었다.

"빨리요."

긴장감이 감돌았다. 잠시 후, 어디에 막힌 듯한 멜로디가 흘러

나왔다.

"비켜! 비켜! 비켜!" 손더스가 학생들에게 외치며 벨소리가 들리는 쓰레기통으로 달려갔다. "놈이 전화기를 버렸어!" 음식 포장지 쓰레기와 테이크아웃 커피잔 사이에서 휴대폰을 건진 손더스도 동료들을 따라 다시 시장 밖으로 나왔다.

백스터는 밀물과 썰물처럼 광장을 드나드는 사람들의 모습을 심란하게 바라보았다. 지금은 수사관의 본능에 따라 아까 들어온 출구를 주시하고 있었다. 용의자가 무슨 일로 헨리에타 스트리트에 가려 했는지 모르지만 다시 그쪽으로 돌아가지 않을까 하는 생각이 들었다. 백스터의 시야에 오토바이 가죽 슈트를 입은 남자가 들어왔다. 광장으로 쫓아 들어온 사람 중 한 명이었다.

"늦어서 미안!" 드디어 도착한 울프 목소리가 들렸다.

인파 속에 울프가 보였다.

"울프, 검은색 가죽 슈트 입은 남자가 그쪽으로 가고 있어요!" 백스터가 말했다.

울프가 멈춰 섰다. 체구가 워낙 크다 보니 주변 사람들은 옆으로 비켜 걸어야 했다.

10미터도 안 되는 거리에서 울프를 정면으로 응시하는 목표물이 보였다. 남자는 울프를 즉시 알아보고 방향을 틀었다. 수상해 보이지 않도록 일정한 속도로 걸으며 남자는 인파에 휩쓸렸다.

울프가 관광객 사이를 뚫고 달려왔지만 자갈길에는 벗어놓은 가죽점퍼밖에 남아 있지 않았다.

"제기랄! 재킷을 벗었어." 울프가 팀원들에게 알렸다. "용의자를 놓쳤다!"

남자가 교회 기둥 사이에서 나왔을 때 에드먼즈는 이미 그의 뒤를 밟고 있었다.

에드먼즈는 일정 거리를 유지하며 용케 사람들 틈에 넓은 자리를 차지한 다음 불로 저글링을 하는 길거리 곡예사의 뒤를 지나쳤다. 곡예사의 불 막대기에서 나온 열기에 용의자의 형체가 일그러져 보였다. 에드먼즈는 팀원들에게 위치를 알리려 전화기를 들었다가 멈칫했다.

속에서 분노와 아드레날린이 솟구쳤다. 군중 사이에 숨어 돌아다니는 신원불명의 이 남자가 에드먼즈의 집에서도 똑같이 행동하는 모습이 머릿속에 떠올랐다. 놈은 산성 용액을 들고 잠든 아내와 딸 옆을 돌아다녔다. 그날을 생각할 때마다 악몽 같은 이미지가 에드먼즈를 괴롭혔다. 만약 그때 가족이 잠에서 깼더라면….

에드먼즈는 광장을 빠르게 가로질렀다. 그 바람에 집중력을 잃은 곡예사가 활활 타는 막대기를 땅바닥에 떨어뜨렸다. 에드먼즈는 행인 몇 명을 자갈길에 넘어뜨리고 용의자의 목에 팔을 감아 아래로 끌어당겼다. 육중한 남자의 몸 아래에 깔리자 숨이 턱 막혔고 마구 휘두르는 주먹에 몇 대 얻어맞기까지 했다. 그럼에도 에드먼즈는 팔을 꿋꿋이 풀지 않았고 두꺼운 목을 더 세게 조였다.

제일 먼저 도착한 건 손더스였다.

"우와, 이것 봐라? 에드먼즈가 놈을 해치웠어요!" 손더스가 전화기를 들고 옆에 서서 신나게 웃었다.

"좀 도와줘, 제발!" 에드먼즈가 헉헉대며 말했다. 점점 힘이 빠지고 있었다. "무거워서 죽겠다고!"

"아, 맞다." 손더스가 수갑을 찾아 주머니를 뒤졌다. "미안."

35

2016년 1월 19일 목요일
오전 11시 42분

에드먼즈는 앰뷸런스를 보고 몰려든 구경꾼에 둘러싸인 채 구급대원들과 함께 체포된 남자를 경찰 밴 뒷좌석에 태웠다. 남자의 지갑을 뒤적이며 동료들에게 돌아갔다. 그들은 겨울답지 않게 밝은 햇살 아래에서 노력의 보상으로 커피를 마시며 몸을 데우고 있었다.

"조슈아 프렌치네요." 에드먼즈가 눈을 찡그리며 낡은 운전면허증의 글자를 읽었다. "어쩐지 본 얼굴이더라."

다른 사람들은 영문을 몰랐다.

"옛날 사건 파일에 몇 번 나왔던 이름이에요." 에드먼즈가 설명했다. "핀레이, 크리스천과 함께 글래스고에서 일했죠."

"핀레이는 친구 보는 눈이 너무 없어." 손더스가 프렌치의 떫은 얼굴 위로 문이 닫히는 모습을 보며 혼잣말을 했다.

"우리 같은 친구도 있어." 울프가 사실을 바로잡아주었다. "우리는 핀레이를 실망시키지 않았어. 크리스천의 공범을 잡았잖아. 이제 거의 다 끝났어."

"그럼 마무리하러 갈까요?" 손더스가 제안하며 남은 커피를 바닥에 뿌리자, 커피가 자갈 사이로 흘렀다.

울프는 기특하다는 듯 손더스의 등을 두드린 다음 대기 중인 경찰 밴으로 몸을 돌렸다. 그러다 걸음을 멈추고 백스터에게 말을 걸었다. 백스터는 그 자리에서 움직이지 않았다.

"안 가?" 울프가 백스터에게 물었다.

"당연히 가고 싶죠." 백스터가 대답했다. "그런데 2도 화상을 입은 곡예사 하나, 아이패드가 박살 난 중국인 관광객 하나, 성격 좋아 보이지만 실제로는 별로인 미국인 둘을 상대해야 해서요. 왜 있잖아요, 경감이 하는 지겨운 일. 다들 먼저 가 있어요. 내 대신 뜨거운 맛을 보여줘요."

울프가 고개를 끄덕였다. "이따 전화할까?"

"그래요." 그러면서 백스터는 손을 흔들어 동료들을 보냈다.

체포한 범죄자를 굳이 경찰청 로비로 걸어 들어가게 할 필요는 없었지만 울프는 세 가지 이유로 그렇게 했다. 첫째, 울프 자신이 방문자 서명 없이는 경찰청에 들어가지 못했다. 둘째, 그사이 프렌치를 다른 사람에게 맡길 수는 없었다. 셋째, 왠지 도발하고 싶었다.

경찰청에서 울프가 편레이 쇼의 '자살' 사건을 수사 중이라는 사실을 모르는 사람은 없었다. 따라서 용의자를 체포해 데리고 들어간다면 로비를 다 통과하기도 전에 소문이 꼭대기 층에 이를 터였다. 이제 끝장이라는 사실을 크리스천에게 알려주고 싶었다. 벌벌 떨며 사무실에 처박혀 있는 모습을 상상하니 즐거웠다. 크리스천이 비난의 눈빛을 쏟아붓는 부하들 사이를 수치스럽게 지나가는 꼴을 보고 싶었다. 엘리베이터를 기다리는 동안에는 크리스천이 자살하기 위해 창틀에 오르는 모습까지 상상해 보았다. 창문을 통해 뛰어내려 저 아래 인도로 몸을 날리는 모습. 당연하고도 낭만적인 최후 아닐까?

엘리베이터 문이 열리자 바니타가 기다리고 있었다. 바니타는 종일 써도 좋다고 1번 조사실을 예약해뒀고 남은 약속을 취소했다고 했다. 언론사 지인들에게 슬쩍 말을 흘렸기 때문에 오늘 안에 기자회견을 할 수도 있다고 귀띔해주었다.

"변호사 없이는 한마디도 안 할 거야." 프렌치가 말했다. 호송을 받으며 수사본부로 가는 일 자체가 따분하다는 표정이었다.

"당장 대령하지." 울프가 약속하며 프렌치를 조사실로 밀어 넣었다.

"하지만…, 아직 내 변호사 이름도 안 얘기했는데…." 프렌치가 말을 그렇게 말했지만 눈앞에서 문이 닫혔다.

다른 수사관이 프렌치의 변호사 이름을 겨우 알아내 변호사에게 연락했다. 그러는 동안 일이 빠르게 진행되지 않자 울프는 초조해졌다. 곧 범죄 혐의가 밝혀질 살인자가 몇 층 위에서 자기 운명을 기다리고 있는데, 이렇게 가만히 앉아만 있어도 되나 하는 생각이 들었다.

"눈 떼지 말고 있어." 울프가 에드먼즈와 손더스에게 지시하고 자리에서 일어났다.

"어디 가게요?" 손더스가 물었다.

"산책." 울프는 목적지를 밝히지 않기로 했다. 크리스천이 자비 없는 대중 앞에서 칼을 맞느니 홀로 자결하는 길을 선택했을지 모른다는 희망도 굳이 입 밖에 내지 않았다.

울프가 문을 두드렸을 때 크리스천은 사무실에서 허공을 보고 있었다.

"들어오세요!" 크리스천은 일하는 척을 하려고 아무 서류나 집어 들었다.

누가 들어올 것이라 예상했는지 울프를 보고도 놀라지도 않았다. 울프는 녹음기를 안 찼으니 걱정하지 말라고 주머니를 뒤집고 셔츠를 들어 보였다. 문을 닫은 후에는 보란 듯이 휴대폰 배터리를 떼고 커다란 책상으로 다가왔다.

"앉지." 크리스천이 힘없이 말했다. 울프는 정중한 태도로 의자에 앉았다.

나른한 햇살이 커다란 사무실을 가득 채웠다. 최후의 담판이 이런 식으로 편안한 분위기에서 이루어질 줄은 꿈에도 몰랐다.

"바쁜 하루를 보냈더군." 크리스천이 말했다. "핀레이가 늘 그랬지. 감각이 예리한 친구라고."

"나는 아무것도 안 했어요. 백스터가 다 했지." 사실을 인정하는 말에 크리스천이 순간적으로 묘한 표정을 지었다.

"다들 지금 프렌치의 변호사를 기다리고 있어요." 울프가 하품을 참으며 말을 이었다. "거래를 하려고 하겠죠, 분명히."

"분명히." 크리스천도 동의했다.

"그걸 안다면…, 같이 아래층으로 내려가는 게 어때요?" 울프가 유쾌하게 말했다.

"아니. 말은 고맙지만 나는 여기 있으려고 해."

"좋아요." 울프가 대답했다. "그냥 한번 물어봤어요. 그럼 조금 이따가 모시러 올라오죠. …창문은 저쪽이에요." 혹시 모를까 봐 창문 방향도 손가락으로 찍어주었다.

크리스천이 껄껄 웃었다. "자네 대체 뭘 기대하고 있는 건가?"

울프는 짜증스럽게 한숨을 내쉬었다. "포기해요, 크리스천."

"그래야 하나?"

"우리가 당신 폰pawn을 잡았으니까."

"하지만 그러려고 퀸queen을 희생했지."

그 말의 의미는 쉽게 와 닿지 않았다.

울프는 평소처럼 건방지게 말대꾸를 하려고 했다. 하지만 크리스천의 미소가 심상치 않았다. 뭔가 잘못된 느낌….

햇빛을 차지하기 위해 서로의 목을 조르는 겨울꽃들….

도망칠 구멍 없이 구석에 몰린 동물….

최우선은 생존이었다.

"무슨 짓을 한 거야?" 울프가 물었다. 흥분해서 휴대폰 배터리를 빠르게 끼울 수가 없었다. "무슨 짓을 했냐고?!"

크리스천은 의자에 등을 기대고 씩 웃었다.

울프는 느린 휴대폰 부팅 속도를 참지 못한 채 청장실을 뛰쳐나가 계단을 향해 달려 나갔다.

울프가 시야에서 사라지자마자 크리스천은 과호흡을 시작했다.

그는 책상 뒤편 바닥으로 쓰러져 종이 쓰레기통을 뒤집어 내용물을 비웠다. 아무래도 토할 것만 같았기 때문이다.

백스터는 뿌듯한 마음으로 자신의 아우디인 블래키를 '주차'했던 곳으로 돌아갔다. 아이패드가 박살 난 중국인 관광객에게는 모퉁이에 있는 애플 스토어 위치를 알려줬고, 미국인 두 명은 점심 식사비로 달랬다. 다만 소송을 하겠다고 협박하는 곡예사와는 막판에 합의가 결렬되었다.

"이 옷이 80퍼센트 방염으로 만들어져서 다행인 줄 아쇼."

백스터는 가방을 조수석에 던지고 프렌치 소식이 있는지 휴대폰을 확인했다. 아무 연락이 없어 런던 경찰청으로 돌아가 보기로 했다. 시동을 걸자 아직 출발하지도 않았는데 뭔가가 튀고 부스러지는 소리가 들렸다. 백스터는 그 소리도, 울프에게 전화 오는 소리도 듣지 못한 채 정신없이 차를 출발시켰다.

하지만 넓은 보행자 구역의 주위를 도는 일방통행 길에서 옴짝달싹 못 하고 발이 묶이고 말았다. 시속 15킬로미터 이상 속도를 낼 수 없었다. 백스터는 교차로를 빠져나온 후에야 빨간불을 무시하고 속력을 높였다. 브레이크를 밟는데 무언가 탁 부러지는 불길한 소리가 들렸다.

곧이어 그녀의 차는 앞에 가던 스쿠터를 치고 교차로의 차량 행렬을 향해 질주했다. 백스터는 브레이크 페달을 마구 밟았지만 소용이 없었다. 주위에 보이는 다른 차들의 모습이 흐릿해졌고 사방에서 경적이 시끄럽게 울렸다. 백스터는 핸드브레이크를 당겨 기적적으로 사고 없이 교차로를 통과했다. 하지만 차는 여전히 템플 역 앞의 혼잡한 인도로 돌진하고 있었다. 생각할 시간이 없었다. 백스터는 경적을 꾹 눌렀다. 보행자들이 비명을 지르며 뿔뿔이 흩어졌고 백스터의 아우디는 지하철역의 벽을 긁으며 넓은 계단 아래로 곤두박질쳤다. 어떻게든 제어해보려 했지만 소용없었다. 백스터는 부르르 떨리는 스틱을 쥐고 2단으로 변속을 했다. 엔진은 저항하듯 요란한 소리만 내고 도무지 속도를 늦추려 하지 않았다.

앞 범퍼가 아래쪽 인도와 충돌하며 4차선 강변도로로 미끄러지던 차는 옆면을 들이받히고 균형을 잃어 뒤집혔다. 급정지하는 차량 사이에서 백스터는 마치 핀볼처럼 쉴 새 없이 이리저리 부딪혔다. 시커먼 강이 가까워지고 있었다….

전복된 아우디는 마찰음을 일으키며 강둑 끝에 멈춰 아슬아슬하게 매달렸다. 구겨진 보닛이 얼어붙은 강물 위에서 흔들거리자 용감한 시민들이 차에서 내려 백스터의 차량 쪽으로 달려왔다. 백스터는 자신이 크게 다쳤을 것 같다고 생각하면서 거꾸로 뒤집힌 천장에 떨어져 진동하는 휴대폰을 멍하니 바라보았다.

울프 (새 번호)
☎ 수신 전화

백스터는 손을 뻗다가…, 추락하는 것을 느꼈다.

36

2009년 12월 25일 금요일
크리스마스
오후 12시 25분

백스터는 팝콘을 한 움큼 집어 입에 쑤셔 넣었다. 타탄 무늬 담요로 흘러내린 팝콘 알갱이가 핀레이네 쭈글쭈글한 가죽 소파의 빈틈에 가서 박혔다. 백스터는 크리스마스 양말을 신은 발을 쭉 뻗고 페인트 통으로 얼굴을 강타당한 도둑 2인조가 여덟 살 꼬마의 고환을 자르겠다고 위협하는 장면을 보았다. 내용이 점점 어두워지고 있었다.

"이게 뭐라고?" 핀레이가 애착 의자에 앉아 물었다.

"〈나홀로 집에〉요." 백스터가 입 안 가득 팝콘을 씹으며 대답했다.

"1편? 2편?"

"1편이에요. 2편은 배경이 뉴욕이에요."

"이건 배경이 어딘데?"

"몰라요. 아무도 모를걸요. 중요하지도 않고."

"뉴욕이라면 중요하지. 그러면 2편이라는 뜻인데."

"2편 아니라니까!" 백스터가 답답해서 팝콘을 쥔 채 핀레이를 쏘아봤다.

"말싸움 그만해, 두 사람." 매기가 얼굴을 찌푸리며 엄하게 말했지만 웃음을 참지는 못했다.

최근 방사선 항암치료를 다시 시작한 매기는 걱정스러울 정도로 말라 보였다. 매기가 그토록 아꼈던 검은 머리카락은 이번에도 다 빠졌다.

프링글스 가루 범벅이 된 손이 백스터의 팝콘 그릇을 침범했다. 백스터는 탐탁지 않은 눈으로 울프를 돌아보았다.

"내 걸 왜 먹어!" 백스터가 쏘아붙이며 울프에게 팝콘 몇 알을 날리자 울프가 두 배로 복수했다.

"자, 자, 어린이 여러분!" 매기가 두 수사관을 야단쳤다. "우리 선물 풀어볼까? 어차피 바닥을 더 어지럽히기 전에 여는 게 좋겠지." 매기가 남편을 은근한 눈으로 쳐다보며 말했다

백스터는 신이 나서 영화를 잠시 멈추고 일어나 앉았다.

허술하게 포장한 첫 번째 선물이 나왔다. 백스터는 그 선물을 울프에게 건넸다.

"아, 이거 난감하네." 울프가 말했다. "나는 선물을 준비할 생각도 못 했어."

백스터는 상처받은 표정이었다.

"걱정하지마." 매기가 말해주었다. "위층에 있으니까. 핀레이, 당신이 가서 가져오지 그래?"

핀레이가 툴툴대며 요란하게 의자에서 일어났다. 그사이 울프는 포장지를 찢어서 벗겼다.

"설마?!" 울프가 탄성을 지르며 본 조비의 '킵 더 페이스Keep the Faith' 투어 기념 티셔츠를 들어 올렸다. "어디서 났어?"

"이베이(인터넷 경매 사이트 - 옮긴이 주)."

울프가 매기에게 티셔츠를 보여주었다. "콘서트는 갔는데 그때 돈이 없어서 티셔츠를 못 샀거든요." 다시 백스터를 보았다. "기억

하고 있을지 몰랐어! 뭐야, 내 말을 듣기는 하네?"

"어쩔 수 없이 들릴 때만요."

"고마워." 울프가 다가와 백스터를 껴안았다. 매기는 백스터가 눈을 꼭 감고 울프를 끌어안는 모습을 가만히 지켜보았다.

"안드레아가 못 와서 유감이구먼." 언제 다시 왔는지 핀레이가 문가에서 불쑥 말했다. 핀레이가 들고 온 것은 플라스틱 이동가방이었다. 그것을 내려놓고 버클을 열자, 복슬복슬한 고양이가 거실 카펫에 발을 디뎠다.

백스터의 눈이 반짝였다.

"고양이잖아!" 백스터가 흥분한 어린아이처럼 깍깍거리며 울프를 덥석 끌어안았다. 백스터의 반응에 매기가 웃음을 터뜨렸다. "선배가 주는 거예요? 웬일이야!"

"이 자식이 준다고?" 핀레이가 서운한 티를 내며 물었다. "나만 2주 동안 밥 챙겨 먹인 얼간이가 됐네!"

매기가 남편을 진정시켰다.

"너 혼자 집에 외롭게 있는 게 마음 안 좋더라고. 이제는 혼자 있지 않아도 돼." 울프가 쑥스러워하며 설명했다. "유기묘야. 핀레이랑 내가 같이 골랐어."

백스터의 미소가 조금 부자연스럽게 변했다. "유기묘? 그게 왜…? 무슨 문제 있는 애예요?"

"아무 문제없어!"

"그냥 하루에 한 번…, …좌약만 넣어주면 돼."

"더럽게!" 투덜대던 백스터가 새 친구를 만나러 무릎을 쪼그리고 앉았다.

"기다려 봐." 핀레이가 자랑스럽게 말했다. "우리가 연습한 게 있으니까…"

"안녕!" 핀레이가 그렇게 외치자 고양이가 야옹 소리를 냈다.

"안녕!" 고양이가 고개를 돌리고 또 야옹 하고 울자, 다들 웃음을 터뜨렸다. "메아리처럼 따라 한다고 해서 '에코'라고 불렀는데 더 좋은 이름 있으면 바꿔줘."

백스터는 일어나 핀레이를 꽉 안고 속삭였다. "고마워요." 그러면서 고양이를 돌아보았다. "'에코'가 딱이야."

핀레이는 매기를 침대까지 안아서 옮겼다.

최대한 버티려 했지만 매기는 이른 오후에 의자에서 잠이 들었다. 자고 가도 된다는 핀레이의 말에도 울프와 백스터는 각자 볼일이 있다며 핀레이 부부가 단둘이 조용한 시간을 보낼 수 있게 해주었다. 백스터는 야간 근무 전에 집에서 쉰다고 했고, 울프는 안드레아와 부모님에게 전화해야 한다고 했다. 감사한 일이었다. 핀레이는 아들에게도 내일 저녁까지 오지 말라고 일러두었다.

"내가, 저기…, 선물을 하나 샀는데 애들 앞에서 주고 싶지는 않았어." 핀레이가 초조하게 말하며 수수하게 생긴 종이 상자를 하나 건넸다. "제대로 샀는지 모르겠지만…, 그냥 열어 봐."

"갑자기 왜 이러실까?" 매기는 의심스럽게 물으며 상자 뚜껑을 열고 안에 든 내용물을 멍하니 쳐다보았다. 상자에서 구불구불한 흑갈색 가발을 꺼낸 매기가 웃음을 터뜨렸다. "이게 대체 뭐야?!"

핀레이는 기분이 상한 듯했다. "비싸게 주고 산 거야!"

매기는 더 크게 웃었다. 눈물을 닦고 폭탄 머리 같은 인조 가발을 머리에 뒤집어쓰자 결국 핀레이도 웃음을 참지 못하고 데굴데굴 굴렀다.

"열심히 골랐는데." 핀레이가 말했다. 매기 옆에 누워 여전히 키득거리고 있었지만 실망한 기색을 숨기지는 못했다.

매기는 아픈 몸으로 남편을 꼭 껴안고 그의 가슴을 베고 누웠다. "당신은 내 영웅이야." 매기가 중얼거렸다. 핀레이는 벌써 졸기 시작하는 매기를 안고 아내의 팔을 쓰다듬었다.

핀레이는 오늘 아침 매기 몰래 풀어본 구두 상자에 들어 있던 현금을 떠올렸다. 크리스천이 또 일부만 전해준 돈이었다. 액수는 매기가 써야할 1년 치 약값의 절반도 되지 않았다.

"나를 영웅이라고 착각하지 마." 핀레이가 깊은 잠에 빠진 매기의 숨소리를 들으며 부드럽게 속삭였다. 당신을 살리기 위해서라면 이 땅의 생명을 다 없앨 수도 있어."

37

2016년 1월 19일 화요일
오후 3시 9분

토머스는 전속력으로 응급실로 뛰어 들어가다가 노부인의 핸드백을 발로 찼다. 이렇게 거친 행동은 토머스 인생에서 처음 있는 일이었다. 하지만 토머스는 곧 뒤로 돌아와 핸드백에서 쏟아진 내용물을 주워주며 연신 죄송하다고 사과했다. 괴팍한 접수원이 손가락으로 대충 가리킨 방향으로 와 보니 좁은 대기실에 울프, 에드먼즈, 매기가 먼저 와 있었다.

손더스도 따라오겠다고 우겼지만 조슈아 프렌치를 감시해야 한다는 울프의 만류로 경찰청에 남았다. 울프는 백스터의 남자친구와 눈을 마주할 수 없어 시선을 다시 땅으로 돌렸다.

"토머스군요." 울고 있었던 듯한 매기가 일어나 토머스를 껴안았다. 매기 다음으로는 에드먼즈가 토머스에게 다가가 남자들 특유의 어색한 포옹을 나눴다.

"왔어요?"

"알렉스." 토머스가 설명해달라는 듯 에드먼즈의 이름을 불렀다. 그러다 문득 구석에 앉은 울프를 보았다. 토머스는 무의식적으로 키가 더 커 보이도록 허리를 쭉 폈다.

"전화로도 말했지만 교통사고를 당했어요. …심각하게."

"아까 들었을 때…, 강에서 건졌다고 했어요?"

"심각했다니까요." 에드먼즈가 재차 말했다. "아직 의식이 없고…."

"맙소사!"

"…MRI를 찍을 때까지만 일부러 깨우지 않는 거예요. 원래 그
렇대요."

토머스가 고개를 끄덕였다. 더는 할 말이 없어 다른 사람들처럼
마냥 기다리기 위해 의자에 앉았다.

"백스터 경감님은 어때요?" 손더스가 조사실 밖에서 전화기에
대고 말했다.

프렌치의 변호사는 의뢰인과 한 시간 가까이 있다가 바니타와
함께 위층으로 사라졌다.

"똑같아." 울프가 대답했다.

"이 얘기 들으면 기운이 날 거예요." 손더스는 조사실 문에서
눈을 떼지 않고 본부 내 조용한 구석으로 자리를 옮겼다. "프렌
치는 다 불 작정이에요. 청장이 이천오백 파운드를 주고 증거 상
자를 없애라고 했고, 추가로 이천오백을 주고 백스터 경감님 집에
침입하라고 시켰대요. 당연하지만 그것 자체도 여러 가지 문제의
소지가 있고요. 또…." 손더스는 이 얘기를 해도 될까 망설였다.
"백스터 경감님 차도 건드렸대요."

누군가 인쇄를 시작했는지 프린터가 철컥 하며 큰 소리로 돌아
가기 시작하자, 손더스는 조사실로 돌아왔다.

"프렌치는 대가로 뭘 원한대?" 울프가 물었다.

"바니타 총경님이 변호사와 얘기하고 있어요. 그래도 뭐! 돌아
오면 위대한 청장님한테 수갑을 채울 수 있을 거니까. 그 정도면
잘된 거죠?"

울프는 잠시 말이 없었다. "아무튼 눈 떼지 말고 프렌치 보고 있어."

"걱정 말아요."

오후 4시 46분, 성격 좋아 보이는 의사가 문가에 나타났다.

토머스와 에드먼즈는 마음이 급해 자리에서 일어났다.

"안녕하세요. 영 박사라고 합니다. 제가 에밀리 백스터 씨 담당의예요. 다행히 지금까지는 좋은 소식이네요." 의사가 미소를 지었다. "MRI도 깨끗하고 저희가 정맥 주사로 체온도 다시 올려놓았습니다. 혹시 모르니 목 보호대는 일단 그대로 둘게요. 환자가 안정되면 그것도 벗을 수 있습니다."

"깨어났나요?" 토머스가 물었다.

"네. 원하시면 딱 한 분만 면회가 가능합니다."

울프가 의자에서 일어났다.

토머스는 폭발할 기세로 울프를 쳐다보았다.

에드먼즈가 보일 듯 말듯 고개를 저었다.

매기는 울프의 팔을 잡고 슬쩍 끌어당겨 다시 앉혔다.

"아." 울프가 미안하다고 고개를 끄덕이고 토머스에게 말했다. "그쪽이 가야죠."

토머스가 의사를 따라 병실로 들어가니 환자의 상태를 관찰하는 기계와 화면 사이에 백스터가 누워 있었다. 환자복을 입은 모습이 낯설게 느껴졌다. 꼭 몸이 쪼그라든 것만 같았다. 얼마나 여리고 가냘픈지 환자복이 다 헐렁했다.

"두 분께 잠시 시간을 드리죠." 의사가 그렇게 말하고 문을 닫았다.

토머스는 침대 옆에 앉아 백스터의 손을 꼭 잡아주었다. "나 왔어."

백스터가 신음하며 토머스의 손을 쥐었다. 토머스가 몇 분 동안 소소한 이야기를 하는 사이 백스터는 다시 스르르 잠이 들었다. 토머스는 그녀의 손을 잡은 채 단조로운 병실 안을 둘러보았다. 그는 호기심을 이기지 못하고 침대 아래에 손을 뻗어 차트를 집어 들고 넘겨보기 시작했다.

영 박사는 환자와 보호자를 억지로 떼어놓고 싶지 않아 2분을 더 기다렸다가 움직였다. 문에 노크를 하고 병실에 들어가니 안에는 백스터 한 사람밖에 없었다.

문이 벌컥 열리더니, 토머스가 들어왔다.

울프, 에드먼즈, 매기는 놀라서 고개를 들었다.

"임신했답니다!" 토머스가 울프에게 외쳤다.

"으음…, 그래요." 울프가 어색하게 대답했다.

"알고 있었어요?" 토머스는 믿을 수 없었다. 에드먼즈와 매기도 조금 불편해 보이는 표정이었다. "다 알고 있었던 거야?!"

마침내 이성을 잃은 토머스가 울프를 뒤편의 벽으로 밀치자 에드먼즈가 서둘러 달려와 뜯어말렸다.

"내 말 들어요." 에드먼즈가 친구에게 경고했다. "진짜로 이 싸움은 안 하는 게 신상에 좋아요."

"저기, 토머스, 내가…." 울프가 말을 꺼냈지만 마무리하지는 못했다. 백스터의 온순한 남자친구가 울프를 향해 멋들어지게 주먹을 날렸기 때문이었다. 주먹은 특이하게도 울프의 귀에 살짝 닿고 멈췄다.

울프는 잠시 어리둥절하더니 바닥으로 푹 쓰러져 움직이지 않았다.

"오, 주여!" 토머스가 공포에 질린 눈으로 욱신거리는 주먹을 쳐다보았다. "내가 기절시켰나 봐요. 사람을 불러와야 하나?"

"그냥 바람 좀 쐬고 와요." 에드먼즈가 토머스를 데리고 나가는 동안 매기는 침착하게 차를 마셨다.

"일단 눕혀야 하지 않아요?"

"지금 매기가 하고 있을 거예요." 에드먼즈가 토머스를 안심시켰다.

토머스가 멀찌감치 간 것을 확인한 에드먼즈가 문 사이로 고개를 쑥 내밀고 울프에게 말했다.

"이제 일어나도 돼요."

백스터는 움직임을 제한하는 목 지지대 때문에 고개를 돌릴 수 없었다. 하지만 어느 정도 기운을 차려서 똑바로 일어나 앉을 수는 있었다. 침대 옆에 놓인 물컵에 손을 뻗다가 컵을 쓰러뜨렸다. 아직 마취가 덜 풀린 느낌이었다. 백스터는 마음의 준비를 하고 피해를 살피기 위해 아래를 내려다보았다. 다행히 사지가 제대로 붙어 있고 각도가 틀어지지도 않았다. 하지만 순간의 안도감은 곧 주체할 수 없는 공포로 바뀌었다.

백스터는 답답한 목 지지대를 찢어버리고 손을 뻗어 벨을 눌렀다. 이런 반응이 나오다니 스스로도 믿을 수가 없었다. 잠시 후 앳돼 보이는 간호사가 병실로 후다닥 들어왔다. 백스터는 양손으로 배를 감싸고 있었다.

"아기는 괜찮아요? 아니, 아직은 아기가 아니라는 거 알지만…, 괜찮을까요?" 백스터가 걱정스럽게 물었다.

간호사가 대답할 수 있는 범위가 아닌 듯했다. "가서 선생님 모셔올게요."

손더스는 이쪽으로 빠르게 다가오는 프렌치의 변호사를 보고도 가만히 있었다. 로라라는 이름의 변호사는 손더스의 코앞에 멈춰 서서 코트를 집어 들더니 아무 말 없이 쌩하니 밖으로 나갔다.

"왜 저렇게 짜증이래요?" 느긋한 걸음으로 변호사 로라를 뒤따라온 바니타에게 손더스가 물었다.

"조금 전에 더 높은 변호사가 이번 사건에서 손 떼라고 했거든." 바니타는 떠나는 변호사의 뒷모습을 보며 설명했다.

"청장이 수작을 부린 걸까요?" 손더스가 물었다.

"상사 말로는 혐의의 성격과 연루된 인물이 평범치 않으니 본인이 하는 게 낫다고 판단했대. 말이야 그럴싸하지. 하지만…." 바니타는 걱정스러운 얼굴로 고개를 저었다.

30분 후, 프렌치의 새 변호사가 수사본부에 나타났다. 수염을 기른 남자는 쓰레기짓 전문가답게 어찌나 자신감이 넘쳤는지 자기 잘난 맛에 둥둥 떠서 책상 사이를 날아오는 것처럼 보였다.

"전 진짜 변호사가 싫어요." 손더스가 작게 속삭였다.

"누군들 안 그러겠어." 바니타가 말했다. 그러다 활짝 웃으며 손님에게 다가가 자기소개를 했다.

두 사람은 변호사를 조사실로 안내했다.

"프렌치 씨… 아니, 조슈아라고 불러도 될까요? 루크 프레스턴입니다." 변호사가 웃으며 의뢰인에게 한 발짝 다가갔다.

"그쯤 하죠." 손더스가 말하며 앞을 가로막았다.

변호사는 손을 거두고 가방을 풀기 시작했다. "로라가 하던 일을 앞으로 제가 맡아서 할 겁니다. 자…, 이제 해야 할 일이 팔천 가지예요. 조슈아 프렌치 씨도 분명 하고 싶은 질문이 팔천 가지는 있을 테고요." 그러면서 프렌치와 눈을 마주쳤다.

손더스가 팔천이라는 부자연스러운 표현에 얼굴을 구겼고 바니타도 인상을 썼다.

그는 아무것도 모르는 척 계속 가방을 비웠다.

"자…, 이렇게 생각하면 될까요? 문제가 된 범죄들을 프렌치 씨 혼자 계획했다고 인정할 생각이지요? 그럼 최대 징역 2년형을 받겠군요? 이번에도 변호사는 의뢰인과 눈을 맞췄다.

"이게 무슨 개소리야?" 손더스가 따졌지만 변호사는 무시하고 자기 할 말만 계속했다.

"형량을 비교적 낮게 잡은 것은 경찰을 대상으로 여러 건의 경범죄를 저지를 수밖에 없었던 정황을 참작했기 때문입니다. 약 삼십 년 전 몹시도 부당하게 경찰에서 잘렸던 일이 떠올랐던 거잖아요."

"이봐요!" 손더스가 다그치며 두 남자 사이의 테이블을 주먹으로 내리쳤다.

하지만 이미 늦었다.

모두의 시선이 프렌치에게 집중되었다.

프렌치가 몇 개 없는 선택지를 따지느라 머리를 굴리는 모습이 훤히 보였다. 잠시 후, 프렌치가 고개를 끄덕였다.

"맞아요. …저는 유죄를 인정할 겁니다."

울프는 손더스와 통화를 끝내고 힘없이 얼굴을 문질렀다. 쉽게 자리를 뜨지 못하고 텅 빈 복도에 서서 바닥만 내려다보았다. 손더스와 울프는 크리스천이 코앞에서 프렌치를 매수하는 모습을 목도했지만 그 사실을 증명할 방법은 단 하나도 없었다. 크리스천은 무한해 보이는 권력으로 책상에서 일어나지 않고도 수사팀의 모든 노력을 한 방에 무너뜨렸다.

울프는 얼굴에 우려 섞인 미소를 띠고 백스터의 병실로 들어갔다.

"좋은 소식이에요?" 울프가 문에 나타나자마자 백스터가 기대에 차서 물었다. 커다란 눈이 흥분으로 반짝였다.

울프는 백스터에게 말할 용기가 나지 않았다. 백스터가 얼마나 고생을 많이 했는데.

"아직 기다리는 중이야." 울프가 거짓말을 했다. 하지만 다 끝났다는 것을 알고 있었다.

승자는 크리스천이었다.

38

루쉬는 다행히 회복해 퇴원했지만 그랬기 때문에 이제는 하이버리 코너 형사법원에 출석해야 했다. 허락이 떨어져 홀리와 백스터를 잠깐 볼 수 있어 좋았지만 저녁이면 구류될 예정이었기에 좋지 않았다.

일주일간 루쉬는 수혈을 받고 항생제 주사를 맞고 괴사 조직을 제거하며 침대에만 누워 있었다. 전보다는 건강한 모습으로 판사 앞에 섰지만 아직 예전으로 완전히 돌아오지는 못했다. 마지막으로 입었을 때보다 6킬로그램 넘게 빠진 몸이 남색 정장에 파묻혔다.

루쉬는 희끗희끗한 머리카락을 백스터가 좋아하는 스타일로 빗어 넘겼고 이날을 위해 수염도 길렀다. 물론 이렇게 격식을 차릴 필요는 없었다. 어차피 여기 있는 사람은 다 결과를 예상하고 있었기 때문이다.

"피고인에 대해 제기된 혐의가 심각하고, 미국 정부에 소속되어 영국 영토에서 저지른 범죄이기 때문에 범죄인 인도 협약에 따른 절차가 복잡한 관계로, 본 사건은 추후 기일을 별도로 지정할 때까지 연기하겠습니다." 판사가 로봇처럼 판결했다.

백스터와 홀리는 한산한 뒤쪽 자리에 앉아 루쉬의 등을 멀리서 보고 있었다. 루쉬는 판사가 판결을 내리는 동안 흥미를 잃고 떠다니는 실밥에만 관심을 보였다.

"역시 혐의의 성격상 보석은 불허하며 피고인을 구류에 처합니다."

"재판장님." 루쉬의 변호사가 일어나 판사에게 말했다. "제 의뢰인이 구류 처분을 받을 곳으로 우드힐 교도소를 요청하고 싶습니다."

"이유는?" 판자는 여전히 무미건조한 목소리로 대꾸했다.

"제 의뢰인이 직접 체포한 구금자들과 접촉하지 않았으면 합니다. 다가올 재판에 지장을 받지 않기 위해서지만 의뢰인의 개인적인 안전을 위해서도 부탁드립니다."

"일리가 있군요." 뚱한 판사가 결론을 내리며 루쉬를 쳐다보았다. 루쉬가 판사를 보고 환하게 웃었다. 공기 중에 떠다니던 보풀이 바라던 대로 판사의 숱 없는 정수리에 내려앉았기 때문이다.

"허가하지요. 휴정하겠습니다."

루쉬는 뒤를 돌아 홀리에게 손을 흔들었다. 그리고 법정 경위의 호송을 받고 나가며 백스터에게는 의미심장하게 고갯짓을 했다.

울프는 진료 예약 시간에 맞춰 매기를 차에 태우고 할리 스트리트를 지나 웅장한 타운하우스처럼 보이는 개인병원에 도착했다. 벽난로 옆에 자리를 잡고 앉아 아무 관심도 없는 자동차 잡지를 읽으려 해보았다. 하지만 옆방의 중요한 대화에 신경이 쓰여 도저히 집중할 수가 없었다.

상황이 상황인지라 주변 사람들에게 짐을 지우기 싫었던 매기는 스캔 검사와 조직 검사 결과를 듣는 날을 앞두고도 아무 말

318

을 하지 않았다. 검사 결과 암이 작아지지 않았으면 목숨을 걸고 방사능 요법을 다시 시작해야 했다. 겉으로는 용감한 표정을 짓고 있었지만 핀레이 없이 다시 암 투병을 해야 한다는 생각만으로 두려웠던 모양이다. 결국 울프에게 털어놓았고, 결과가 나올 때까지만이라도 혼자만 알고 있겠다는 약속을 받았다.

최악의 상황을 각오하자 울프는 심란해졌다. 매기가 안 좋은 결과를 듣는 모습을 상상해보았다. 기껏 병마와 싸워 이겼더니 철석같이 믿었던 친구의 손에 일생의 사랑을 잃고 또 암에 굴복하게 생겼다. 결국 이럴 운명이었던 것처럼.

정말 지랄맞게 불공평한 인생이었다.

울프는 순간 분노에 휩싸여 잡지를 난로에 던졌다. 불길이 매끄러운 종이를 게걸스럽게 먹어치웠고 울프는 일어나서 초조하게 대기실을 서성였다.

바니타는 크리스천이 요청한 파일을 들고 청장실에 들어갔다. 누군가와 통화 중인 크리스천은 큰 소리로 웃으며 개를 부르듯 바니타에게 이리 오라고 손짓했다.

조슈아 프렌치가 갑자기 마음을 바꾸며 경찰청은 일상을 되찾았다. 바니타는 경찰청장이 자기 목을 지키기 위해서라면 모든 것을 불사하는 사이코패스 살인자라는 것을 알았지만 우선은 범죄 예방책 홍보 전략과 흉악 범죄 통계를 보고해야 했다. 일단 아무 일도 없었던 것처럼 행동하는 수밖에 없었다. 바니타는 크리스천 앞에 서류철을 내려놓았다. 딱지 몇 개만 빼면 잔인한 폭행을 당한 사람처럼 보이지도 않았다.

바니타가 사무실을 나가려고 돌아설 때였다.

"말콤, 내가 다음에 다시 연락하지." 크리스천이 전화를 끊고 수화기를 내려놓았다. "지나!"

바니타가 다시 돌아섰다.

"가져와 줘서 고맙네." 크리스천이 서류철을 들며 말했다.

"별말씀을요."

"핀레이 쇼 사건은 어떻게 되어 가고 있지?"

바니타는 긴장했다. 약을 올리려는 걸까? 시험을 하려는 걸까? 아니면 앞에 앉아 있는 이 남자가 정신줄을 완전히 놓은 것일까?

"네?"

"미래의 시장님께서 물어보시더군. 수사가 막다른 길에 봉착한 게 분명한데 왜 윌리엄 폭스가 아직도 자유롭게 활개를 치고 다니느냐고 말이야."

"자유롭지는 않습니다. 통행금지가 있으니까요. 계속 그래왔던 것처럼요." 바니타는 애써 차분한 목소리로 말했다. "그리고 외람된 말씀이지만 이건 미래의 시장님이 미래에 걱정하실 문제 아닐까 하는데요."

"자네는 바로 그런 사고방식 때문에 더 이상 위로 못 올라오는 거야." 크리스천이 말했다.

바니타는 손톱이 손바닥에 박힐 정도로 주먹을 쥐었다.

"그럼…, 알려줘 봐." 크리스천이 말했다. "수사는 현재 어떤 상태인가?"

바니타는 그에게 도전하고 싶은 마음이 굴뚝같았지만 망설이다가 결국 공손하게 바닥으로 시선을 떨어뜨렸다.

"결론을 내리지 못했습니다." 이렇게 대답할 수밖에 없는 자신이 싫었다. "조슈아 프렌치가 협조를 거부하는 바람에 수사가 중

단되었죠."

"아직 수사를 진행하는 사람이 있나?"

"마지막으로 검토만 하고 있습니다."

"그럼 폭스를 잡아들여. 이건 명령이네."

바니타는 따지고 싶었지만 이번에도 자신을 지키려면 입을 다물어야 했다. "네, 청장님."

백스터는 블래키가 그리웠다.

4년을 몬 아우디 A1과는 꼭두각시 사건을 일으킨 사이비 지도자 겸 테러리스트도 함께 쫓은 사이였다. 뒷좌석에 운동화를 두고 왔다는 사실도 짜증스러웠다. 수많은 고난을 같이 이겨낸 녀석인데 템스강 바닥에 가라앉다니 블래키에게는 너무나 초라한 결말이었다.

백스터는 차가 없어지는 바람에 윔블던까지 버스를 타고 가야 했다. 40분간 별별 괴상한 인간들과 한 공간에 갇혀 있어야 했지만 그 시간을 이용해 루쉬와의 짧은 만남을 되새길 수 있었다. 지난 9일 동안은 루쉬를 찾으려 해도 번번이 FBI의 방해를 받았다. 그가 살아 있기는 한지 진지하게 의심했을 정도였다.

백스터가 골 아픈 소식을 쓰나미처럼 쏟아내도 루쉬는 언제나처럼 침착하고 우아하고 받아들였다. 면회 막바지에는 백스터에게 〈워킹 데드〉 최신화 두 편의 내용을 요약해달라고 했다.

"그래서, 아무 일 없었던 거죠?"

"전혀요."

사고 이후에 백스터는 자신의 아파트로 거처를 옮겼다. 토머스는 '굳이 그럴 필요 없다'라고 고집했지만 안 떠났으면 좋겠다는 의미로 들리지는 않았다. 그렇다고 토머스를 탓할 수도 없었다. 백스터는 창문을 교체하고 벽에 난 총알구멍을 어설픈 솜씨로 막았다. 지금은 페인트칠로 루쉬의 흔적을 전부 지우는 중이었다. 루쉬가 백스터의 아파트 바로 앞에서 발견된 사실에 대해 누군가 냄새를 맡고 캐기 시작하는 것은 시간문제였다.

오후 6시 25분, 초인종이 울렸다. 백스터는 페인트 롤러를 내려놓고 찢어진 청바지에 손을 닦았다. 문구멍으로 밖을 내다보니 손님은 의외의 인물이었다. 자신감이 바닥을 친 듯한 얼굴을 한 토머스가 서 있었다.

"왔어?" 백스터가 문을 열어주며 말했다.

"안녕. 저기, 으음…, 저녁 먹으면 좋을 것 같아서." 토머스가 웃으며 인도 요리로 미어터지는 봉투를 들어 보였다. 냄새가 역겨웠다.

"세상에!" 백스터는 헛구역질이 나와 욕실로 달려갔다.

5분 후, 욕실에서 나오니 토머스는 어설프게 막은 총알구멍을 살펴보고 있었다. 백스터를 보니 무슨 말을 하고 싶은 눈치였지만 토머스는 꾹 참고 넘겼다. 두 사람은 뒤늦게 어색한 포옹을 하고 페인트가 튀기지 않도록 비닐을 깐 바닥에 앉아 식사를 했다.

"있잖아." 토머스가 음식물을 삼키며 말했다. "인도 음식을 먹으면 진통이 시작되기도 한대."

백스터는 밥과 난을 내려놓았다. 이럴 거면 무엇 하러 지난 20분 동안 그 문제를 피해 잡담을 했단 말인가.

"아! 미안해." 토머스가 사과했다. "갑자기 왜 그런 말이 튀어나온 건지 모르겠네."

토머스는 백스터의 배를 내려다보고 있었다.

"내 배 보는 거야?"

"미안." 토머스가 사과했다. 하지만 시선은 여전히 배에 있었다. "그냥…, 조금 이상하지 않아?"

"아, 많이 이상하지."

"저녁을 망치고 싶지 않지만…" 토머스가 말을 꺼냈다.

백스터가 얼굴을 찌푸렸다.

"…내가 이미 망쳤지." 토머스가 얼른 덧붙였다. "그런데 그거 알아? 이건 '용서해'라는 의미의 카레가 아니야. '보고 싶었어'라는 거지. 둘은 전적으로 달라."

"알았어."

"만약 이게 '용서해' 카레였다면 자기도 딱 보고 알았을 거야. 그랬다면 바지(인도의 매콤한 튀김 요리 - 옮긴이 주)도 있고, 사모사(만두와 비슷한 인도 요리 - 옮긴이 주)도 있었을 거고…. 나 또 횡설수설하고 있지?"

백스터가 웃음을 터뜨리며 토머스의 뺨에 갑자기 키스를 했다.

"이건 무슨 뜻이야?" 토머스가 물었다.

"나도 보고 싶었다고."

루쉬는 한 시간 넘게 교도소 의사와 함께 시간을 보냈다. 전형적인 의무실에 앉아 있으니 교도소에 들어왔다는 사실도 편안하게 받아들일 수 있었다. 하지만 곧 누군가 그를 데리러 왔다.

호송을 받으며 미로 같은 문을 지날 때마다 자유를 하나씩 빼앗기는 사이, 루쉬도 다른 사람들처럼 허세를 부렸다. 겉은 침착하고, 심지어 따분해 보였다. 하지만 속마음은 달랐다. 이런 공포는 난생처음 느꼈다. 도망치라고, 내보내 달라 애원하라고, 어떻게든 합의를 보고 밖으로 나가라는 외침이 들리는 것은 폐소공포증 때문일까? 아니면 순전히 겁이 나서 그러는 것일까? 루쉬도 알 수 없었다.

교도관이 다 똑같이 생긴 베이지색 문 앞에서 걸음을 멈추고 문을 열었다.

안에 무엇이 있을지 예상했지만 점점 넓어지는 문틈을 보자 루쉬는 더더욱 들어가고 싶지 않았다.

교도관이 그를 보았다.

루쉬는 문 안으로 들어온 다음 걱정스럽게 뒤를 돌아보았다. 육중한 문이 닫히며 그가 빠져나갈 구멍을 단단히 막았다.

39

2015년 12월 31일 목요일

새해 전야

오후 6시 19분

크리스천은 의아한 표정의 핀레이를 말없이 쳐다보았다.

"'돈이 없어'라니 그게 무슨 개소리야?" 핀레이가 물었다. 속과 다르게 차분한 말투는 순전히 아래층을 돌아다니고 있을 매기 때문이었다.

크리스천은 무거운 한숨을 쉬고 고개를 저었다 "내가…, 할 말이 없다."

"아니…, 그때 준 돈을 벌써 다 썼단 말이야! 집 안 곳곳에 고지서를 숨겨둔 것도 모자라 이제 최종 독촉장까지 받았어." 웬만해서 흥분하지 않는 핀레이가 다급히 속삭였다.

"내가 무슨 수를 써서든 도와줄게. 맹세해."

다른 생각에 빠진 핀레이에게 크리스천의 정치인 같은 약속은 귀에 들어오지도 않았다.

"돈 준비해놨다며!"

매기를 의식한 크리스천이 목소리를 낮추라고 주의를 주었다.

"네 입으로 그랬잖아…." 핀레이가 계속 말했다. "나 퇴직하던 날. 돈 준비했다고!"

"내가 뭐라고 했는지 나도 아는데…, 제발 날 믿어줘, 핀레이. 그동안 몇 번이나 말하고 싶었지만…."

"네가 사는 대궐 같은 집은 뭐야?"

"내 집이 아니니까!" 크리스천이 씁쓸하게 웃었다. "이것들도 다…." 세련된 정장이 죄수복이라도 되는 것처럼 크리스천이 옷을 잡아당겼다. "…사실은 내 것이 아니야. 킬리언 케인이 이득을 보는 선에서 그렇게 살아도 좋다고 허락을 받았을 뿐이지. 다음 프로젝트가 생기면 적절한 시기에 집은 팔고 돈은 세탁하고 티 없이 완벽한 세입자는 이사를 보내겠지." 크리스천은 의지를 다 잃은 듯 보였다. "나는 이미 오래전에 케인에게 덜미가 잡혔어. 우리가 저지른 일을 알고 있더라고."

"어떻게?"

"나야 모르지! 그날 밤에 돈은 건드리지 말았어야 했는데…, 정말 미안하다."

"우리가 경찰에 신고하면 돼." 핀레이가 단호히 말했다. "케인을 문제에서 빼버리는 거야."

"그건 안 돼."

"미안, 다시 말할게. 내가 신고하면 돼."

"내가 할 수 있는 한 널 보호해주겠지만 그런다고 돈이 생기지는 않아. 나는 감옥에 갈 거고, 케인은 사람을 보내서 널 처리할 거야."

화가 난 핀레이가 바닥에 깔 널빤지 하나를 발로 찼다.

"두 사람 얌전하게 놀고 있는 거 맞죠?" 매기가 계단 아래에서 외쳤다.

"그럼!" 핀레이가 아래층을 향해 외치고 크리스천을 돌아보았다. "매기 치료비는 어쩌고?" 핀레이의 목소리에는 긴장이 가득했다.

"방법을 찾아보자."

"방법을 찾아보자?" 핀레이가 덤덤하게 말을 따라 했다. 이미 머릿속으로는 다음 행동을 구상하고 있었다. "여기 있어 봐."

핀레이는 아래층으로 내려가 매기의 드레스가 예쁘다고 칭찬해 주었다. 매기는 핀레이 더러 친구 파티에 같이 가자고 해봐야 소용없다는 것을 잘 알아서 설득할 시도도 하지 않았다. 핀레이는 10년째 신년 파티에 빠지고 있었다.

차고로 들어갔던 핀레이가 먼지 묻은 비닐봉지를 들고 몇 분 후에 다시 나왔다. 그는 매기가 못 보게 봉투를 뒤로 숨기고 위층으로 올라왔다.

핀레이는 공사가 마무리되지 않은 방으로 돌아와 어렵게 말을 꺼냈다. "이게 뭔지 알아?" 의미심장한 말투에 크리스천은 뭔가 해서 바닥에서 일어났다. 크리스천이 자세히 보려고 봉투에 손을 뻗었다.

"아니, 아니, 안 돼." 핀레이가 물건을 뒤로 뺐다. "눈으로만 봐."

크리스천은 누렇게 변한 비닐 안을 보려고 눈을 찡그렸다. 그러다 놀라서 눈이 커졌다. "더럽게 큰 총으로 보이는데!"

"맞아. 그런데 그냥 더럽게 큰 총이 아니야." 핀레이가 설명했다. "살인 무기지. …네 지문이 남아 있는."

크리스천은 이해할 수 없었다.

"너는 사람을 죽였어, 크리스천. 이게 그 증거야."

크리스천은 배신감을 느낀 표정이었다. "그걸 여태 보관하고 있었다고?"

"그러게. 언젠가 유용하게 쓰일지도 모른다는 예감이 들었거든." 핀레이가 죄책감을 느끼며 말했다. "욕심 부리는 게 아니야.

그만큼 간절한 거지. 자정까지 10만 파운드 가져오고…."

"그건 불가능…."

"다음 주 이 시간까지 10만 파운드 더 가져오면 총은 줄게. 내가 받을 몫의 극히 일부지만 그거로 충분해."

"핀레이, 오늘은 새해 전날이야!"

"알아. 구걸하든 빌리든 훔치든 마음대로 해. 그냥 내 돈만 가져와." 핀레이가 카시오 손목시계를 내려다보았다. "6시 반이야. 빨리 움직이라고."

오후 11시 53분, 크리스천은 핀레이의 집 앞에 서 있었다. 여기저기서 새해를 기념해 흥청망청 파티하는 소리가 났다. 알지도 못하는 사람들이 유쾌하게 그를 조롱하고 있는 느낌이었다.

집 안에서는 유일하게 불을 켠 방의 창문 너머로 핀레이가 보였다. 갓 없는 전구 하나의 불빛에 의지해 일하고 있었다. 어떻게 소식을 전해야 할까. 워낙 급작스러웠던 요구라 구해오라고 한 금액의 10퍼센트밖에 끌어 모으지 못했다는 말을 어떻게 한단 말인가.

성질 급한 불꽃 하나가 터져 하늘을 물들일 때, 크리스천은 집 안으로 들어가 현관문을 닫았다.

"나 왔어!" 크리스천이 외쳤다.

"올라와!"

크리스천은 계단을 올라 합판으로 만든 방에 들어갔다.

핀레이는 주방 의자를 딛고 천장에 페인트를 칠하는 중이었다. 때 묻은 증거 봉투가 창틀에 무방비 상태로 놓여 있어 크리스천을 유혹했다.

크리스천의 시선을 의식하고 핀레이가 의자에서 내려왔다.

"마실래?" 핀레이가 바닥에서 위스키병을 집어 들고 물었다.

"좋지." 크리스천은 코트 단추를 풀며 깔끔한 돈다발 네 개를 꺼내 둘 사이의 바닥에 던졌다.

핀레이가 술잔을 건네고 실망스러운 부피를 가리키며 물었다. "저게 뭐야?"

"현찰로 팔천 파운드야." 크리스천이 대답했다. "그리고 이건…." 그러면서 봉투에 든 직불 카드 두 개를 건넸다. "…이 두 개는 아무도 모르는 계좌야. 하루에 오백 파운드씩 뽑아도 의심받지 않을 거야. 다 합치면 만삼천이백오십 파운드야."

크리스천이 숨을 참았다. 핀레이가 어떻게 나올지 예상할 수 없었다.

"이제 시작일 뿐이야. 더 구할 수 있지?"

"할 수는 있어. 시간이 조금 걸리겠지만."

핀레이가 만족한 듯 고개를 끄덕였다. 그는 무릎을 꿇고 돈을 모으더니 바닥 아래에 만들어둔 커다란 금속 상자 한구석에 돈다발을 쌓고 다시 일어났다.

"그럼 건배하자." 핀레이가 환하게 웃었다.

크리스천은 마음이 놓여 술잔을 들고 한 모금 마셨다.

"야, 내가 저거 구하려고 별별 짓을…." 크리스천이 웃으며 창문으로 한 걸음 다가갔다.

핀레이는 단호한 손길로 크리스천의 가슴을 막아 세웠다. "내가 말했지. 이제 시작이라고."

크리스천은 몸을 돌려 오랜 친구와 마주 보았다. 몇 초간의 화기애애한 분위기는 어느새 먼 기억이 되었다.

"저 총은 나를 끝장내버릴 수도 있어." 크리스천이 말했다.

"그래서 계속 보관하겠다는 거야."

"돈 가져다주잖아!"

"나한테 총이 있으니까." 핀레이가 지적했다. "자꾸 너와 매기 중 한 명을 선택하라고 강요하는데 미안하지만…, 내 선택은 매기 야. 총은 못 줘."

크리스천은 이해한다고 고개를 끄덕였지만 실은 핀레이의 손에 힘이 빠지기를 기다릴 뿐이었다. 크리스천은 순식간에 창틀로 몸을 날렸다.

핀레이는 크리스천의 옷을 쥐고 뒤로 잡아당겼고, 크리스천이 페인트 캔에 걸려 휘청하는 사이에 더러운 봉투를 낚아챘다. 하지만 크리스천은 다시 곧바로 몸을 날리고 핀레이의 팔을 뒤로 꺾었다. 두 사람은 죄를 입증하는 무기를 두고 몸싸움을 벌이기 시작했다.

총이 바닥으로 떨어졌다.

핀레이는 이때다 싶어 크리스천 쪽을 보지도 않고 레프트훅을 날렸다. 크리스천은 주먹을 피해 핀레이를 붙잡고 바닥으로 넘어뜨린 후 핀레이의 위에 올라타 총이 든 봉투에 손을 뻗었다.

크리스천은 비닐에 담긴 단단한 금속을 겨우 손에 넣을 수 있었다. 하지만 기를 쓰고 팔을 휘두른 핀레이가 총열을 붙잡았고 손을 부들부들 떨며 두 사람 사이로 총을 조금씩 당겼다. 몸싸움이 계속되는 동안 두 친구는 서로 우위를 차지하려고 엎치락뒤치락했다.

그때 총성이 울려 퍼졌다.

동시에 두 남자의 몸이 축 늘어졌다. 나무 바닥으로 떨어진 봉투의 작은 구멍에서 연기가 새어 나왔다.

"핀레이?" 크리스천이 물었다. 위에서 친구의 몸이 그를 무겁게 짓눌렀다. "핀레이?!" 크리스천은 패닉에 휩싸이기 시작했다. 핀레이를 옆으로 밀어뜨리자 관자놀이에 작은 붉은색 구멍이 나 있었다.

"안 돼! 핀! 핀레이!" 크리스천은 친구의 맥박을 짚고 숨소리를 확인했다. 두 사람 아래에서 검붉은 피가 흘러 바닥을 물들이고 있었다.

"핀?" 크리스천은 잦아들어가는 소리로 친구의 이름을 불렀다. 움직임 없는 몸에 얹은 손이 파르르 떨렸다.

크리스천은 과호흡 증상이 나타나 벽에 기대면서 쓰러졌다. 그리고 방 한가운데에 있는 핀레이를 바라보며 주머니에서 휴대폰을 꺼내고 999에 전화를 걸려고 했지만 그러다 동작을 멈췄다. 갑자기 어떤 생각이 들었기 때문이다. 경찰이 이 현장을 어떻게 볼까. 몸싸움의 흔적이 확실하고 살인 무기에는 그의 지문이 뒤덮여 있었다.

'어떻게 해야 하지?'

총을 챙겨 떠날까도 생각했다. 하지만 크리스천은 살아 있는 핀레이를 마지막으로 본 사람이었다. 확실한 알리바이가 없다면 이곳을 나가도 수사 방향이 그를 향할 것이다. 게다가 오늘 저녁 그의 수상한 금융 거래를 포착하고 파헤치기 시작한다면 문제는 더 심각해진다. 크리스천은 아직 따뜻한 친구의 시체에서 억지로 고개를 돌리고 정신을 집중했다.

'생각해. 생각하자!'

집 근처에 차를 세워두었고, 여기에 오는 동안 밖에서 취객도 아닌 사람 서너 명과 마주쳤다. 누군가는 그를 기억할 것이다. 단순하지만 중요한 사실은 또 있었다. 집에 돌아온 매기에게 남편의 이런 모습을 보여줄 수는 없었다.

"젠장. 생각을 해, 생각을!" 크리스천은 속이 터져서 자신을 질책했다. 경찰처럼 생각해야 했다.

멀리서 수백 개의 불꽃이 터지며 새해의 시작을 알렸다. 창밖의 검은 하늘에 불빛이 쏟아졌다. 크리스천은 문득 깨달았다. 답하지 못할 질문을 받지 않는 길은 하나뿐이었다. 애초에 죽음에 의문을 제기할 이유를 주지 않으면 된다. 의심의 여지가 없는 자살이라든가….

무엇을 사용할 수 있을까. 크리스천은 봉투에 담긴 총과 바닥에 생긴 검은 구멍, 반쯤 빈 위스키병과 주방 의자 하나, 접착제 한 통, 잠금장치가 없는 문을 차례로 쳐다보았다.

그는 망설이며 핀레이 쪽으로 기어가 시신 위로 손을 뻗어 휴대폰을 집어 들었다. 그러고는 빠르게 벽으로 미끄러지며 돌아왔다. 바깥의 하늘에 불을 붙이는 불꽃처럼 잔인한 폭력 속에서 아름다운 꽃이 피어났다. 크리스천은 필사적으로 불완전하지만 그 자체로 아름다운 첫 번째 계획을 세웠다.

☎ 전화 거는 중…

크리스천 벨라미

40

2016년 1월 29일 금요일
오전 6시 56분

루쉬가 몇 시간째 더러운 천장을 올려다보고 있을 때, 드디어 노크 소리와 하루의 시작을 알리는 목소리가 들렸다.

첫날밤은 무사히 살아남았다.

루쉬는 감방 동기의 이름으로 '티더그'나 '데스스타' 같은 무시무시한 이름을 상상했지만 현실은 실망스러웠다. 나이젤은 뚱뚱하고 머리가 벗어졌으며 안경을 쓴 시시한 남자였다. 7제곱미터의 공간과 노출증 환자용 화장실을 같이 쓸 사람으로 1순위는 아니겠지만 그리 나쁜 사람으로 보이지는 않았다.

"목욕 시간이야." 나이젤이 벙커 침대 아래에서 하품을 하고 일어나 수의를 입었다. 나이젤은 유죄가 확정된 수감자였기 때문에 미결수인 루쉬와 옷이 살짝 달랐다.

문이 열려 있어 루쉬와 나이젤도 감방에서 나와 느릿느릿 샤워실로 가는 밝은색 죄수복들의 물결에 합류했다. 루쉬는 막간을 이용해 앞으로 함께 지내게 될 사람들의 얼굴을 익혀두었다.

"뭐 필요한 거 있어?" 안으로 들어와 옷을 다 벗고 선 나이젤이 세면도구 가방에서 쓰다 남은 비누를 건네며 물었다.

"아니…, 괜찮습니다." 루쉬가 미소를 짓고 시선을 피했다. 나이젤은 얼룩덜룩한 엉덩이를 실룩이며 탈의실을 나갔다.

루쉬는 탈의실이 비기를 기다리며 어색하게 옷을 벗고 목에 수건을 걸어 가슴을 최대한 가렸다. 더는 미적거릴 수 없어 물소리를 따라 샤워실로 들어갔다. 제일 멀찍이 떨어진 샤워기를 선택하고 고리에 수건을 건 후 버튼을 누르고 뜨거울 물줄기에 몸을 맡겼다.

그리고 눈을 감았다.

샤워기 소리에 묻혀 다른 수감자들의 목소리는 들리지 않았다. 순간이지만 집에 돌아온 상상을 하며 미소를 지었다.

엘리의 방 벽을 통해 쿵쿵대는 아이돌 가수의 노래가 들렸고, 소피는 욕실 거울을 보며 화장을 하고 있었다. 습기 찬 샤워 부스 너머로 흐릿하게 일그러진 아내의 실루엣이 보여 루쉬는 문을 열었다. 빨리 아내의 얼굴을 보고 싶다는 마음에 부풀어….

"씨발, 저거 뭐야?!"

현실이 루쉬의 발목을 잡아끌며 집의 모습은 산산이 흩어졌다. 다들 루쉬를, 그의 가슴을 보고 있었다. 피부에 삐뚤빼뚤 새긴 잔인한 글자를 보고 있었다.

꼭두각시PUPPET

위에서 쏟아지던 물줄기가 끊겼다. 루쉬는 고요한 샤워실에 서서 적대적인 눈으로 그를 쳐다보는 사람들을 마주해야 했다. 그들의 눈빛에는 두려움, 분노, 혐오가 있었다. 루쉬와 대화했던 사실을 누가 떠올릴세라 나이젤이 후다닥 샤워실을 나갔다. 사냥감이 도망치기를 기다리는 개떼처럼 그들은 루쉬의 일거수일투족을 지켜보았다.

하지만 루쉬는 수건으로 천천히 몸을 감싼 다음 맨발로 젖은 타일을 찰싹찰싹 때리며 당당하게 출구로 걸어갔다.

드디어 문이 보였다.

사람들의 시야에서 벗어나자마자 루쉬는 벤치에 벗어둔 옷가지를 집어 들고 탈의실에서 달려 나갔다.

티아는 한쪽 팔로 딸을 안고 반대쪽 손으로 휴대폰 버튼을 눌러 가스 요금을 낸 후, 부부 공동 계좌에 돈이 얼마나 있는지, 아니 돈이 얼마나 없는지 확인했다. 주방 창문을 내다보니 뒷마당 창고에서 뛰쳐나온 에드먼즈가 뒤따라 나오는 구름 같은 연기를 막으려고 재빨리 문을 닫고 있었다. 티아는 나무 구멍을 손가락으로 메우려다 젖은 잔디 위에서 미끄러지는 에드먼즈의 모습을 차갑게 지켜보았다.

"아빠가 또 무슨 짓을 한 걸까?" 티아가 명랑한 목소리로 레일라에게 물었다. "아빠가 또 자기 몸에 불을 붙인 거면 이번에는 우리가 꺼주지 말자? 그럼, 그래야지!"

티아는 직접 물어보는 게 낫겠다 싶어 이슬비가 내리는 바깥으로 나갔다.

"훈증 소독 중이야."

티아를 보고 설명하던 에드먼즈가 문 가장자리에서 새어 나오는 연기를 보았다. "자기는 가까이 오지 마." 에드먼즈가 티아를 생각해 말했다. "토머스가 이 방법을 추천해주더라고." 티아는 떨떠름한 표정이었다. "사업이라는 게 다 그렇잖아. 회사를 차리고 처음 몇 달은 이런저런 일이 생겨." 에드먼즈가 말했다. "내가 알아서 해결할게."

티아가 반대쪽 팔로 레일라를 바꿔 안았다.

"대체 어느 회사가 프린터 위에서 말벌 둥지가 나오고, 벽이 뻥 뚫리고, 자고 일어나 보니 일주일 사이에 건물이 피사의 사탑보다 더 기울어져 있어?" 티아가 다른 구멍을 몸으로 막는 에드먼즈를 보며 쌀쌀맞게 물었다.

"당신 요즘 에밀리한테 작업비는 받고 일하는 거야?" 티아가 물었다. 벌써 몇 번째 묻는지도 모르겠다.

'에드먼즈는 멋쩍은 표정을 지었다. "응?"

"에밀리한테 돈 받았냐고?"

"아니, 아직은. 주겠지."

"나 레일라 데리고 나가."

공기가 뿌옇게 변했고 에드먼즈는 숨이 막혀 캑캑댔다. "어디 가게?"

"병원."

"왜?" 에드먼즈가 기침을 했다.

"이제 이가 나기 시작해. 원래 처음 몇 달은 이런저런 일이 생겨. 내가 알아서 할게." 티아는 그렇게 말하고 돌아섰다.

"그래. 잘 다녀와!" 그러다 밝은 목소리로 덧붙였다. "날 떠나지는 말고!"

에드먼즈는 창고로 돌아와 핀레이의 옛 사건 파일들을 상자에 집어넣었다. 여기서 캘 만한 정보는 다 캤고 이제 에드먼즈가 수사를 도울 일도 없었기 때문이었다.

에드먼즈는 섬뜩한 머그샷을 치우려다 멈칫했다. 이 여자는 사진보다 실물이 더 병들고 쇠약해 보였다. 일평생 마약에 찌들어 잘못된 선택만 한 대가로 해골 유령 같은 인간이 되고 말았다. 에드먼즈는 허름한 식당 테이블 너머로 뿜어져 나오던 체취를 기억했다. 여자는 영양실조였지만 속이 좋지 않아 음식을 깨작거렸다. 필요한 정보를 얻고 약속대로 50파운드를 건네며 에드먼즈는 마약 살 돈을 줬다는 데 양심의 가책을 느꼈다. 이 돈은 한 시간도 안 되어 여자의 혈관으로 흘러 들어갈 게 뻔했다.

하지만 이제 다 끝난 일이다. 에드먼즈는 상자를 한쪽에 쌓아 올리고 새로운 사건을 위한 공간을 만들었다.

BBC에서 옛날 콜롬보 영화가 방영 중이었다. 울프는 불편한 경찰서 유치장 침대에 누워 저지방 감자칩을 먹으며 영화를 감상했다.

"나 완전히 형사 콜롬보였네!" 울프가 피터 폴크가 연기하는 콜롬보의 묘술을 보며 우쭐하게 말했다.

누군가 문을 두드렸다. 역시 신사다운 울프는 귀찮지만 큰 과자 부스러기를 셔츠에서 털어내고 일어났다.

"들어와요!" 울프가 외쳤다.

조지가 들어왔고 그 뒤를 바니타가 따랐다.

"손님 오셨어." 조지가 말했다. "자, 걱정하지 말고… 괜히 오버 하지 말고…."

"내가 언제요?"

"아니, 그러니까….'

"나는 공식적으로 자네를 체포하기 위해서 왔어." 바니타가 대뜸 말했다. "청장님 명령이야."

"나를 체포한다고요?"

"공식적으로는." 바니타가 아까 했던 말을 강조했다. "여기 의자 좀 가져다줄 수 있어요?" 흐트러진 침대가 마땅치 않은지 바니타가 조지에게 부탁했다.

세 사람은 바니타가 청장에게 뭐라도 안겨주도록 함께 체포 서류를 만들었다. 조지가 서류를 복사하러 간 사이를 틈타 바니타는 울프와 잠시 대화할 수 있었다.

"시간을 최대한 끌어볼 거야." 바니타가 말했다. "하지만 늦어도 일주일 후에는 이감된다고 생각하고 있어. 그러니까 내 말은, 할 일이 있다면 지금 당장 하라는 얘기야."

"이미 제 손을 떠난 일이에요." 울프가 어깨를 으쓱했다. 그러면서 손에 묻어 있는 과자 가루를 보고 입으로 빨아 먹자 바니타가 역겹다는 표정을 지었다.

"어쨌든 일주일 남았어. 그리고 잊지 마. 내가 체포했다는 거." 바니타가 일어나며 말했다. "나 지금 목 잘릴 각오를 하고 이러는 거야. 여길 나가면 보호해줄 수 없어. 그러니 뭔가 하려면 제대로 하도록 해."

면회 시간은 오후 3시에서 4시까지였다.

커다랗게 개방된 방으로 불려온 루쉬는 깜짝 놀랐다. 이곳은 현실 세계가 타임캡슐에 갇힌 사람들과 충돌하는 공간이었다. 생일 면회를 올 때마다 쑥쑥 자라 있는 아이들의 모습은 이곳에 갇힌 아버지에게 늘 충격을 안겨주었다. 다른 수감자의 부모는 전쟁의 전사자 명단을 읽듯 그사이 죽은 이웃과 친척들의 이름을 알려주었다. 여자친구들은 현실의 유혹에 이끌려 갈수록 발길이 뜸해졌다. 이 안에 갇힌 연인은 어쩌다 한 번 떠올리는 기억으로만 존재했다.

루쉬는 면회장에 들어가자마자 백스터를 발견하고 그쪽으로 손을 흔들며 다가가다가 갑자기 어깨를 떠밀려 바닥에 넘어지고 말 았다.

"내 동생도 그 열차에 있었어. 변태 새끼." 머리를 박박 민 남자가 욕설을 내뱉었다. 복잡한 문양의 문신이 턱까지 장식하고 있어 온몸에 문신을 입고 있는 것처럼 보였다.

"그만!" 지켜보는 교도관이 외쳤다.

남자가 아무것도 안 한 척 양손을 들어 올리는 순간, 왼쪽 손바닥의 나치 문신이 드러났다. 남자는 루쉬에게 비웃음을 날리고 지나갔다. 루쉬는 아픈 가슴을 움켜쥐며 힘겹게 일어나 백스터가 있는 곳으로 왔다. 백스터는 맞은편 의자에 털썩 앉는 그를 걱정스럽게 바라보았다.

"벌써 친구들을 사귀었나 봐요."

"네, 다들…" 루쉬가 말을 흐렸다. 백스터를 걱정시키고 싶지는 않았다. "나를 이상한 사람이라고 생각해요."

"이상한 사람 맞죠." 백스터가 확인 사살을 했다. "수염 잘 어울려요."

그녀는 그렇게 변죽을 울리더니 면회 온 진짜 이유를 이야기하기 시작했다. "제일 비싸고 유능한 변호사를 구했어요. 진짜 악랄한 쓰레기 말이에요. 실력이 최고래요." 백스터가 말을 이었다. "내 이야기는 변하지 않아요. 나는 당신이 역에서 나온 걸 몰랐어요. 공원까지 키튼을 쫓다가 눈보라 때문에 놓쳤는데 당신을 찾고 보니 놈이 죽어 있던 거예요."

"백스터, 고맙지만 그러다가는…"

"당신은 이렇게 이야기해요." 백스터가 말을 끊고 자기 말만 계속했다. "할 일을 했을 뿐이라고요. 유력 용의자를 쫓아갔고 놈이 들고 있던 기기가 폭탄 버튼인 줄 알았던 거예요. 놓으라고 해도 그걸 놓지 않아서 쏠 수밖에 없었던 거고요."

루쉬가 힘없이 백스터를 바라보았다. "3주 넘게 잠적한 이유는 요?"

"당신 가족이 마지막 폭발과 비슷한 사고로 세상을 떠났다는 사실을 연결 못 할 정신과 의사는 없어요."

"가족을 그런 식으로 이용하고 싶지는 않아요." 루쉬의 말에 백스터는 죄책감으로 속이 뒤집혔다.

"그러고 싶든 말든 상관없어요. 나는 당신이 필요하단 말이에 요. 날 두고 가지 말아요. 당신은 그때 이성을 잃었어요. 그 상황 에서 제대로 생각할 수 있었겠어요? 숨을 곳을 찾고 나서 의식을 잃었던 거예요."

"거짓말이라는 걸 들키면 당신도 감옥행이에요." 루쉬가 말했 다.

백스터가 어깨를 으쓱했다. "그러니까 거짓말을 잘 해야죠."

41

평소에도 테키 스티브를 찾아오는 사람은 많지 않았고, 여자 손님은 더더욱 없었다. 중요한 여자 손님은 말할 것도 없고. 그래서 IT 부서로 내려온 백스터 경감이 스티브를 찾자 동료 직원은 깜짝 놀랐다.

"스티브 만나러 왔어요."

"누구요?"

"스티브요. 테키 스티브."

"아! 저기 구석 자리요."

스티브는 그의 책상으로 다가오는 백스터를 보고 자리에서 일어나 구겨진 셔츠를 얼른 사각팬티 안에 넣었다.

"따로 얘기 좀 할까요?" 백스터가 물었다. 안경 낀 눈들이 무슨 일인가 하고 쳐다보고 있었기 때문이었다.

"그럼요." 스티브는 빈 사무실로 안내하고 문을 닫았다. "무슨 일이세요?"

"만약 누군가 꼭두각시 사건과 관련된 증거를 찾는다면 말이에요. 왜, 증거로 제출되지 않은 대포폰 같은 거요…" 백스터가 말했다. "…그런 것 중에 작동하는 거 하나 빌릴 수 있을까요? 또 그 일에 관해 입 다물어줄 수 있어요?"

스티브는 포커페이스에 그리 능하지 않았다. 행동이며 표정이 평소보다 더 어색해서 무슨 생각을 하는지 도통 알아내기 힘들었다. 하지만 스티브는 곧 대답했다. "당연하죠… 빌려드릴 수 있어요."

백스터가 얼굴을 찌푸렸다.

"그런데 걸리면 해고당할 수 있다는 것 말고 제가 이 일로 얻을 이익이 있나요?"

"내가 신세 갚을게요."

스티브는 조금 실망한 눈치였다.

"…그리고 앞으로 제가 하는 모든 인터뷰와 기자회견에서 '자살 문자'라는 말을 사용할 거라고 약속할게요. 옥스퍼드 사전에 등재될 때까지요."

꼭두각시 사건을 계획하고 지휘한 범인은 복구할 수 없는 일회용 문자를 이용해 추종자들과 소통했다. 그 비밀을 알아내 '자살 문자'라고 이름 붙인 사람이 바로 스티브였다. 자신이 만든 단어가 역사에 길이 남는다고 생각하니 스티브의 눈이 반짝였다.

"좋아요."

루쉬는 교도소 의사에게 상처를 보인 후 교도관을 따라 식당으로 이동했다. 쭉 정렬된 여물통에는 색조만 다른 갈색 음식물 찌꺼기가 들어 있었다. 루쉬는 입맛을 돋우지는 못하겠지만 음식 색깔에 변화를 주기 위해 식판에 콩을 한 국자 얹고 테이블로 갔다. 사람들이 먼저 차지한 테이블을 지날 때마다 따가운 시선이 느껴졌고, 간혹 빈자리가 보여 다가가면 옆에서 안 된다고 고개를 저었다. 식당 끝으로 계속 걸어가니 혼자 식사하는 사람 몇 명이 띄엄띄엄 앉아 있는 테이블이 나왔다. 한 명은 오늘 아침 탈의실에서 봤던 사람이었다.

루쉬가 심호흡을 하고 다가갔다.

"안녕하세요. 여기 앉아도 될까요?"

건장한 체격의 남자는 고달픈 인생을 산 듯했다. 50대 중반은 되어 보였고 살이 없어 얼굴이 푹 꺼져 보였다. 오래돼 보이는 상처는 주름살과 이리저리 얽혔다.

"하는 거 봐서. 꼭두각시인가?" 남자가 노래하는 듯한 아일랜드 말씨로 물었다.

"아니요, 아닙니다." 루쉬가 밝게 대답했다. "사실 아주 재미있는 사연이 있어요." 루쉬가 이야기를 예고하며 빈자리를 턱으로 가리켰다. 잠시 고민한 남자는 앉아도 좋다고 손짓했다.

"데이미언 루쉬입니다." 루쉬가 자기소개를 하며 손을 내밀었다.

"미안하지만 그건 안 되겠어." 남자가 주위를 둘러보며 말했다. "당신과 악수하는 꼴을 보였다가는 칼에 찔릴 것 같거든."

"괜찮습니다." 루쉬가 미소를 지으며 손을 거두고 음식을 한 입 먹어보았다. 그러다 얼굴을 찌푸리고 식판을 밀어냈다.

"하려던 말이 뭐야?" 남자가 먼저 물었다.

"아. 그게, 저는 꼭두각시가 아니에요. 경찰이죠. …아니, 경찰이었죠. 정확히는 CIA 요원이요."

나이 지긋한 남자는 주위에 있는 수감자들을 불안하게 올려다보며 목소리를 낮추고 속삭였다. "그게 더 문제잖아."

"그런가요?" 루쉬가 그렇게 말하고 무의식적으로 음식을 한 숟갈 더 떴다.

"진짜 경찰이라면 왜 가슴에 그런 상처를 달고 다니고, 왜 우리 같은 인간 말종들이랑 여기 갇혀 있지?"

"저는 꼭두각시 사건을 수사하고 있었어요. 놈들을 막아야 하는

데 잠입하려니 이렇게 제 몸을 망가뜨리는 것 말고는 방법이 없더라고요." 루쉬가 가슴에 손을 올리고 맹세한다는 듯한 동작을 취하며 대답했다. "여기 들어온 건 배후에 있던 자를 쫓았기 때문이에요. 제가 모든 범행을 설계한 놈을 쫓아 피카딜리 서커스 역에서 세인트 제임스 파크까지 갔어요. 놈을 불구로 만들었고, 그 개만도 못하다는 놈을 처형했죠. 그 과정에서 제가 생각해도 가슴에 총을 좀 많이 쐈거든요. 그래서 여기 들어왔고 여러분과 함께 앉아 이걸…" 루쉬는 음식물 쓰레기 같은 음식을 당혹스러운 눈으로 내려다보았다.

"비프 웰링턴." 교도소 생활에 익숙한 남자가 답을 알려주었다.

"…비프 웰링턴을 먹게 됐습니다." 루쉬가 말을 마쳤다.

남자는 어떻게 말해야 할지 몰라 루쉬를 유심히 쳐다보았다. "그냥 부패한 짭새 한 마리가 더 들어온 건지도 모르지."

"그럴지도요." 루쉬가 그렇게 말하며 물 같은 오렌지 주스를 한 모금 마셨다. "부패 경찰이 판을 치는 세상이니까요." 루쉬가 말을 하다 말았다. 네오 나치가 똘마니들을 몇 명 거느리고 테이블 옆을 지나갔기 때문이다. "그런데 그거 아세요? 다 벌을 받아요. 결국은요."

"정말 그렇게 믿나?" 남자가 재미있다는 듯 물었다.

"진심으로요."

남자는 고개를 저었다. "희망적인 이야기군! 그런 이야기는 참으로 오랜만에 들어보네… 자네는 여기서 오래 버티지 못할 거야."

"그러니까 친구가 필요하다는 거죠." 루쉬가 말하며 다시 손을 내밀었다. "데이미언 루쉬입니다."

루쉬의 점심 친구가 또다시 망설였다.

"빨리요. 팔 아파요." 루쉬가 남자를 보며 미소 지었다.

남자는 후회할 게 뻔하다고 생각했는지 무거운 한숨을 쉬더니 테이블 너머로 손을 뻗어 루쉬와 악수를 했다. "난 켈리야. 켈리 매클로플린."

백스터는 정말로 와인이 마시고 싶었다.

오후 7시 29분, 왜 이런 짓을 한다고 했을까 궁금해 하며 문을 열고 손님을 맞이했다.

"안드레아."

"에밀리."

연예인급 인기를 누리는 기자가 거실로 따라 들어왔고 백스터 는 거실 소파에 털썩 앉았다. 안드레아는 완벽한 자세로 앉아 커 피 테이블에 가방을 풀기 시작했다.

"몸은 어때요?"

"거지 같아요." 백스터가 대답했다. 언제나 카메라 앞에 설 준비 가 된 안드레아와 달리 백스터는 조금 지친 기색이었다.

"부탁한 것들 가져왔어요." 안드레아가 다양한 사이즈의 '울프 를 석방하라' 티셔츠를 꺼냈다. 울프 석방 운동에 마지막으로 박 차를 가하기 위한 준비물이었다.

"고마워요. 바니타가 일주일 기한을 줬어요."

"만약 윌을 감옥에 보내지 않는 데 성공하면요." 안드레아가 조 심스럽게 말을 꺼냈다. "두 사람은 앞으로 어떻게…?"

백스터가 끄응 신음하고 얼굴을 문질렀다. "어쩌긴 뭘 어째요? 당신이랑은 상관없는 일이잖아요?"

"그렇긴 하죠. 그래도 당신과 윌이 한 공간에 있는 모습을 과 거에 봤고, 앞으로도 보게 될 사람들을 대표해서 물어본 거예요. 두 사람이 계속 밀고 당기기만 하는 모습도 이제는 좀 지겨워서요."

"난 토머스가 있어요!" 백스터가 화를 내며 덜 고통스러운 자세를 찾아 안드레아와 반대쪽으로 몸을 굴렸다.

"알아요."

"토머스는 정말 좋은 남자예요."

"윌은 좋은 남자가 아니고요." 안드레아가 고개를 끄덕였다. "하지만 그것도 윌의 매력이죠."

백스터는 대답하지 않았다.

"우리가 왜 헤어졌는지 알아요?" 안드레아가 백스터에게 물었다. "진짜 이유요. 그 사람은 나를 진심으로 사랑했지만 그건 중요하지 않았어요. 윌이 나를 아껴준 마음도 진심이었지만 그것도 중요하지 않았고요. 나보다 조금 더 사랑하는 사람이 있다는 사실을 도저히 무시할 수 없더라고요. …에밀리 당신 말이에요."

백스터는 머리 위로 쿠션을 올렸다.

"뭐, 내가 상관할 일은 아니죠. 그런데 옳은 결정을 했다면 이렇게 괴로워할 이유가 있을까요?" 안드레아가 말했다.

백스터는 천천히 일어나 앉아 울프의 전 부인을 쳐다보았다.

"나 정말 심각하게 잘못 살았나 보네요. 이런 얘기를 할 사람이 당신밖에 없다니." 자신의 처지에 웃음이 나왔다. "모르겠다. 내가 뭐 하나 보여줄게요." 백스터는 자리에서 일어나 재킷 주머니에서 무언가를 꺼내더니 다시 앉아 안드레아에게 접힌 종이를 건넸다. "핀레이 물건 속에서 발견했어요." 그렇게만 설명하고 안드레아가 잠시 카드 내용을 읽게 두었다. "미리 말해두는데, 단서일지 몰라서 가지고 다닌 것뿐이에요. 이걸 핀레이가 왜 아직까지 보관했는지 모르겠어요. 핀레이 필체지만 매기에게 쓴 건 아니에요. 핀레이는 매기를 자기 목숨보다 사랑했지만 이 편지는 매기에게 쓰지 않았어요."

안드레아는 카드를 접어 다시 백스터에게 건넸다. "핀레이는 집착이…, 꽤 심했네요."

"맞아요. 열정, 분노, 간절함도요. 누군가를 그 정도로 사랑한다는 게 상상이나 가요? 나를 그만큼 지독하게 사랑하는 사람이 있다는 게? 이것 때문에 머릿속이 엉망이 됐어요." 백스터가 인정했다.

"그래도 핀레이와 매기는 행복했잖아요." 안드레아가 지적했다. "이 편지를 누구에게 썼든 간에요."

"네, 그랬죠." 백스터가 고개를 끄덕이며 결론 없이 대화를 마무리했다. "고맙네요." 실제로는 고맙지 않다는 말투였다.

"언제든 말만 해요." 그렇게 대답하며 안드레아는 커피 테이블에 놓인 물건들을 살펴보았다. "오늘 루쉬 봤어요?"

"봤어요."

"나한테 그 얘기를 아직 안 해줬잖아요." 안드레아가 잊지 말라는 식으로 물었다.

백스터는 갈등하는 듯했다. "당신을 믿어도 돼요?"

"당연하죠."

"어디서부터 시작할까요?"

안드레아는 잠시 생각하다가 말했다.

"12월 22일 밤. 런던이 폭설에 파묻힌 시각, 루카스 키튼이 세인트 제임스 파크 정문 사이를 달린다…." 백스터는 심호흡을 하고 그 뒤의 이야기를 고백하기 시작했다.

테이블에 놓인 싸구려 티셔츠 더미 아래에서 빨간 불빛이 반짝거렸다. 손바닥 크기의 상자가 귀를 세우고 백스터의 말을 하나도 빠짐없이 녹음하고 있었다.

42

2010년 5월 21일 금요일
핀레이의 생일
오후 8시 2분

"예쁜데." 울프가 안드레아의 손을 잡고 지하철 의자에 나란히 앉아 말했다.

"고마워. 당신도 멋져." 안드레아는 미소를 지으며 억지로 매라고 한 넥타이를 단정하게 바로잡아준 다음 다른 승객들의 시선을 무시한 채 울프의 어깨에 머리를 기댔다.

주말이 지나면 방화 살인범의 판결이 나오는 날이다 보니 집에 머무르려는 울프를 어렵게 설득해서 데리고 나올 수 있었다. 하지만 파파라치를 피해 이웃집 마당으로 나왔다는 점만 빼면 여느 때와 똑같은 금요일 밤 같았다. 몇 주 동안이나 논란과 비난의 화살을 맞아온 남편에게는 간만의 휴식이 필요했다.

"피곤해?" 울프가 안드레아의 정수리에 입을 맞추며 물었다.

안드레아가 고개를 끄덕였다.

"우리는 그냥 얼굴만 비추고 나오는 거야. 늦어도 10시까지는 집으로 돌아가서 침대에 페퍼민트 차를 가져다주고 〈그레이 아나토미〉 틀어줄게."

덜컹거리는 지하철의 진동에 잠이 들고 있던 안드레아가 울프를 꼭 껴안으며 물었다. "약속이야?"

"약속."

풍선을 따라 계단을 올라가니 통째로 대관한 강변 레스토랑의 대연회장이 나왔다. 울프는 검소한 핀레이가 웬일로 사치를 부렸다고 생각했다.

축 55세!

손님을 맞이하던 매기가 울프와 안드레아를 보고 따뜻하게 안아주었다. "잔 하나씩 들고 햇빛 좋은 데로 나가." 매기가 안내했다. "그이도 테라스에 있어. …어쩌려고 벌써 저렇게 취했나 몰라." 남편의 흉을 봤지만 목소리에는 애정이 가득했다. "내가 받아줄까?" 매기의 말에 안드레아가 카드와 선물을 건넸다.

"선물 뭐야?" 바bar로 향하며 울프가 속삭였다.

"핀레이가 늘 쓰는 향수."

울프는 어리둥절한 표정이었다. "케밥과 담배 향 향수가 있어?"

안드레아가 큰소리로 웃음을 터뜨렸다. "못됐어!"

울프와 핀레이는 벌칙으로 술을 마시는 게임을 시작했다. 안드레이와 매기는 점점 거칠어지는 게임을 걱정스럽게 지켜보았다.

"말려야 할까요?" 안드레아가 물었다.

"그럴까 봐. 예의상 다른 손님들 아는 척이라도 해야 하는데 핀레이도 참. 챔버스 부부랑은 아직 인사도 못 했어." 매기가 말했다. 두 여자는 철딱서니 없는 남편들을 진정시키러 갔다.

"자, 아저씨들." 안드레아가 울프의 손에서 술잔을 빼앗으며 말했다. "무승부로 해요. 이리 와, 윌. 나 춤추고 싶어."

안드레아가 울프를 댄스플로어로 막 이끌었을 때, 백스터가 머리카락이 방방 뜨는 남자를 달고 입장했다. 울프는 아내의 손을 놓고 비틀거리며 백스터 커플에게 다가갔다.

"백스터!" 울프가 환하게 웃으며 백스터를 끌어안았다. 어색한 포옹에 서로의 가슴이 스쳤다.

"에밀리." 안드레아가 인사했다.

"안드레아." 백스터도 똑같이 했다.

울프는 싸늘한 분위기를 알아차리지 못하고 불도저처럼 밀고 나갔다. "이 사람이 개빈이겠군!" 울프는 자기보다 작은 남자의 손을 으스러뜨릴 것처럼 잡고 악수했다. "술 마실래요?"

"당신이 안 알려줘도 바까지 알아서 잘 찾아갈 거야." 안드레아가 억지로 호호 웃으며 울프를 다른 쪽으로 이끌었다. "빨리. 춤 추자니까."

"알았어, 잠깐." 울프가 안드레아의 팔을 뿌리치고 술취한 말투로 말했다. "백스터가 큰 사건을 맡은 게 있댔어."

"파티에서 일 얘기는 금지야." 안드레아가 말려보았다. 최근에 울프가 유명세를 치른 일을 알고도 일부러 그 얘기를 꺼내지 않은 다른 손님들을 위해서였다.

"아." 개빈은 기억을 더듬다 조금 오만하게 손가락을 튕겼다. "강에서 게이들을 계속 건진다는 사건 말이죠?"

"정답이에요, 개빈." 울프가 말했다. "수요일 밤에 챔버스랑 경찰 보트 타고 나간다며? 재밌겠네. 부럽다."

개빈이 백스터를 돌아보았다. "목요일 아침에 나랑 약속한 거 잊지 마."

"목요일이 왜?" 울프가 불쑥 물었다.

"목소리를 낮춘 거 보면 우리가 상관할 일이 아니라는 뜻이겠지." 안드레아가 타박했다.

"괜찮습니다." 개빈이 정중하게 말했다. "몇 주 전에 저희 어머니가 돌아가셨거든요. 목요일이 장례식이에요."

"아." 울프가 말했다.

"고인의 명복을 빕니다." 안드레아는 슬픈 미소를 지으며 겨우 울프를 다른 곳으로 끌고 갈 수 있었다.

한 시간이 지나 울프는 집에 가자는 안드레아의 부탁을 들어주었다. 그 전에 어차피 월요일이면 보게 될 사람들과 오랫동안 작별 인사를 나눴고, '마지막 쉬'를 한다고 비틀비틀 화장실로 갔다.

"월, 맞죠?" 옆에서 소변을 보고 있던 은발의 신사가 물었다. 소리를 듣자 하니 울프보다 명중 솜씨가 훨씬 좋은 듯했다. "크리스천이라고 합니다. 핀레이 친구요."

"앙샹떼." 울프가 심하게 비틀거리며 불어로 인사를 건넸다.

"핀레이에게 얘기 많이 들었어요."

울프는 술에 취해 실실 웃었다.

"그래요, 월요일에 잘 되기를 빕니다." 고맙게도 크리스천이 대화를 포기하며 말했다.

술기운에 휘청이며 걷던 울프는 연회장에 들어서자마자 테라스를 쳐다보았다. 백스터와 개빈이 그곳에서 격하게 말싸움을 벌이고 있었다. 다른 손님들처럼 예의상 싸움을 못 본 척하고 있던 안드레아가 남편을 계단으로 잡아끌었다.

"우리가 참견할 일이 아니야, 윌." 안드레아가 말했지만 울프는 귓등으로도 듣지 않았다. 백스터가 멍청한 남자친구를 버리고 돌

아서는 모습에 온 정신이 팔린 상태였다. "윌!" 열려 있는 문으로
조금씩 다가가는 울프를 보고 안드레아가 외쳤다. "윌!" 뒤에서
안드레아가 남편을 애타게 불렀다.

울프가 테라스로 나간 바로 그 순간, 개빈이 백스터의 팔을 강
제로 붙잡았다. 하지만 곧 팔을 놓을 수밖에 없었다. 울프가 뒤편
의 테이블로 개빈을 밀치자 유리잔과 촛대가 바닥으로 굴러떨어
졌다.

"울프, 그만 해요!" 또 개빈에게 다가가는 울프를 보고 백스터
가 외쳤다. "울프!"

개빈은 바닥에 나자빠져 손으로 코피를 막으며 뒤로 물러났다.

울프에게 이후의 기억은 흐릿했다. 그나마 기억하는 장면은 이
런 것이었다. 백스터는 길길이 뛰었다. 동료들은 테라스로 우르르
몰려와 울프를 부축해 파티장으로 끌고 들어왔다. 안드레아는 눈
물을 보였고 집에 오는 동안 그에게 한마디도 하지 않았다.

하지만 이것만큼은 확실히 기억했다. 울프는 낡아서 올이 다 풀
린 거실 소파에 쓰러지듯 누우며 이제 상황이 더 정리됐다고 순
진하게 믿었다.

43

2016년 1월 30일 토요일
오전 7시 6분

루쉬는 오늘도 잠을 자지 못했다. 눈을 감을 때마다 사방에서 벽이 조여 오는 느낌이었다. 캄캄한 방에서 가로 90센티미터, 세로 180센티미터밖에 안 되는 이층 침대에 누워 있으니 낮은 천장이 꼭 관 뚜껑 같았다. 어제 아침에 가슴의 흉터를 본 이후로 감방 동기는 루쉬에게 말을 걸지 않았고 오늘 아침 옷을 입을 때도 그를 투명 인간 취급했다. 감방 문이 열렸고 두 사람은 전날과 똑같이 느릿느릿 움직이는 줄 뒤에 서서 샤워실로 가는 철제 구름다리를 걸었다.

이제는 굳이 가슴을 가릴 필요가 없어 루쉬는 상의를 먼저 벗고 시선과 모욕이 쏟아지든 말든 당당하게 섰다.

"그걸 직접 했다니 아직도 못 믿겠어." 켈리가 옆에서 옷을 벗으며 말했다.

"뭐, 도움을 좀 받았죠." 루쉬가 사실을 털어놓았다. 타일 벽으로 둘러싸인 탈의실을 보니 백스터가 그의 가슴에 스테이크 칼을 꽂았던 남자 화장실이 떠올랐다. "선생님도 나름대로 사연이 있는 것 같은데요." 루쉬가 나이 든 남자의 화려한 몸을 보고 말했다.

크고 가느다란 흉터가 왼쪽 팔 안쪽을 따라 올라갔고, 오른팔은 오래된 화상으로 색이 변했다. 심장 바로 위에는 여러 차례 엉성한 수술을 받은 자국과 완벽한 동그라미 형태로 튀어나온 흉터가 남아 있었다.

"어떻게 아직 살아 있어요?" 루쉬의 질문에 켈리가 킬킬 웃었다.

"보통은 누가 위에서 나를 지켜줬지."

"신…, 말이에요?"

"아니. 저격수."

"아하."

"응, 대부분 군대에 있을 때 생긴 거거든." 켈리가 설명했다. "보기만큼 심하지는 않아."

"그건 총상이에요?"

"맞아. 이때는 좀 심하게 다쳤지." 켈리가 인정하며 흉터를 문질렀다.

"언제 그 얘기 좀 해 줘요." 루쉬가 몸에 수건을 두르며 말했다.

"아니…, 싫어." 켈리가 대답했다. "먼저 가. 나도 곧 갈 테니까."

루쉬가 다른 이들을 따라 문을 통과하고 샤워실로 두 발짝 들어간 순간, 묵직한 힘이 그를 강타했다. 루쉬가 젖은 바닥에 미끄러지며 나자빠졌고 갑자기 나타난 손들이 그의 몸을 더듬으며 거친 타일 위로 질질 끌었다. 루쉬는 의식이 겨우 붙은 채로 낮은 벽에 몸을 웅크렸다. 폭력의 강도는 점점 심해졌다. 발과 주먹이 마구 날아들었고 머리가 단단한 바닥에 부딪히자 귀가 울렸지만 고통을 다 느끼지는 못했다.

켈리는 샤워실에 들어오자마자 긴장된 분위기를 감지하고 상황을 파악했다. 다섯 명이 한 곳에 모여 있고 붉은 핏물이 빙그르르 돌며 배수구로 흘러 들어갔다. 괜히 끼어들고 싶지 않아 망설이던 켈리는 이내 결심하고 작은 소리로 욕설을 뱉었다.

"교도관!" 켈리가 목청껏 고래고래 외쳤다. "교도관!"

무리가 흩어졌고 한 명은 꼼짝 못 하고 쓰러져 있는 루쉬의 몸을 향해 가다 말고 침을 뱉었다.

켈리가 루쉬에게 갈 때쯤 교도관들이 샤워실로 달려 들어왔다. 한 명은 사고를 보고하고 다른 한 명은 샤워실에서 수감자들을 내보냈다. 두 사람 다 의사가 오기 전까지는 뭘 어떻게 해야 할지 몰랐다.

★

루쉬는 계속 남아 치료를 받으라는 의사의 조언을 무시하고 오후 2시 55분에 비틀거리며 의무실 계단을 내려와 면회장과 이어진 짧은 복도를 걸었다. 자기 이름이 불릴 때까지 계단 밑에서 서성이던 수감자들은 퉁퉁 부어 한쪽밖에 보이지 않는 눈으로 앞을 더듬으며 걸어가는 루쉬에게 욕을 퍼부었다.

"아직 끝난 거 아니다." 한 명이 조롱했다.

"운 좋은 줄 알아!" 다른 이가 외치며 무언가를 던졌다.

루쉬는 반응하지 않고 다리를 절뚝이며 그 앞을 지났다.

다가오는 루쉬를 보자 백스터의 얼굴이 딱딱하게 굳었다. 당장이라도 가서 도와주고 싶었지만 그랬다가는 교도관들이 막아 세울 게 뻔했다.

"세상에, 루쉬." 백스터가 의자에 털썩 앉는 그를 보며 기가 막힌다는 소리를 냈다. "도대체 무슨 일이에요?"

"싸움에 휘말렸어요. 이겼다고는 말 못 하겠네요." 루쉬가 농담을 했다.

"여기서 나가요." 백스터는 단호하게 말했다. "다른 곳으로 보내줄게요."

"안 돼요."

"그때까지만 독방에 들어가는 방법도 있어요." 백스터는 포기하지 않았다. "내가 가서 말을…."

"안 된다고!" 루쉬가 테이블을 주먹으로 치며 화를 냈다.

백스터가 이쪽으로 오려는 교도관 두 명에게 됐다고 손짓했다.

"나 할 수 있어요." 루쉬가 말했다.

백스터는 루쉬의 손을 잡을 수만 있다면 소원이 없겠다고 생각했다.

"여기서 곧 꺼내줄게요." 백스터가 약속했다. "조금만 더 버텨요."

크리스천이 전화를 받았다. "네?"

"안드레아 홀 님이 오셨습니다, 청장님." 낯선 목소리가 알렸다. 비서는 원래 크리스천이 그러기로 했던 것처럼 주말을 즐기고 있었다.

"들어오시라고 해요." 크리스천이 유명인 손님을 맞으려 책상에서 일어났다. 평소와 달리 정장이 아니라 폴로셔츠와 면바지를 입고 있었다. "아! 홀 기자님. 어서 오세요. 편하게 앉아요." 크리스천은 안드레아와 악수를 하고 바로 앞에서 문을 닫아 부하 직원을 내보냈다. "자, 들어봅시다. 뭐가 그렇게 중요해서 월요일까지 기다릴 수 없는지?" 크리스천이 안드레아에게 물었다.

"윌을 무혐의로 풀어주세요." 안드레아의 대답은 간단했다.

크리스천은 껄껄 웃으며 다시 책상에 앉았다. "내가 왜 그렇게 해야 하는지 설명을 부탁해도 될까요?"

"청장님은 윌에게 그러시면 안 돼요." 안드레아가 거만하게 손을 내저으며 말했다. "윌 친구를 죽였잖아요. 그 사람이야 당연히 체포하려고 하겠죠. 정말 그렇게 나올 줄 모르셨어요?"

크리스천이 얼어붙었다.

"녹음기 안 찼어요." 안드레아가 말했다. "그랬다가는 나도 범죄에 연루되게요? 제가 여기 온 건 청장님과 거래를 하기 위해서예요. 윌은 포기했대요. 다 끝났어요."

크리스천이 신중하게 고개를 끄덕이고 아리송한 말을 했다. "개도 발에 수없이 차이면 가까이 오지 않는 법을 배운다더니."

"아, 윌은 청장님 메시지를 알아들었어요. 아주 분명하고 확실하게." 안드레아가 장담했다. "청장님, 저는 복수니 감정싸움이니 하는 것들에 솔직히 공감 못 해요. 제가 공감하고 또 존경하는 사람이 있다면 자기 이익을 보호하기 위해 할 일을 하는 남자죠."

크리스천은 정중하게 고개를 끄덕여 칭찬을 받아들이면서도 상대가 누구인지 잊지 않고 경계했다.

"제 제안은 이겁니다." 안드레아가 말을 이었다. "윌을 풀어주세요. 저도 앞으로는 시위대로 경찰청을 막지 않을게요. 보답으로 에밀리 백스터에 데이미언 루쉬까지 드리고요. 이제는 그 두 사람이 더 큰 물고기라는 거 잘 아실 텐데요." 크리스천이 관심을 보이며 몸을 앞으로 기울이자 안드레아가 가방에서 휴대폰을 꺼냈다. "에밀리 백스터와 사적인 자리에서 한 대화 녹음이에요. 루카스 키튼이 죽기 전 상황이 자세하게 나와 있고, 백스터가 그 현장에…, 루쉬와 있었다는 자백도 담겨 있어요. 루쉬가 무장도 안 한 사람을 잡아서 불구로 만들고 처형하는 모습을 목격했고, 살인을 저지른 루쉬가 체포되지 않도록 윔블던에 있는 자기 집으로 데려와 간호했다고 실토했어요."

"그렇다면 확실히 유죄를 입증할 수 있겠군요." 안드레아가 대화 내용을 흘리지 않을 것이라 믿고 크리스천이 말했다. "너무 확실해서 오히려 의심스럽지 않나?"

"저는 윌만 지키면 돼요. 에밀리 백스터는 제 결혼 생활을 망친 여자예요. 데이미언 루쉬는 훌륭한 기삿감 그 이상도 이하도 아니고요."

"아하, 거래조건은 이게 끝이 아니다?" 크리스천이 말했다. 안드레아가 무슨 말을 하려는지 알 것 같았다.

"루쉬와 단독 인터뷰를 하게 해주세요."

"좋습니다."

"재판 전에요."

"그건 좀 곤란한데."

"오늘 밤."

"아니, 그건 안 되죠."

안드레아가 휴대폰 버튼을 눌렀다. 잡음 섞인 백스터의 말소리가 들렸다.

"루쉬가 앞에 보이는데…, 눈이 너무 많이 왔어요. 따라잡을 수가 없더라고요. 첫 번째 총성이 들렸고…, 키튼은 심하게 다쳤지만 내가 다가갔을 때까지는 살아 있었어요. 지혈을 하려고 했지만…."

안드레아는 버튼을 다시 눌러 백스터의 충격적인 고백을 중간에 끊고 크리스천 앞에 휴대폰을 괘종시계의 시계추처럼 흔들었다. "교도소에서 데이미언 루쉬와의 인터뷰, 48시간 내 윌의 석방.

그게 제 최종 요구 사항이에요."

크리스천은 미소를 지으며 맞은편에 당당하게 앉아 있는 여자를 응시했다. 그가 손을 뻗어 휴대폰을 받아 들었다.

"하지만 휴대폰은 비밀번호로 잠겨있잖소." 크리스천이 말했다.

"일단 녹음 파일을 갖고 계세요. 합의한 대로 해주시면 그때 비밀번호를 드리죠."

"대단한 사람이야."

"네, 뭐. 합의한 거죠?" 안드레아가 말했다.

"좋습니다, 홀 기자님. 그렇게 합시다."

루쉬가 식판을 떨어뜨리자 밥맛 떨어지게 끈적거리는 스튜인지, 상해서 찐득거리는 수프인지 모를 음식이 식당 바닥에 쏟아졌다. 루쉬는 심술궂은 웃음소리를 들으며 무릎을 꿇고 금이 간 그릇을 집어 들었다.

"그냥 둡니다!" 식당 반대편에서 교도관이 외쳤다.

루쉬가 특별히 더 정성을 들여 두 번째 식판에 막 음식을 떴을 때 누군가 그의 이름을 불렀다.

켈리는 다른 사람도 아니고 교도소장이 루쉬를 불러 조용히 대화하는 모습을 관심 있게 지켜보았다. 대화는 1분이 조금 넘었다. 평소 얼굴 보기 힘든 소장은 루쉬가 저녁 식사를 마저 하게 두더니, 들어올 때처럼 빠르게 식당을 나갔다.

"소장이 뭐래?" 켈리가 물었다. 그러다 루쉬의 처참한 얼굴 상태를 보고 얼굴을 찡그렸다. "왜 싸웠냐고 해?"

"그 얘기도 있고요." 루쉬가 대답하며 자리에 앉았다. "뭘 해달라네요. …인터뷰를요."

"인터뷰?" 켈리가 당황해서 물었다.

"네." 루쉬가 자세한 설명 없이 고개를 끄덕였다.

"그래? 의사는 뭐라고 하고?"

"얼굴을 맞았다고요. 심하게." 루쉬가 대답했다. "아까는 고마웠어요. 교도관 부르는 소리 들었어요."

고맙다는 인사에 켈리가 손사래를 쳤다. "그 나치 새끼들을 혐오하지 않았어도 그랬을 거야. 내가 놈들을 정말로 진짜 싫어하지만, 더 싫어하는 게 있다면 불공평한 싸움이거든."

"어쨌든…, 고마워요." 루쉬는 먹히지 않는 음식을 억지로 먹어보려 했다.

"아니, 잘잘못을 가려야지." 켈리는 몇 자리 옆에서 다 똑같이 생긴 대머리들이 자기들끼리 거칠게 툭툭 치는 모습을 노려보았다. "잘못을 저지르고도 벌을 안 받게 둘 수는 없어."

"맞아요." 루쉬가 동의했다. 그러면서 수프가 묻은 단단한 플라스틱 조각을 두 사람 사이의 테이블에 올려놓았다. "그러면 안 되죠."

켈리는 무기 같지 않은 무기를 수상쩍게 내려다보았다. "뭐, 이기지 못하겠다면 그냥 싹 다 태워버리는 수도 있지." 좋든 나쁘든 자신이 평생 지키고 살았던 조언을 전해주며 켈리가 씩 웃었다.

루쉬는 고개를 끄덕이고 임시로 만든 칼을 냅킨에 올린 후 음모를 꾸미듯 몸을 앞으로 기울였다. "시간이 얼마 없어요. …저랑 의논 좀 해요."

44

2016년 1월 31일 일요일
오전 8시 37분

"인터뷰 확정이에요!" 안드레아가 스튜디오에 있는 사람들을 향해 쩌렁쩌렁 외쳤다. "내일 오전 6시까지 우드힐 교도소에 로리, 음향, 조명 대기시켜요. 7시에 생중계 시작해서 1시간마다 방송할 공간이 필요합니다!"

"데이미언 루쉬는 한 달도 지난 뉴스거리야." 국장이 스튜디오에 딸린 국장실에서 커피를 들고 나오며 지적했다.

"그냥 나만 믿어 봐요." 안드레아가 국장에게 미소를 지어 보였다. "내가 언제 실망시킨 적 있어요?"

"아, 저 표정 내가 알지." 국장이 킬킬 웃었다. "이번에는 또 누구를 엿 먹인 거야?"

"다 본인이 자초한 거예요."

"교도관!" 루쉬가 외쳤다. "도와줘요! 제발!" 목소리가 간절했다. 쏟아진 피는 콘크리트에 스며들어 진한 와인색으로 변했다. 켈리의 옆구리 상처를 손으로 압박하고 있는 루쉬 주위로 구경꾼들이 모여들기 시작했다. "교도관!"

혼잡한 운동장 저편에서 고참 교도관이 전속력으로 달려왔다.

"물러서요!" 벌써 무전기로 지원을 요청한 교도관이 점점 늘어나는 구경꾼들을 향해 외쳤다. "다들 물러서라니까! 당신은 여기

남고." 도와달라고 외친 사람을 알아보고 교도관이 루쉬에게 명령했다. "의사 내려오라고 하고, 운동장을 비우라고 해! 피를 많이 흘렀어. 칼에 찔린 상처 같다." 무전기에 대고 말하던 교도관이 루쉬를 돌아보았다. "어떻게 된 겁니까?"

"저는 아무것도 못 봤습니다." 루쉬가 대답했다. 듣고 있는 사람이 너무 많아서 우선은 교도소 에티켓을 따르는 수밖에 없었다. 켈리가 고통스럽게 몸부림치는 것이 손바닥에 느껴졌다. "괜찮을 거예요." 루쉬가 켈리를 안심시켰다. 검붉은 얼룩이 벌써 소매까지 퍼지고 있었다.

기동대가 출동해 수감자들을 내쫓아준 덕에 의사는 환자의 상태를 볼 수 있었다.

"당장 의무실로 보내야 합니다!" 의사가 교도관들에게 말했다.

다른 수감자들과 함께 운동장 끝으로 가라는 명령을 받은 루쉬는 피 묻은 손을 상의에 닦고 유일한 아군이 들것에 실려 가는 모습을 무력하게 지켜보았다.

백스터는 욕조에 물을 받고 몸을 담갔다. 오늘은 루쉬가 기운을 차리기 바라며 홀리를 면회장에 대신 보내고 온종일 토머스와 자유 시간을 즐겼다. 오전에 토머스는 싸구려 기념품 티셔츠를 입고 백스터의 집 앞에 나타났다.

I ♥ LONDON

물론 백스터는 커플티로 입자는 제안을 단칼에 거절했다. 하지만 런던 사람이라면 절대 가지 않을 관광 명소들을 전부 둘러보자는 계획에는 찬성했다.

우스꽝스러운 모자와 장갑을 착용한 백스터와 토머스는 추운 날씨에 한 시간 넘게 줄을 서 런던탑에 들어갔고 버킹엄 궁전 앞에서는 필수 코스로 셀카를 찍었다. 하드록 카페에서 점심을 먹은 후에는 테이크아웃 커피로 몸을 녹이며 켄싱턴 궁전의 정원을 산책했다. 이 모든 풍경은 공포와 죽음, 악의가 아무리 밑바닥을 갉아먹어도 역사와 아름다움을 간직한 도시 런던은 굳은 의지로 난관을 타개하고야 만다는 증거였다.

백스터는 실로 오랜만에 최고의 하루를 보냈고, 토머스가 베개에 놓아둔 작은 검은색 상자를 보고 더 감동했다. 사이즈가 잘 맞나 약혼반지를 손가락에 껴본 순간 그동안 어깨를 무겁게 짓누르던 짐이 이제야말로 사라지는 느낌이 들었다. 백스터는 눈을 감고 목욕물에 머리까지 잠수했다. 결심은 끝났다.

루쉬는 홀로 외롭게 걸으며 조용히 저녁 먹을 장소를 찾았다. 식당에 최대한 늦게 들어가고 싶어 일부러 발을 질질 끌며 걷고 있었다. 고정석에 앉아 자신을 주시하는 나치 일당이 보였지만 놈들은 하필 그때 옆을 지난 흑인 수감자를 보더니 루쉬에 대한 흥미를 빠르게 잃었다. 이 정도로 가까이 오는 것은 인종차별이 섞인 욕을 해달라는 부탁이나 다름없었다.

그 틈을 이용해 루쉬는 음식을 억지로 넘겨보았다. 하지만 도무지 배가 고프지 않았다. 오늘 일로 턱이 아프기도 했지만 죄책감이 느껴졌기 때문이었다. 오늘 오후 3시에 면회장 입구에 서서 백스터를 기다리던 루쉬는 불안하게 주위를 두리번거리는 홀리를 보자마자 되돌아 나왔다. 이렇게 처량한 모습을 차마 홀리에게 보여줄 수는 없었다. 루쉬는 순간의 결정을 후회하며 식판을 밀어 내고 말없이 앉아 조금씩 사람이 줄어드는 식당을 바라보았다.

나치 일당은 거의 마지막으로 테이블을 비웠다. 개중에 덜 위압 적인 녀석들은 무의식적으로 리더의 주위를 돌며 서로 옆자리를 차지하려고 경쟁을 벌였다. 한 명은 다른 재소자를 벽에 밀쳐 인 정을 받으려 했다.

루쉬는 차분한 손길로 허리춤에서 둘둘 만 수건을 꺼내 무릎 에 올려놓고 펼쳤다. 그 안에는 피 묻은 플라스틱 조각이 있었다. 루쉬는 식판을 들고 출구를 향해 빈 테이블 사이를 천천히 걷다 가 잠시 걸음을 멈추고 나치 일당의 벤치에 사람을 찔렀던 흉기 를 내려놓았다.

그러고는 아무 일도 없었던 듯 휘파람을 불며 밖으로 나갔다.

크리스천은 날아갈 듯한 기분으로 집에 도착했다.

집에 들어와 현관문을 잠그고 본능적으로 손잡이를 위로 올리 려다가 동작을 멈췄다. 이제는 이 습관 없이 살아도 된다는 생각 이 들었기 때문이다. 차가운 비가 유리창을 때리는 소리를 들으 며 크리스천은 경보기를 설정하고 달빛이 쏟아지는 거실로 성큼 성큼 들어갔다. 스카치 위스키를 잔에 가득 따른 후에는 고요한 대궐의 정중앙으로 가 제일 좋아하는 의자에 앉았다.

계획했던 주말은 아니었다. 하지만 크리스천은 루쉬와의 인터 뷰를 주선한 다음, 윌리엄 폭스의 최초 석방 확인서를 보내는 방 법으로 안드레아와의 약속을 지켰다. 긴급 윤리 위원회를 소집해 데이미언 루쉬의 유죄를 입증할 파일이 녹음된 휴대폰은 증거로 제출했고, 백스터 경감의 거취를 논의하기로 했다. 딱하게도 루카스 키튼 사태를 수습해야 하는 FBI의 데번 싱클레어 요원과도 만나 희소식을 전하고 그가 사건 해결에 일조했다는 사실을 공표해 달라고 부탁했다.

거머리 같은 안드레아 홀이 오늘 아침 루쉬에게서 어떤 말을 끌어낼지 모르겠지만 무슨 말이 나와도 루쉬의 유죄를 뒤집을 수는 없었다.

크리스천은 스카치를 한 모금 더 마시고 커피 테이블에 놓아둔 체스판을 응시했다. 그를 노리는 적마다 체스말을 하나씩 지정해 주고 자신의 말로 주위를 에워쌌다. …하나만 빼고.

킬리언 케인의 조직은 아직도 오언 켄드릭을 찾고 있었다. 이 정도면 이미 죽어서 못 찾는 것 아닐까? 그는 30년이 넘도록 부패 경찰과 함께 사라진 수백만 파운드를 둘러싼 기막힌 이야기를 폭로하지 않았다.

신경 쓸 필요도 없는 인물이다.

이제야 숨통이 트이는 것을 느끼며 크리스천은 잔을 들고 체스판에 건배했다. "체크메이트."

45.

2016년 2월 1일 월요일
오전 6시 26분

늘 완벽한 모습의 안드레아마저도 지쳐 보였고 스태프들의 상태는 더 심했다. 카메라맨 로리는 이러다 죽겠다는 표정이었다. 원래 이렇게 철두철미한 것인지, 일부러 까다롭게 구는 것인지 모르겠지만 교도관이 스크루드라이버를 들고 촬영 카메라의 금속판을 뜯어내고 있었다.

"이러면 A/S 보장은 못 받아요." 로리가 늘어진 하품으로 커피에 물든 치아를 보이며 교도관에게 말했다.

교도관은 로리를 무시하고 패널을 뜯은 후 불법의 소지가 없는지 천문학적으로 비싼 카메라의 내부를 확인했다.

오전 6시까지 우드힐 교도소에 도착하기로 되어 있던 촬영팀은 피곤한 몸을 이끌고 일찍 출발했지만 마지막 3미터를 이동하는 데만 26분이 걸렸다. 보안 게이트가 나올 때마다 교도소 측은 모든 촬영 장비를 풀고 하나씩 꼼꼼하게 점검했다.

"계속 이렇게 오래 걸려요?" 안드레아가 쏘아붙였다. 생방송까지 30분도 남아 있지 않았다.

안드레아를 올려다본 교도관은 어깨만 으쓱하고 다음 패널을 뜯기 시작했다.

루쉬는 결국 피로를 이기지 못하고 다섯 시간 정도 잠이 들었다. 하지만 교도소의 하루가 시작되기 직전인 오전 6시 53분, 누군가 감방으로 걸어오는 발소리를 들었을 때는 잠이 완전히 달아난 상태였다. 다른 수감자들이 움직이기 전에 먼저 가 있고 싶었기에 루쉬는 이층 침대에서 내려왔다. 호송 담당 교도관이 왔을 때는 이미 방 한가운데서 대기하고 있었다.

루쉬는 호송을 받으며 계단을 내려갔다. 텅 빈 수감동 복도를 걷는 동안 루쉬의 새파란 수의만이 칙칙한 배경에 색을 더했다. 몇 개의 문을 열고 지나가고 잠근 끝에 루쉬와 교도관은 면회장으로 가는 복도에 이르렀다. 루쉬는 불 꺼진 의무실을 올려다보았다. 갈비뼈 바로 아래의 여린 살에 날카로운 칼을 찔러넣었을 때 켈리가 보인 눈빛을 잊을 수 없었다.

"어이! 빨리 가라고!" 지나가라고 문을 잡아주던 교도관이 외쳤다.

"죄송합니다." 루쉬가 사과했다. 현실로 돌아오게 해준 교도관에게 오히려 감사함을 느꼈다.

"벽 보고." 마지막 문이 나오자 카페인 효과가 떨어진 교도관이 딱딱거렸다.

루쉬가 고분고분하게 진회색 벽을 보고 있는 사이, 교도관은 다섯 자리 비밀번호를 누르고 ID 카드를 긁어 문을 열었다. 익숙한 면회장에 들어서니 촬영 스태프들이 장비를 설치하는 중이었고 안드레아는 콤팩트 거울로 메이크업을 수정하고 있었다.

"도착했습니다!" 교도관이 세계적으로 유명한 기자에게 조금은 홀린 듯 깍듯하게 외쳤다.

자리에서 일어난 안드레아는 자신이 공동의 적에게 대가로 넘긴 남자를 보고 고개를 끄덕여 인사했다. 루쉬는 루쉬답게 환히 웃으며 안드레아 쪽으로 밝게 손을 흔들었다.

　오전 6시 59분, 나흘 연속으로 야간 근무를 했던 위안 박사의 근무 시간이 끝나가고 있었다. 앞으로 이틀간 푹 잘 수 있다고 생각하니 벌써 가슴이 설레었다. 주말이 가까워지면 재소자들 안에서 무언가가 깨어나는지 -감시가 소홀해진다는 착각일까, 주중에 빼앗겼던 자유를 마음껏 누려야 한다는 생각일까, 아니면 자기들이 수적으로 우세하다는 확신일까- 금요일과 토요일 밤만 되면 교도소 안에서는 별별 일이 다 일어났다. 이번 주도 싸움만 일곱 건이었다. 한 명은 머리를 다쳐 외부 시설로 이송되었고, 손목을 긋고 칼로 찌른 사고도 있었다.

　정말이지 죽을 만큼 피곤했다.

　곧 교대해줄 의사가 도착할 시간이라 위안 박사는 그사이 누가 또 자해하지 않기를 빌며 주변을 정리했다. 입원 환자들을 확인하니 셋 다 곤히 자고 있었다. 하지만 그런 모습을 본다고 피로가 가시지는 않았다. 의료 장비의 은은한 불빛과 모니터의 단조로운 소리를 벗 삼아 박사는 문가에 앉아 설핏 잠이 들었다. 그러다 컹하는 콧소리를 내며 일어나 따끔거리던 눈을 비비는데 퍼뜩 뭔가 달라진 느낌이 들었다.

　박사는 앞으로 한 걸음 다가갔다. 주위가 어두워 초점을 맞추려면 눈을 찌푸려야 했다. 침대 세 개 중 가운데를 보던 박사의 눈이 휘둥그레졌다. 누워 있던 사람이 보이지 않았다.

　도망치려 돌아섰지만 이미 뒤편의 문에는 사람이 서 있다.

　켈리가 커다란 메스를 들고 조명 불빛 안으로 들어왔다.

　"그러기만 해, 선생." 위안 박사가 벽에 붙은 비상 단추를 힐끔거리자 켈리가 차분하게 말했다. "흥분할 필요 없어. 해칠 마음 없고, 해치지도 않을 거니까. 멍청한 짓을 하지 않는다면 말이지."

의사가 양손을 들어 올렸다.

"이제 말이 통하는군." 켈리가 말하며 옆에 있는 정리함에서 박사의 소지품을 집어 들었다. "ID 카드 있어?"

"있기는 한데 별 도움은 안 될 거예요." 박사가 대답했다. 떨려야 정상이지만 너무 피곤해서 떨리지도 않았다. "제가 들어갈 수 있는 곳은 많지 않아요."

"그렇단 말이지?" 켈리가 무심하게 물었다.

"네. 이런 사태를 대비해서요."

"담배 하나?"

"네?"

"담배. 피우냐고?"

의사는 고개를 저었다.

"성냥 있어? 라이터는?"

"밑에서 두 번째 서랍에 있어요." 그러면서 박사가 성냥이 있는 곳을 손가락으로 가리켰다.

의사에게 시선을 고정한 켈리는 뒷걸음질로 캐비닛에 다가갔고 서랍을 뒤져 성냥을 찾았다. 켈리가 한 번에 성냥 대여섯 개를 긁어 머리 위의 화재 감지기를 향해 들어 올렸다.

"뭘 어떻게 해도 여기서 나가지는 못해요." 다친 몸으로 끙끙대며 불붙은 성냥을 들고 있는 켈리에게 의사가 말했다.

그때 귀가 찢어지는 경보음이 울렸고 다른 경보기들도 근처부터 하나씩 작동되기 시작했다. 몇 초 후, 그 소리를 들은 재소자수백 명이 섬뜩한 포효를 내질렀다.

"다행이네. 나갈 생각 없으니까." 켈리가 미소를 지으며 의사의 팔을 단단히 쥐었다. "우리는 들어간다."

"화재 경보입니다! 동관이에요!" 모니터를 보던 보안실 직원이 벌떡 일어나며 외쳤다.

수감자들이 복도로 나오는 모습이 여러 CCTV 화면에 잡혔다. 감방에서 나온 이들이 점점 흥분하며 수적으로 열세한 교도관들은 상황을 통제하는 데 애를 먹었다.

"신속히 지원을 요청한다!" 또 다른 팀원이 무전기에 대고 말했다. "전 직원 당장 수감동으로!"

직원은 루쉬와 안드레아가 촬영팀과 앉아 있는 방의 화면 대신 수감동 내 다른 CCTV 화면을 불러왔다. 폭동으로 변하기 일보 직전이었다.

대혼란이 벌어지며 지축이 흔들리는 소리가 면회장까지 들렸다. 루쉬는 인생에서 제일 공포스러웠던 순간을 떠올리지 않을 수 없었다. 하지만 오늘은 달랐다. 안드레아와 방송 카메라 앞에 앉아 있는 지금, 루쉬는 바로 이 소리를 기다리고 있었다. 루쉬의 호송을 맡은 교도관은 갈등하고 있었다. 폭동이 거세지며 무전기로 들리는 동료 교도관들의 목소리가 더 다급해지고 있었다.

"금방 올 거니까 가만히 있어요." 이미 문으로 달려가며 교도관이 루쉬에게 말했다.

안드레아와 촬영팀은 당연히 불안한 표정을 지었지만 촬영 준비를 마치고 기다리는 중이었다. 스튜디오에서 왜 방송을 시작하지 않느냐는 PD들의 악다구니를 이어폰으로 듣고도 반응하지 않왔다.

루쉬가 자리에서 천천히 일어났다. "때가 됐나 보네요."

켈리는 의사를 앞세우고 의무실 계단을 내려와 왼쪽 첫 번째에 있는 문을 통과했다. 이 문은 의사의 ID 카드만으로 열렸다. 복도 중간쯤의 천장에서 요란하게 울리는 경보장치 아래를 빠르게 지나니 두 번째 밀폐문이 나왔다. 보안이 강화된 이 문은 키패드에 비밀번호를 입력해야 열 수 있었다.

"좋아, 선생." 켈리가 경보음보다 큰 소리로 말했다. "당신 차례 야."

잠금장치의 불빛이 빨간색에서 초록색으로 변하며 문이 활짝 열렸고, 혼란스러워 보이는 의사에 이어 얼굴에 주름과 흉터가 가득한 납치범이 모습을 드러냈다.

루쉬가 환하게 웃었다. "안 올까 봐 걱정했어요."

켈리는 루쉬와 자리를 바꾸며 메스를 건넸다. 루쉬는 진심으로 사과하면서 의사의 목에 칼을 댔다.

"켈리, 이분은 안드레아 홀이에요." 루쉬가 소개했다. "믿어도 돼요. 우리 편이니까. 안드레아, 이분은 켈리 매클로플린. 오언 켄드릭이라고도 하죠. 두 분이 할 이야기가 많을 텐데 시간이 얼마 안 남았어요."

"다 준비해놨으니 이쪽으로 오세요." 안드레아가 켈리에게 말했다.

켈리는 자신 없는 표정으로 루쉬를 돌아보았다. "나 엿 먹이는 거 아니지?"

"아니에요." 루쉬가 정직하게 말했다. "정말로요. 런던 경찰청 총경님이 직접 지시하신 일입니다. 선생님은 살인자를 잡기 위해 위험을 무릅쓰고 나서주신 거예요. 저희가 신세 갚겠습니다. 후회하지 않으실 거예요."

켈리는 고개를 끄덕였고 안드레아를 따라 촬영팀이 있는 곳으로 향했다.

"켈리!"

켈리가 멈춰 서서 뒤를 돌아보았다.

루쉬가 웃으며 말했다. "싹 다 태워버려요!"

46

2016년 2월 1일 월요일
오전 7시 11분

또 다시 겨울 아침이 밝았지만 태양은 아직 떠오르지 않았다.

밖이 깜깜한 데다 어제 스카치 위스키로 축배를 너무 많이 들었던 탓에 크리스천은 스누즈 버튼을 두 번이나 눌렀다. 숙취로 신음을 흘리며 휴대폰을 더듬어 찾는데 침대 옆 탁자 위에서 휴대폰 진동이 끈질기게 울렸다. 크리스천은 눈을 찡그리고 화면을 보다가 잠이 확 깨서 일어나 앉았다.

"킬리언! 어쩐 일로 아침부터 전화야?" 크리스천이 전화를 받으며 스탠드를 켰다. 하지만 뜬금없이 걸려온 전화였기에 불안감을 숨길 수는 없었다.

"나 때문에 깼나?" 거물 범죄자가 차분하게 물었다.

"아니! 뭐, 그렇기는 하지만 안 그래도 일어나려던 참이야. 걱정하지 말라고."

"걱정 안 해."

크리스천은 어떻게 반응할지 몰라 다음 얘기를 기다렸다. 정적 속에 길고 성마른 한숨이 들리자 더욱 초조해졌다.

"우리가 얘기했던 사람 말이야. …오언 켄드릭. 그자를 찾았다는 걸 자네한테도 알려줘야 할 것 같아서."

"잘됐네! 아니야?"

크리스천은 그가 왜 이렇게 가라앉은 목소리인지 이해할 수 없었다.

"그런가?"

이번에도 크리스천은 상대가 자세히 설명하기를 기다렸다.

"놈이 말이야, 지금 우드힐 교도소에서 생방송으로 내 사업, 자네, 죽은 수사관, 거기에 사라진 돈까지 죄다 불고 있어."

그 얘기를 듣자 실제로 한 대 얻어맞은 것처럼 얼얼했다. 크리스천은 울고 토하고 소리를 지르고 싶었다.

"우드힐 교도소라고?" 퍼즐 조각을 맞추기 시작하며 크리스천이 중얼거렸다. 서서히 상황이 파악되었다. 적들의 계획에서 제일 중요한 역할을 한 것은 다름 아닌 크리스천 자신이었다. "어떻게 그럴 수가 있지?" 크리스천은 아무것도 모르는 척 물었다.

"나도 궁금했지." 케인의 차분한 톤을 들으니 더 불안해졌다. "내가 알아봤더니 인터뷰를 주선한 게 자네더라고. 영국에서 제일 유명한 기자를 교도소로 보내 우리 둘을 무너뜨릴 인물과 만나게 했어. 그러니 모든 책임은…, 경찰청장 나리께서 져야지."

"킬리언, 나는…."

"다시 연락하지."

"잠깐! 내가 아직 해결할 수 있어!"

전화가 끊겼다.

충격에 빠진 크리스천은 안전 로프가 잘린 것처럼 손에 든 전화기만 멍하니 쳐다보았다. 어지러움을 느끼며 침대에서 나와 잠옷에 드레싱 가운을 걸쳤다. 서둘러 계단을 내려가니 높은 창문으로 보이는 하늘이 어느새 검푸른 색으로 변해 있었다. 아래쪽 숲의 나무들은 연극 무대의 배경처럼 특색 없는 검은 형체로 우뚝 섰다. 크리스천은 거실로 들어가 리모컨을 집어 들고 대형 텔레비전을 켰다. 기계의 인위적인 불빛 앞에서 채널을 넘기다….

그 남자를 발견했다. 30년이 지났는데도 한눈에 알아볼 수 있었다. 밀려드는 기억에 다리의 힘이 풀렸다. 뜨거웠던 불길, 신음하며 무너지던 건물, 손에 묵직하게 잡히던 총, 저 남자의 눈빛. 크리스천은 자신의 탐욕을 이기지 못하고 최악의 죽음을 맞도록 그를 창고에 두고 나왔었다.

화면 속의 켈리가 상의를 들고 총상 흔적을 보여주었다. 크리스천이 가장 수치스럽게 생각하는 행동의 증거였다. 크리스천은 손에 얼굴을 묻고 씁쓸한 웃음을 터뜨렸다. 그가 돈을 훔쳤다는 사실을 킬리언 케인이 어떻게 알았는지 이제야 이해할 수 있었다.

"다 끝났어." 거실 어디선가 깊은 목소리가 나와 서까래까지 울렸다.

크리스천은 돌아보지도 않고 패배감에 고개를 숙였다.

"저자를 어떻게 찾았지?" 크리스천이 물었다.

"난 아니야." 울프가 말했다. 아까보다 목소리가 더 가까이 들렸다. "에드먼즈가 찾았어. 이미 오래전에."

크리스천이 얼굴을 문질렀다. "케인이 부하들을 다 동원해도 못 찾았던 놈인데?"

"여자친구를 찾으면 됐을 텐데. 에드먼즈에게 전부 다 털어놨다는군."

"어떻게 설득해서 입을 열게 한 거야?"

"그건 나도 몰라. 루쉬 작품이거든. 루쉬가 우드힐에 들어간 게 우연이라고 생각해?"

크리스천은 고개를 끄덕이며 텔레비전을 껐다. "안드레아 홀은?"

"우리 생각처럼 피도 눈물도 없는 여자가 아니었더라고." 울프
가 질문에 대답했다.

"녹음 파일은?"

"연출이지. 파일은 당신이 재생한 순간 삭제됐어." 더 자세히 설
명하지는 않았다. 울프는 '자살 문자', 휴대폰 칩, 복제 메시지 앱
이 어쩌고저쩌고하는 백스터와 안드레아의 복잡한 계획을 거의
이해하지 못했다.

"혼자 왔나 보군." 크리스천이 말했다.

"나 혼자야." 울프는 하늘이 서서히 밝아오며 작아진 그림자에
서 나와 고개를 끄덕였다.

크리스천은 뒤를 돌아 울프를 마주 보았다. "사람 버릇은 쉽게
안 바뀌나 보군."

"내가 당신을 해칠 거면 진작 그랬을 거야." 울프가 그렇게 말
하며 크리스천 옆의 소파에 수갑을 던졌다.

"나라고 이런 상황을 원했을 것 같아?" 크리스천이 울프에게
말했다. 수갑을 집어들 마음은 없어 보였다. "나는 핀레이와 매기
를 다치게 하느니 차라리 죽었을 사람이야."

울프가 조금씩 크리스천에게 다가왔다. "알 게 뭐야."

크리스천은 고요한 정원을 힐끗 돌아보았다.

"괜히 힘빼지 맙시다." 크리스천을 향해 다가가던 울프가 걸음
을 멈추고 말했다.

크리스천이 힘없이 웃었다. "뭘, 누구보다 자네가 잘 알 텐데…,
사람이라면 도망치기 마련이라는 거."

크리스천이 체스판을 뒤엎고 커피 테이블을 뛰어넘어 유리문으
로 달려갔다. 싸늘한 뜰로 넘어지듯 나온 그가 얼어붙은 정원을

허둥지둥 가로질렀다.

울프는 정원 끝의 대문으로 달아나는 크리스천을 지켜보며 침착하게 휴대폰을 귀에 댔다. "그쪽으로 가고 있어."

크리스천은 맨발로 낙엽 깔린 길을 달리며 이런 생각을 했다. 혹시 아직 꿈을 꾸는 것은 아닐까? 차디찬 공기가 폐를 할퀴고 있었다. 이제 떠오르는 태양의 은빛 햇살이 서리 내린 숲으로 길게 쏟아져 내렸다. 누가 봐도 비현실적인 꿈처럼 아름답다고 생각했을 절경이었다.

단 5분 사이에 크리스천의 인생은 돌이킬 수 없이 바뀌었다.

도망 말고는 아무것도 할 수 없었다. 모든 과거를 버리고 새롭게 시작해야만 했다. 만약 또 한 번의 기회가 주어진다면 다른 길을 택했을 테니까. 이것은 벼랑 끝에 몰린 남자의 즉흥적인 다짐이었다. 공포에 사로잡힌 크리스천은 남은 삶이 실제로 다 사라질 수 있다는 절망을 붙들었다. 그저 탈출해야 한다는 생각뿐이었다.

그때 크리스천이 앞으로 쿵 넘어지며 축축한 땅을 손으로 짚었다.

가까이서 부스럭거리는 소리가 들렸다….

그는 겁에 질린 눈으로 숲을 보았다.

저쪽에서는 가지 부러지는 소리가….

크리스천은 방향 감각을 잃었다. 자신이 어느 방향에서 왔는지도 몰라 호흡을 가라앉히고 귀를 쫑긋 세웠다. 쿵쿵거리며 뛰어가는 소리가 침묵을 깼고, 나무 사이로 검은 형체가 보일 듯 말 듯 움직였다. 크리스천은 다시 재빨리 일어났지만 반대쪽에서 접근하는 또 다른 형체를 보고 공포에 휩싸였다. 그러다 도망칠 방향을 정하고 미친 듯이 달리기 시작했다. 사방을 에워싼 추적자들의 소리가 커졌고, 더 많은 사람이 사냥에 뛰어들었다.

크리스천은 다시 쓰러졌다. 피로와 공포로 몸이 말을 듣지 않았다. 땅바닥 말고는 대안이 없었다. 흙 위를 기어 쓰러진 나무 밑에 몸을 숨겼다. 여명이 밝아오는 숲에 두 명의 실루엣이 빠르게 나타났다가 또 빠르게 사라졌다. 하지만 세 번째는 속도를 늦추고 걸었다. 자신을 찾아 숲을 저벅저벅 돌아다니는 소리가 들리는데도 크리스천은 아무것도 할 수 없었다. 눈을 감고 그들이 지나가기를 빌 뿐이었다. 크리스천이 몸을 더 작게 웅크렸다….

부스럭거리는 소리가 가까워졌다.

크리스천은 숨을 참았다.

그가 방패로 삼은 쓰러진 나무로 사람들이 접근하며 눈앞의 땅에서 낙엽이 일었다….

크리스천은 은신처에서 뛰쳐나와 무작정 빈터로 내달렸다. 쿵쿵대는 발소리가 그를 향해 달려오고 있었다.

그때 누군가 위에서 덮치며 크리스천을 단번에 쓰러뜨렸다.

"여기야!" 울프가 동료들을 불렀다. 크리스천은 온몸에 힘이 빠져 울프의 흉포한 눈빛을 올려다보았다.

별안간 왼쪽에서 에드먼즈가, 오른쪽에서 손더스가 나타났다. 잠시 후, 절뚝이는 백스터가 크리스천의 뒤에 와서 섰다. 셋 다 싸늘한 눈빛으로 그를 보고 있었다.

크리스천은 적에 둘러싸여 웃음을 터뜨렸다.

"처음부터 체포하러 온 게 아니었군…, 맞지?" 크리스천이 물었다. 머리에 흙과 나뭇잎이 붙어 은발이 검게 변했다. "나 혼자 여기로 오게 할 작정이었어!"

울프는 몸부림치는 포로를 붙잡은 손에 힘을 주었다.

"증인도 없네?" 크리스천이 목을 빼고 백스터를 올려다보며 미치광이처럼 소리쳤다. "끝내버려, 그럼!" 크리스천이 울프와 눈을 맞추고 도발했다. "어서!"

"저기요, 그렇게 쉽게 빠져나갈 수는 없죠." 손더스가 말하는 순간, 사이렌 소리가 아침 하늘에 울려 퍼졌다.

크리스천은 마침내 자신의 운명을 받아들이며 몸에서 힘을 풀고 울프에게 완전히 굴복했다. 사이렌이 점점 더 가까워지자 그를 잡으러 온 자들이 한 명씩 사라졌고, 빈터에는 크리스천과 울프만이 남았다. 울프가 크리스천을 돌려세워 등 뒤로 수갑을 채웠다. 그런 다음 그토록 기다렸던 문장의 한 단어, 한 단어를 음미하며 경찰청장에게 피의자의 권리를 읽어주었다.

"크리스천 벨라미, 핀레이 쇼 경사를 살해한 혐의로 체포한다. 묵비권을 행사할 수 있지만 질문을 받고도 대답하지 않은 사항은 추후 재판에서 불리하게 작용할 수도 있다. 모든 발언은 증거로 간주될 것이다. 알겠나?"

울프는 벅차오르는 감정을 느끼며 포로를 일으켜 세웠고, 푸른 눈에 눈물을 글썽이는 채 멀리서 깜박거리는 불빛을 향해 그를 데리고 갔다.

47

에드먼즈는 지각이었다.

시시한 마무리는 경찰 업무의 현실이었다. 수사팀은 꼼꼼하게 증거를 기록하고 상세하게 진술을 하느라 눈코 뜰 새 없이 바빴고 밉살스러운 홍보팀과의 미팅에도 강제로 참여해야 했다. 홍보팀은 물걸레와 양동이를 들고 나타나 핵폭탄이 터진 자리를 치우는 것처럼 사후 대책에만 초점을 맞췄다.

에드먼즈는 문을 열고 안을 엿보았다. 울프는 먼저 도착해 벽에 기대어 서 있었고 긴급 회견을 소집한 바니타는 어깨가 으쓱해서 기자들과 이야기하고 있었다.

"…수사가 진행 중이기 때문에 자세한 사항을 말씀드릴 수는 없습니다." 바니타가 단호히 말했다. "하지만 크리스천 벨라미가 어떤 혐의를 받고 있으며 런던 경찰청이 피고인의 죄를 얼마나 심각하게 보고 있는지는 여러분도 잘 알고 계시리라 생각합니다. 따라서 당분간은 제가 경찰청장직을 대행할 예정이고…"

기자 몇 명이 알아들을 수 없는 질문을 큰 소리로 던졌지만, 바니타가 알아들었어도 대답할 수 없는 질문들이었다.

"왔어요?" 에드먼즈가 좁은 틈을 비집고 울프 옆에 서서 속삭였다.

"그래."

"다들 어디 있어요?"

"안 와."

에드먼즈는 얼굴을 찌푸렸다. 반드시 참석해야 한다고 울프 본인 입으로 말하고서?

바니타가 말을 이었다. "…권한대행으로서 저는 런던 경찰청 소속 수사관과 민간인으로 구성된 수사팀의 진심 어린 용기와 열정에 박수를 보내고 싶습니다."

바니타는 몸을 틀고 대본에 쓰여 있는 대로 울프와 에드먼즈에게 웃어 보이고는 수사팀의 명단을 읽었다.

"에밀리 백스터 경감, 제이크 손더스 경장, 전직 수사관 알렉스 에드먼즈 경장, 전직 수사관 윌리엄 올리버 레이튼 폭스 경사…."

본명을 듣고 울프가 괴로운 표정을 지었다.

"…전직 CIA 요원 데이미언 루쉬와 경찰의 친구 안드레아 홀."

바니타가 손짓을 하자 기자들이 마지못해 박수를 쳤다.

"어때요?" 의무감에 성의 없이 박수를 따라 치는 동안 에드먼즈가 목소리를 높여 물었다. "경찰청장을 끌어내린 사람이 된 기분이?"

"눈물이 찔끔 나더라고." 울프가 고백했다.

에드먼즈가 고개를 끄덕였다. "그럴 만도 해요."

"체포는 내가 해야 했어." 박수 소리가 줄어들자 울프가 목소리를 낮추며 말했다. "그것만큼은 내 몫이었지만 나머지는 다 네 덕분이야." 울프가 에드먼즈에게 아리송한 말을 하는 사이 바니타가 다시 마이크를 잡았다.

"이제 팀원 중 한 사람에게 마이크를 넘기겠습니다. 지금부터 수사와 관련해 사전 승인을 받은 질문에 답을…."

울프가 벽에서 몸을 떼고 그에게 너무도 익숙한 무대 조명 방향으로 움직였다. 하지만 곧 에드먼즈를 돌아보고 애정 어린 손길로 등을 툭툭 두드려주었다. "할 수 있지?" 그리고 웃으며 회견실을 훌쩍 나가버렸다.

에드먼즈와 똑같이 얼빠진 표정을 짓던 바니타가 얼른 정신을 차렸다. "…어어어…, 신사 숙녀 여러분, 전직 런던 경찰청 수사관이자 현직 사립 탐정인…, 알렉스 에드먼즈를 소개합니다!" 바니타가 알리자 이번에도 심드렁한 박수 소리가 들렸다.

알아듣지 못할 질문이 쏟아지고 카메라가 번쩍이는 가운데 어정쩡한 걸음으로 단상에 올라가던 에드먼즈는 카메라 한 대를 발로 찰 뻔했다. 근래 가장 화제가 된 스캔들을 폭로한 수사팀의 얼굴이 되어버린 에드먼즈는 바니타와 힘차게 악수를 하고 마이크 앞에 섰다.

에드먼즈가 목을 가다듬었다. "안녕하십니까. …질문 있으신가요?"

48

울프는 크리스천이 체포되며 모든 것이 끝난 기분이 들었다. 하지만 재판이 끝날 때까지 핀레이의 시신을 돌려받지 못하기 때문에 정식 장례식을 치르려면 조금 더 기다려야 했다. 그래도 매기는 뭐라도 하고 싶었다. 그래서 남편의 가까운 친구들만을 초대해 뒷마당에서 약소한 추도식을 치르기로 했다. 그 대신 즐거운 행사여야 한다고 주장했다. 드디어 핀레이에게 작별 인사를 할 수 있는 시간이었다. 겨울이라 금방 지나가는 황혼 시간에 맞춰 울프, 백스터, 에드먼즈, 손더스, 안드레아와 몇몇 지인들은 촛불을 켜고 화덕에 옹기종기 모여 앉아 각자 좋아하는 핀레이의 이야기를 나눴다.

전축에서 벤 E. 킹의 '스탠드 바이 미Stand by Me'가 지지직거리며 흘러나오자, 울프가 매기에게 손을 내밀었다. 두 사람은 핀레이가 제일 좋아하던 노래에 맞춰 그를 위해 춤을 추었다.

★

2010년 5월 21일 금요일
핀레이의 생일
오후 23시 58분

스토크 뉴잉턴에 있는 작은 집으로 돌아온 울프는 핀레이의 생일 파티를 완전히 망친 것도 모르고 속 편하게 소파에서 곯아떨어졌다. 매기를 속상하게 만들었고, 백스터 남자친구의 치아 하나를 날렸으며, 백스터 커플은 울프 때문에 말싸움까지 크게 벌였다. 하지만 더 중요한 문제는 따로 있었다. 울프는 아내에게 가지 않았다. 지난 30분 동안 남편이 괜찮냐고 물어봐 주기를 기다리며 침대에서 울고 있었는데도.

현관에서 물건 깨지는 소리가 들렸다.

소파에서 떨어진 울프가 엉거주춤 일어났다. 그는 구겨진 셔츠와 타이를 아직 벗지도 않고 현관 입구로 나가다 머리에 워커를 맞았다.

"뭐야!" 울프가 아파서 외쳤다. 그는 쑤시는 이마를 붙잡고 계단에 온통 쏟아져 내린 자신의 물건들을 보았다. "무슨 짓이야?!" 울프가 안드레아를 올려다보며 따졌다. 안드레아는 울프의 물건을 또 한 아름 안고 계단 끝에 서 있었다.

"나가." 화장이 다 번진 얼굴로 안드레아가 지시했다. "오늘 밤당장."

"좋아." 울프가 고개를 끄덕였다. "그런데 일단 지금은 좀…. 눈좀 붙이고."

두 번째 신발은 첫 번째보다 더 아팠다.

"그만 좀 던져!"

"나가!"

"싫어."

안드레아가 잠시 어디론가 사라졌다. 울프는 좋은 건지 나쁜 건지 알 수 없었다. 울프의 직감은 나쁘다고 말하고 있었다….

안드레아가 펜더 텔레캐스터 기타를 들고 계단 위로 돌아왔다.

"나가." 안드레아가 다시 말했다.

"아니, 경솔하게 이러지 말자고." 울프가 웃으며 아내를 올려다 보았다.

"나가라는 말 못 들었어?" 안드레아가 계단 아래로 기타를 흔들었다.

"안 돼, 그건…, 그러기만 해봐!"

안드레아가 손을 놓았다. 불꽃이 터지는 모양의 파란색 기타가 계단으로 와장창 소리를 내며 떨어졌다.

"대체 뭐가 문제야?!" 울프가 고함을 쳤다.

"당신이 문제야! 이제 질렸어! 그 여자도 지겨워! 이 빌어먹을 상황에 신물이 난다고! 그냥 끝내!"

"내 집이기도 해! 내가 왜 나가!" 울프가 외치며 바닥에 떨어진 물건들을 안드레아 쪽으로 다시 던졌다. 하지만 안드레아가 갑자기 계단을 내려오자 조금은 겁먹은 표정으로 변했다.

"나가!" 안드레아가 악을 쓰며 울프를 현관으로 밀쳤다.

"앤디…."

안드레아가 현관문을 벌컥 열고 울프를 밀어냈다. 따뜻한 바깥으로 나오니 경찰차의 경광등이 번쩍거리며 밤하늘을 밝히고 있었다.

"니들은 뭐야?!" 서둘러 대문을 들어오는 두 경찰관에게 울프가 소리쳤다.

"선생님, 진정하시죠." 한 경관이 울프에게 말했다. "여자분에게서 떨어지세요."

"여긴 내 집이야!" 울프는 그의 손을 뿌리치고 다시 안으로 들어가려 했다.

"선생님!" 경찰이 울프의 어깨를 붙잡았다.

울프가 제자리에서 빙글 돌아 그의 얼굴을 후려쳤다. 곧바로 실수를 깨달았지만 이미 엎질러진 물이었다.

안드레아가 왈칵 눈물을 터뜨리며 집 안으로 뛰어 들어갔다. "이제 진짜 끝이야!"

"앤디!" 안드레아를 불렀지만 현관문이 쾅 닫혔다. 울프는 뒤늦게 흥분을 가라앉히고 입술에서 새빨간 피를 흘리는 경찰관을 돌아보았다. "미안합니다. 체포하지 말아달라고 설득할 수는 없겠죠?"

"전혀요."

"환장하겠네."

★

2016년 2월 3일 수요일
오후 5시 20분

울프와 매기에 이어 한 노부부가 댄스플로어에 올랐고 네 사람은 노래에 맞춰 뒤뚱거리며 춤을 추었다. 백스터는 핫초코를 집어들고 안드레아 옆으로 가서 섰다. 안드레아는 압정을 꽂아서 정원을 쭉 걸어둔 사진들을 보고 있었다.

"에밀리."

"안드레아."

"분위기 좋네요."

"네…, 그러게요."

두 여자는 말없이 서서 핀레이의 쉰다섯 번째 생일날 핀레이와 울프가 술 게임을 하다 찍힌 사진을 보았다. 모든 것이 엉망으로 변하기 한 시간 전의 모습이었다.

"그날 밤 체포됐던 거 알죠?" 안드레아가 한숨을 쉬었다.

"네, 들었어요."

"바보짓을 해서요. 언제나처럼요." 안드레아는 허약한 노부부와 위험할 정도로 가까운 거리에서 울프가 매기를 빙그르르 돌리는 모습을 웃으며 지켜보았다. 노부부는 그저 똑바로 서 있기 위해 서로를 꼭 붙잡고 있는 것처럼 보였다. "저거 내가 가르쳐준 동작이에요." 안드레아가 뿌듯한 목소리로 말했다. "루쉬는 어때요?"

"모르겠어요. 미니 탈옥을 공모하고 교도소 의사를 납치한 죄로 면회가 금지됐거든요." 백스터가 걱정스러운 표정으로 말했다.

"그냥 원래 이야기를 밀고 나가요." 안드레아가 안심시켰다. "그 사람들도 증거가 없다는 건 알아요. 지금 있는 증거라고는 루쉬에게 죄가 없다는 에밀리 증언뿐이잖아요."

백스터가 고개를 끄덕였다.

"월은요?"

"감옥에 가요." 백스터가 무심히 대답했다. "대신 좋은 곳으로요. 오래 있지도 않을 거고요. 바니타가 약속을 지키려나 봐요."

다소 딱딱하긴 해도 백스터와 안드레아 기준으로는 아주 우호적인 대화였다.

"그리고…." 혹시 선을 넘는 질문일까 봐 안드레아는 잠시 주저했다. "다른 문제는 결정했어요?"

백스터가 고개를 두리번거리며 주위에 아무도 없는지 확인했다.

"토머스가 약혼반지를 다시 줬어요."

"그래서요?"

"그래서라뇨?"

"한다고 했어요?"

"아니, 아직요. 하지만 할 거예요."

"정말이에요?"

"정말이에요."

안드레아가 환하게 웃으며 백스터를 어색하게 껴안았다. "축하해요! 정말 잘됐어요. 그리고…." 울프 쪽을 바라보았다. 울프가 한 농담에 매기가 큰 소리로 웃음을 터뜨리고 있었다. "…현명한 선택을 한 거예요. 토머스한테는 언제 말할 거예요?"

"오늘 밤에요. 그 전에 한 가지 해야 할 일이 있어요."

★

2010년 5월 22일 토요일
오전 1시 42분

울프는 경찰서 유치장 침대에 누워 뇌의 전원을 잠깐만이라도 차단할 수 있었으면 좋겠다고 생각했다. 천 가지는 되는 생각이 동시다발적으로 머릿속을 헤집고 있었다.

아까 일은 아직도 충격이었다. 안드레아가 그 정도로 분노할 줄은, 그 정도로 불행할 줄은 미처 몰랐다. 말로 표현하지 않은 감정이 너무 오래 썩어가고만 있었다. 부부싸움이 처음은 아니었다. 전에도 크게 다툰 적 있었지만 이렇게는 아니었다. 요즘 들어 계속 안드레아 앞에서 실수만 하는 것 같았다. 하지만 이번에는 정말로 마지막이라는 느낌이었다. 가슴이 찢어지게 아팠지만 한편으로는 마음이 편했다.

어느 경찰서로 끌려왔는지도 몰랐지만 한 명이 울프를 알아보고 편안한 독방을 내주며 원하는 사람에게 연락해 주겠다고도 했다.

그러고 나서 얼마나 지났을까. 밖에서 문이 쾅 닫히고 느긋하게 걸어오는 소리가 들렸다.

"어리석고도 어리석은 자여." 거친 목소리가 울프를 반겼다.

핀레이는 유치장 창살 밖으로 의자를 끌고 와 앉았다.

"그러게요." 울프가 대답하며 몸을 일으켰다. "나도 알아요, 알아. 여기는 왜 왔어요?"

"글쎄, 어떤 미친놈이 마누라와 대판 싸워서 옆집 사람이 경찰에 신고했더라고. 그 미친놈이 사람을 때리고 비상 연락망에 내 이름을 적었다지 뭐냐. 그것도 내 생일에…. 안 그래도 자기가 내 생일파티를 망쳐놓고서는."

울프가 일어나 섰다. "첫째, 오늘 밤에 전화할 줄은 몰랐어요. 둘째, 어쨌든 와줘서 고마워요. 셋째, 아까 파티에서는 가만히 있을 수가 없었어요. 놈이 백스터 잡는 거 봤잖아요?"

핀레이는 취하고 지쳐 보였다. 핀레이가 하품을 했다. "내 눈에는 아주 참한 청년이 자기 여자친구가 떠나는 게 싫어서 다정하게 팔을 붙잡는 모습으로 보였어."

"늙은이가 뭘 안다고." 울프가 이유를 설명했다. "가서 시력 검사나 받아요."

"너는 핑계를 찾고 있었을 뿐이야, 윌." 핀레이가 짜증스럽게 말했다. "그 녀석이 팔을 안 잡았으면 다른 트집을 잡았겠지. 오늘 에밀리와 온 남자는 누가 됐든 얻어맞았을 거야."

울프는 친구의 이론을 손사래로 무시했다.

"내 얘기 들어." 핀레이는 말싸움할 기분이 아니었다. "유치장 담당관과 얘기가 잘 돼서 다른 처벌은 안 받을 거야. 네가 때린 녀석이 같은 경찰로서 호의를 베풀기로 했거든. 고마운 줄 알아."

"가요, 그럼."

"아, 밤은 여기서 보내야 돼." 핀레이가 울프에게 말했다. "내가 제안했지. 잠이나 푹 자면서 오늘 일은 잊으라고."

울프는 술기운에 침대에 풀썩 주저앉았다. "어차피 갈 곳도 없어요. 안드레아와 헤어지려나 봐요."

"아직 수습할 수 있어."

울프가 고개를 저었다. "싫다면요?"

"네 아내야!"

"우리는 선배 부부와 달라요! 두 사람은 평생 함께할 운명이죠. 안드레아와 나는…, 그렇지 않아요."

핀레이가 피곤한 얼굴을 문질렀다. "너랑 백스터는 이어져도 안 좋게 끝날 거야. 다들 그렇게 생각해. 아내가 있는 놈이 왜 그래. 남편으로서 노력이라도 해야지."

"다들이라는 게 누구 말이에요?" 울프가 혀 꼬부라지는 소리로 말했다.

"전부 다! 너랑 백스터랑 둘이 좋다고 종일 티격태격하는 꼴을 매일 같이 보는 사람들. 숨기려고도 안 하잖아? 안드레아도 그 꼴을 옆에서 같이 보고 있으니 얼마나 힘들겠어."

"아니, 내가 그렇게 쓰레기 같은 인간이면 왜 아직 여기서 이러고 있어요?"

"글쎄 말이다." 핀레이는 그렇게 말하고 일어나 걸어 나갔다.

★

2016년 2월 3일 수요일
오후 5시 23분

백스터는 핫초코를 울타리 기둥에 아슬아슬하게 올려놓고 매기와 울프에게 걸어갔다. "잠깐 윌 좀 양보해줄 수 있어요?" 백스터가 물었다.

"얼마든지!" 매기가 웃었다. "오늘 밤 윌한테서 발은 원 없이 밟혔어."

백스터는 마당 끝으로 울프를 데려와 일렁이는 촛불 사이의 벽에 걸터앉았다.

"할 말이 있는데…." 백스터가 말을 하려다 갑자기 화제를 바꿨다. 시간을 조금이라도 더 벌어볼 심산이었다. "매기가 행복해 보여요. 뭐, 정확히 행복하다고는 할 수 없지만 그래도…."

"맞아. 아주 행복해 보여." 울프는 주위에 아무도 없는지 확인했다. "매기는 어제 병원에서 처음으로 완치 판정을 받았어." 울프가 미소를 지으며 작게 말했다. "아직 아무한테도 얘기 안 했어. 오늘 밤은 핀레이가 주인공이었으면 한대서."

"참 좋은 소식이네요." 백스터의 말투는 조금 심드렁했다.

"왜 그래?" 울프가 물으며 맥주를 한 모금 마셨다.

"아니에요. 그냥…, 그래봤자 핀레이는 못 보잖아요. 뉴스에서도 핀레이에 대해 이러쿵저러쿵하고."

울프가 고개를 끄덕였다. "그게 중요할까? 사람들이 자기를 욕한다고 핀레이가 신경이나 쓸 것 같아? 지금 매기가 무사한 이유는 행운도, 운명도, 신도 아니야. 매기는 핀레이 덕에 살아 있어. 매기에게는 모든 걸 다 해주려고 했기 때문에. 매기를 살리려고 모든 걸 희생했기 때문이야."

백스터가 서글픈 미소를 지었다. "원하는 대로 왜곡하는 능력은 여전하네."

"너는 원래 거기에 소질이 없었지." 울프가 말했다.

"나는 사람이 때로는 자기 실수를 인정해야 한다고 생각해요. …그날 밤 내가 예배당에서 했던 실수처럼." 울프가 얼굴을 찌푸렸고 백스터는 숨을 깊이 들이마셨다. "토머스가 다시 청혼했어요."

"아."

"나는 좋다고 할 거고요. 그동안 일 때문에 바빴고, 청혼 때문에 겁이 났고, 이상한 편지 때문에 잠깐 혼란스러웠지만 내가 뭘 원하는지 이제는 알아요."

"편지?" 울프가 추워서 몸을 떨며 물었다. 뒤뜰에 화덕이 있었지만 별 도움이 되지 않았다.

"이제는 안 중요해요."

"전에는 중요했다는 거잖아." 울프는 무슨 뜻인지 묻기를 포기하지 않았다.

백스터가 한숨을 내쉬었다. "핀레이 유품에서 핀레이가 쓴 편지를 발견했어요. 러브레터 비슷한 건데, 매기에게 쓴 건 아니었어요. 그게 진짜 거슬리더라고요. 사랑이란 게 그렇게 허무한 건가 싶었어요. 옆에 매기가 있는데 다른 여자에게 그런 감정을 느낀다는 게 참…."

그렇게 말을 하던 백스터가 순간적으로 울프의 당황스런 표정을 알아차렸다.

"세상에! 당신은 상대가 누군지 아는구나?" 백스터가 울프에게 물었다.

"아니. 무슨 말을 하는 건지 모르겠네."

"거짓말!"

"때로는 과거로 묻어둬야 하는 것들도 있어."

울프의 거절 의사를 그대로 받아들일 백스터가 아니었다. 백스터는 주머니에서 구겨진 카드를 꺼내서 펼치고 큰 소리로 읽기 시작했다.

"이래도 말 안 해줄 거예요?"

울프는 반응하지 않았다.

백스터가 어깨를 으쓱했다. "일단 계속 읽어보지…."

★

2010년 5월 22일 토요일
오전 1시 46분

"핀레이, 기다려요!" 울프가 창살로 달려가며 외쳤다.

핀레이는 잠시 울프의 애를 태우고 천천히 돌아갔다.

"잘못했어요."

"됐어." 핀레이가 대답했다. 핀레이는 스코틀랜드 사나이답게 감정 표현을 어색해했다.

"사실 선배가 도착하기 전에 그냥 저기 누워 있었어요." 울프가 좁은 유치장을 서성이기 시작했고 생각을 말로 표현하기 힘들어 머리카락을 손으로 마구 헝클어뜨렸다. "…누워서 그냥 생각만 했어요. 오래전부터 하고 싶었지만 할 수 없었던 말들을요…. 지금 아니면 그 말을 못 할 것 같아요. 선배 말이 맞아요. 나랑 백스터 관계는 엉망이에요. 나랑 안드레아 관계도 엉망이고요. 다 엉망진창이라 무슨 말이라도…. 메시지 좀 전해줄래요?"

"안드레아한테?"

"백스터한테요."

핀레이는 기가 찬 표정을 지었다. "내 말을 귓등으로 들었어?"

"딱 하나만요." 울프의 혀가 꼬였다. "걔가 관심 없다고 하면 나도 알아들을 거 아니에요. 어느 쪽이든 이 상황을 벗어날 수 있어요."

핀레이가 끙 하고 신음했다. "왜 하필 나야?"

"백스터가 오늘 이후로 나한테 말이나 걸겠어요? 그러니 선배가 전해줘야죠."

핀레이는 납득했다.

핀레이가 방문자 명부 옆에 놓인 볼펜을 빌리고 뒷주머니에서 구겨진 생일 카드를 꺼내 반으로 찢었다. 울프가 머릿속으로 수도 없이 연습한 말을 되뇌며 계속 서성이는 동안 핀레이는 다시 의자에 앉고 펜을 들었다. "그래서, 메시지라는 게 뭐야?"

★

2016년 2월 3일 수요일
오후 5시 27분

"어떻게 아직도 알아먹지 못할 수가 있어?'" 백스터는 다 꺼져 가는 촛불 옆에서 이미 뇌리에 박혀버린 편지의 구절들을 읽었 다.

"백스터, 저기…." 울프가 말했다.

"'나는 너를 그냥 사랑하지 않아. 전적으로, 영원히, 구제할 수 없을 만큼 사랑해. 넌 내 여자야.'" 백스터가 계속 편지의 구절을 읊었다.

"백스터, 할 말이 있는데."

"'방해하는 인간들도, 우리 사이에 있었던 개 같은 일들도, 이 빌어먹을 철창조차도 우리를 갈라놓지 못해…'"

"백스터!" 울프가 버럭 소리를 지르며 편지를 낚아채 땅에 던졌 다.

잠시 머뭇거린 그는 천천히 쭈그리고 앉아 백스터와 눈을 맞추 며 조심스럽게 그녀의 손을 잡았다.

울프가 심호흡을 했다. "죽어도, 죽어도 다른 사람에게 널 빼앗 기지 않을 거니까."

짜증스럽게 얼굴을 구기던 백스터의 표정이 바뀌었다. 짜증나 게 왜 이러냐는 듯한 표정은 찜찜하고 혼란스러운 표정으로 바뀌 더니, 점점 충격을 받고 넋이 나간 표정으로 굳어졌다.

"핀레이가 그때 너한테 안 전했어?" 울프가 물었다.

백스터는 말문이 막혀 고개를 끄덕일 뿐이었다.

울프도 고개를 끄덕였다. 놀랄 일은 아니었다.

"이 영감탱이 내가 이럴 줄 알았어."

에필로그

"증인은 뭐래요?" 백스터는 귀와 어깨 사이에 휴대폰을 끼고 가방을 뒤져 열쇠를 찾았다. "그건 안 되지! 포렌식 결과는요? ⋯ 그건 안 되지!" 퇴근과 동시에 집으로 달려온 백스터는 문을 넘자마자 계단을 향해 외쳤다. "아직 안 자?"

"자기 직전이야!"

백스터는 크리스마스트리에 가방을 던지고 부츠를 벗어 던진 후 계단을 올랐다. 단추를 푼다고 귀중한 몇 초를 낭비하기는 싫어 그냥 머리 위로 블라우스를 당겨서 벗었다. 휴대폰을 다시 귀에 댔다.

"누구요?! 설마 죽은 사람 지문은 아니죠?! ⋯그건 안 되지! ⋯ 뭐라고요? 네, 아직 나와요. 나도 모르죠. 테스코에 있나? 하나 사다줄게요. 저기요, 나 집에 왔거든요? 끊을게요. 알았어요⋯, 알았다고요! 끊어요⋯, 끊습니다. 나중에 봐요!"

"졸기 시작해!" 크게 외치는 소리가 들렸다.

백스터는 허겁지겁 바지를 벗고 샤워기 아래 섰다.

"찌르든지 해!" 똑같이 큰 소리로 외친 백스터가 얼른 타탄 무늬 잠옷을 입고 침실로 달려갔다.

"딱 맞춰 왔네." 울프가 백스터를 맞아주었다. 손에는 동화책이 들려 있었다.

"저기 꺼지셔! 종일 봤으면서!" 백스터의 호통에 두 사람은 자리를 바꿨다. 백스터는 아기 침대에 손을 뻗었다. 아기 핀레이 엘리엇 백스터는 고사리 같은 손으로 펭귄 프랭키의 너덜너덜한 날개를 쥐고 졸고 있었다.

"죽은 사람 지문이 뭐?" 흥분한 울프가 작은 소리로 물었다.

백스터가 인상을 썼다. "나중에 얘기하지?"

"루쉬 전화야?"

"응. 에드먼즈랑 군침 도는 사건을 하나 잡았나 보더라고. 이따 얘기해줄게. 나중에."

"그런데 무슨 생각으로 그랬대? 죽음을 위장한 거야? 아니면 죽은 사람 손가락을 자른 거야?"

"아, 진짜! 나중에 하자니까!" 다정한 손길로 딸을 안으며 미소를 짓던 백스터가 갑자기 무표정으로 변했다. 시선 끝에는 오늘 하루 울프가 만든 작품이 있었다. "저기, 울프?" 평소 '미친놈아' 같은 말을 할 때 쓰던 말투로 백스터가 말했다. "벽지가 왜 저 모양이야?"

"멋지지?" 울프가 자랑스럽게 말했다. "오늘 내내 한 거야."

백스터는 아기 핀레이를 안은 채 악어가 기린의 엉덩이와 연결된 듯한 벽지 쪽으로 다가가 인상을 쓰며 울프를 돌아보았다.

"원래 완벽하게 안 맞는 벽지인가 보더라고." 울프가 말했다.

"코끼리 머리는 어디 있어?"

울프가 방 안을 둘러보았다. 확실히 밝은 대낮에 비해 조금 더 으스스하게 보였다. "저기." 울프가 당당하게 문 위쪽을 가리켰다.

"이…" 백스터는 입 모양으로만 욕을 뱉었다. "다시 해."

"네가 해!"

"이게 박제사 악몽이 아니고 뭐야!"

"됐어. 전에 있던 천사 벽지도 멀쩡했는데 왜 자꾸 난리인지 모르겠네."

"나는 천사 싫다고! 몇 번을 말해?!"

아기 핀레이가 울기 시작했다. 백스터는 다정하게 아기를 흔들어 재우고 아기 침대에 내려놓았다.

"두 번은 못 해. 진짜야." 울프가 도전적으로 팔짱을 끼며 속삭였다.

"저기 얼룩말 봐. 머리는 뱀이고 발은 사자야. 그렇게 연결된 것처럼 보인단 말이야."

울프가 혐오스러운 괴물을 한참 응시하며 팔짱이 서서히 풀렸다.

"뭔가 떠오르지 않아?" 백스터가 물었다.

울프가 무거운 한숨을 쉬었다. "다시 할게."

"고마워. 어디까지 읽었어?" 백스터가 동화책을 집어 들며 속삭였다.

"어디까지든 애가 알아듣겠어?"

그렇게 대꾸하는 울프에게 백스터가 도끼눈을 떴다.

"왕자가 검을 휘두르는 괴물을 무찌른 부분까지." 울프가 방을 나가며 알려주었다. "나는 가서 저녁 준비할게."

"프랑스식 오리 스테이크?"

"스파게티 토스트."

"미워 죽겠어!" 백스터가 외쳤지만 입은 웃고 있었다.

"내가 더 밉다!"

백스터는 뒤쪽으로 책장을 넘겼다. 자장가 램프가 벽에 색색깔의 무늬를 뿌리고 있어 글씨를 읽으려면 눈을 찡그려야 했다.

"성문이 쪼개지고 부서졌어요! …왕의 부하들이 안에 있었죠! '도망쳐요!' 철컹거리는 갑옷 소리가 탑을 채우자 공주가 기사에게 말했어요. '제발, 부탁이에요. 도망쳐요!' 용맹한 기사는 떠나고 싶지 않았지만 공주님께서 명령하시니 제일 높은 탑의 꼭대기 창문을 넘었습니다. 언젠가 공주님에게 다시 돌아올 수 있도록 말이죠…. 공주님은 기다리고 또 기다렸어요. 몇 달이 지난 어느 날…, 드디어 기사가 돌아왔습니다.'"

백스터가 마지막 장을 펼쳤다.

"'그리고 두 사람은 영원히 행복하게 살았답니다.'"

옮긴이 유혜인

경희대학교 사회과학부를 졸업했다. 글밥아카데미 출판번역 과정을
수료하고 현재 바른번역에서 영어 번역가로 활동 중이다. 옮긴 책으
로는 《봉제인형 살인사건》, 《꼭두각시 살인사건》, 《인 어 다크, 다크
우드》, 《우먼 인 캐빈 10》, 《아임 워칭 유》, 《죽음을 보는 재능》, 《악
연》, 《세상의 주인》 등이 있다.

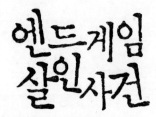

엔드게임
살인사건

인쇄 2024년 11월 25일 초판 5쇄
저자 다니엘 콜
옮긴이 유혜인
ISBN 979-11-90157-51-3 03840

출판사 도서출판 북플라자
주소 서울특별시 강남구 논현동 118-13 5층
홈페이지 www.bookplaza.co.kr

영화 판권, 오탈자 제보 등 기타 문의사항은 book.plaza@hanmail.net으로 보내주세요.
잘못된 책은 구입하신 서점에서 교환해 드립니다.